metro

achi
ktiv
ler

metro wird
herausgegeben von
Thomas Wörtche

Zu diesem Buch

Wenn ein malaiischer Geistheiler jemanden ganz ohne Spuren umbringen will, dann muss er in den Süden gehen. Ganz runter, nach Australien. Am besten nach Sydney und dort am besten zur Oper. Denn das Opernhaus von Sydney hat das allerschlechteste Fengshui. Also ein Fall für den Fengshui-Detektiv C. F. Wong und seine Assistentin Jo McQuinnie. Es hilft nichts, dass auch noch eine von Geistererscheinungen geplagte Zahnarztfamilie und die Hongkonger Triaden mitmischen: Sydney ist nach den turbulenten Aktionen unseres Pärchens nicht mehr dieselbe Stadt.

»Wong und Jo sind ein unfreiwilliges Paar, voller gegenseitigem Unverständnis, zwischen ihnen prallen Moderne und Tradition heftig aufeinander, ganz so wie in der asiatischen Welt, in der sie leben. Das hat Witz, Tempo und zugleich eine philosophische Ruhe.«
Andrea Fischer, Der Tagesspiegel, Berlin

»Eine heitere Liegestuhl-Lektüre mit ironischem Tiefgang, die nicht zuletzt sprachlich ein Vergnügen ist.«
Christiane Hammer, Neue Zürcher Zeitung

Der Autor

Nury Vittachi, laut BBC »Hongkongs witzigster Kommentator«, wurde 1958 in Sri Lanka geboren und wuchs unter anderem in Großbritannien auf. Seit 1986 lebt er in Hongkong, wo er als Kolumnist und Buchautor Kultstatus hat.

Im Unionsverlag ist außerdem lieferbar: »Der Fengshui-Detektiv«.

Mehr über Buch und Autor im Anhang
und auf *www.unionsverlag.com*

Nury Vittachi

Der Fengshui-Detektiv und der Geistheiler

Aus dem Englischen von Ursula Ballin

Unionsverlag

Die Originalausgabe erschien 2002
unter dem Titel *The Feng Shui Detective Goes South*
bei Chameleon Press, Hongkong.
Deutsche Erstausgabe

Im Internet
Aktuelle Informationen,
Dokumente, Materialien
www.unionsverlag.com

Unionsverlag Taschenbuch 294

Rieterstrasse 18, CH-8027 Zürich
Telefon 0041-1-281 14 00, Fax 0041-1-281 14 40
mail@unionsverlag.ch

Umschlagkonzept: Heinz Unternährer
Umschlagfoto: Corbis / RDB / L. Clarke
Druck und Bindung: Clausen & Bosse, Leck
ISBN 3-293-20294-2

Die äußeren Zahlen geben die aktuelle Auflage
und deren Erscheinungsjahr an:
1 2 3 4 5 - 07 06 05 04

»Das Ende ist immer eine Art Beginn.«
C. F. Wong

Samstag
Sterben ist schlechtes Fengshui

Irgendetwas in dieser Wohnung war verkehrt, doch er hatte nicht die leiseste Ahnung, woran es lag. Er schloss die Augen, legte den Kopf in den Nacken und atmete tief ein. So hoffte er, sich harmonisch mit seiner Umgebung zu verbinden. Eine volle Minute lang hielt er die Luft an.

Dann atmete er aus. Während die Luft seiner Lunge entströmte, versuchte er, sich ganz leer zu machen und mit seinem Umfeld eins zu werden.

Eine leise und doch nagende Unruhe blieb. »Nicht gut, nicht gut«, murmelte er vor sich hin.

Nur: *Warum* war es so ungut? Er öffnete die Augen und sah sich noch einmal prüfend in den sauberen, hellen Räumen um, wobei er die Brauen runzelte und die Lippen zusammenkniff.

Er spürte, dass er durch sein Unbehagen seine Klientin alarmierte.

»Es stimmt was nicht, stimmts?«, fragte Cady Tsai-Leibler und zögerte mit der Teekanne in der Hand.

Ehe er antworten konnte, drang aus einem benachbarten Zimmer ein Knall herüber wie von zersplitterndem Glas. Ohne sich zu rühren, rief die junge Mutter: »Melly? Hast du was zerbrochen? Pass auf, ja?«

»Okay, Mama!«, erklang die Stimme eines kleinen Mädchens, dazu das Geklirr von Glasscherben, die auf dem Fliesenboden mit dem Fuß zusammengeschoben wurden.

Mrs. Tsai-Leibler stellte ihre James-Sadler-Teekanne ab und ging nach dem Rechten sehen.

Allein fühlte sich C. F. Wong wohler. Noch einmal ließ er den Blick durchs Zimmer wandern.

Die hundertsechzig Quadratmeter große Wohnung lag in einem in mehrere Apartments unterteilten Haus im ländlichen Abschnitt an Singapurs Ridley Park. Sie wirkte absolut vollkommen. Die neuen Eigentümer hatten sie ja auch mit Bedacht aufgrund ihrer günstigen Lage gewählt. Das Gebäude stand an einem sanften Abhang auf einem

Grundstück, von dem aus man ein altes malaiisches »Black and White«-Haus sehen konnte. Vorn sorgte ein offenes Areal für genügend Atemluft, und das Gebäude selbst war gefällig, wenn auch etwas einfallslos in mehrere Rechtecke über drei Etagen unterteilt. Dennoch – irgendetwas stimmte einfach nicht.

»Muss nachdenken«, sagte der Fengshui-Meister und ließ sich auf einen Sitz auf dem kleinen Balkon fallen, der den Blick auf einen geschmackvoll angelegten, chinesischen Garten freigab.

Nach den technischen Voraussetzungen der alten Lehre von der geografischen Positionierung stand hier alles bestens. Bei dem Häuserblock handelte es sich um einen rechteckigen Bau auf einem fast quadratischen Fundament. Mit seiner nach Südwesten ausgerichteten Haustür gehörte er zur Kun-Kategorie. Das Wohnzimmer lag vom Mittelpunkt aus direkt nach Westen zu. Dies war eine der gedeihlicheren Richtungen für den zentralen Wohnbereich. Man nannte sie die Richtung des Himmlischen Arztes.

Eine Störung wurde möglicherweise durch den Chi-Strom verursacht, der aus der Küche in das direkt gegenüberliegende Gästeschlafzimmer floss. Doch das war kein so ernstes Problem, als dass man es nicht durch ein paar passende, sorgfältig angebrachte Gegenstände abwenden konnte, die dann jeden allzu heftigen Ansturm der Wasser- oder Feuerenergie auffangen und umlenken würden.

Der lachsfarbene Anstrich, den die Hausherrin für das zentrale Wohnzimmer ausgesucht hatte, würde zwar nicht jedem gefallen, doch Wong erkannte, dass der Farbton zu ihr passte. Calida »Cady« Tsai-Leibler, eine aus Hongkong stammende Chefsekretärin, verheiratet mit einem Zahnarzt aus New York, hatte Holz als persönliches Element und war im Zeichen der Ziege[1] geboren.

»Mutyek si?«, seufzte er und klopfte sich mit den Fingerknöcheln gegen die Schläfen. *Was war hier los?*

Seit drei Wochen gehörte die Wohnung der Familie, doch erst vor zwei Tagen war sie eingezogen. Obwohl man schon etliche Möbel ausgepackt und aufgestellt hatte, war der zentrale Wohnbereich erfreulich frei geblieben. Angenehm berührt nahm Wong zur Kenntnis, dass Mrs. Tsai-Leibler sich für eine offene Inneneinrichtung im amerikanischen Stil entschieden hatte, statt das in Hongkonger Wohnungen übliche gedrängte, jeden Zentimeter ausnutzende Arrangement zu wählen. So wie die Wohnung jetzt vor ihm lag, gab es darin mehrere günstige Passagen, durch die das Chi frei strömen und sich sammeln konnte. Was also störte?

Die Tür eines Zimmers, in dem man unausgepackte Umzugskartons stapelte, flog auf, und Mrs. Tsai-Leiblers Ehemann trat ins Wohnzimmer. Es war ein großer, unfreundlich dreinblickender Mensch mit umdüsterter Stirn, dessen Anwesenheit das Zimmer sofort zu klein wirken ließ.

»Fertig?«, knurrte Gibson Leibler. Diese Frage richtete er an seine Frau, nicht an den Fengshui-Meister, und seine Miene drückte aus: Will ich doch hoffen.

»Mr. Wong schaut sich nur noch ein letztes Mal um«, piepste die auf einmal recht unruhige Cady Tsai-Leibler.

Dr. Leibler, der immer noch seine Frau anblickte, sagte kurz: »Also ich finde die Wohnung prima.« Ein Unterton ließ klar erkennen, dass nur seine Meinung zählte.

»Sie ist größtenteils in Ordnung, ja?«, sagte die demütige Frau mit einem an Wong gerichteten Flehen in der Stimme. »Ich meine, vielleicht gibts irgendeine Kleinigkeit, die wir richten müssen. Aber meistens ist alles okay …« Sie verlor den Faden. Seit ihr Ehepartner den Raum betreten hatte, schien sie um einige Zentimeter geschrumpft zu sein.

Der Fengshui-Meister ahnte, dass seine Anwesenheit den Ehemann störte und dass er seine Einschätzung so bald wie möglich abschließen sollte.

Dr. Leibler, ein hoch gewachsener, übergewichtiger Mann Mitte dreißig, drehte sich um und sah Wong an. »Ich finde, dass die Wohnung in Ordnung ist, Mr. Fengshui-Mann«, sagte er. »Was meinen Sie?«

»So nett«, sagte Wong, der, plötzlich nervös, wie die Spielzeugfigur auf einem Armaturenbrett nickte. »Sauber, hell, ganz gut.«

»Na, dann brauchen wir ja auch nichts zu verändern.« In seiner Stimme lag nur noch ein leises Grollen.

War es eine Frage gewesen? Wong spähte nach dem Gesichtsausdruck des Mannes und begriff, dass dieser eine Tatsache verkündet hatte.

»Mr. Wong mag die Wohnung«, flötete die Frau des Zahnchirurgen. »Er findet sie gut, größtenteils.« Die letzten Worte hauchte sie fast.

Der Fengshui-Meister nickte wieder. Dann beugte er den Kopf zur Seite. »Nur etwas ist falsch.«

Dr. Leiblers Gesichtsmuskeln fielen in sich zusammen, sodass das gekünstelte, angedeutete Lächeln verschwand. »Und was, wenn man fragen darf?« Sein Brustkorb spannte sich.

»Ich weiß nicht«, sagte der Geomant[2] mit einem hilflosen Blick in die Runde.

Ein offensichtlicher Nachteil dieser Wohnung waren die Gitter vor den Fenstern, die sie wie ein komfortables Gefängnis wirken ließen. Natürlich wusste Wong, dass in Singapur einsam gelegene Häuser als bevorzugtes Ziel fassadenkletternder Einbrecher galten. Der vorige Eigentümer hatte an allen Fenstern Eisenstäbe und vor der Wohnungstür eine Stahlgitterpforte anbringen lassen. Solche Vorkehrungen waren jedoch im sicherheitsorientierten Stadtstaat durchaus an der Tagesordnung, sodass die Bürger sie keineswegs als hässlich oder fragwürdig empfanden.

Zahlen schwirrten dem Fengshui-Meister durch den Kopf. Er hatte früher schon die Geburtsdaten von Mrs. Tsai-Leibler, ihrem Mann und deren Kind mit dem Bautermin des Anwesens verglichen. Es war ja für hiesige Verhältnisse ein ungewöhnlich altes Gebäude: Als Neubau in den Fünfzigerjahren errichtet, hatte man es 1972 und nochmals 1991 beträchtlich umgestaltet. Dennoch ergaben sich aus den Daten keine Unstimmigkeiten, die sich nicht mit einigen unbedeutenden praktischen Maßnahmen ausgleichen ließen.

Im Übrigen hielt sich in der Wohnung noch eine junge, grüblerisch wirkende Frau aus Hongkong namens Madeleine auf, die ihm als Mrs. Tsai-Leiblers Kusine vorgestellt worden war. Obwohl es hieß, dass sie nur eine Woche bleiben würde, hatte er auch ihre persönlichen Daten einer gründlichen Analyse unterzogen und nichts gefunden, was zu den Daten des Wohneigentums im Widerspruch stand.

Kurz – selten genug fand sich eine Wohnung, die wirklich perfekt zu einer Familie passte, doch diese hier kam dem nahe.

Allerdings blieb er sich der unbequemen Tatsache bewusst, dass es für jede Einschätzung einer Behausung stets zwei wichtige Aspekte gab: die technische und die immaterielle, nichttechnische Analyse. Für erstere verwendete er seine *Loban*[3], dazu Bücher, Tabellen, Magneten und genaue Studien des Gebäudegrundrisses und des Lageplans der Umgebung.

Die zweite aber war leichter und viel schwieriger zugleich. Sie wurde ohne Hilfsmittel vorgenommen und bestand im Abwägen der *Festigung* eines Lebensraums. Hierfür stand einem Fengshui-Meister keine anderes Werkzeug als sein eigener Verstand zur Verfügung. War das Heim still? War es unruhig? War es neu oder schon älter? War es leer oder bewohnt? Stand es bereit? Würde der Mensch, der es nutzen wollte, sich darin wohl fühlen? Bewohner und Wohnung mussten auf dieselbe Tonlage gestimmt, auf dieselbe Wellenlänge eingestellt sein. Leider besaßen nur wenige Menschen ein bewusstes Gespür für die Signale, die das innere Selbst aussendet, ganz zu schweigen von der Fähigkeit, das spirituelle Wesen ihres Heims oder Büros zu erfassen. Daher war es an ihm, diese Dinge für seine Klienten aufzuspüren, und zwar in Rekordtempo während weniger kurzer Besuche – grundsätzlich schon einmal keine leichte Aufgabe.

»Eine winzige Kleinigkeit stimmt vielleicht nicht, ja?«, half ihm die immer noch schrumpfende Mrs. Tsai-Leibler nach. »Gefallen Ihnen die lachsfarbenen Wände nicht? Das kann ich ändern. Zuerst hatte ich sowieso an lindgrün gedacht. Wäre das besser, lindgrün?«

»Farbe ist kein Problem, Mrs. Tsai-Leibler«, sagte Wong, den das seltsame Gefühl beschlich, dass die Frau regelrecht durchsichtig zu werden begann.

»Rosa? Beige?«, schlug sie vor und sprach es in ihrem Hongkong-Akzent »bietsch« aus. Ihr lag eindeutig daran, die Sitzung zu beenden.

Wong spähte in die Runde. Wo steckte denn bloß die Störung? Bei der Beleuchtung? Jetzt am späten Nachmittag fielen helle, wenn auch diffuse Strahlen der glühend heißen tropischen Sonne durch die Balkontüren ins Wohnzimmer und durch das Panoramafenster ins Schlafzimmer. Der Einfallswinkel war jedoch steil genug, sodass das blendende Licht kaum weiter als etwa zwei Meter in den zentralen Bereich mit der Sitzgruppe reichte. Diese Wohnung nahm Sonnenschein auf, ohne ihn zu stauen. Nein, auch die Beleuchtung war kein Problem.

Hatte er etwa doch draußen etwas übersehen? Zum zwanzigsten Mal suchte er den Horizont ab. Wenngleich kein deutlich erkennbarer geologischer Drache das Anwesen schützte, lag doch auch kein absolut negativer Faktor vor. Da gab es das nach Westen zu stehende alte schwarzweiße Haus, dazu eine üppige Vegetation mit einigen besonders stattlichen Obstbäumen direkt gegenüber und im Osten. Eine so prächtige Aussicht konnte dieses Heim nur bereichern. Die Widrigkeit kam nicht von außen!

»Mr. Wong hat bemerkt, dass der Küchenhahn leckt und der Duschkopf tröpfelt«, sagte Mrs. Tsai-Leibler, um das unbehagliche Schweigen zu brechen.

Ihr Mann verschränkte die Arme. »Das heißt wohl, dass Geld oder Glück davonfließt«, polterte er mit höhnischem Unterton. »Sollen wir nun also einen Goldfisch ins Bad stellen? Was macht ein Fengshui-Mann, wenn sein Wasserhahn tropft?«

»Holt einen Klempner«, antwortete Wong.

Der Zahnchirurg fixierte den Besucher. Offenbar versuchte er sich darüber klar zu werden, ob man ihn auf den Arm nahm. Doch die Züge des Geomanten ließen keine Gefühlsregung erkennen.

»Zwei Glühbirnen in der Wohnung sind ausgebrannt, und die Tür zum Gästezimmer klemmt«, fügte die Hausherrin zaghaft hinzu. »Und eine Steckdose hat keinen Strom.«

Ihr Mann blickte finster. »Um das zu merken, braucht man keinen Fengshui-Berater. Dazu reicht gesunder Menschenverstand.«

»Na ja, schon vor Wochen hast du gesagt, du würdest alle diese Sachen in Ordnung bringen, aber bis heute hast du nichts gemacht«, parierte sie schnippisch und erstaunlich aufbrausend.

»Ich hatte zu tun«, gab der große Mann bockig zurück. »Das hätte ich schon noch erledigt.«

»Sechs Wochen hast du gebraucht, bis du endlich die Glühbirnen in Mellys altem Zimmer ausgewechselt hattest. Und dann hast du auch noch die falschen gebracht!«

»Ich bin ein viel beschäftigter Mann.«

Wong mischte sich ein: »Ich kann einen Handwerker besorgen, der Steckdose repariert und Glühbirnen anbringt. Klempner auch, wenn Sie wollen.«

Dr. Leibler nahm keine Notiz von ihm, denn seine Feindseligkeit hatte sich auf seine zierliche Ehefrau verlagert.

Der Geomant plapperte weiter: »Manche Fengshui-Beratung ist wie gesunder Menschenverstand. Wenn Ihre Umwelt nicht klappt, wenn zum Beispiel Türen in Ihrer Wohnung klemmen, dann klemmt vielleicht auch Tür zu Ihren Möglichkeiten, Sie verstehen? Reparieren Sie Wasserhähne bei sich zu Hause, dann ändern Sie auch Ihre Einstellung, können metaphorisch leckende Hähne in Ihrem Leben abdichten, straffere Kontrolle gewinnen, verstehen Sie oder nicht? Bei Fengshui handelt es sich zum Teil um innere Einstellung. Geht darum, Kontrolle zu übernehmen. Wenn Sie Kontrolle über Ihre materielle Umwelt haben, führt dazu, dass Sie über immaterielle Elemente in Ihrem Leben auch Kontrolle bekommen. Alles klar oder nein?«

Der Zahnarzt wandte sich um und fasste den Geomanten scharf ins Auge. Offensichtlich hatte ihn eine derart lange Ansprache seines asketischen, wortkargen Besuchers verblüfft. Die Unterbrechung brachte den Streit denn auch zum Stillstand.

»Wir wollen Tee trinken«, sagte Mrs. Tsai-Leibler im Bemühen, das Thema zu wechseln. »Dabei können wir uns alle entspannen. Danach kommen wir dann zum Abschluss.« Mit großen Augen bat sie ihren Mann um Zustimmung.

Gibson Leibler verzog angesichts des Teetabletts das Gesicht, ging in die Küche und kam mit einer geöffneten, eisgekühlten Flasche Anchor-Bier zurück.

Wong betrachtete die süßlich duftende Flüssigkeit in der Tasse, die sie ihm gereicht hatte. Als Tee würde er das nicht bezeichnen!

Seine Gastgeberin hatte es bemerkt. »Tut mir Leid. Wir haben keinen grünen Tee. Dies ist Früchtetee. In Amerika sehr beliebt. Mango-Kiwi-Ingwer-Geschmack. Er wird Ihnen schmecken.«

Der Geomant roch an dem Tee – und blickte plötzlich lächelnd auf. »Ich habs!«

»Sie haben Mango-Kiwi-Ingwer-Tee?«

»Ich hab die Antwort!«, sagte der Fengshui-Meister, setzte seine Tasse ab und sprang auf.

Dr. Leibler nahm den unwillkommenen Besucher ins Visier.

Wong schmunzelte. Die Wohnung *roch* falsch! Ein kaum wahrnehmbarer Geruch hing im Gebäude. Und es war der falsche Geruch, ein übler, ein böser Geruch, eine leise, aber unangenehme Duftmarke, die die vollkommene Harmonie des Ortes störte.

Er schritt durchs Wohnzimmer und witterte mit seiner breiten, flachen Nase nach der Herkunft der Störung.

»Haben Sie herausgefunden, was mit der Wohnung nicht stimmt?«, fragte Mrs. Tsai-Leibler mit neu erwachtem Interesse.

»Ja«, sagte Wong, über dessen Züge sich ein strahlendes Lächeln der Erleichterung breitete. Rätsel gelöst – und eben noch rechtzeitig! Er atmete tief ein, um seinen Verdacht zu erhärten, und nahm eine feine, aber unverkennbare Mischung wahr: das betäubende Aroma von etwas wie Petroleum, den beißenden Gestank schwelender Materie und einen säuerlichen Aschegeruch.

»Das Haus brennt«, erklärte er.

»Du meine Güte!«, rief Mrs. Tsai-Leibler. Die Designer-Teekanne fiel ihr aus der Hand und zerschlug am Boden.

Dr. Gibson Leibler fuhr hoch. Nachdem er einmal kurz geschnüffelt hatte, raste er an die Tür, riss sie auf – und zog seine Finger heftig vom heißen Griff zurück. Fast im selben Moment krochen Flammen an beiden Seiten der Tür hoch. Er sprudelte wüste Flüche hervor.

»Nicht!«, schimpfte Cady Tsai-Leibler. »Melly kann dich ja hören!«

Wong starrte nur. Die Flammen kamen aus durchtränkten Lumpen, die man quer vor die Wohnungstür gelegt hatte.

Entsetzt sah der Fengshui-Meister, wie eine üble Flüssigkeit langsam von der Tür aus über den Boden rann. Dr. Leibler sprang unbeholfen zurück. Eindeutig hatte erst vor wenigen Minuten jemand den Inhalt eines mit hochentflammbarem Öl gefüllten Kanisters unter der Tür ausgeschüttet, dann die Lumpen in die schmale Öffnung gestopft und angezündet.

Als sie noch gebannt zusahen, explodierte die anschwellende Lache plötzlich in einer Flammengarbe, die sich langsam wie Lava auf sie zuschob. Im Nu wurde es sengend heiß im Zimmer.

»Mammiii!«, schrie Melody, die hereingekommen war und in die Arme ihrer Mutter flog.

Cady Tsai-Leibler kreischte noch lauter als ihre Tochter. Sie rannte zum Balkon und hielt dabei ihr großes Kind mit beiden Händen umklammert.

Dr. Leibler fluchte wieder und stapfte rückwärts vom Feuer weg. »Wo ist der Feuerlöscher?«, tobte er.

»Hat kein«, schrie seine Frau, die in ihrer Panik in ihren gebrochenen Hongkong-Akzent verfiel. »Warte! Draußen ist einer.«

Es war überhaupt nicht daran zu denken, bis zur Wohnungstür, geschweige denn bis nach draußen ins Treppenhaus zu gelangen.

»Ruf die Feuerwehr!«, brüllte ihr Mann. »Dann lauft durch die Hintertür raus. Ich seh mich nach einem Eimer oder so was um.« Er stürmte in die Küche und riss sämtliche Schranktüren auf.

»Die Feuerwehr anrufen«, sagte Mrs. Tsai-Leibler laut vor sich hin, ließ das Kind fallen und griff nach dem Telefon auf einem Beistelltisch. Es funktionierte nicht. Nun kramte sie atemlos in ihrer Handtasche nach ihrem Handy. Mit vor Schreck zitternden Fingern tippte sie die Rufnummer ein. Zweimal musste sie den kleinen Bildschirm wieder löschen und neu wählen. Schließlich war sie verbunden und schrie die Adresse durch. »Schnell, schnell! Wir haben nicht mehr viel Zeit.«

Mit plötzlich tränenfeuchtem Gesicht blickte sie den Fengshui-Meister an. »Ich glaub, sie schaffen es nicht rechtzeitig. Keine Straße durch den Vordergarten, nur ein schmaler Fußweg. Wir müssen zum Fenster raus oder was. *Aijaaaah!*«

Doch die Fenster waren vergittert. Als einzige Öffnung blieb der Balkon – aber da man sich im dritten Stock befand, würde es für einen Sprung wohl zu tief sein.

Madeleine Tsai, der junge Hausgast, wankte leicht benommen ins Zimmer. Sie hatte offensichtlich geschlafen, obwohl es schon auf den Abend zuging.

»Das Haus brennt!«, kreischte Cady.

Ihre Kusine, ein älterer Teenager, wirkte seltsam unbeteiligt angesichts der Feuersbrunst. Ruhig ging sie zur Tür, kam auf knapp einen Meter in Reichweite der Flammen und holte sich ihre Schultertasche.

Nimmt Drogen, stellte Wong fest. Ausgetrocknete Haut.

Nun kam Dr. Leibler ins Wohnzimmer zurück. Krachend stieß seine massige Gestalt gegen den Rahmen der Küchentür. »Nichts, womit man das Feuer löschen kann. Wir müssen alle zur Hintertür raus.« Er sah seine Frau und das Kind an, die beide starr vor Angst waren. Schreiend fügte er hinzu: »Habt ihr gehört? *Sofort!*«

Cady Tsai-Leibler und C. F. Wong warfen sich einen Blick zu. Niemand mochte dem zornigen Mann die schlechte Nachricht überbringen. Die Frau aus Hongkong fand als Erste die Sprache wieder. »Wohnungen wie diese haben keine Hintertür. Hast du das nicht gemerkt?«

Ihr Mann reagierte unerwartet sanft. Ruhig sagte er: »Okay. Packt eure Wertsachen zusammen. Wir springen vom Balkon, wenn die Feuerwehr kommt.«

Cady hastete durchs Zimmer, steckte ihr Handy in die Tasche, die sie sich über die Schulter warf, und suchte dann nach ihren Schuhen.

»Mein Rucksack, mein Rucksack, mein Rucksack!«, plärrte Melody, der man befohlen hatte, auf dem Balkon stehen zu bleiben. Sie hüpfte auf und ab und zeigte auf einen Winkel des Zimmers, wo ein rosa Rucksack mit Pu-Bär-Motiv an der Wand lehnte.

Tapfer den Flammen trotzend, schnappte ihre Mutter den Beutel und warf ihn auf den Balkon. Das Kind zog sofort den oberen Reißverschluss auf und sah trostlos aus. »Mein Miffy-Federkasten ist nicht drin.«

»*Raus* mit dir!«, brüllte ihr Vater.

»Ich mag aber meinen Miffy-Feeeeederkasten«, winselte die Kleine und brach in Tränen aus. »Ich will ihn haaaaaben!«

Ihre Mutter entdeckte die fehlende Schachtel unter einem Sessel. »Hier!«, rief sie und warf sie der Tochter zu.

Das Kind drückte sie an sich und begann heftig zu weinen. »Ich will nach Haus!«, heulte es.

Madeleine Tsai stand auf dem Balkon und beobachtete von dort aus das Chaos. *»Aijaah!«*, hauchte sie. Erst allmählich schien ihr zu dämmern, was sich da abspielte.

»Tun Sie doch was, Mr. Wong!«, schrie Mrs. Tsai-Leibler. Die Hitze nahm ständig zu.

»Mach ich, mach ich«, sagte Wong. Er kramte in einem unordentlichen Stapel auf dem Tisch. »Muss meine Unterlagen finden.«

»Lassen Sie Ihre Unterlagen. Retten Sie sich. Retten Sie *uns!*«

Sie hetzte ins Schlafzimmer. Sekunden später kam sie wieder heraus, beide Arme voller Seidenkleider. Sie eilte zu den Schiebetüren und warf alles vom Balkon.

»Hast du irgendwo ein Hello-Kitty-Täschchen gesehen?«

»Lass doch jetzt den blöden Kinderkram«, tobte ihr Mann.

»Nicht Melodys«, sagte Mrs. Tsai-Leibler. »Meins.«

»O Gott!«, stöhnte der Amerikaner.

Stetig breitete sich das Feuer im Wohnzimmer weiter aus.

»Wir müssen springen!«, kreischte sie.

»Nein«, sagte Wong. »Sie verletzen sich nur. Bleiben Sie da.«

»Wenn wir bleiben, werden wir gebraten«, sagte ihr Mann.

Wie auf ein Stichwort begann ein Stuhl neben der Wohnungstür lodernd zu brennen. Auch an einem kleinen Teppich in der Mitte des Zimmers züngelten bereits Flammen.

»Wo ist meine Digitalkamera?«, donnerte Gibson Leibler.

»Und mein Schmuckkästchen?«, sprudelte seine Frau.

»Mein Computer! Ich muss die Festplatte retten. Und mein Laptop, wo steckt mein Laptop, verdammt noch mal?«

Die Eheleute starrten sich an.

»Muss meine Papiere finden«, sagte Wong. Er war der festen Überzeugung, sie auf den Esstisch gelegt zu haben, aber von dort waren sie verschwunden.

»Lassen Sie doch die Zettel!«, rief Mrs. Tsai-Leibler. »Holen Sie wichtige Sachen.« Dann besann sie sich und sagte zu Wong: »Ich hab sie auf den Sessel da getan, um Platz für die Teekanne zu schaffen.«

»Der Kerl ist übergeschnappt!«, sagte Dr. Leibler, der geistesabwesend einen Hammer gepackt hielt, um gegen das Feuer anzugehen, bis er merkte, dass ihm der nichts nützte.

Wong fand seine Unterlagen auf dem Sessel. Er setzte sich und blätterte sie Seite für Seite durch.

Sie hatten nun wirklich nicht mehr viel Zeit zu verlieren. Dr. Leibler entwickelte einen Plan. »Also, der Alte springt zuerst auf den Balkon unter uns«, ordnete er an. »Du hältst Melly, und ich lass euch beide vorsichtig zu ihm runter.«

Doch angesichts der knochendürren Arme des Fengshui-Meisters änderte er seine Meinung. »Der schafft es nicht, euch aufzufangen. Besser spring ich zuerst und nehme euch entgegen. Oder Madeleine. Einer von euch lässt dann Melly runter. Was glauben Sie – könnten Sie die Kleine halten? Wäre sie Ihnen nicht zu schwer, Mr. Wong? Vielleicht springt doch erst Madeleine.«

»Scht!«, sagte Wong. »Ich lese.«

Als Mrs. Tsai-Leibler die Balkontüren öffnete, um zu ihrem Kind hinauszutreten, fauchten die Flammen lichterloh empor. Es wurde siedend heiß.

Fassungslos starrte Gibson Leibler auf Wong hinab. »Kapieren Sie denn überhaupt nicht, was hier los ist? Wenn wir nicht sofort aus dieser Wohnung verschwinden, kommen wir um. Wir sind *tot!* Sterben ist ja wohl ganz schlechtes Fengshui, Mr. Wong, was?«

Wong wendete ein Blatt Papier um und lächelte: »Gefunden!«

Mit dem Blatt in der Hand wanderte er mitten durch das brennende Wohnzimmer. Über das Prasseln des Feuers hinweg rief er: »Diese Wohnung muss zum Kun-Typ gerechnet werden, denn sie liegt nach Südwest. Aber Wasserquellen kommen von Süd. Wirklich genau hier.«

»Übergeschnappt«, wiederholte Dr. Leibler, »komplett!«

Der Fengshui-Meister zeigte auf die Wand und murmelte auf Kantonesisch einige Ziffern vor sich hin, bis er ausgerechnet hatte, dass sich die Stelle, die er suchte, von der Ecke aus einen Meter fünfzig nach links befand.

Dann nahm er den Hammer, den der Zahnarzt weggelegt hatte, und schwang ihn gegen einen balkenartigen Vorsprung zwischen Wand und Zimmerdecke. Der Schlag hatte so gut wie keine Wirkung. Erneut holte er aus, und diesmal krachte es dumpf im lachsfarbenen Anstrich. Nach einem dritten, noch heftigeren Schlag bröckelten etliche Zentimeter rote Grundierung und weißer Gips herunter. Beim vierten hörte man, wie Metall auf Plastik traf. Nach dem fünften gab es ein feines Zirpen – er hatte ein Rohr angeknackst. Der sechste brach das Rohr auf, sodass ein Wasserstrahl aus der Wand spritzte, der Wong im Nu durchnässt hatte. Der brennende Läufer hinter ihm zischte, als ein paar Tropfen in die Flammen sprühten.

Wong hämmerte weiter gegen das Rohr, bis sich ein Sturzbach ins Zimmer ergoss.

Montag
Ein Toter begeht ein Verbrechen

Kürzlich, vor dreitausend Jahren, lebte in China ein auf dem Wasser treibendes Volk. Es wohnte über den Fluten und speiste mit dem Wind. Jede Familie hauste auf einer Rampe in einer Bucht. Wenn ein Knabe erwachsen wurde, stellte er sich an den Rand seiner Rampe und rief. Das Mädchen, das er liebte, rief zurück. Dann baute er zwischen seiner und ihrer Rampe eine Brücke. Hatte seine Familie das Mädchen gern, so half sie ihm beim Bau der Brücke. Die Wohnstätten wurden verbunden, und beide Familien vereinigten sich.

Eines Tages hörte ein Jüngling des auf dem Wasser treibenden Volks von jenseits des Horizonts ein Flüstern. Es kam von einem weit entfernten Mädchen. Lange riefen sie einander zu. Dann wollten sie heiraten.

Seine Familie sagte Nein. Das Mädchen gehörte einem andern Volk an und lebte zu weit entfernt.

Doch der Jüngling hatte sich entschieden. Er machte sich an den Bau einer Brücke bis zum Horizont. Er grub tief in den Meeresgrund, um ein festes Fundament zu legen.

Seine Familie half ihm nicht. Sie sagte, die Tradition, sich mit Nachbarn zu verheiraten, würde die Gemeinschaft stärken.

Seine Brücke nannte sie »Flüsterbrücke«. Sie befahl ihm innezuhalten.

Aber er hörte nicht auf sie. Acht Jahre lang baute er an seiner Brücke. Als er fertig war, begegnete er dem Mädchen, das ihm von jenseits des Horizonts zugeflüstert hatte, und sie wurden auf der großen Brücke vermählt.

Im folgenden Jahr erhob sich ein gewaltiger Sturm. Er zerstörte die Rampen mit den Wohnstätten des auf dem Wasser treibenden Volks.

Die Flüsterbrücke aber blieb stehen.

So geht es auch uns, Grashalm. Was mit langer Mühe aufgebaut wird, lässt sich auch nur langsam zerstören. Etwas zu tun, das sich eigentlich nicht tun lässt, ist schwierig. Hat man es aber erst geschafft, kann man es auch nicht mehr ungeschehen machen. Willst du sichergehen, dass eine alte Tradition ihre Wirksamkeit behält – dann ändere sie.

(Gesammelte Sprüche östlicher Weisheit, von C. F. Wong, Teil 342)

C. F. Wong blies über das Papier, um die Tinte zu trocknen. Er saß an seinem Schreibtisch und schrieb in sein Notizbuch. Für das Kapitel, das er derzeit bearbeitete, stellte er aus den Schriften der alten Weisen Anekdoten zusammen, worin es um geniale Lösungen schwieriger Probleme ging. Ab und zu blickte er auf und schaute aus dem Fenster. Es war früher Morgen in Singapurs City.

Während der Stoßzeit schwoll das ständige Summen des Verkehrs auf der Church Street und der Cross Street zu nervenaufreibendem Getöse an. Rumpelnd schoben sich Doppeldeckerbusse voran, die alle paar Schritte mit den Bremsen quietschten und wieder anfuhren. Viele Fahrzeuge waren ständig überhitzt. Das Sirren ihrer automatischen Kühlanlagen fügte dem Lärm schrille Obertöne hinzu. Taxis schlängelten sich von einer Spur auf die andere und wurden immer wieder, quer auf dem Trennstrich stehend, eingekeilt. Die Motoren vibrierten, die Fahrer gähnten.

Einen seltenen Kontrast bildeten Privatwagen, ausnahmslos deutsche Fabrikate, in denen leitende Angestellte ins Büro fuhren. Der Luxus der meist nagelneuen Limousinen hob sich drastisch von der Masse der Verkehrsteilnehmer in den Nebenstraßen ab: hageren älteren Männern in schmutzigen Unterhemden, die auf Fahrrädern Körbe voll zappelnder Fische fürs Mittagessen in die Werkkantinen brachten.

Regelmäßig, etwa alle zwei Minuten, stieg der Geräuschpegel weiter an, wenn die Ampeln auf Grün schalteten und aus den Querstraßen weitere Fahrzeuge in die längst verstopfte Ringstraße drängten. Dann schwoll das Getöse zu einer derart höllischen Kakofonie an, dass Fußgänger kaum noch ihr eigenes Wort verstanden. Nur hin und wieder, wenn der Lärm ein wenig nachließ, bildete das *Ticka-ticka-ticka* der Fußgängerampeln einen hellen Kontrapunkt über dem allgemeinen dumpfen Brausen.

Singapurs zentrales Geschäftsviertel, eine Reihe steil aufragender Schluchten, sorgte von seiner Struktur her dafür, dass der Morgenverkehr in Wellen eintraf. Manche Kreuzung wurde rasch zu einer Falle, in der man gefangen saß und in der blendenden Sonne schmorte. Andere Abschnitte lagen noch in dunstigem Schatten, beleuchtet vom Widerschein blasser Beton- und Glasfassaden. Vor dem stärker werdenden Tageslicht nahm man die höheren Wolkenkratzer mit ihrem Spiegelglas nur als graue Umrisse wahr, wenigstens bis gegen zehn Uhr. Um diese Zeit saßen dann die meisten Leute in ihren Büros, und Ruhe – relativ gesprochen – kehrte in die Straßen der Löwenstadt ein.

Zur Zeit der Nördlichen Song-Dynastie (960–1279) stritten zwei Herrscherfamilien um einen Besitz. Beide hatten teil an einer großen Erbschaft.

Einer der Fürsten ging zum Obersten Minister Zhang Qixian und sprach: »Der Anteil meines Bruders ist größer als meiner. Ich habe ein Verzeichnis dessen, was mir gehört. Es beweist, dass ich die Wahrheit sage.«

Doch der Bruder des Mannes ging ebenfalls zum Obersten Minister Zhang Qixian. Er sprach: »Das Gegenteil ist wahr. Meines Bruders Anteil ist größer als meiner. Ich habe ein Verzeichnis meines Besitzes. Es beweist, dass ich die Wahrheit sage.«

Zhang Qixian nahm die beiden Verzeichnisse, prüfte sie und verglich sie miteinander.

Die streitenden Brüder warteten und lauerten.

Da kratzte Zhang die Namen am Ende der Schriftrollen heraus. Er trug jeweils den Namen des anderen Bruders ein.

Er gab die Verzeichnisse zurück. Zum ersten Bruder sprach er: »Nun habt Ihr mehr als Euer Bruder.« Und zum andern Bruder sprach er: »Auch Ihr habt mehr als der Eurige.«

Wenn du eine Schlacht dadurch gewinnen kannst, dass du die Pfeile deines Gegners hinnimmst, Grashalm, dann wird dein Sieg von allen Seiten unantastbar sein.

(Gesammelte Sprüche östlicher Weisheit, von C.F. Wong, Teil 343)

Er schrieb fieberhaft, da er wusste, wie selten und knapp bemessen die Augenblicke kreativer Ruhe waren, hier im Büro seiner Firma C. F. Wong & Co. in der Telok Ayer Street. Ein Blick auf seine Armbanduhr zeigte ihm, dass es zehn nach zehn war. Seit fast drei Stunden hatte er allein und ungestört gearbeitet. Wie waren die Götter ihm gnädig, dass sie ihn mit Personal segneten, welches ständig zu spät kam. Möge es seinen Gewohnheiten noch lange treu bleiben! Er legte die Hände aneinander und verneigte sich kurz und dankbar in Richtung des nächsten Tempels, der ein paar hundert Meter südlich seines Bürohauses stand. Obgleich nicht wirklich fromm, hielt Wong doch äußerlich gewisse daoistische Rituale ein, die er als Kind in Baiwan, einem Dorf in der chinesischen Provinz Guangdong, gelernt hatte. An keinem Tempel, selbst wenn er auf der gegenüberliegenden Straßenseite stand, konnte er ohne eine rasche Verbeugung und ein flüchtiges Winken mit zusammengelegten Händen vorbeigehen.

Zehn Uhr vorbei! Er blickte kurz aus dem Fenster und blinzelte. Nächstens würde Winnie Lim, die in Personalunion als seine Empfangsdame, Sekretärin, Schreibkraft und Bürovorsteherin wirkte, wohl den ganzen Vormittag schwänzen – oder gar nicht erscheinen. Wie hieß es doch gleich auf Englisch? *Awol.*[4] Oder war das eine Art Vogel?

Dann gab es da noch diese albtraumhafte Praktikantin, die ihm sein Chef Mr. Pun vor einigen Monaten aufgedrängt hatte. Nie würde er den grauenhaften Tag vergessen, als die schlaksige junge Ausländerin in seinem Büro aufkreuzte und einen bizarren, unverständlichen Dialekt sprach. »Also mein Pappi, ja? Der dann so: ›Mein Kumpel Mr. Pun hat 'nen echten Fäng-Schuh-i-Meister[5] an der Hand, bei dem kannst du drei Monate jobben‹, und ich dann so: ›Boh ey!‹«, hatte sie gesagt.

Es hatte lange gedauert, bis er einigermaßen mit Joyce McQuinnie kommunizieren konnte. Sie stammte von britisch-australischen Eltern ab, doch sie drückte sich nur in einem abstrusen Kauderwelsch namens »Teenager« aus. Ein früher Durchbruch war ihm gelungen, als er begriff, dass sie statt *Ja* »egal« sagte. Erst kürzlich hatte er herausgefunden, dass ihr Wort für *Nein* »als ob« lautete.

Bei ihrer Ankunft in der Telok Ayer Street hatte sie als Erstes ihren Schreibtisch und ihren Stuhl umgeräumt, um mehr Licht zu bekommen. Wer außer einem extrem unsensiblen Menschen würde von sich aus das Mobiliar im Büro eines Fengshui-Meisters umstellen? Von da an hatte sie die meiste Zeit in diesem Jargon mit ihren Freundinnen telefoniert und dabei so gelacht, wie nur Männer lachen durften. Wenn sie sich im Büro aufhielt, fand er es praktisch unmöglich, einen klaren Gedanken zu fassen, geschweige denn mit McQuinnie zu arbeiten.

Problematisch war aber nicht nur der Lärm, den sie verbreitete. Jeden Vormittag gegen elf verschwand sie für zehn Minuten und kam mit einem Getränk zurück, das sie Latte nannte – einem Pappbecher voll Schaum, der das Büro nach bitterem Kaffee und Kuhmilch stinken ließ. Als wäre das nicht störend genug, schnupperte sie auch noch angeekelt nach dem würzigen *Nasi kandar* in seiner Lunchbox und rümpfte mit einem eindeutigen »Ääh!« die Nase. Sie selbst holte sich mittags Sandwiches, die dermaßen dick belegt waren, dass sie sie kaum in den Mund bekam. Fast jeden Nachmittag war ihr Schreibtisch buchstäblich übersät mit Salatfetzen – von *rohem* Salat, wohlgemerkt.

Doch das Schlimmste war, dass sie ihn unbedingt zu vielen seiner Aufträge begleiten musste. Ihr lautes und schrilles Auftreten – sie trug formlose Kleidung und viel zu viel Schmuck – machte seine Klienten nervös. Ein paar Mutige hatten versucht, mit ihr ins Gespräch zu kommen. Ein Makler namens Tak hatte sich höflich nach ihren schulischen Erfolgen erkundigt, worauf sie geantwortet hatte: »Ach, das lief so weit okay, ich habs auch bis zur Oberstufe gepackt. Aber Pappi zog ja ständig wieder woanders hin, und da gings dann eben den Bach runter.«

Der alte Tak hatte Wong gefragt: »Den Bach runter? Ist das gutes Fengshui?«

Um eine Antwort verlegen, hatte Wong nur weise genickt.

Mit Schaudern erinnerte er sich an die frühen Verständigungsversuche. Dann ging ihm ein angenehmerer Gedanke durch den Kopf.

Wenn Winnie und Joyce verschwanden, stünden ihm ja genug Platz und Geldmittel für eine echte Hilfskraft zur Verfügung, jemanden, der ihm einen Teil seiner Arbeitslast abnahm, statt sie unerträglich zu erschweren. Dann könnte er das Büromobiliar umstellen und sich von der Schmach befreien, unter der er derzeit litt, nämlich als

Fengshui-Berater in einem so entsetzlich schlecht eingerichteten Büro zu sitzen. Das würde gewiss seine Lebensgeister ankurbeln, ganz zu schweigen von seinen Einnahmen. Ach gib doch, dass Winnie und Joyce *Awol* sind! Unter diesem köstlichen Wunschbild, das ein schuldbewusstes Lächeln auf seine Lippen zauberte, wandte er sich wieder seiner Arbeit zu.

Indem er seine Atmung verlangsamte, sammelte der Fengshui-Meister seine zerstreuten Gedanken und konzentrierte sich auf das Meisterwerk, an dem er seit mehreren Jahren arbeitete: den Band, der hoffentlich zu seiner ersten bedeutenden englischsprachigen Veröffentlichung werden würde. Dieses handgeschriebene Notizbuch, zerfleddert und voller Eselsohren, bildete seinen stolzesten Besitz. Auf zweihundert Seiten enthielt es Anekdoten und Zitate und war bereits über anderthalb Zentimeter dick. Doch es gab noch viel zu tun.

Um wieder in die Arbeit hineinzufinden, musste er zunächst alle ablenkenden Gedanken hinter sich lassen. Das würde kaum schwer fallen. Es war still im Büro. Die Wanduhr stand (was er bei einem Klienten nie geduldet hätte, denn eine stehende Uhr bedeutete einen inakzeptablen, negativen Fengshui-Faktor). Die Klimaanlage rasselte jämmerlich, doch nach vier Jahren störte ihn das nicht mehr. Der normalerweise tropfende Wasserkühler war ausgeschaltet, weil die Bürovorsteherin ihn seit zwei Wochen nicht gefüllt hatte. Vollkommener Friede, absolute Ruhe breiteten sich aus.

Die Worte seines Lieblingsdenkers Mo Di[6] gingen Wong durch den Kopf. Ihm war, als hörte er die ruhige und doch klare Stimme des großen Weisen über die Kluft von zweieinhalb Jahrtausenden Geschichte hinweg. Ein paar herrliche Minuten lang war das Kratzen seines Federhalters auf dem Papier das einzige Geräusch im Büroraum.

Das war denn auch der Moment, den Winnie Lim für ihre Ankunft wählte.

»Aijaaah!«, schrie sie mit ihrer krächzenden Stimme, denn sie hatte die Tür so heftig aufgestoßen, dass diese von der Wand abprallte und gegen ihre noch vorgestreckte Hand schlug. Es gab ein Klirren, und in der Mattglasfüllung zeigte sich ein hell schimmernder Sprung.

»Aijaaah!«, rief Winnie wieder. »Glas bricht. Billiges Glas. Ich *klage* Sie!«

»Ich verklage Sie, weil Sie zu spät zur Arbeit kommen«, gab Wong zurück.

»Für das kann Sie nicht klagen.«

»Kann ich wohl. Ich nehme amerikanischen Freund. In Amerika kann man wegen *all und jedem* klagen.«

Wong dachte kurz darüber nach und fand, dass er Recht habe. Er zog sich in hilfloses Schweigen zurück. Winnie warf die Handtasche auf ihren Stuhl und verschwand, um den ersten Job des Tages zu erledigen: fünf Minuten lang in der Toilette ihr Make-up zu überprüfen – eine unnötige Mühe, da sie fast den ganzen Tag damit zubrachte, es in allen möglichen Stilvarianten neu aufzulegen.

Als sie hinausging, knallte sie wieder mit der Tür. Der leere Wasserkühler ratterte.

Wong schloss sein Notizbuch und legte es in die Schublade. Heute Vormittag würde er kaum noch weiterschreiben können.

Als die Bürovorsteherin zurückkam, hatte Wong den Vorsatz gefasst, wenigstens versuchsweise Herr der Lage zu werden. »Ich habe heute sehr viel zu tun. Sie müssen sich um Korrespondenz kümmern, Postausgang, Ablage, Anrufe. Ich muss dringend an meinem Buch arbeiten. Fast fertig«, log er.

Sie erstarrte, wandte sich ihm zu und maß ihn mit eisigem Blick, ohne ein Wort zu sagen.

Fest entschlossen, die Zügel, die er unbeholfen ergriffen hatte, fester anzuziehen, setzte sich Wong kerzengerade auf und blickte streng zurück. Er nahm sich vor, ihr eine detaillierte Liste mit den anstehenden Aufgaben zu schreiben, damit sie heute einmal etwas Nützliches leistete.

Sekundenlang starrten sie einander an. Dann nahm Winnie gelangweilt Platz und machte sich an ihrem Schreibtisch zu schaffen.

Der Fengshui-Meister beobachtete sie besorgt über ein Blatt Papier hinweg. Er gab vor, einen Brief zu lesen, doch er war zu verärgert, um auch nur ein einziges Wort aufzufassen.

Das Telefon klingelte. Klingelte nochmals. Und hörte nicht auf zu klingeln.

»Nehmen Sie ab!«, bellte Winnie. »Bin beschäftigt!« Er spähte hinüber und sah, dass sie gerade winzige Sticker mit Bildern von Popsängern auf ihre kirschroten Fingernägel klebte.

Er nahm den Hörer ab: »Hallo?«

»Guten Tag. Wer spricht, bitte?«, fragte eine Stimme.

»Sie sprechen«, antwortete der Geomant, der ohne moderne Technik aufgewachsen war und sich mit den Feinheiten der Telefon-Etikette noch immer schwer tat.

»Spreche ich mit Mr. Wong? Als ich letztes Mal anrief, hatten Sie eine Sekretärin, dachte ich.«

»Sie ist beschäftigt. Macht Bilder von Musikleuten auf ihre Finger.«

»Ach so«, sagte die Anruferin.

»Wer sind Sie?« Die Stimme klang vertraut.

»Hier Mrs. Tsai-Leibler.«

»Oh, Mrs. Tsai-Leibler! Wie geht es Ihnen? Alles okay? Geht es Ihnen jetzt besser? Ganz schrecklich, was am Samstag passiert ist. Heute alles okay?«

»Okay. Kann ich jetzt mit Ihnen sprechen, wäre das okay?«

»Okay. Worüber wollen Sie sprechen?«

»Das Feuer. Vom Samstag. Ich weiß, wer das getan hat. Ich weiß es genau.«

»Aha, Mrs. Tsai-Leibler, sehr interessant. Aber ich meine, besser Sie sagen es nicht mir. Besser, Sie erzählen es Polizei. Feuer ist doch sehr ernst. Sehr kriminell. Ganz und gar Sache für Polizei. Nicht für mich. Ich bin nur ein Fengshui-Meister.«

Die Frau am Telefon seufzte. »Mr. Wong, ich muss mit jemandem reden. Darf ich Kantonesisch mit Ihnen sprechen?«

»Hai-ah.«

»Gut«, sagte sie und wechselte in ihre Mundart. »So können wir uns besser verständigen. Mr. Wong: Wer auch immer letzten Samstag versucht hat, mich und meine Familie umzubringen, der hat auch Sie zu töten versucht! Diese Sache betrifft Sie. Sie sind beteiligt, ob Sie wollen oder nicht.«

»Ja schon. Stimmt, stimmt. Aber trotzdem möchte ich wiederholen: Brandstiftung ist ein Verbrechen, mit dessen Aufklärung sich die Polizei befassen sollte. Wenn Sie einen Verdächtigen wissen, sollten Sie das der Polizei mitteilen. Nicht mir.«

»Hab ich ja«, sagte sie verzweifelt, »nur – die Polizei hat kein Interesse.«

»Nein! Bestimmt ist sie höchst interessiert daran.«

»Aber wenn ich es Ihnen doch sage: Sie hat kein Interesse!«

»Wieso nicht? Gibt es denn ein Problem?«

»Ja, so könnte man sagen. Also, der Mann, der versucht hat, uns umzubringen, war ein Mensch namens Joseph Hardcastle Oath. Ein ehemaliger Patient meines Mannes.«

»Oh, gut! Dass Sie den Namen des Verdächtigen kennen, erleichtert es, ihn zu finden. Wissen Sie auch, wo er sich aufhält?«

»Allerdings! Im tiefsten Schlund der Hölle. Er ist vor zwei Jahren gestorben.«

C. F. Wong wusste nicht so recht, was er darauf erwidern sollte. »Aha! Verstehe. Die Polizei ist nicht geneigt, ein Verbrechen aufzuklären, das von einem Toten begangen wurde.«

Calida Tsai-Leibler sprach fast eine Stunde lang mit C. F. Wong. Gegen Ende des Telefonats hatte sie ihn von zweierlei überzeugt. Erstens, dass sie es aussichtslos fand, die Polizei für ihre Theorie zu interessieren – nämlich, dass das Feuer in ihrer Wohnung vor zwei Tagen von einem Gespenst gelegt worden war; sie hatte es wahrlich versucht, doch man hatte ihr unmissverständlich erklärt, dass man davon nichts wissen wollte. Zweitens begriff er, dass sie nicht eher wieder auflegen würde, bis er versprach, sich der Sache anzunehmen und für die Aufklärung der von ihr behaupteten Umstände tätig zu werden.

Mrs. Tsai-Leibler war der felsenfesten Meinung, dass es sich bei dem wahren Ziel der Brandstiftungsattacke weder um ihren Mann noch um sie selbst handelte, sondern um ihre sechsjährige Tochter Melody. »Als dieser Oath den großen Krach mit meinem Mann hatte, brachte er ständig Melly ins Spiel. Oath hatte einen Sohn, der auch Patient meines Mannes war«, erläuterte sie. »Das ist länger her, es war vor etwa drei Jahren in Hongkong. Meine Scheidung war gerade rechtskräftig geworden, und Gibson und ich hatten uns verlobt. Melly war damals drei. Es gab eine Komplikation mit dem Narkosearzt. Wie sich herausstellte, war er drogensüchtig. Das scheint bei Anästhesisten oft vorzukommen. Die hantieren ja ständig mit allen möglichen Drogen, und da können sie wohl der Versuchung nicht widerstehen, sie selbst auszuprobieren. Jedenfalls hat der Narkosearzt dem Sohn von Oath das falsche Mittel gegeben. Mein Mann zog dem Jungen vier Zähne. Der Kleine ist nicht mehr aufgewacht. Er ist gestorben. Es war grässlich, einfach grässlich!«

Wong wollte das alles gar nicht hören. »Aber …«

»In allen Zeitungen hat es gestanden. Oath klagte wegen ärztlichem Kunstfehler gegen meinen Mann und den Narkosearzt, den mein Mann empfohlen hatte. Aber ehe die Sache vor Gericht kam, starb der Anästhesist an einer selbst injizierten Überdosis von irgendwas. Oath konnte nur noch meinen Mann bezichtigen, der aber doch an allem schuldlos war. Er rief uns ständig an, verfluchte uns – fragte, wie wir uns fühlen würden, wenn unser Kind gestorben wäre. Melly war erst drei. So unschuldig! Können Sie sich vorstellen, dass man eine Dreijährige verflucht? Kurz nachdem die Gerichtsverhandlung begonnen hatte, starb Oath. Seine Frau wollte den Fall nicht weiterverfolgen. Damals dachten wir, damit wäre die Sache erledigt. Aber seit langem hab ich gespürt, dass etwas Böses mein Kind bedroht. Der Geist von Mr. Oath! Jetzt weiß ich sicher, dass es stimmt.«

Weiter erklärte sie, wie eine Reihe unguter Vorzeichen sie davon überzeugt habe, dass ihrer Familie durch eine boshafte Erscheinung Schaden zugefügt wurde. Und dann wurde die kleine, sanfte Frau zu Wongs Verblüffung mit einem Mal angriffslustig und drohte, sie würde »einflussreiche Freunde aus Hongkong« nach Singapur holen, um ihrer Familie beizustehen, wenn sich hier sonst niemand dafür interessierte. »Mit Menschen kann ich fertig werden«, sagte sie, »aber ich weiß niemanden, der es mit einem Gespenst aufnimmt.«

Wong hörte ihr geduldig zu. Aus Erfahrung wusste er, dass viele Klienten oder potenzielle Klienten einfach jemanden brauchten, dem sie ihre Probleme erzählen konnten. Als sie schließlich eine Atempause einlegte, versuchte er ihr klar zu machen, dass der Umgang mit Geistern Verstorbener nicht in den Arbeitsbereich eines Fengshui-Meisters fiel. Manche Fengshui-Berater glaubten überhaupt nicht an Geister, sagte er. Doch er teilte ihr mit, dass er regelmäßig mit einer

Gruppe von Leuten zusammenkam, die sich mit solchen Dingen befassten – nämlich dem Beiratsausschuss der Singapurer Gesellschaft der Berufsmystiker.

Das Gespräch endete damit, dass Wong versprach, Mrs. Tsai-Leibler mit Superintendent Gilbert Tan bekannt zu machen, einem hochrangigen Kriminalbeamten, der ihre Sorgen vermutlich ernster nehmen würde als seine Kollegen. Tan sei eine Art Kontaktmann zwischen der Singapurer Polizei und den Berufsmystikern. Wong erwähnte in diesem Zusammenhang auch Madam Xu Chongli, eine chinesische Wahrsagerin, die ständig mit übersinnlichen Vorkommnissen zu tun hatte und den vorliegenden Fall sicher gern in allen Einzelheiten mit ihr besprechen würde.

»Mr. Tan ist gewohnt, sich ungewöhnliche Erklärungen für Vorfälle anzuhören«, erklärte der Geomant. »Ich gebe Ihnen jetzt erst einmal seine Telefonnummer. Wenn Sie mit ihm gesprochen haben, rufen Sie Madam Xu an. Sie ist sehr hilfsbereit. Sie wird Ihnen zu durchaus konkurrenzfähigem Preis eine Fachberatung in Ihrer Sache anbieten. Bei Misserfolg Rückerstattung garantiert.«

Als er den Hörer auflegte, zuckte er zusammen, denn Winnie Lim war an seinen Schreibtisch herübermarschiert, stand da und sah ihn durchdringend an.

Sie reichte ihm ein Blatt Papier.

»Da!«, sagte sie.

Einen Augenblick lang wusste er vor Nervosität nicht, ob er auf das Papier oder in Winnies unfreundliches Gesicht blicken sollte.

»Ich muss weg. Sehr eilig beschäftigt. Hier ist Liste mit Sachen, die Sie macht, bis ich wieder da«, sagte sie.

»Wo gehen Sie hin?«

»Weg. Beschäftigt.«

»Ach so.«

»Nummer drei und vier auf Liste ganz wichtig. Längst fällig. Nicht vergessen!«

»Nummern drei-vier«, wiederholte er mechanisch.

Ihre Unverschämtheit verblüffte ihn dermaßen, dass er bewegungsunfähig dasaß. Winnie Lim nahm seelenruhig ihre Handtasche und spazierte, einen Schlager von Jacky Cheung summend, hinaus.

Erst als ihre Trippelschritte im Treppenhaus verklungen waren, kam wieder Leben in ihn.

»Aijaaah!«, seufzte er mit einem Blick auf die Liste, die sie ihm dagelassen hatte. Punkt drei lautete: »Neue Uhr Kaufen«. Punkt vier: »Nachfül Flaschen Für Wasser Küler Bestellen«.

In einer alten, mit rotgoldenen Velourstapeten ausgekleideten Wohnung in der Bussorah Street im Singapurer Vorort Kampong Glam stand ein rosa Plastiktelefon – ein Modell, das seit mindestens fünfzehn Jahren nicht mehr auf dem Markt war – und schrillte.

Dilip Kenneth Sinha griff nach dem Hörer. »Jaaa-haa?«, sagte er und dehnte das Wort zu einem lässig-eleganten Satz.

»Hallo!«, sagte die Anruferin.

»Jaaa?«

»Dilip, sind Sies? Ich bins.«

»Aber gewiss doch. Ich wusste, dass Sie es sind. So etwas weiß ich stets«, sagte er würdevoll. »Noch ehe das Telefon läutete, wusste ich, dass Sie anrufen würden, Madam Xu.«

Die Anruferin lachte kurz und abweisend auf. »Ha! Mir können Sie mit solchen Fähigkeiten nicht imponieren, Dilip. Sie wissen, dass niemand in dieser Stadt medial begabter ist als ich.«

Sinha schmunzelte. »Wohl möglich. Ich habe ja auch nur meine eigenen Kräfte ein wenig trainiert. Seit meiner Kindheit bin ich darauf spezialisiert zu wissen, wer am Apparat ist.«

Damit hatte er eindeutig das Falsche gesagt. Durch das Telefon hörte man, wie eine Frau tief Luft holte und sich zu ihrer vollen Höhe aufrichtete, die, wie er wusste, etwa einen Meter fünfzig betrug. Madam Xu Chongli verstand seine Behauptung offenbar als absichtliche Schmälerung ihres eigenen Rufs als Person mit einzigartigen übersinnlichen Fähigkeiten. Mit eisigem Unterton antwortete sie: »Ich dagegen wusste bereits heute Morgen, dass ich Sie anrufen würde – *etliche Stunden* bevor ich es dann tat.«

»Das lag doch aber daran, dass Sie es sich vorgenommen hatten«, sagte Dilip.

Sein Argument konnte sie nicht erschüttern. »Außerdem«, fuhr sie in noch strengerem Tonfall fort, »wusste ich, dass aus all den vier

Millionen Menschen in dieser Stadt genau Sie es sein würden, der den Hörer abnimmt!«

»Madam Xu: Die übrigen drei Millionen neunhundertundneunundneunzigtausend Bewohner dieser gesegneten Ansammlung städtischer Bezirke haben nicht Teil an meinem Telefonanschluss – obwohl ich mich mitunter des Eindrucks nicht erwehren konnte«, sagte er in Erinnerung an die vier Monate zurückliegenden Tage vor der Hochzeit seiner jüngsten Tochter.

»Wollen Sie etwa meine wohl bekannten medialen Fähigkeiten in Abrede stellen, Mr. Sinha?«

»Aber gewiss nicht, Madam Xu! Niemand bewundert Ihre berühmten Kräfte mehr als ich – eine Begabung, die meiner Meinung nach nur mit dem Wort ›legendär‹ zutreffend beschrieben werden kann.«

»Hm«, sagte sie einigermaßen besänftigt.

»Mein Vater hat mir einmal erzählt, dass ich im Alter von fünfzehn Monaten den Hörer eines klingelnden Telefons abnahm und ›Hallo, Mama‹ sagte, obwohl man nicht wissen konnte, wer anrief. Damals gab es ja noch keine kleinen Bildschirme, keinen Identifikationsservice. Ich war recht stolz auf diese Geschichte und habe sie im Lauf der Jahre manchen Leuten erzählt zum Beweis dafür, wie früh sich meine mediale Veranlagung zeigte. Allerdings habe ich seit der Geburt meines ersten Kindes auf die Anekdote verzichtet, denn es wurde mir klar, dass alle Kinder von fünfzehn Monaten ›Hallo, Mama‹ sagen. Darin besteht mehr oder weniger ihr gesamter Wortschatz. Heute würde es mich höchstens beeindrucken, wenn ein Baby auf ein klingelndes Telefon zeigen und zum Beispiel sagen würde: ›Ein Mann namens Terence L. Gunasekara ruft an und will Aktien einer Staubsaugerfirma verkaufen.‹«

»Sehr witzig, D. K.«

Nach dem Austausch derartiger Liebenswürdigkeiten entstand ein kurzes Schweigen. Sinha wartete, dass sie fortfahren würde.

Sie sagte gar nichts.

»Stets eine Freude, von Ihnen zu hören«, wagte er sich vor. »Selbst an einem so herrlich sonnigen Montag wie heute fügen Sie dem Tag etwas Strahlendes hinzu.«

»Ja.«

»Hübsch, so ein Schwätzchen.«

»Ja.« Wieder Schweigen.

Weil sie darauf zu warten schien, dass er etwas äußerte, fragte er: »Und worüber genau wollten Sie denn mit mir sprechen, Madam Xu?«

»Sie bringen alles durcheinander. Ich fürchte, es liegt am Alter. Sie werden wohl schon selín oder dergleichen, glaube ich.«

»Selín?«

»Na, Sie wissen doch. Selín. Wenn der Verstand nachlässt.«

»Gewiss ein neues Modewort, dem ich noch nicht begegnet bin oder das gänzlich meiner Aufmerksamkeit entgangen ist. Wie dem auch sei, fahren Sie fort. Mit welcher Fehlleistung habe ich den Vorwurf verdient, ich sei, wie Sie so treffend formulieren, selín geworden?«

»Also hören Sie! Sie fragen mich, worüber ich mit Ihnen sprechen möchte? Dabei haben Sie mir etwas zu sagen!«

»Wirklich? Und worum dürfte es sich handeln?«

»Nun, ich weiß es nicht. Wie soll ich das wissen? Ich bin keine Gedankenleserin, Dilip Sinha! Na ja, jedenfalls seit mindestens fünf Jahren nicht mehr, außer wenn einer meiner geschiedenen Männer aufkreuzt.«

Als Praktiker zahlreicher Ayurveda-Methoden und diverser Varianten der indischen Astrologie war Dilip Sinha an den Umgang mit irrationalen oder sogar schwer gestörten Menschen gewöhnt. Aber irgendwie fand er es heute besonders schwierig, den Gedankengängen von Madam Xu zu folgen.

»Fangen wir noch einmal von vorn an«, sagte er im Ton eines geduldigen Schulmeisters. »Sie haben mich angerufen. Damit hat unsere Diskussion begonnen, oder nicht?« Dagegen würde sie wohl kaum protestieren?

»Ich protestiere! Es hat damit begonnen, dass sich Ihre Erscheinung meinen Gedanken aufdrängte, und zwar heute früh, als ich mich gerade für den Tag zurechtmachte. Ich war noch nicht einmal fertig angezogen! Ich wusste, dass Sie mit mir sprechen wollten, aber worum es ging, das konnte ich beim besten Willen nicht ahnen. Ich habe nur Ihre Aufforderung befolgt und Sie angerufen. Ich erwarte von Ihnen, dass Sie mich aufklären.«

»Ah!«, sagte Sinha. »Jetzt verstehe ich. Also weiß im Grunde keiner von uns beiden, worüber ich mit Ihnen reden will. Das erschwert dieses Gespräch ein wenig.«

Wieder herrschte Schweigen im Apparat, doch es war nicht mehr so unbehaglich – die beiden waren lange befreundet, sodass sie, ohne ihre aurale Verbundenheit zu unterbrechen, eine Weile miteinander in stummem Nachdenken verharren konnten.

»Aber da fällt mir etwas ein«, sagte Madam Xu. »Heute erwarte ich Besuch, aber morgen Vormittag hätte ich etwas Luft in meinem Terminkalender. Wie wärs, wenn ich rasch auf einen Tee bei Ihnen vorbeikomme, sagen wir um zehn? Bis dahin wissen Sie vielleicht auch wieder, was Sie mir sagen wollten.«

»Das klingt famos! Der Tee wird für Sie bereitstehen. Darjeeling?«

»Selbstverständlich. Später könnten wir den Bus nach Fort Canning nehmen und einen Spaziergang machen, so wie letzte Woche.«

Dilip Sinha lächelte, als er den Hörer auflegte. Sie suchte wohl nur ein wenig Gesellschaft. In seinem Alter empfand er ihre Zuwendung als recht schmeichelhaft – immerhin war er bereits zweiundsechzig, während sie mit Mitte fünfzig fast noch zum jungen Gemüse zählte.

Sinha befand sich offiziell im Ruhestand. Dennoch gab es für ihn in letzter Zeit mehr zu tun denn je. Seit er kein Singapurer Verwaltungsbeamter mehr war, hatten sich seine privaten Hobbys zu einer vollzeitlichen, aktiven zweiten Karriere ausgewachsen. Sein erstes Buch, das vor vier Jahren erschienen war, hatte ihm in der großen indischen Gemeinde Singapurs zu einigem Ruhm verholfen. Obgleich er vor allem als Kenner der indischen Astrologie galt, enthielt sein Buch allerlei Versatzstücke anderer Lehren, von ayurvedischen Heilmitteln bis hin zu Küchentipps wie dem, dass man für einen Curry statt Butter lieber *Ghee,* indische geklärte Butter, nehmen sollte.

Sein zweites Buch war vor einem Jahr herausgekommen und vom Verleger als *Einführung in indische New-Age-Geheimnisse* vermarktet worden. In diversen ethnischen Gruppen Singapurs hatte es sich blendend verkauft und war namentlich bei Frauen aus den Vereinigten

Staaten gefragt. Das anfängliche Aufsehen bei der Präsentation dieses Buches hatte dazu geführt, dass Sinha sich in einem Artikel der *Straits Times* porträtiert fand und man ihn zu einem Vortrag im Rotary Club einlud.

Danach war er von aus Indien stammenden Eltern belagert worden, die für die Verheiratung ihrer Kinder mit dem »richtigen Partner« seinen Rat suchten, weil er das Thema im letzten Kapitel seines Buches kurz angeschnitten hatte. Diese lästige Rolle war dann aber mit einem Knalleffekt ausgespielt, als seine eigene Tochter jenem farblosen Geschäftsmann den Laufpass gab, den ihre Eltern für sie vorgesehen hatten, und stattdessen einen chinesischen Fernsehmoderator heiratete. Anfangs war Sinha erbost gewesen. Doch das Resultat – der Verlust seines Rufs als Heiratsexperte – hatte ihn entzückt. Er war darüber dermaßen froh, dass er die Hochzeit seiner rebellischen Tochter mit ihrem stachelhaarigen Schönling vollumfänglich finanzierte.

Inzwischen hatte sich die Aufregung gelegt. Doch nach wie vor wurde er regelmäßig von Leuten konsultiert, die von ihm Aufschluss über ihr Schicksal verlangten.

Die seltsamste Anfrage seit Monaten war freilich an eben jenem Morgen gekommen. Um acht Uhr früh hatte ihn ein Mann namens Amran Ismail angerufen und um ein dringendes Gespräch gebeten. Er wirkte gebildet. Er sprach eine Mischung aus malaiischem Englisch mit Anklängen an Bahasa und chinesischen Slang, klang jedoch intelligent und aufrichtig. Als Sinha das Gespräch auf sein Beratungshonorar brachte, hatte der Mann dargelegt, dass auch er Mystiker sei und um einen kostenlosen Gedankenaustausch über berufliche Fragen bäte. Sinha hatte sich einverstanden erklärt.

Kaum eine Stunde später erschien Amran Ismail an seiner Tür. Er und sein Gastgeber setzten sich zum Frühstück mit frisch gebackenem Brot, Feigenkonfitüre und Obst, wozu sie reichlich dunklen Tee tranken.

Der Besucher war ein großer, breitschultriger Mann Mitte dreißig aus Ostmalaysia. Seine kaffeebraune Haut sah schrundig aus – von zu viel Chiliöl, wie Sinha annahm. Sein dichtes schwarzes Haar hatte er, wohl mithilfe von Brillantine, straff zurückgekämmt. Seine Augen und die flache Nase ließen vermuten, dass er ein malaiisch-chinesisches Mischblut war. Die stämmigen Schultern verrieten große Körperkraft. Er steckte in einem westlichen, etwas zerknitterten Anzug ohne Krawatte und hielt eine schmale Aktenmappe. Trotz seiner mächtigen Figur bewegte er sich steif und etwas gebeugt wie jemand, der in einem zu kurzen Bett schläft. Er trug einen Spitzbart und einen kleinen, länglichen Hut.

Nachdem sie Belanglosigkeiten ausgetauscht und sich ans Frühstück gemacht hatten, brachte Sinha das Gespräch auf berufliche Dinge. »Sie sagten, Sie seien auch eine Art Mystiker?«

Ismail schluckte vernehmlich ein großes Stück Brot hinunter und wischte sich den Mund, ehe er antwortete. »Em«, sagte er, wobei er den Kopf seitwärts neigte, »ich bin ein *Bomo.*«

»Ach wirklich? Wie interessant!«

Ismail beugte den Kopf zur anderen Seite. »Ich weiß, was Sie denken. Kann es Ihnen nicht übel nehmen. Ich seh nicht aus wie ein *Bomo.* Rede nicht wie ein *Bomo.* Kann ja wohl nicht echt sein, oder?«

Der alte Astrologe hob seine buschigen weißen Brauen und lächelte. »Es gibt alle möglichen Leute, wie sie auch aussehen mögen. Aber ich gebe zu: Sie sehen anders aus als die *Bomos,* denen ich bisher begegnet bin.«

»*Bomos* sind drollig, nicht wahr?« Ismail redete munter mit vollem Mund. »Wunderheiler. Alte Männer und Frauen. Manche haben ulkige Sachen an. Hängen sich Krimskrams um den Hals – Ketten, Bilder, Anhänger, Amulette. Knochen! Die lieben sie. Fischgräten, Tierknochen, Menschenknochen. Ich nicht. Ich mag Accessoires aus den Boutiquen in der Orchard Road, schicke Manschettenknöpfe, so was.«

»Sie sind nicht der Einzige, der sich keine Knochen umhängt. Ich habe traditionelle *Bomos* gekannt.«

»Na klar. In Kuala Lumpur sieht man die noch manchmal. Aber heute wimmelt es in K.L. von Ah-Beng-Typen[7], Yuppies oder was auch immer. Trotzdem, selbst die *Bomos,* die in K.L. arbeiten, sind meistens alt und verrückt. Nie junge Leute in smarten Maßanzügen. Wie ich.«

»Hierin kann ich Ihnen kaum widersprechen.«

Ismail lehnte sich auf seinem Stuhl zurück, offenbar gesättigt, nachdem er eine enorme Portion Brot verzehrt hatte – mindestens einen ganzen Laib, wie Sinha überschlug.

Schließlich hielt der Besucher ihm seinen Becher hin. »Geben Sie mir noch etwas Tee, dann erzähle ich Ihnen eine Geschichte – sehr interessant, sehr erstaunlich, sehr shocking. Einmal bin ich nämlich gestorben.«

Während er schlürfte, berichtete Ismail, wie er als ausgeflippter Teenager seine Jugend in einer Kleinstadt in Sabah damit zugebracht hatte, auf seinem Moped durch die Gegend zu knattern. Sein Vater Aroff Ismail arbeitete als Holzfäller, seine Mutter Silvia Chung als Kantinenköchin in der Holzfirma, bei der ihr Mann angestellt war. Er hatte drei jüngere Geschwister: Nizam, sechsundzwanzig, Musa, siebzehn, und Zarah, dreizehn. »Meine arme süße kranke Zarah«, sagte er mit traurigem Lächeln. Offensichtlich hatte er eine Schwäche für die jüngste Schwester.

Ismail ging mit elf von der Schule ab und kam als ungelernter Arbeiter nach Sarawak. Doch mit Anfang zwanzig beschloss er, sich weiterzubilden und einen Beruf zu erlernen. Auf der Abendschule, jetzt wieder in Sabah, machte er sich gut, und bald konnte er einen Kurs belegen, dessen Abschluss ihm die Qualifikation als Wirtschaftsprüfer eingebracht hätte.

Mit fünfundzwanzig hatte er genug gespart, um sich ein gebrauchtes japanisches Motorrad zu leisten. Er fand das Tempo und das Gefühl der Freiheit aufregend und genoss es, wenn seine Freundinnen seine Hüften umklammerten, während er im schrägen Winkel von fünfundvierzig Grad um die Kurven sauste.

Der Spaß dauerte gerade eine Woche. Sieben Tage nachdem er die Maschine gekauft hatte, scherte der Holztransporter seines Vaters vor ihm aus, und er raste mit hundertzehn Sachen voll in ihn hinein, während seine Freundin ihn von hinten umfasst hielt.

Das Motorrad war sofort zerschmettert. Ebenso, dem Bericht des Augenzeugen am Unfallort zufolge, dessen Fahrer und die Mitfahrerin. Die zweiundzwanzigjährige Frau, die über seinen Kopf geflogen und gegen die Fahrerkabine geprallt war, wurde bei ihrer Ankunft in der Klinik für tot erklärt.

Amran Ismail war auf die Plane geschleudert worden, die die Baumstämme auf dem Transporter bedeckte. Sein Herz hatte bereits versagt, als ein Lehrer vorbeikam, der gerade erst vor sechs Tagen in einem Erste-Hilfe-Kurs etwas über Herz-Lungen-Massage gelernt hatte. Er brachte sein Herz wieder zum Schlagen. Ismail wurde auf die Intensivstation gefahren, wo er zehn Tage blieb. Dann verlegte man ihn auf die allgemeine Station. Sechs Wochen lag er dort, bis man ihn nach Hause zu seinen Eltern entließ. Die Ärzte sprachen von einer Amputation seines rechten Beins.

Sein Vater wollte Krankenschwestern zu seiner Pflege einstellen, doch seine Mutter war anderer Meinung. Als tiefreligiöse Frau fand sie für seine Genesung eine weibliche *Bomo.*

»Das erwies sich als geniale Idee«, sagte Ismail. »Die alte Medizinfrau, die verstand mehr von Heilkunde als die ganzen jungen Doktoren und Schwestern, die von den medizinischen Fakultäten in Malaysia kommen. Sie brauchte nicht ständig hin- und herzulaufen, um Pillen, Pülverchen, Arznei und so was zu holen. Wenn mein schlimmes Bein oder mein Kopf wehtaten, dann ging sie in den Wald und kam mit Grünzeug zurück, das besser wirkte als all der Doktorquatsch.

Meine *Mak* gab der *Bomo* etwas Geld, damit sie sich sechs Monate lang um mich kümmerte. Mein *Pak* meinte, sie sei nicht bei Trost. Zuerst war ich selbst nicht froh. Als die Ärzte sagten, dass ich vielleicht nicht mehr würde laufen können, da wollte ich sterben. Ich dachte, mit mir ist es aus. Ich sagte zu meiner *Mak:* Ich will kein Krüppel sein. Soll Allah mich zu sich holen! Die *Bomo* gab mir all diese Heiltränke. Aber ich wollte nichts schlucken. *Nichts* wollte ich nehmen. Das Zeug ist doch alles *patang,* dachte ich damals. Ich hielt nichts von dem abergläubischen Blödsinn, verstehen Sie.«

Auf seinem kräftigen, fleckigen Hals drehte er den Kopf erst in eine Richtung, dann in die andere. »Aber dieser Schmerz in meinem Bein – schlimm, sehr schlimm! Nicht zu beschreiben! Manchmal war ich ganz nass, wälzte und wälzte mich im Bett, hatte das Gefühl, mein Leben floss aus mir raus, wie Wasser im Abfluss, verstehen Sie?«

Sinha nickte verständnisvoll: »Ich kann es mir vorstellen.«

»Na, da sagte ich mir eines Tages: Okay, ich nehm sie. Die Aufgüsse von der *Bomo.* Und schon gings mir besser. Danach hab ich herrlich geträumt. Im Traum konnte ich gehen, sogar fliegen. Und wissen Sie, was passiert ist? Na? Können Sie sichs denken?«

»Em … Sie wurden gesund.«

Ismail warf einen ehrfürchtigen Blick auf das schmutzige geflochtene Armband, das er um sein linkes Handgelenk trug, und klopfte sich dann auf den Schenkel. »*Allahu akbar!* Sie hat wieder Leben in mein abgestorbenes Bein gebracht.«

Nach den sechs Monaten mochte er nicht mehr in sein Studentendasein zurückkehren und sich zum vereidigten Wirtschaftsprüfer ausbilden lassen. »Jetzt wollte ich *Bomo* werden. Mein *Pak* war entsetzt, aber meine *Mak,* die fand das gut – und wie in fast allen malaiischen Familien ist sie der Boss. Na, und so wurde ich ein moderner *Bomo.*«

Stolz hob sich seine Brust. Offensichtlich kam er zum Höhepunkt einer oft erzählten Geschichte.

»Ich verbrachte die nächsten sechs Monate mit Lernen, Lesen, mit Besuchen bei anderen *Bomos* in Ostmalaysia und so. Dann hab ich in Penang mein Büro als *Bomo* aufgemacht, klein, bloß ich selbst, 'ne Ein-Mann-Firma. Ich glaub, ich bin der erste Hightech-*Bomo.* Ich hab alles drauf, was ein normaler *Bomo* kann: Ich kenne die richtigen Beschwörungsformeln, ich weiß, welche Tinkturen und Aufgüsse man braucht, welches Räucherwerk, welche Bücher. Aber meine Termine, die werden per Handy vereinbart.« Er klopfte auf das Ericsson an seinem Gürtel.

»Webseite! Hab meine eigene Homepage.« Er zog seine Visitenkarte hervor und deutete auf das Kleingedruckte. »Meine Rechnungen versende ich als E-Mail-Attachments. Auch Sie können mir per E-Mail Fragen schicken und kriegen Antwort in Echtzeit-*lah!* Dies ist sogar ein WAP-Handy. Sie schauen ja so skeptisch. Noch Fragen?«

Sinha, der gespannt zugehört hatte, blinzelte angesichts der Unterbrechung. »Hm? Ach so, nein, skeptisch nicht, ganz und gar nicht.« In Wirklichkeit reagierte der indische Astrologe vor allem höchst verwundert auf die Begegnung mit einem Menschen, der noch längere und verzweigtere Geschichten erzählte als er selbst. Er bestrich eine weitere Brotscheibe mit Butter und sagte dann gemessen: »Ich bin nicht skeptisch. Nur der Schluss Ihrer Geschichte überrascht mich einigermaßen. Leute, die einen *Bomo* konsultieren, verfügen doch kaum über einen E-Mail-Anschluss?«

Ismail grinste breit. »Und ob! Alle denken ja wie Sie. Na, drum bin ich eben auch ein absoluter Hit. *Bomos* sind was für die Armen, die Arbeiterklasse, für Leute in Hütten, in Urwalddörfern? Nur Greise in alten Kampongs nehmen dies Zeug wirklich ernst, ja? Passt für Opa, aber nicht für den Enkel, oder?«

Sinha war sich nicht sicher, ob die korrekte Antwort auf diese Fragen »Ja« oder »Nein« zu lauten hatte, und sagte lieber gar nichts – die richtige Antwort, denn es waren rhetorische Fragen gewesen.

Der Besucher fuhr fort: »Alle sind dieser Meinung. Die Wahrheit sieht ganz anders aus. Viele Leute in Malaysias Mittelschicht glauben noch immer dasselbe wie ihre Großväter. Tief im Innern sind alle gleich. Auch Ausländer haben mich konsultiert. Selbst die annoncieren mich in einem New-Age-Buchladen.« Er hob seine leere Tasse, als wolle er sich selbst zuprosten. »Ich bin ein New-Age-Mystiker-*lah!*«

»Das Gefühl ist mir bekannt«, sagte Sinha, den nach dem üppigen Frühstück das heftige Bedürfnis nach einem Vormittagsschläfchen überkam. Er unterdrückte ein Gähnen. »Sie haben anscheinend wirklich eine Marktlücke als Ihre ganz persönliche Domäne entdeckt.« Er hob seine eigene Tasse und prostete zurück. »Aber nun sagen Sie mir eins: Was führt Sie zu mir? Worüber wollten Sie mit mir sprechen?«

Ismail stellte seinen Becher heftig auf den Tisch und beugte sich vor. Plötzlich ernüchtert, stützte er sich mit beiden Ellbogen auf das Set aus Bast und senkte den Blick.

»Aus Dankbarkeit gegen Allah, der mir neues Leben geschenkt hat, widme ich meine ganze Freizeit der Einrichtung eines Waisenhauses. Nur klein bis mittelgroß. Achtzehn Kinder hab ich da, von acht bis zwanzig. Früher waren es Straßenjungen. Ich bezahle zwei Fürsorgerinnen für sie. Ich krieg Sponsorengeld von Firmen, von der Moschee. Davon können wir Reis kaufen. Manche Hotels schenken uns übrig gebliebenes Essen, gebrauchtes Bettzeug und so. Meine Schwester Zarah, die ist schwer krank. *Pak* und *Mak* können sie nicht pflegen. Ich kümmere mich um sie, hab nur für sie allein eine Krankenschwester besorgt.«

Sinha bemerkte, dass der Mann beim Sprechen seine großen Hände rang. Offensichtlich stand er unter Stress.

»Geht es Ihnen um finanzielle … äh …?«

»Geld brauch ich nicht. Nur einen fachlichen Rat.« Ismail beugte sich noch weiter vor und betrachtete seine Hände. Er war auf einmal todernst. »Ich möchte Ihnen einen Fall beschreiben, den ich ganz erstaunlich finde. Es dreht sich um eine junge Person bei mir zu Hause, die ein großes Problem hat – Unglück steht in ihren Sternen. Sehr schlimm, nur schlechte Vorzeichen. Ich weiß nicht, was ich machen soll. In dieser Sache brauch ich selbst den Rat eines Kollegen.«

»Aber selbstverständlich! Ich bin nur zu gern bereit, den Fall zu überprüfen. Gewiss werden Sie später einmal Gelegenheit haben, mir den gleichen Dienst zu erweisen. Mitunter wissen wir alle nicht weiter. Möchten Sie, dass ich sie sehe oder ihre Daten analysiere? Ist es Ihre Schwester?«

»Danke. Sie sind sehr freundlich. Ein Gentleman, ganz wie man mir gesagt hat. Ich bin Ihnen sehr, sehr dankbar für Ihre Zusage. Aber es ist nicht meine Schwester. Nur eine Klientin. Ich muss aber noch was sagen. Ich brauch Ihr festes Versprechen, diese Sache vertraulich zu behandeln.«

»Selbstredend! Ich behandle all meine Fälle vertraulich.«

»Nein. Für diesen Fall brauch ich ein besonderes Versprechen. Ich hab hier …« Er öffnete seine Mappe und holte einen Plastikbeutel hervor, in dem etwas Feuchtes steckte.

Sinha sah zu seiner Verblüffung, dass es ein totes Huhn war.

»Wir verwenden oft solche Sachen«, sagte Ismail. »So ist das in der *Bomo*-Schule, zu der ich gehöre. Tut mir Leid, es ist ein bisschen dreckig, aber …« Er nahm das Huhn heraus. Sinha beobachtete bekümmert, wie Blut aus dem Hühnerhals auf seine Bastsets tropfte. »*Seilah!* Tut mir Leid!«, wiederholte Ismail. »Zuckt noch ein bisschen, ist aber ziemlich tot. Ich habs vor der Tür geschlachtet, direkt bevor ich reinkam. Wenn man ein feierliches Gelübde ablegt, muss das Blut frisch sein.«

Sinha schaute zu, wie sein malaiischer Besucher die Augen schloss und sich in einen tranceartigen Zustand versetzte, um das Huhn für sein Ritual herzurichten. Überrascht bemerkte er, dass der Mann lautlos weinte.

In einem gepflegten Abschnitt der Sago Street in Singapurs Chinesenviertel erklang zwei Stunden später die sanft nachhallende Glocke an einer Wohnungstür.

Eine Chinesin öffnete. Sie war so mit Schmuck behangen, dass es sich anhörte, als ob jemand in einem Kaufhaus eins dieser Gestelle für Ketten und Armbänder durch die Gegend rollte. »Herein, herein!«, sagte sie. »Sie sind sicher Mr. Ismail.«

»Ja. Und Sie sind Madam Xu«, antwortete der Besucher. »Freut mich sehr, Sie kennen zu lernen. Ich bin Amran Ismail, Ihr ergebener Diener.«

Ihr herzliches Lächeln gefror, als sie in der Hand ihres Besuchers einen Plastikbeutel bemerkte, in dem sich etwas bewegte.

»Was ist denn das? Ihr Mittagessen?«

Er blickte auf den Beutel in seiner Hand, als würde er ihn zum ersten Mal sehen. »Nun ja«, antwortete er. »Später, *inschallah*. Ein Huhn. Ich verbrauche echt viele Hühner.«

»Das erinnert mich an Hongkong«, sagte sie angewidert. »Scheußliche Stadt. Alle Leute kommen mit solchen zappelnden Einkaufstaschen vom Markt. In Hongkong wird alles lebend verkauft. Geben Sie den Beutel meiner Hausgehilfin, die soll ihn in der Küche für Sie aufbewahren. Und dann treten Sie näher, nehmen Sie Platz, trinken Sie eine gute Tasse Tee. Darjeeling?«

»Oh ja, gern, nett von Ihnen«, sagte Mr. Ismail. »Aber erst muss ich mal Ihr Klo benutzen. Ich hab heut schon mindestens fünf Liter Tee getrunken.«

Nach wenigen Minuten kam er zurück und betrat das größte Zimmer der Wohnung, wo er Madam Xu vorfand. Für eine Frau, die so offensichtlich auffällige Accessoires liebte, war ihr Wohnzimmer überraschend spartanisch eingerichtet. Den Fußboden aus nussbraunem Parkett schmückte kein einziger Teppich oder Vorleger. Das Mobiliar bestand im Wesentlichen aus einem schwarzen Ledersofa und einem Altartisch vor einem Schrein in traditionellem chinesischem Rosenholzdesign mit Beschlägen aus mattgrauem Metall. Es gab keinen Fernseher. Dafür standen in einem gleichfalls aus Rosenholz gefertigten Regal mehrere Dutzend kleine Fotos in allen möglichen Rahmen.

Etwa fünf Minuten lang plauderten sie unverbindlich über dies und jenes. Dann gab Ismail ihr eine Einführung in seinen Werdegang als *Bomo.* Nach einer zweiten Tasse Tee verkündete er schließlich würdevoll, es sei nun an der Zeit, ihr den Grund seines Kommens vorzutragen. Mit zunehmend ernster Miene teilte er Madam Xu mit, dass er unbedingt ihren Rat brauche in der Angelegenheit einer jungen Frau. Nach den vorhandenen Vorzeichen drohe ihr anscheinend großes Unheil, das es dringend abzuwenden gelte.

»Über alle Einzelheiten müssen Sie einhundert Prozent Stillschweigen bewahren«, sagte er.

»Aber gewiss doch«, antwortete Madam Xu, »zumal Sie mir über die Klientin und ihren Fall ja überhaupt nichts mitgeteilt haben, was ich in die Welt hinausposaunen könnte.«

»Nein, aber gleich sage ich Ihnen die schockierenden Details. Absolut, *absolut* vertraulich, verstehen Sie?«

»Ja, ja, ja!«, rief die Wahrsagerin ungeduldig.

»In meiner *Bomo*-Schule wird ein wenig Blut versprengt, wenn man etwas gelobt. Nur dazu hab ich das Huhn mitgebracht. Ich geh jetzt mal in die Küche und hol es.«

»Lassen Sie, nicht nötig«, sagte Madam Xu. »Ich rufe das Mädchen, die kann es bringen.« Sie griff nach einer Glocke auf einem Tischchen und schellte energisch. Dann rief die so zierliche Frau mit verblüffender Lautstärke: »Conception! Bring das Huhn unseres Besuchs.«

»Gleich, gnä' Frau!«, kam kreischend die Antwort.

Ismail wartete angespannt, denn ohne sein Huhn fühlte er sich unsicher und nervös. Es war klar, dass er einstweilen nichts sagen würde. Erst musste das Schweigegelübde unter allen notwendigen Zeremonien abgelegt werden.

Sie schwatzten noch ein wenig über allgemeine Themen. Dann prägte der Gast Madam Xu nochmals mit Nachdruck die entscheidende Notwendigkeit ein, alle Umstände des Falls, den er ihr schildern würde, ganz und gar für sich zu behalten. Dabei beugte er sich immer wieder zur Seite und reckte den Hals, um nachzusehen, ob man nicht endlich sein Huhn brachte.

»Warum kann ichs nicht einfach holen gehen?«

»Es kommt ja schon«, sagte seine Gastgeberin. »Conception? *Wo bleibst du?*«, schrie sie.

Zwei Minuten später wälzte sich ein griesgrämiger Pudding von einer Hausgehilfin durch den Flur und hielt eine große Platte, auf der der Vogel lag – gebraten, in Sojasoße schwimmend, mit Knoblauchscheibchen bedeckt und mit Pandan-Blättern garniert. »Ist fertig, gnä' Frau«, brummelte die Perle.

»Ach!«, sagte Amran Ismail. »Sie haben es gekocht?«

»Mikrowelle«, erläuterte Madam Xu. »Haben wir vor einem Monat gekauft. Sechshundertfünfzig Watt. Jetzt kann Conception ein Hühnchen in elf Minuten braten. Wenn sie auf ›doppelte Kochzeit‹ drückt, dauert es neunundzwanzig Minuten.«

»Äh, schönen Dank.« Der *Bomo* nahm der Hausangestellten die Platte ab.

Einigermaßen unbeholfen vollzog er sein Ritual mit dem Brathuhn. Statt mit Blut besprengte er seine Hände und die Hände seiner Gastgeberin mit duftender warmer Soße. »Was soll man machen«, murmelte er, wobei er die dichten Brauen runzelte.

Madam Xu ließ sich höflich die Soßentropfen auf ihren Händen gefallen, wischte sie aber rasch mit Papiertüchern fort. Ihr Taschentuch aus parfümierter Seide diente ihr einzig dazu, sich ab und zu das Gesicht abzutupfen.

»Soll Conception es für Sie tranchieren?«

»Em … nein. Ich esse es später.«

»Gut, mein Junge. Berichten Sie mir nun von Ihrer Klientin mit dem ernsten Problem.«

»Ja«, sagte er. »Es wird Zeit.«

Zum zweiten Mal an diesem Tag erzählte Ismail die Geschichte seiner Jugend in einem armseligen Kampong im ostmalaysischen Dschungel und wie er nach einem schrecklichen Unfall mit der Hilfe einer traditionellen Zauberin genesen war und danach beschlossen hatte, selbst *Bomo* zu werden.

»Sind *Bomos* denn nicht ziemlich, äh, primitiv?«, wagte Madam Xu einzuwenden.

Ismail sah beleidigt aus. »Ich kenn mich mit Computern aus. Mit Internet. Ich verbinde Altes und Neues. Ich verwende nur solche alten Zauberformeln, die auch wirken. Mir ist klar, dass manches, was

Bomos machen, reines Theater ist. Knochen und all so was. Für Kinder! Ich lass diese Sachen weg. Nichts als Angeberei.«

»Sie mögen aber dieses Hühnerzeug?«

»Hühnerzeug ist echt und wichtig und wissenschaftlich!«, sagte er im ungeduldigen Tonfall eines Menschen, der sich gezwungen sieht, etwas Selbstverständliches zu erläutern.

»Ich verstehe.«

»Ich führe ein Waisenhaus in der Nähe von Kuala Lumpur. Gepriesen sei Allah, der mir in seiner Gnade das gute Werk ermöglicht. Meist helfe ich ausgerissenen Jungen – Teenagern. Aber auch Mädchen. Die schicke ich zu einer Kusine. Sie ist fromm. Um die Jungen aufzugabeln, treib ich mich spätnachts auf den Straßen rum. Einmal in der Nacht, in einer Disco in K.L., da gab es einen riesigen Krawall. Zwei Männer stritten sich um eine Frau. Die war am Ende, kein Geld, keine Familie, keine Freunde, kein Kontakt, einfach kaputt. Ich hab mir die zwei Typen vorgeknöpft, so dürre Ratten alle beide, hab sie rausgeschmissen. *Kacang putih-lah!* Schaffte ich locker.«

Bei der Erinnerung musste er grinsen. »Das Mädchen hab ich nicht zu meiner Kusine gebracht. Da würden die Männer – diese Halunken – sie womöglich finden. Drum hab ich sie versteckt. Irgendwas sagte mir: Die hat Allah geschickt, damit ich ihr helfe. Eine Chinesin wars. Klein. Nicht besonders hübsch. Höchstens ein bisschen. Dünn, klein. Aber sie hat massenhaft Energie. Überhaupt nicht schüchtern, verstehen Sie? Jede Menge Feuer.«

»Das wurde von mir früher auch behauptet«, sagte Madam Xu verträumt. »›Sie hat ein gewisses Feuer.‹ Es ist einige Jahre her. Nun, erzählen Sie: Wer war sie? Wie kam es, dass sie in Kuala Lumpur gestrandet ist? War sie ein Mädchen vom Lande?«

»Dachte ich auch. Aber so wars nicht. Ich merkte, dass sie nicht von hier war. Sie hat ganz weißlichgelbe Haut, und sie spricht Englisch und Kantonesisch. Spreche ich ebenfalls. Sie ist aus Hongkong. Was macht sie in Malaysia? Sie sagt: Ferien. Sagt, sie ist Touristin. Aber sie lügt nicht so gut. Welche junge Touristin landet total kaputt in einer Disco in K.L.? Nein, sag ich, für was hältst du mich, für einen Idioten? Ich denk mir schon, was los ist. Sie hat in Hongkong was Schlimmes angestellt. Ist in Malaysia untergetaucht. Sie ist … *auf der*

Flucht!« Er betonte seine Worte derart melodramatisch, dass sie in einen Hindi-Film gepasst hätten.

»Wie lautet ihr Name?«, fragte die Wahrsagerin unvermittelt.

»Clara.«

Sie schrieb ihn in ihr Notizbuch. »Ein hübscher Name. Sehr literarisch.«

»Sie wohnte dann in meinem Heim für Jungen in der Nähe von K. L., insgesamt eine Woche.«

»Im Jungenheim?«

»Klar! Als Versteck. Wer sucht in einem religiösen Heim für Knaben nach einem Mädchen? Ich steckte sie in 'ne weiße Kittelschürze. Große Mütze auf den Kopf. Alle glaubten, sie gehört zum Personal, als Köchin. Und erst da kam ich drauf, mir mal ihre Geburtsdaten anzusehen. Schauen Sie: Sie war ja erst mal eins meiner geretteten Waisenkinder, noch keine Klientin von mir.«

Er bückte sich plötzlich und zog aus seiner schäbigen Mappe einige zerknitterte Papiere.

»Dann hab ich aber trotzdem die Karten befragt. Eines Nachmittags hab ich ihr Schicksal untersucht, mit den Karten, mit Knochen, mit Symbolen, mit der Feuerprobe, mit Vögeln, mit allen möglichen Methoden. Ich hab ihre Handlinien gelesen, ihr Gesicht angeschaut. Die Linien auf ihren Fußsohlen. Ihre Augenfarbe. Die Streifen auf ihren Fingernägeln.«

Er hob einen A4-Bogen hoch, auf dem das fotokopierte Bild einer kleinen Hand zu erkennen war.

»Die Ergebnisse waren einfach schockierend! Der erste Test ergab, dass sie verschwinden würde. Dass der Tod demnächst bevorsteht. Der zweite: dasselbe. Der dritte auch: großes, großes Unheil in nächster Zukunft. Sie wissen ja, wie in diesem Beruf Botschaften rüberkommen, nicht wahr, Madam Xu? Kleine Hinweise, Vorahnungen. Eine weist ein bisschen in diese Richtung, die andere dahin, man deutet sie mal so, mal so, fügt alles zusammen und kommt am Ende zu einem Ergebnis, stimmts? Aber dies hier ist ein absolut hoffnungsloser Fall.«

»Ich hatte auch schon solche Fälle«, prahlte Madam Xu, die es gar nicht mochte, wenn irgendjemand ihr überlegen schien. »Unmittelbar vom Tod bedrohte Personen. Scharenweise! Die Hälfte meiner Klienten.«

Er überging ihren Einwurf. »Vor sechs Tagen brachte ich sie zu einem Alten, der in einem Gebirgsdorf im Süden von Melaka lebt: ein bedeutender Mann mit sehr, sehr großer Macht. Er heißt Datuk Adzil Abu Hitam Noor, aber alle *Bomos* nennen ihn nur Großer Bomo. ›Gewöhnlich bittet man mich, jemandem sein Schicksal vorauszusagen‹, sagte er. ›Diese junge Frau hat aber kein Schicksal mehr. Sie wird beim nächsten Vollmond sterben, in zehn Tagen, um die zehnte Stunde.‹«

Unbehaglich bewegte sich Madam Xu auf ihrem Sitz. »Und das geschah erst vor kurzem?«, fragte sie.

Ismail nickte. »Vor sechs Tagen brachte ich sie zum Großen Bomo. Danach hatte ich dann ein echtes Problem-*lah!* Ich hab ihr nämlich alles gesagt. Weil ich wollte, dass sie sich in Acht nimmt. Bei mir bleibt. Außer Gefahr.«

»Lassen Sie mich raten: Clara lief davon.«

»Ja. *Teruk!* Am nächsten Tag war sie weg. Hat eine Nachricht dagelassen. Schrieb, wenn sie schon sterben muss, will sie glücklich sterben. Geht nach Singapur, wo sie bei Verwandten unterkommt. Ich ihr nach. Um sie zu finden.«

»Und? Haben Sie sie gefunden?«

»Klar!«, sagte er stolz. »Sie lebt in aller Ruhe bei einer Tante oder so. Ich wohne in einem billigen kleinen Hotel in ihrer Nähe. Hab sie besucht. Sagte ihr, dass ich mich geirrt hab. Sie muss gar nicht sterben. War alles bloß ein Irrtum.«

»Aber das stimmt nicht!«

Er seufzte tief, und selbst sein Atem schien schmerzerfüllt, als er sich zurücklehnte. »Richtig. Ich hab geschwindelt, hab sie getäuscht. Betrogen. Was sie vermutlich weiß. Wenn der Große Bomo Recht hat, muss sie schon sehr bald sterben. In vier Tagen. Um die zehnte Stunde.«

»Aber man kann doch auf keinen Fall derart präzise Voraussagen treffen? Selbst ich kann das nicht, dabei bin ich für meine medialen Fähigkeiten berühmt. Sogar heute noch hat jemand meine Begabung als ›legendär‹ bezeichnet.«

»Ich auch nicht. Aber der Große Bomo … und all die andern Vorzeichen – Sie müssen sich die Beweise ansehen, Madam Xu! Dies ist ein extremer Fall.« Er klang verzweifelt. Seine Stimme bebte, sein Kopf sank zwischen die Schultern. Die Geschichte schien ihn selbst zu entsetzen.

Schweigen trat ein, während die beiden im Wohnzimmer saßen und sich in die Papiere auf dem Tisch vertieften. Nur ein grüner Wellensittich in einem Winkel, aufgescheucht durch die plötzliche Stille, belebte den Raum mit seinem Gekreisch.

»Zwei Sachen möchte ich von Ihnen haben«, sagte Ismail.

»Bitte, fragen Sie.«

Er schob ihr die Papiere zu. »Hier gebe ich Ihnen ihre Daten. Da sind Kopien ihrer Handflächen und Fußsohlen, ihre Geburtsdaten, meine ganzen Unterlagen, so. Ich hab auch ein Foto von ihr. Ich möchte, dass Sie sich alles ansehen und mir sagen, ob ich Recht hab oder nicht. Wenden Sie Ihre eigene Methode an. Wenn Sie rausfinden, dass ich mich geirrt hab, bin ich der glücklichste Mensch der Welt!«

»Und wenn Sie Recht haben?«

Er schluckte. »Wenn ich Recht hab, müssen Sie bitte ein Gegenmittel finden. Rasch! Etwas, womit sich ihr Schicksal abwenden lässt. Ich bin ja zu Ihnen gekommen, weil ich nur mit den besten Leuten in unserem Beruf zusammenarbeiten kann. Ich will nicht, dass sie stirbt. Sie ist doch erst neunzehn!«

Aus dem Stapel, den er ihr anbot, zog Madam Xu den Abdruck einer winzigen weiblichen Hand. Sie hielt das Blatt hoch und setzte sich ihre Lesebrille auf. Sofort weiteten sich ihre Augen. »Das ist aber merkwürdig! Diese Lebenslinie. Sie ist so kurz. Hört einfach auf.«

Amran Ismail nickte. Seine Augen wurden feucht, und er schien außer Stande, jetzt etwas zu erwidern.

»Eigentlich sage ich die Zukunft nicht gern nach Kopien voraus«, fuhr sie fort. »Ich würde Clara lieber leibhaftig vor mir sehen.«

»Das lässt sich vielleicht machen. Später«, flüsterte er.

»Hm.« Die Wahrsagerin nahm eine andere Brille und hielt sich die Kopie dicht vor die Augen. »Nun ja, Sie wissen so gut wie ich, Mr. Ismail, dass Handleser fast nie aufgrund der Linien in einer Hand ein genaues Todesdatum bestimmen. Das tut man nicht. Es *geht* gar nicht. Aus praktischen und wissenschaftlichen Gründen. Und Ihnen ist vermutlich ebenfalls bekannt, dass sich Handlinien verändern, wenn Menschen älter werden. Das gilt besonders hier, da es sich um ein neunzehnjähriges Kind handelt.«

»Ja und?«

»Dennoch … hier droht entschieden Gefahr. Ich verstehe, was Sie meinen. Du meine Güte!« Sie starrte ungläubig auf die Kopie. »Dies ist wirklich erstaunlich. Ich verstehe, warum Sie sich Sorgen machen. Alle drei Hauptlinien sind ungewöhnlich kurz. Sie laufen alle in kleine Verzweigungen aus, und zwar lange bevor es normal wäre. Das ist schon verblüffend!«

Der *Bomo* nickte langsam.

»Sie hat keine Raszetten«, ergänzte die Wahrsagerin.

»Dies Wort kenne ich nicht. In Sabah haben wir andere Handlesemethoden.«

»Das versteht sich. Ich jedoch verwende das klassische System, das seit Jahrhunderten praktiziert wird. Ihr andern mögt ja eure eigenen Methoden haben, auch wenn sie falsch sind. Also: Raszetten – Sie sollten sich das am besten aufschreiben – ist das Fachwort für die Ringlinien an der Stelle, wo das Handgelenk an die Hand grenzt. Auf der Innenseite. Jede dieser Linien steht angeblich für dreißig Lebensjahre. Ihre Klientin hat überhaupt keine. Ich habe noch nie jemanden ohne Raszetten gesehen.«

Sie legte das Blatt Papier nieder. »Ich übernehme die Sache! Ich benötige mehrere Stunden für eine korrekte Analyse. Und ich würde die junge Dame wirklich gern kennen lernen. Es ist ein ernster und Besorgnis erregender Fall, und ich wäre froh, wenn ich helfen könnte. Um hier eine glückliche Lösung zu finden, bedarf es großer Fachkenntnisse. Ich kann nicht einmal versprechen, dass es gelingt.«

Wieder nickte Amran Ismail.

Madam Xu betrachtete seine schmerzverzerrten Züge. »Ich kenne mich in den Menschen aus, Mr. Ismail. Ich weiß, dass fast alles, was Sie mir erzählt haben, der Wahrheit entspricht.«

Unter ihrem strengen Blick rutschte er linkisch und sichtlich unangenehm berührt herum. »Was meinen Sie damit?«

»Fast alles, was Sie gesagt haben, stimmt. Doch einen Umstand haben Sie verschwiegen. Einen höchst bedeutsamen Umstand.«

Er sagte nichts.

Sie fuhr fort: »Sie sind verzweifelt darum bemüht, das Leben des Mädchens zu retten, denn es ist einer der Teenager in Ihrem Kinderheim und jetzt auch Ihre wichtigste Klientin. Aber es gibt einen weiteren Grund.«

Amran Ismail starrte sie an und sagte immer noch kein Wort.

»Sie haben sich in sie verliebt!«, stellte Madam Xu fest.

Der *Bomo* schniefte. Er verzog das Gesicht. Sein Spitzbärtchen zitterte. Er brach in Tränen aus.

»Ja«, wisperte er mit versagender Stimme. »Ja, hab ich.«

Die markerschütternde Wehklage, die aus der Kehle des riesigen Mannes hervorbrach, ließ den Wellensittich vor Schreck verstummen und lenkte sogar Conception vom Reinigen ihres geliebten neuen Mikrowellenherdes ab.

Der Geomant blickte zwinkernd zum Eingang hinüber, der so ausgeleuchtet war, dass es zugleich schmerzhaft grell wirkte, und doch viel zu dunkel war, um etwas zu erkennen. Eindeutig ein Wunder moderner Beleuchtungstechnik! Dann las er noch einmal den kleinen Zettel in seiner Hand. »Dan T.'s Inferno«, stand da, »Mohamed Sultan Road«. Er spähte wieder nach dem Neonschild über dem Eingang. Flammen umgaben einen Mischmasch aus unleserlichen Buchstaben, doch vage konnte er ein D und ein T ausmachen. Das musste es sein. Nur – wo war Joyce McQuinnie? Er warf einen forschenden Blick in die wartende Menge, konnte sie aber nirgends entdecken. Nun, er stand ja tatsächlich ziemlich weit entfernt.

Argwöhnisch und aus der sicheren Entfernung der gegenüberliegenden Straßenseite nahm C. F. Wong die Disco in Augenschein. Auf ihn wirkte das Lokal nicht nur wenig einladend, sondern geradezu Furcht erregend. Davon abgesehen, dass er wegen des knalligen Lichts über dem Eingang blinzeln musste, drangen von innen schreckliche Geräusche ins Freie. Wer konnte Lust haben, sich einem derart gefährlichen Ort zu nähern? Das ganze Gebäude schien unter dumpf dröhnenden Schlägen zu pulsieren, die buchstäblich die Erde beben ließen – selbst hier, wo er stand, gut fünfzehn Meter entfernt, konnte er es spüren. Musik im eigentlichen Sinn hörte er nicht; nur das gnadenlose Bum-bum-bum der Disco-Rhythmen, jenes heutzutage im Fernsehen und in Kaufhäusern allgegenwärtige Hintergrundstakkato. Es kam ihm vor wie der Herzschlag eines in Panik geratenen vergrabenen Monsters.

Obgleich ihn die Szene körperlich abstieß, bemerkte der Geomant, dass sie Jugendliche anlockte: Vor dem Eingang drängten sie sich in Scharen, und während er noch zuschaute, wurde die Schlange ständig länger. Die auf Einlass wartenden Leute trugen auffällig schrille Kleidung. Eine junge *Gestalt* (er konnte nicht erkennen, welchem Geschlecht sie angehörte) rückte allmählich in der Schlange vor, auf enormen Plateausohlen schwankend, über denen sich stockdürre Beine erhoben. Ihr weiß geschminkter Freund – oder war es eine Freundin? – trug eine fußlange Robe wie ein Mönch aus einem schwarzen Orden. Hinter ihnen stand lachend ein junger Mensch mit Ohrsteckern und kahl geschorenem Kopf neben einer weiteren Person undefinierbaren Geschlechts, die ein Zigeunertuch umgebunden hatte.

Eine flackernde Laterne ließ die Straße wie einen Unfallort erscheinen. Von Osten her wehte eine leichte Brise. Der Duft von gebratenem Fisch hing in der Luft.

Es war dunkel. Er war müde und hungrig. Er wollte nach Hause.

In der Schlange rührte sich etwas und ließ ihn aufmerken. Jemand rief seinen Namen: »C. F.! C. F.! Hier drüben!«

Nochmals schaute er hin. Die Gestalt mit den staksigen Beinen winkte ihm zu. Sollte das …? Doch wohl nicht! Er kniff die Augen zusammen und fixierte das Wesen. »C. F.! Hier sind wir!«, rief es wieder.

Es war seine Praktikantin. Er hob als Erkennungszeichen kurz die Hand und überquerte mit grimmiger Miene die Straße.

Beim Näherkommen hörte er, wie sie zu ihren Freunden sagte: »Das ist er, das ist er!«

Die Gestalt in der Kutte sagte: »Cool! Ein echter Fäng-Schuh-i-Typ!«

»Guten Abend«, sagte der Fengshui-Meister.

»Hallo!«, sagte Joyce. »Danke, dass Sie kommen?«

»Jo, Mr. Fengshui-Mann?«, sagte ein kleines Ding an ihrer Seite, das anscheinend nichts als schwarze Unterwäsche anhatte.

In seinem Lehrbuch *How's Tricks? Umgangsenglisch II* hatte Wong gelesen, dass in der englischen Hochsprache das Anheben der Stimme am Ende eines Satzes eine Frage bedeutete. Doch längst hatte er mitbekommen, dass fast alle Aussagesätze seiner jungen Praktikantin und ihrer Freundinnen ebenfalls mit einem angehobenen Ton endeten.

»Meine Kumpel?«, sagte Joyce. »Also: Nike, Sammo und Dibby?«

»Na dann!«, sagte eine ellenlange Gestalt mit kurzem, waagerecht hochgekämmtem Schopf und nickte Wong zu.

»Wann?«, fragte Wong.

»Wie soll ich das wissen?«, antwortete das Wesen.

»Verstehe«, sagte er verständnislos.

Während Joyce sie flüchtig miteinander bekannt machte, schob sich die Schlange um etwa einen Meter vor.

»Dani hat uns versetzt«, sagte sie. »Dani Mirpuri, die eigentlich auch kommen wollte?«

Überrascht vernahm Wong den Namen einer Klientin. »Mrs. Mirpuri wollte auch kommen?«

»Nee«, lachte Joyce, »ihre Tochter. Mrs. Mirpuri ist viel zu alt. Die würde hier nie reingelassen.«

»Aha«, sagte Wong, der um einiges älter war als Mrs. Mirpuri.

»'tschuldigung, Mr. Wong – in welcher Richtung soll mein Bett stehen?«, fragte jemand hinter ihm. »Nach Osten, oder?«

»Also, ich hab gelesen, dass mein Bett nach Norden ausgerichtet sein soll«, meldete sich ein daneben stehendes Geschöpf. »Was stimmt denn nun?«

»Yeah! Was stimmt?«

Wong blickte von einem übermäßig geschminkten Gesicht ins andere. »Ehm …« Es widerstand ihm, Fragen zu beantworten, die seine vielschichtige Geheimlehre wie einen Regelkatalog abhakten. »Osten mag für einen passen, Norden für andern«, sagte er. »Möglicherweise stimmt beides.«

Wieder lachte Joyce. »Ha! Damit ist deren Problem nicht gelöst. Sie schlafen nämlich in einem Stockbett.«

Ihre Bemerkung löste allgemeines Kichern aus. Wong, der sich nicht sicher war, ob sie mit ihm oder über ihn lachten, grinste nur nervös.

»Wie stehts denn mit verheirateten Leuten?«, fragte ein hoch aufgeschossenes Wesen mit Stachelhaar und baumelnden Ohrringen. »Die pennen doch im selben Bett. Wenn nun aber die Fengshui-Tabellen sagen, dass sie in verschiedenen Richtungen schlafen sollen, was dann?«

»Neunundsechzig!«, sagte das Ding in Unterwäsche.

Diese unverständliche Antwort hatte zur Folge, dass die stachelhaarige Gestalt vor Lachen heulte, sich den Bauch hielt und so tat, als ob sie umfallen müsste.

Wong, dem es nicht gegeben war, anders als ernsthaft zu antworten, erklärte: »Gewöhnlich rate ich Ehepaaren, mit dem Kopf nach Norden zu schlafen. Im Norden ist Winter. Auch Sexualität.«

»Ohooooh!«, feixten etliche Stimmen zugleich.

Wong kniff den Mund fest zusammen und sah weg.

Wieder bewegte sich die Schlange vorwärts, bis die Gruppe vor dem Eingang stand.

Der Türsteher, ein großer Chinese, trug eine Dienstmarke, auf der »Hauptportier« stand. Ratlos blickte er auf Wong hinunter. »Wer soll denn das sein?«, fuhr er Joyce an, die er offenbar kannte. Dem Geomanten war bewusst, dass er nicht ins Erscheinungsbild der Gäste dieser Disco passte. Er fragte sich, ob er nicht gehen sollte, ehe man ihn durch Eintrittsverweigerung demütigte.

»Mein Banker«, informierte Joyce den Portier. »Mein Sugar Daddy. Er ist steinreich!«

Der Portier musterte Wong von oben bis unten. »Reich?«, fragte er argwöhnisch.

»Sieh dir doch bloß seine Klamotten an«, sagte der junge Mensch, der vorher zu Wong »Na dann« gesagt hatte, ohne ihm zu erklären wann. »Würde er so rumlaufen, wenn er keine Kohle hätte?«

Der Portier besah sich Wongs schäbigen chinesischen Anzug, den fadenscheinigen Schal und die ausgetretenen Schuhe. »Okay, okay!«, sagte er. Dann nickte er kurz zur Seite und rief einer malaiischen Frau mit teefarbenem Haar, die jenseits des Vorhangs an einem Tisch saß, barsch zu: »Rein! Vier!«

Als sie ins dunkle Innere traten, wandte sich Wong verblüfft an Joyce: »Haben Sie ihm gesagt, dass ich Ihr Vater bin?«

»Nee, Sugar Daddy. Das ist so was wie ein reicher alter Typ, der gern mit, äh, jüngeren Leuten ausgeht. Wir nennen das Banker.«

»Edelbanker«, sagte das kleine Ding.

»Wenn wir höflich sind«, ergänzte Stachelhaar lachend.

»Aha«, sagte Wong nachdenklich. »Sie meinen …«

»Haam-sup lo«, dolmetschte die Kleine in Unterwäsche.

»Verstehe«, sagte der Fengshui-Meister, schockiert angesichts der Erkenntnis, dass man ihn als alten Lüstling eingeführt hatte.

Er öffnete den Mund zu einer Frage, doch in dem Moment betraten sie den Hauptsaal der Disco, und das lauteste Getöse, das er je gehört hatte, ließ ihn die Hände fest auf die Ohren pressen, während er angestrengt versuchte, seine Augen an die unheimliche rötliche Dunkelheit zu gewöhnen.

Sie drängten sich durch das dichte Gewühl verschwitzter Leiber. Verzweifelt schnappte Wong sich ein schalartiges Stück Stoff, das um Joyce' Schultern wehte, damit er sie nicht verlor. Seine Praktikantin wirkte in ihrer Freizeitaufmachung völlig fremd. Er würde sie hier sicher nie wieder finden, selbst wenn er direkt neben ihr stand.

Und der Krach! Wie konnte man diesen Ort nur als Treffpunkt für ein Gespräch unter Freunden wählen? *»Aijaah!«,* sagte er – oder glaubte es zu sagen. Die Musik dröhnte dermaßen laut, dass er seine eigene Stimme nicht hörte, ganz zu schweigen von den Stimmen der anderen. Musik dieser Lautstärke musste unmittelbar zu Taubheit führen! Wie hielten die Leute das aus?

Dann trug ihn der Lärm für einen Augenblick in seine Jugend zurück, als er einmal als Teenager im Hafen von Guangzhou seinem Onkel geholfen hatte, eine Ladung Reis aus einem Trampschiff zu löschen. Während er seinem Onkel die Säcke hinunterwarf, balancierte er mühsam an einer Seite des Schiffs. Da zog einer seiner Vettern mutwillig das Nebelhorn. Der Ton war so laut, dass Wong glaubte, die Welt ginge unter. Er verlor das Gleichgewicht, fiel kopfüber vom Schiff und landete halb auf seinem Onkel, halb auf den aufgestapelten Säcken. Der Onkel, dem dabei eine Rippe brach, schimpfte auf beide

Jungen. Wong verletzte sich die linke Hand, mit der er den Fall auffing. Dennoch ging er sofort wieder an die Arbeit, damit sein Vetter keinen Ärger bekam. Jenes erschreckende Tuten war nur ein kurzer ohrenbetäubender Schall gewesen. Hier in der Disco war es ebenso laut, doch der Krach dauerte an.

Er spürte, wie er in einen kleinen dunklen Raum geschoben wurde. Hinter ihnen schloss sich die Tür. Der Raum war teilweise schallgedämpft, sodass man sich unterhalten konnte, wenn auch das Stampfen der Musik nach wie vor über den Fußboden und durch die Wände drang.

»Ruhiger«, sagte er. »Besser!«

»Dies ist der Karaoke-Raum«, sagte Joyce.

»Wir sagen Pimperkammer dazu«, kicherte eine der Gestalten, die mit ihr da waren.

»Checkt er doch nicht«, wandte eine andere ein.

»Öckern«, erklärte eine dritte.

»Einparken«, übersetzte eine vierte.

»Hoppeldipopp«, sagte eine fünfte.

»Ach so«, meinte Wong, der gar nichts verstand.

Joyce warf ein: »Aber Karaoke ist ja heute so was von out! Der Raum ist einfach gut zum Reden, ja?«

»Da draußen kann man sich selbst nicht mal denken hören«, sagte jemand.

»Jawohl!«, stimmte Wong zu.

»Warten Sie hier bitte«, bat Joyce. »Ich geh jetzt den ›Iceman‹ holen. Möchten Sie was trinken?«

»Äh, grünen Tee«, sagte Wong.

Joyce sah ratlos aus. »Ich glaube nicht, dass sie das hier haben. Ich frag mal.« Sie schlüpfte hinaus, und als sie die Tür öffnete, strömte Trommeldonner herein wie ein Drache.

Wong schüttelte langsam den Kopf. Wie konnte es in einem chinesischen Lokal voll chinesischer Gäste in einer chinesischen Stadt keinen Tee geben? Das moderne Singapur war ihm ein Rätsel und brachte ihn aus der Fassung. Es lag nicht auf seinem Planeten.

Der Fengshui-Meister war bereit gewesen, seine Praktikantin hier zu treffen, denn sie hatte ihn gedrängt, einen jungen Mann kennen zu lernen, der in der Discoszene zu Hause war und ihrer Meinung nach nützliche Hinweise liefern konnte, die Wong in einem seiner Fälle weiterhelfen würden. Aber was hatten diese frech blickenden, androgynen Jugendlichen mit seiner stillen Welt der Büros, Privatwohnungen und Geländepläne zu tun? Er seufzte. Sie trübte oft genug seine Tage – warum musste sie ihm auch noch seine Abende verderben?

Joyce, die ungeduldig an der Bar Schlange stand, um Getränke zu bestellen, wurde nachdenklich. Klar machte es ihr Spaß, mit den Freunden zusammen zu sein, die sie in Singapur gefunden hatte – alle durch Ling, mit der sie die Wohnung teilte –, aber Wongs Anwesenheit in der Disco erinnerte sie daran, wie fremd sie sich tagsüber fast immer fühlte. Mit Lings kleiner Teenagerclique konnte sie ja relativ gut und intim kommunizieren. Doch wie sie wusste, waren die meisten Leute in dieser Stadt eher wie Wong: ruhige, ernste chinesische Erwachsene, die lächerlich dünnen Tee tranken, unlogisch und zusammenhanglos redeten und ständig an Geschäftliches dachten.

Als der Barkeeper sie bemerkte, schrie sie ihm zu: »Habt ihr chinesischen Tee?«

»Waas? Nein!«

Sie runzelte die Stirn. Manchmal kam es ihr so vor, als ob hier einfach alles zum Problem wurde. Dann erinnerte sie sich aber, dass sie schon damals, als sie in Genf lebte, denselben Eindruck gehabt hatte. Sie hatte eben keine Wurzeln – nicht bloß in Singapur, sondern nirgendwo auf der Erde.

Joyce führte ihr Gefühl, sich nirgends anpassen zu können, darauf zurück, dass sie die rastlose Natur ihres Vaters geerbt hatte. Martin McQuinnie, ein dreiundfünfzigjähriger Vermögensberater, stammte aus Brisbane in Australien. Er hatte sein Unternehmen nach Sydney und später nach London ausgeweitet, wo er Alison Smart aus Nottingham geheiratet hatte, eine Ansagerin bei einem regionalen Fernsehsender. Zwei Jahre später kam ihr erstes Kind, Molly. Nach weiteren zwei Jahren wurde Joyce geboren. Vor nicht ganz achtzehn Jahren hatte sie in der Londoner St.-Luke's-Klinik ihre ersten Atemzüge getan. Dann zog McQuinnie mit Frau und Kindern in seine Heimat, damit sie zu »echten Australiern« würden. Joyce wuchs im kulturellen Milieu von Alkoholikern heran.

»Willst du Long-Island-Eistee?«, brüllte der Barkeeper. »Es ist immerhin Tee.«

»Ist das wie chinesischer Tee?«

»Yeah, ungefähr. Na ja, nicht wirklich.«

Sie knabberte an ihrem Daumennagel. Was sollte sie um Himmels willen für ihren Chef bestellen? Was tranken alte Männer? Am besten fragte sie den Barmann. »Ich brauch 'nen Drink für 'nen alten Chinesen. Aber ohne Alkohol, glaub ich.«

Der Barkeeper reichte ihr die Getränkekarte, und sie ging die Seiten durch. Dass Wong Bier trank, schien ihr unvorstellbar, aber mit Orangensaft wollte sie ihn auch nicht beleidigen. Sie blätterte zu den Cocktails. *Bettgeflüster? Orgasmus?* Sie konnte ihrem Chef doch keine Drinks mit solchen Namen anbringen!

Obgleich noch minderjährig, hatte sie während ihrer Zeit in Genf schon in Discos herumgehangen, denn damals gewann sie zum ersten Mal ein wenig Selbstständigkeit. Ihre Eltern hatten sich in Sydney scheiden lassen, als Joyce neun war. Zur größten Überraschung der Anwälte und der Klatschkolumnisten australischer Zeitungen war ihrem Vater das Sorgerecht für Molly und Joyce zugesprochen worden, hauptsächlich deshalb, weil er vor Gericht Lügen erzählt und ihre Mutter sich nicht besonders intensiv um die Mädchen bemüht hatte. Alison Smart war zu der Überzeugung gelangt, dass die beiden weit mehr ihrem Vater glichen als ihr selbst. Sie ging zurück nach England, wo sie einen Liebhaber fand, einen Programmdirektor, der ihr einen Job als Nachrichtensprecherin verschaffte. In den folgenden vier Jahren lebten Joyce und Molly bei ihrem Vater, und zwar meistens in New York.

Da die Anwälte nicht hinsahen, hielt sich Martin McQuinnie bald wieder so gut wie nie zu Hause auf. Als Molly achtzehn war, zog sie aus und lebte mit ihrem Freund zusammen, der in einem Fünfsternehotel in Jamaika arbeitete. Joyce blieb bei ihrem Vater, bis er sich überzeugen ließ, dass die ewigen Ortswechsel weder ihren schulischen Leistungen noch ihrem emotionalen Gleichgewicht gut taten. Daher brachte er sie zu seiner Tante nach Genf, dessen internationale Schulen einen ausgezeichneten Ruf genossen.

Sie hatte sich in der Schweiz fast ein wenig wie zu Hause gefühlt. Eine Weile ging auch alles gut. Das Leben an einer Schule, wo all ihre

Mitschüler und Klassenkameradinnen aus unterschiedlichen Kulturkreisen kamen, hatte ihr gefallen. Es gab dort jede Menge junge Leute mit mindestens ebenso gemischter Herkunft wie sie selbst. Man hatte dafür sogar einen soziologischen Fachbegriff: *Third Culture Kids* – Jugendliche, die einer »Drittkultur« angehörten. Und bald mogelte auch sie sich regelmäßig in die Bars und Discos am Südufer der Rhone, gemeinsam mit ihren Freundinnen, die sich so zurechtschminkten, dass sie wie achtzehn aussahen.

Aber die Genfer Zeit ging nur allzu rasch vorbei. Jetzt hatte sie die Abschlussprüfungen überstanden. Die Abschiedsfeten waren nur noch Erinnerung. Unversehens hatte man sie aus der schützenden, behaglichen Enge des internationalen Schulsystems in die wirkliche Welt entlassen – und sie fühlte sich verlorener denn je. Würde sie jemals in Asien heimisch werden?

Joyce kam ein Gedanke. »Habt ihr *Chendol?*«, fragte sie den Barkeeper.

Der Mann schüttelte den Kopf.

Wong fragte sich, ob die Wände des Karaoke-Raums dick genug waren, um ihn vor chronischer Taubheit zu bewahren. Plötzlich stieg die Lautstärke erneut heftig an, denn Joyce kam zurück und öffnete die Tür.

»Kein grüner Tee, tut mir Leid. Ich bringe Ihnen eine *Virgin Colada,* ja?«

Er schreckte auf. »Nein danke! Ich mag keine Barfrauen.«

»Aber nein!«, rügte sie ihn. Sie reichte ihm ein hohes Glas, das von einer Kirsche und einem Schirmchen gekrönt wurde. Es war so kalt, dass es ihm wehtat. Schlüpfrig war es auch, und der Inhalt roch widerlich süß. Er nippte: Es schmeckte wie eine Nachspeise. Das Schirmchen geriet ihm in die Nase. Eilig stellte er das Getränk ab.

»Der ›Iceman‹ kommt gleich.« Joyce sah ein wenig besorgt aus. »C. F.«, sagte sie ganz langsam, »ich muss Ihnen vorher was erzählen.«

Die andern jungen Leute unterbrachen ihr Gespräch, denn sie merkten, dass Joyce etwas Wichtiges mitzuteilen hatte.

»Was denn?«

»Es ist etwas schwierig, ihn zu verstehen, ja? Er *sagt* nicht einfach irgendwas, also nicht direkt, wissen Sie, was ich meine? Manchmal versteht man ihn nicht so gut?«

»Nicht wie uns«, warf eine der Gestalten ein.

»Nie im Leben«, bestätigte eine andere mit einem Kopfschütteln.

»Niiiiie!«, nickte eine dritte.

»Jammo Ice J. ist ein Rap-Sänger?«, erklärte Joyce.

»Ein Raps-Sänger«, wiederholte Wong verständnislos.

»Das heißt also …« Sie wusste nicht weiter und wandte sich an ihre Freunde um Ideen.

»Wie P. Diddy«, schlug jemand vor.

»Kennt er nicht«, sagte jemand anders. »Er ist viel zu verkalkt. Er kennt sich höchstens mit alter Musik aus.«

»Klar«, sagte jemand. »Alte Sachen. So was wie Public Enemy? Grandmaster Flash?«

«Ich glaub, er kennt keine solchen Bands«, sagte Joyce.

»Keine von denen? Nicht zu fassen!«, sagte einer mitleidig. »Nicht mal Run-DMC?«

Einer jungen Person kam plötzlich die Erleuchtung: »Ein Rapper ist so was wie 'n Dichter!«

»Genau!«, sagte Joyce.

»Ein Dichter?«, fragte Wong. »Wie Bo Juyi[8]?«

Joyce überlegte kurz. »Yeah!«, entschied sie schließlich auf gut Glück. »So ähnlich.«

Wieder explodierte der Lärm von draußen, als sich die Tür öffnete und ein junger Mann eintrat. Weil er vergaß, die Tür hinter sich zu schließen, verpassten die Anwesenden seine Begrüßungsworte. Jemand schlug die Tür zu, und der junge Mann legte nochmals los:

»Hey, Freunde, hallo, also das hier ist der Mann?
Der Mann, den jeder so guten leiden kann?«

Wong schreckte hoch. Der junge Mensch, der offenbar vergessen hatte, sich ein Hemd anzuziehen, schaukelte langsam hin und her. Anscheinend litt er an einem äußerst ernsten Fall von Delirium tremens oder Veitstanz. Seine Schultern zuckten ständig auf und ab, sein Kopf rollte vor und zurück. Er schwenkte die Hüften in einer Art Gegenbewegung zum Oberkörper. Die Ketten und Lederstückchen, die seine Brust bedeckten, schlenkerten von links nach rechts und wieder zurück. Er redete in einem sanften Rhythmus, und seine Worte kamen im Takt geschmeidiger, katzenartiger Wellenbewegungen hervor, die seinen ganzen Körper zu durchströmen schienen.

»Ist er krank?«, fragte Wong Joyce.

»Als ob!«, flüsterte sie zurück, während ihr Blick den braunen, muskulösen Körper des jungen Mannes streifte.

Dann stellte sie vor: »C. F., das ist Jammo Ice J., der Rapper. Jammo, das ist C.F. Wong, der Fengshui-Meister. Jetzt ist Jammo solo, früher war er bei den ›Gropies‹?«

Wong wollte dem Neuankömmling die Hand schütteln. Doch als er vortrat, hob der junge Mann seinen Arm, als ob er ihm andeutete, stehen zu bleiben.

»Klatsch mir in die Hand, denn dann sind wir verwandt.
Gib mir fünfe,[9] Mann, dann zeig ich, was ich kann.«

Der Fengshui-Meister griff in die Tasche nach einem Fünf-Dollar-Schein. Joyce merkte, was er vorhatte, und fiel ihm in den Arm. »Nein!«, zischte sie ihm ins Ohr. »Doch nicht fünf Dollar!«

Eine verlegene Pause trat ein. Keiner wusste so recht, wie es weitergehen sollte. Da senkte Jammo den Arm und schüttelte Wong die Hand.

»Du magst es eben lieber auf die gute alte Art?
Das passt ja schon, mein Freund, uh yeah, das find ich smart.«

»Er ist ja so was von cool!«, hörte der Geomant eins der Geschöpfe ehrfurchtsvoll flüstern.

»Absolut!«, sagte ein anderes.

»Und total heiß!«, gab eine dritte Stimme zu.

»Ich bin Wong. Und Sie sind …?«

Das war Jammos Stichwort für eine seiner Standardnummern. Er drehte sich auf einem Fuß um die eigene Achse, klatschte in die Hände und verkündete:

»Ich bin der Jammo, und ich heiz das Feuer an!
Ich bin einfach ich, drum kommt ja keiner an mich ran.
Ich bin hier der Boss, und da wird niemand protestiern,
denn ich hab ’nen Stammbaum, der muss jedem imponiern.
Geboren auf der Straße, hab ich mich allein erzogen.
Dann bin ich wie ’n geölter Blitz die Leiter raufgeflogen.
Oben an die Spitze, da gehör ich nämlich hin.

Ich hab nicht lang gebraucht dafür – ich bin ja der ich bin.
Der Größte, das ist Jammo, und da gibt es nichts daneben,
und wer mir das bestreitet, Leute, der kann was erleben.
Ah-haaa!«

Wieder drehte er eine Pirouette.

Joyce' Freunde kreischten und applaudierten. »Krass!«, sagte eine. »Total!«, meinten alle andern.

Wong saß versteinert auf seinem Platz. Er hatte keine Ahnung, wovon der junge Mann redete. Ihm wurde nur klar, dass dieser Besuch eine grundverkehrte Idee gewesen war. Nichts, was der Jüngling da von sich gab, konnte auch nur im Entferntesten zu einem seiner Fälle beitragen. Er musste hier weg, und zwar sofort!

Joyce war sein erschrockener Blick nicht entgangen. Sie packte Jammos Arm. »Iceman, sei mal kurz ernst. Weißt du noch, was du mir gestern Abend über das Feuer in der Orchard Road erzählt hast? Kannst du es nicht jetzt C. F. erzählen, bitte?«

Der junge Mann sah sie an.

»Jammo, der sagt nie zweimal denselben ollen Satz.
Auch wenn du es nicht magst: Das ist nicht cool, mein Schatz!
Ich leb für die Zukunft, und was war, das ist vorbei.
Ich sag nur, was ich sag, uh yeah, es bleibt dabei.«

»Du musst es ja nicht genau so wiederholen wie gestern. Aber erzähl meinem Boss doch bitte die Geschichte, ja? Egal mit welchen Worten.«

Jammo überlegte einen Moment. »Okay«, sagte er dann.

»Ich geh gestern durch die Straßen mit Musik im Ohr,
da seh ich was, das kommt mir ziemlich komisch vor.
Ein Typ mit so 'ner Winke-Katze in der rechten Hand,
der kommt aus seinem Laden plötzlich panisch rausgerannt,
er legt sie in sein Auto, und dann fährt er einfach weg.
'ne Stunde später …«

Jammo brach ab. Offenbar fehlte ihm ein Reim auf »weg«. Dann fiel er wieder in seinen Sprechgesang:

»'ne Stunde später laufen welche raus voll Angst und Schreck.
Im Haus, wo die drin wohnen, hey, da gibts ein großes Feuer,
die Flammen schlagen hoch, es kokelt wirklich ungeheuer.

Ich denk mir so, ob das nicht letztlich davon kam,
dass der die Winke-Katze aus dem Laden nahm?«

Er schwieg und wedelte vage mit den Händen. Die Gestalten applaudierten. Joyce sah Wong an. Wong wandte ihr nicht den Kopf zu, doch seine Augen bewegten sich langsam zur Seite, bis sie Joyce' Blick begegneten.

Die junge Frau fand, dass sie dolmetschen sollte. »Verstehen Sie, C.F., was er sagen will, ist Folgendes. Er hat gesehen, wie ein Mann mit einer winkenden Katze aus einem Haus kam. In der Orchard Road. Also, mit so einer Fengshui-Katze, ja? Aus Keramik, goldverziert, eine Pfote nach oben? Und dann, 'ne Stunde später, bricht in dem Gebäude Feuer aus. Vielleicht besteht da ein Zusammenhang?« Sie blickte ihn offen und hoffnungsvoll an.

Zu ihrer Erleichterung schien Wong ihre Vermutung ernst zu nehmen. Er neigte den Kopf zur Seite – doch nur für ein paar Sekunden. Dann sah er ihr gerade ins Gesicht. »Joyce, hören Sie zu. Ungefähr Hälfte aller Läden in Singapur haben solche Fengshui-Katzen. Neue Geschäfte öffnen, alte machen zu, Tag für Tag. Jeden Tag bringt jemand Fengshui-Katze in ein neues Geschäft oder nimmt eine aus dem alten Laden mit. Jeden Tag gibt es in Singapur viele Male Feuer. Das ist nichts Besonderes. Nur Zufall.«

»Ach so«, sagte sie entmutigt. Sie senkte den Blick. Auf einmal sah sie verlegen aus, und er bemerkte, dass ihre Wangen sich rot färbten. »Tut mir Leid. Sind die wirklich so allgemein verbreitet? Ich dachte eben nur – entschuldigen Sie, ich fürchte, ich hab Ihre Zeit umsonst vergeudet. Nicht böse sein. Macht ja nichts. Es ist doch irgendwie nett, dass Sie meine Clique kennen lernen und dass wir mit Ihnen hier auf einen Drink zusammensitzen, oder?«

»Yeah!«, riefen alle aus einer Kehle.

Ungewollt streifte Wong mit einem Blick sein Getränk, das unberührt neben ihm auf einer Konsole stand.

Jammo zog sich zurück:
»Zeit für mich zu gehn,
mit euch wars echt schön.
Drum sag ich euch jetzt ciao, und kommt mal wieder rein,
dann hört ihr mehr von meinen coolen Reimerein.«

Wieder donnerte Tanzmusik in den Raum, als er die Tür öffnete und nach draußen schlüpfte.

Wong sah ihm mit der Faszination eines Zoologen nach, der eine neu entdeckte Art beobachtet.

Durch die offene Tür nahm er eine junge Frau wahr, die ihn anstarrte, als hätte sie noch nie einen derart seltsamen oder alten Menschen gesehen. Sie hatte in Streifen gefärbte Haare. Ihr Blick drückte höchstes Missfallen aus. Sie drehte sich abrupt um und ging fort, was ihn unangenehm berührte: In dieser bizarren, lauten Welt war er eindeutig fehl am Platz!

Joyce hatte auch aus der Tür geblickt. »Das Mädchen hat Sie angeschaut«, sagte sie zu dem Geomanten. »Die wollte wohl was von Ihnen?«

»Wu-wu-wu!«, schrie eine der Gestalten. »Wer hätte gedacht, dass Mr. Wong der Erste sein würde, der heut Abend wen angelt?«

»Angelt?«, fragte Wong.

»Räumt die Pimperkammer!«, kicherte jemand.

Wong schob die Tür zu.

»Jetzt neckt ihn doch nicht!«, befahl Joyce. »Das ist so gemein.«

Sie wandte sich ihrem Chef zu: »Ich hoffe, es war, also, interessant für Sie? Nicht viele Leute in Ihrem Alter, ich meine *Erwachsene,* hocken hier in ›Dan T.'s Inferno‹ mit Rap-Sängern zusammen? Dabei wollen alle Jammo Ice J. kennen lernen. Wenn er mal berühmt ist, können Sie Ihren Freunden erzählen, dass Sie ihm begegnet sind. Die werden Sie ganz schön beneiden, das kann ich Ihnen versprechen.«

»Hm. Ich verstehe, was Sie meinen«, sagte Wong und dachte an Jammo zurück. »Er ist ein Dichter. Wenn auch nicht ganz so wie Bo Juyi.«

Er hastete zum Ausgang.

Dienstag
Gespenster gibts nicht

Alle Welt zerfloss vor Schweiß. Er bekam Salz in die Augen. Seine Haare waren klatschnass. Als er sein Büro betrat, bemerkte er, dass sogar die Wände schwitzten. Irgendwo tickte etwas. Aus dem Augenwinkel sah er, wie Kondenswasser von der Bilderleiste über die modrige Tapete auf den Boden rann. Es war *heiß!*

»Gestohlen«, erklärte Winnie Lim, ohne von dem Klatschblatt aufzublicken, das sie las.

Der Fengshui-Meister stand im Eingang und fragte sich eine Sekunde lang, wovon sie redete. Dann schaute er zu dem Fenster hinüber, in das eigentlich die Klimaanlage gehörte. Sie war nicht da. Durch die Öffnung, in der das Gerät gesessen hatte, drang ungehindert Sonne und glühende Hitze herein. Nicht nur hatte sich der Raum in eine Sauna verwandelt, er wirkte auch unnatürlich still ohne das ständige Brummen.

Joyce, die wenige Schritte hinter ihrem Arbeitgeber ins Büro kam, rieb sich mit Daumen und Zeigefinger den Schweiß von der Oberlippe. »Meine Güte«, sagte sie, »diese Hitze bringt mich noch um! Und was läuft da für Wasser die Wände runter? Haben die oben 'nen Rohrbruch?«

C.F. Wong sah immer noch in Winnies Richtung. *»Laanghai-gei hai bindo?«*

Ohne aufzublicken, zuckte Winnie nur mit den Schultern und blätterte eine Seite in ihrer Illustrierten um.

In strengerem Ton wiederholte er seine Frage auf Englisch: »Die Klimaanlage! Wo ist sie?«

»Woher soll ich wissen?«, gab Winnie zurück. »Gestohlen.«

»Wann?«

Sie zuckte wieder die Achseln und sah ihn beleidigt an. »Ich komm rein, nicht da. Heut früh. Vor halbe Stunde, ungefähr.«

»Haben Sie die Hausverwaltung angerufen? Die Polizei?«

»Zu beschäftigt-*lah!* So viel Arbeit, Sie sehen selbst.« Sie wedelte mit der Hand über ihren Schreibtisch, um auf die Post des heutigen Vormittags hinzuweisen – vier nichts sagende Umschläge und ein kleines Päckchen, offenbar alle maschinenverpackt.

»Das Wasser an den Wänden kommt von Feuchtigkeit«, gab Wong Joyce Auskunft. »Großes Problem in Singapur.«

»Wieso gibts dann keinen Kurzschluss?«, fragte Joyce und drückte den Lichtschalter – worauf ein kurzes, scharfes Zischen folgte, die Birne an der Decke einmal aufblitzte und dann erlosch.

»Huch! Tut mir Leid!«

»Weil wir Licht nicht angeschaltet haben«, seufzte er mit geschlossenen Augen. Warum meinten die Götter es heute so schlecht mit ihm?

Die junge Frau vergaß, den Schalter wieder auszuknipsen. Auf der Suche nach Anhaltspunkten ging sie an das betreffende Fenster, steckte den Kopf durch die rostige Öffnung, in der die Klimaanlage befestigt gewesen war, und sah hinunter. »Ha!«, schnaubte sie. »Nicht geklaut. Da unten liegt sie! Ist das etwa *nicht* unsere Klimaanlage? Sehn Sie doch mal.«

»Ganz schlecht, ganz schlecht«, sagte ein besorgter Wong. Er trat rasch an ihre Seite, um einen Blick zu riskieren. Abrupt packte er sie bei der Schulter, schob sie zur Seite, streckte dann selbst den Kopf hinaus und spähte nach unten. »Iii!«, winselte er durch fast geschlossene Zähne. Auf dem Betonpflaster lag ein verformter Würfel. Metallteile baumelten verdreht aus ihm hervor wie zerrissene Eingeweide. Unter dem Kasten bildete sich eine Pfütze aus einer blutartigen dunklen Flüssigkeit. Wong atmete heftig aus. »*Aijaah!* Wirklich ganz schlecht.«

»So schlimm ist es doch auch wieder nicht. Die Anlage hat nie besonders gut funktioniert. Und der Lärm! Es ist echt besser, wenn wir 'ne neue kriegen.«

»Nein. Dass sie hinunterfällt, ist schlecht. Sehr gesetzwidrig in Singapur. Gibt großen Ärger. Gefängnis sogar, vielleicht.« Er warf einen Blick in Winnies Richtung. »Für zuständiges Büropersonal.«

Winnie überhörte die unterschwellige Drohung und tat, als wäre sie mit der Post auf ihrem Schreibtisch beschäftigt. *»Aijaah!«,* sagte sie und starrte auf den Briefbogen, den sie gerade aus einem der Umschläge genommen hatte. »Jemand schreibt für Sie Brief in Computersprache. Kann ich nicht lesen.«

»Geben Sie ihn Joyce. Sie kann das«, sagte Wong, während er seinen feuchten Schreibtisch mit einem Papiertuch aus Winnies Schachtel abwischte.

»Klar«, sagte Joyce, »her damit. Aber erst muss ich mal was fragen. Was bedeutet eigentlich *aijaah?*«

Winnie legte den Kopf schief und überlegte. Nach einem Schweigen von dreizehn Sekunden kam: »Kann nicht übersetzen. Gibt kein Wort in Englisch. Bloß Chinesisch und Indisch.«

»Und wie heißt das auf Indisch?«

»Aijoh«, sagte die Singapurerin.

»Aber was bedeutet es denn nun?«

»*Aijoh* ist *aijaah. Aijaah* ist *aijoh.*«

»Danke bestens!«

Mit dem Geschick eines Ballett tanzenden Kleinkindes warf Winnie Joyce den Brief zu. Er landete auf einem Aktenschrank, schwankte kurz und fiel dann direkt in einen Papierkorb.

»Lassen Sie ruhig, wo er ist«, sagte Wong. »Wahrscheinlich gehört er dorthin.«

Joyce erhob sich und fischte den Brief heraus. »Wer weiß? Könnte was Wichtiges sein.«

Sie überflog das Blatt. »Nee! Kauderwelsch.«

»Keine Computersprache?«, fragte Wong.

»Überhaupt keine Sprache. Computersalat. Oder vielleicht ein Geheimcode?«, fügte sie auflachend hinzu.

Sie ließ den Brief in den Papierkorb zurückfallen. Dann warf sie sich ungraziös auf ihren Stuhl, räkelte sich zurück und fächelte mit einem geschnitzten chinesischen Fries aus dem achtzehnten Jahrhundert, den sie aus dem Regal hinter Wongs Platz stibitzt hatte. »Diese Hitze – nicht zu fassen, was?«, stöhnte sie.

Der Geomant öffnete sein Schreibheft. Doch in diesem Backofen fühlte er sich zu keiner kreativen Arbeit aufgelegt. Ohne das weiße Rauschen der Klimaanlage dröhnte der Verkehrslärm draußen ungewöhnlich laut. Auch würde Joyce bestimmt gleich ihr Kopfhörer-Ding einschalten mit seinem irritierenden *Tsik-tsika-tsik-tsika-tsik*-Gehämmer. Wie konnte man unter diesen Bedingungen einen klaren Gedanken fassen?

»Ich gehe nach Teehaus«, sagte er und klappte sein Notizbuch zu.

»Ich gehe nach H.M.V.[10]«, imitierte Joyce die leise, abgehackte Sprechweise ihres Vorgesetzten.

»Ich geh nach Hause«, riskierte Winnie.

»Nein!«, fuhr Wong seine Bürokraft an. »Telefonieren Sie. Bestellen Sie neue Klimaanlage. Lassen Sie alte abholen. Sofort! Bevor Polizei kommt. *Aijaah!*«

Winnie warf ihm einen erbosten Blick zu.

Joyce folgte ihm nach draußen.

Der Fengshui-Meister eilte zur Treppe, blieb aber auf der obersten Stufe stehen, denn ein halb vergessener Eindruck ließ ihn stutzen. Doch die Erinnerung an das Ticken, das er beim Eintreten ins Büro gehört hatte, war seinem Bewusstsein entglitten und allmählich ins Unterbewusste gesunken. Er schüttelte kurz den Kopf und stieg dann rasch die Treppe hinunter.

Obwohl die Bürohäuser in der Telok Ayer Street etwas abseits der Hauptverkehrsadern im nahen Geschäfts- und Bankenviertel lagen, drang der Autolärm bis hierher und erfüllte wie ein fernes Meer die Luft mit Brausen. Der Fengshui-Meister trat ins Sonnenlicht, blinzelte und lief mit hastigen Schritten zur nächsten schattigen Stelle. Zwar war es im Freien ebenso heiß wie im Büro, doch irgendwie ertrug man die Hitze hier besser. Die beiden waren kaum zwanzig Meter gegangen, als ein spitzer Schrei sie innehalten ließ.

»Woooong!«, schrillte eine Stimme.

C. F. Wong fuhr herum. Hinter sich sah er nur Joyce. Doch es war nicht ihre Stimme gewesen.

»Wooong!«, kam nochmals der Schrei.

»Es ist Winnie«, sagte Joyce, blickte nach oben und zeigte auf ein Fenster über ihnen.

Der Geomant sah ebenfalls hinauf und erkannte seine Bürovorsteherin, die sich aus dem Fenster im vierten Stock beugte.

»Telefon! Wichtig!«, schrie sie.

»Nehmen Sie es an!«, rief er und ging ein paar Schritte zurück, bis er direkt unter ihr stand.

»Waaas?«

»Erledigen Sie das für mich!«

»Okay. Warten Sie«, rief Winnie und verschwand im Dunkeln.

Wong und McQuinnie standen auf dem Gehsteig unter dem Bürofenster und starrten erwartungsvoll in die Höhe.

Sekunden später tauchte Winnie wieder auf und warf einen kleinen Gegenstand aus dem Fenster. Unten wichen die beiden zur Seite, als etwas Dunkles krachend zu Boden fiel, noch einmal hochsprang, sich in der Luft kurz drehte und schließlich mit einem Klirren im Rinnstein landete.

»Oje!«, sagte Joyce beim Anblick des zerschmetterten Büro-Handys.

»Ji-seen«, sagte Wong kopfschüttelnd. Er sah zu Winnie empor. »*Aijaah!* Sie sind wohl verrückt geworden! Sie haben es zerbrochen. Warum? Teuer! Kostet viel Geld, verstehen Sie oder nein? Sie bezahlen das!«

»Ich nicht!«, kreischte die Frau. »Sie sagen doch, ich soll für Sie erledigen.«

»Ich meinte: Erledigen Sie Anruf, nicht Handy!«

»Nächste Mal sagen genau, was Sie wollen«, fauchte sie.

»Wer hat angerufen?«

»Weiß nicht.« Sie zog den Kopf ins Innere zurück und warf das Fenster hinter sich zu.

Joyce ging auf ein Knie nieder und klaubte das Handy aus der Gosse. Der Kern schien intakt, aber die Antenne hing lose, und zwei Splitter des Gehäuses lagen in der Nähe. Der LCD-Bildschirm war gesprungen.

»Hallo? Hallo?«, lispelte eine winzige Stimme. Kaum zu glauben: Das Telefon funktionierte!

»Muss aus Japan sein. Nicht kaputtzukriegen«, sagte Joyce und hielt sich das Handy ans Ohr. »Hallo! Sie wollen C.F.? Bleiben Sie dran, er steht neben mir.« Sie reichte ihm das Gerät. Die Stimme war ihr bekannt vorgekommen, aber im Moment kam sie nicht darauf, wer es war.

Entnervt angesichts des fast ganz losgelösten Gehäuseteils nahm er das Handy entgegen. »*Waai?* Hallo?«

Joyce fragte sich, was Winnie noch anstellen musste, bis sie ihren

Job verlor – das Büro niederbrennen, vielleicht. Allerdings hatte die Sekretärin sich vollkommen unersetzbar gemacht durch ihr Ablagesystem, das sie seit vier Jahren aufbaute und das nur sie allein überblickte. Keine Kundendatei ließ sich ohne sie auftreiben. In ihrer Abwesenheit konnte man im Büro kaum sinnvoll arbeiten. Daher war es undenkbar, sie je durch eine andere Kraft zu ersetzen. Kein schlechter Trick. Sollte man sich merken, fand Joyce.

Sie blickte zu Wong hinüber und zwang ihn in Gedanken, sein Gespräch auf Englisch zu führen. Hoffentlich kam hier endlich ein interessanter neuer Fall! Denn das Auftragsbuch für diese Woche zeigte leider fast nur leere Seiten.

»Was haben Sie gesagt?«, fragte Wong die Anruferin auf Englisch.

Ein, zwei Minuten lang schwieg er. Seine Miene wurde immer ernster. »Entführt? Schlecht, ganz schlecht«, sagte er und nickte langsam. »Gut«, setzte er hinzu, »selbstverständlich! Komme sofort. Wie? Nein?«

Er hielt das Gerät ein paar Zentimeter vom Ohr entfernt, sodass Joyce die Stimme der Gesprächspartnerin hörte. Doch was sie sagte, war ihr unverständlich.

»Nicht?«, fragte Wong. »Also morgen, okay. Acht Uhr früh? Nein? Aha, zum Haarschneiden. Verstehe. Eine Stunde später? Auch nicht? Zwei oder drei Stunden? Für Schauerwelle. Ach so, Dauerwelle. Verstehe. Drei Stunden, gegen Mittag. Okay. Auf Wiedersehen.«

Joyce, die sich mit diesen Geräten besser auskannte als ihr Arbeitgeber, nahm ihm das Handy ab und drückte die Taste »Gespräch beenden«.

»Ich muss wichtigen Auftrag erledigen«, sagte er. »Mädchen ist entführt. Ich soll sie finden.«

Er hastete in Richtung Orchard Road davon.

»Wo gehen wir hin?«, erkundigte sich Joyce, die ihm nachlief.

»Wir? Ich dachte, Sie gehen nach H.M.V.?«

»Ach wo, das war ja bloß Ulk. Wenn wer entführt ist, brauchen Sie mich doch, oder?«

Er gab keine Antwort.

»Also, wo solls hingehen?«

»*Dimsum*-Laden.[11] Erst mal Frühstück.«

»Aber ist das nicht ziemlich dringend? Wärs nicht besser, wenn wir hingehen und mit den Eltern reden oder so?«

»Mutter hat heute zu tun. Hat Termin für morgen gemacht.«

»Ach so. Ganz schön komisch, was?«

»Jawohl. Ich muss essen und nachdenken.« Er beschleunigte sein Tempo und rannte förmlich die Straße hinunter. Doch es gelang ihm nicht, Joyce abzuschütteln.

Zehn Minuten später hatten sie in einem Restaurant Platz genommen. Joyce moserte über die Speisekarte: »Alles auf Chinesisch.«

»Ein Speziallokal. Nur für Chinesen. Speisen sind köstlich«, sagte Wong. Er leckte sich die Lippen und hob fachmännisch eins der Teigbällchen aus einem Bambuskorb.

»Gibts hier Heidelbeer-Muffins?«

»Ich weiß nicht. Fragen Sie.«

Joyce winkte dem Kellner und Manager – einem feisten Mann namens Ooi, der ein schmuddeliges Unterhemd und halblange Hosen trug. Es fiel ihr nicht schwer, ihn auf sich aufmerksam zu machen, denn er saß kaum einen Meter von ihnen entfernt an einem Tisch und las eine chinesische Zeitung.

Es hatte einige Mühe gekostet, das winzige Lokal zu erreichen. Wong war die Telok Ayer Street hinuntergeeilt und um mehrere Ecken gebogen, bis sie in eine schmutzstarrende Gasse kamen, die irgendwo von der Amoy Street abzweigte. Schließlich war er vor einem Eingang stehen geblieben, der anscheinend zu einem Wohnhaus gehörte. Seine Assistentin folgte ihm in zwanzig Meter Abstand.

Wong hatte eine Klingel gedrückt. Nachdem man sie eingelassen hatte, erkannte Joyce, dass das Restaurant sich im Wohnzimmer einer Privatwohnung befand. Offenbar besaß es keine Lizenz, denn nirgends sah man irgendwelche Schilder. Dem Geomanten wurden sogleich mehrere Bambuskörbe mit *Dimsum* vorgesetzt – der Wirt kannte offenbar seine Vorlieben. Aber keins der allzu nahrhaft aussehenden Klößchen reizte die junge Frau. Der Fengshui-Meister konnte seinen Appetit kaum zügeln, doch schien ihm bewusst zu sein, dass er warten müsse, bis seine Begleiterin etwas bestellt hatte. »Mögen Sie *Cha siu bau? Cha siu so?*«, schlug er vor. »*Siu mai?*«

»Eher nicht«, gab Joyce zurück und zuckte schuldbewusst zusammen.

Sie ließ das Kinn in die Hände fallen. Schon wieder ein Problem: ein Frühstücksladen, der kein Frühstück servierte! Was tat sie bloß in dieser verrückten Stadt? Hatte ihr Vater gewusst, wohin er sie schickte? Beim Gedanken an ihn gerieten ihre Gefühle schmerzlich durcheinander und schwankten zwischen Ärger und Zuneigung. Obwohl sie sich ständig nach ihm sehnte, verausgabte sie einen Großteil ihrer Energie dafür, in Gedanken Vorwürfe gegen ihn anzusammeln.

Sie erinnerte sich, wie ihr Lieblingslehrer an der Genfer »Lac Léman« International School, ein freundlicher, knochendürrer Mann aus Wales namens Daffyd James, ihrem Vater beigebracht hatte, dass sie nur deshalb mittelmäßige Leistungen erbrachte, weil sie durch ihr instabiles Elternhaus benachteiligt war. »Eigentlich ist sie recht intelligent. Wenn Sie dem Werdegang Ihrer Tochter ein wenig Zeit und Zuwendung widmen, könnte sie wirklich gute Ergebnisse bringen«, hatte Mr. James zu ihrem Vater gesagt. »Was sie braucht, ist ein Elternteil.«

Also hatte Martin McQuinnie eines angeheuert. Er bezahlte einen Erziehungsberater, der seine Tochter eine Woche lang besuchen und über ihre Zukunftspläne ausfragen sollte. Da in ihrem bisherigen Leben alles flüchtig und vorläufig gewesen war, erschien Joyce jeder Ehrgeiz sinnlos. Sie erzählte dem Mann – einem emeritierten Universitätsprofessor, der im Vorstand einer der Gesellschaften ihres Vaters saß –, dass sie am liebsten irgendetwas Praktisches tun würde: Bäume pflanzen, sich um Tiere kümmern oder so. Gärtnerei wäre was für sie.

Ihr Vater hatte sich einverstanden erklärt, ihr ein Jahr Auszeit zuzugestehen, vorausgesetzt, sie würde sich an einer guten Universität bewerben. Ihre erste Wahl fiel auf eine Hochschule, die ihr aufgrund ihrer dürftigen Zeugnisse keine allgemeine Zulassung erteilen mochte. Immerhin bot man ihr einen Studienplatz an unter der Bedingung, dass sie eine zweihundert Seiten starke Arbeit einreichte, bei der es sich um einen echten Forschungsbeitrag handeln und die mit »sehr gut« benotet werden musste. Ihr Thema konnte sie aus einer

Liste wählen, die der Dekan sich in seiner Freizeit hatte einfallen lassen. Der letzte seiner Vorschläge lautete: »Fengshui – Kunst, Wissenschaft oder Pseudoreligion?« Da sie an ihrer Schule bereits einiges über Fengshui gehört hatte, entschied sie sich spontan für dieses Thema.

Als ihr Vater davon erfuhr, entsann er sich, dass einer seiner Vertragspartner in Singapur einen Geomanten beschäftigte. Martin McQuinnie war mit dem Partner in einem Konsortium liiert, das derzeit ein Einkaufszentrum in Schanghai baute. Dieser Partner, ein Singapurer Unternehmer namens Pun Chi-kin, hatte in seiner Firma »East Trade Industries« einen Fengshui-Meister unter festem Vertrag. McQuinnie ließ behutsam seine Beziehungen spielen. Der fragliche Geomant hatte keine Wahl. Nur sein Honorar wurde geringfügig erhöht. So kam es, dass Joyce Praktikantin im Büro von C. F. Wong & Co. in der Telok Ayer Street in Singapur wurde.

Anfangs war es Joyce peinlich gewesen, einen Job anzunehmen, den ihr Vater für sie arrangiert hatte. Doch dann hatte die Arbeit sie fasziniert, und Singapur machte ihr Spaß – in einer Stadt, in der Englisch gesprochen wurde, fiel es ihr leichter klarzukommen als im französisch dominierten Genf. Und die Fälle, an denen sie auf den Fersen von C. F. Wong mitgewirkt hatte – in Werksanlagen, Büros, privaten Wohnungen und Villen meist superreicher Leute –, die waren so viel interessanter gewesen als das, was sie bisher von der Arbeitswelt kannte: jenes Ferienpraktikum bei einem Steuerberater, wo sie Akten ablegen musste. Zuerst hatte sie nur einen kurzen Aufenthalt bei dem Fengshui-Berater geplant, gerade lang genug, um ihr Projekt für den Zulassungsaufsatz fertig zu bringen, denn eigentlich wollte sie für den Rest ihres Freijahres durch die Welt reisen, Tibet sehen, Südamerika ...

Aber der Job machte sie geradezu süchtig. Ihr Vater hatte ja lediglich gewusst, dass Mr. Wong bei einer Immobilienfirma angestellt war. Was er nicht ahnen konnte, war die Tatsache, dass Wong sich als Experte für Einschätzungen gewisser Anwesen und Wohnungen mit negativen »Vibrationen« einen Namen gemacht hatte – für Orte, an denen Verbrechen geschehen waren! Spätestens seit dem Abend, den Joyce mit den Berufsmystikern und ihrem Verbindungsmann zur Polizei, Superintendent Gilbert Tan, verbracht hatte, war sie dem Job hoffnungslos verfallen.

Ja, ihr Leben als Assistentin eines Fengshui-Meisters machte ihr Spaß. Es waren eher Nebensachen, die sie ständig aus dem Gleichgewicht brachten. Sie musste sich einfach an zu viele Dinge anpassen. Ohne ihr verwöhntes Dasein mit zahlreichem Hauspersonal in den väterlichen Wohnungen kam ihr das Leben in Singapur schwierig vor. Sitten und Gebräuche waren ihr fremd. Das Essen fand sie ungenießbar. Oft hatte sie den Eindruck, eine andere Sprache als ihr Arbeitgeber zu sprechen. Seine Gewohnheiten schienen ihr abstrus. Und das hier war jetzt wieder so ein Beispiel: Er schien keine Ahnung zu haben, dass man morgens etwas anderes aß als mittags. Welcher vernünftige Mensch vertrug zum Frühstück Klößchen und würzige gebratene Nudeln?

Nochmals winkte sie dem Mann am Nachbartisch. Er stand nicht auf, sondern senkte nur seine Zeitung und hob die Brauen, womit er andeutete, dass er ihr zuhörte.

»Haben Sie nicht irgendwas, also, zum Frühstück? Vielleicht Eier?«

»Har gow. Siu mai. Cha siu bau«, sagte der Mann und deutete auf die dampfenden Körbchen vor ihrem Chef. Dann zeigte er auf sein Ohr und öffnete die Hand, um anzudeuten, dass er kein Englisch verstand.

»Nein. Ich meine richtige Frühstückssachen.« Sie wandte sich an Wong: »Können Sie ihm sagen, dass ich ein Heidelbeer-Muffin möchte – und Cappuccino. Gibts hier Cappuccino?«

»Weiß nicht. Ich glaube nicht. Nur chinesischen Tee. Wenn Sie keine *Dimsum* mögen, versuchen Sie gebratene Nudeln. Sehr leckeres Frühstück.« Er runzelte die Stirn, verstimmt darüber, dass sie das Privileg, Ah-Oois exklusive Küche kennen zu lernen, nicht würdigte.

»Ach Mist!« Joyce beschloss, später zu frühstücken. Laut und langsam sagte sie zu Ooi: »Ich warte noch. Schon gut!« Dann zu Wong: »Also, jemand ist entführt worden. Das ist doch irgendwie *so* ernst! Sollte die Mutter nicht die Polizei rufen?«

»Kann sie nicht«, brummelte Wong. Er biss gerade in ein Krabben-Klößchen, das barst und ihm den Mund mit aromatischem Öl füllte. »Sie glaubt, dass Entführer selbst bei der Polizei ist.«

»Aha. Dann wohl eher nicht.« Die junge Frau war einen Moment lang ratlos.

Dann sah sie Wong an. »Hey! Moment mal. Ich dachte, die Singapurer Polizei ist total zuverlässig? Der Superintendent, Gilbert Sowieso. Alle sauberer als sauber, oder?«

Der Fengshui-Meister nickte. Es störte ihn, dass er reden sollte, statt zu essen. »Mutter vom Entführungsopfer, sie ist sehr eigenartig. Ich glaube, Sie sind ihr schon begegnet: Mrs. Mirpuri.«

»Danis Mutter? Dani … soll das heißen, dass Dani entführt worden ist?«, fragte sie erschrocken. »Danita Mirpuri?«

»Hat sie noch andere Tochter?«

»Nein.«

»Dann muss es Danita Mirpuri sein.«

»Himmel! Das ist ja schrecklich! Sie ist meine Freundin. Na ja, also, ich hab sie drei-, viermal getroffen. Eigentlich ist sie Nikes Freundin. Gestern Abend wollte sie kommen. Wissen Sie noch? Ich hab Ihnen erzählt, dass eine aus unserer Clique nicht aufgekreuzt ist? Zu dem Treff mit dem ›Iceman‹? Und sie hat gesagt, sie ruft Nike am Sonntag an. Hat sie aber nicht. Sie ist also echt verschwunden? Oje! Das ist ja so was von abartig. Na warte, wenn ich das der Clique erzähle!«

Wong sprach abgehackt, während er reichlich *Dimsum* verzehrte. Er erläuterte, dass Mrs. Mirpuri annahm, ihre Tochter sei am Sonntagabend auf dem Heimweg von einem Einkaufsbummel geschnappt worden. Am nächsten Morgen fand sie in ihrer Wohnung einen Zettel mit einer Lösegeldforderung. Doch die Mutter nahm die Entführung nicht besonders ernst. Die Tat könnte von einem Polizisten aus dem Freundeskreis begangen worden sein, hatte sie gesagt. Danita hatte nämlich vor kurzem ihre Verlobung bekannt gegeben. Es handelte sich womöglich um eine Art Eifersuchtsdrama.

»Alles klar«, nickte Joyce weise. »Ein Fall von *Lurrve.* Das passt, wie ich Dani Mirpuri kenne.«

»Lörf?«, fragte Wong, der eben einen Hühnerfuß zum Mund führte. »Was soll das bedeuten?«

»*Lurrve* ist eine Abart von *Love,* also Liebe, ja? Wenn man seine Mama gern hat oder den Hund oder ’N Sync, also, dann ist das Liebe,

Love. Aber wenn es einen so schwer erwischt hat wie, na ja, das echt große Ding, mit Drama und, und … Sie wissen schon, dass man sich umbringen will oder so, wie im Kino – also dann ist es *Lurrve.*«

»Verstehe.«

Joyce schmunzelte. »Das ist echt Dani! Ich hab ja bloß ein paarmal mit ihr geredet, aber immer ging es über Typen, die hinter ihr her waren. Da gabs einen, der hieß Roger. Ich weiß das noch, weil ich zu ihr gesagt hab: Was für 'n spießiger Name. Sie hat auch erzählt, was er macht, aber das hab ich vergessen. Und ein anderer Typ … einer, von dem sie gelabert hat, der hieß Kinny. Ich glaub, der war 'n Bulle. Ja richtig: der Polizist!«

Wong witterte eine Gelegenheit, etwas Ruhe zu finden, damit er sein Frühstück ungestört genießen konnte. »Ein Gedanke«, sagte er. »Warum ist dies nicht Ihr Fall? Sie können hauptsächlich die Untersuchung machen. Sie kennen alle. Ich kann anderen Fall bearbeiten: Brandstiftung, Ridley Park. Mit Madam Xu.«

»Echt? Ich soll das machen? Das wär ja so cool!«

»Aber Sie müssen vorsichtig sein. Erst Fakten sammeln. Alles aufschreiben. Leute anrufen.«

Joyce war begeistert. »Eigentlich *muss* das einfach mein Fall sein, wenn mans bedenkt. Ich kenne ja die Verdächtigen, das Opfer, alle. Wetten, dass ichs rauskriege? Entführung! Absolut krass. Total!«

Sie holte die Überreste des Büro-Handys hervor und begann, ihre Freunde anzurufen. Dankbar widmete sich Wong seiner Mahlzeit. Er drehte seinen Stuhl etwas zur Seite, damit er sie nicht ansehen musste.

Während der folgenden zehn Minuten sprach Joyce mit sämtlichen Mitgliedern ihrer Clique und einigen von deren Freunden. Dabei kritzelte sie eifrig Notizen auf ihren Filofax. »Was hat er getan? Und sie dann so …? Yeah. Alles klar. Wann? Aber wie war er so? Nee, nicht wie er aussah – wie er *war.* Netter Typ, übelste Sorte Kidnapper, verstehst du? Was?«

Eine Viertelstunde später verließen sie das Lokal. Joyce bestand darauf, kurz bei ›Delifrance‹ einzukehren, wo sie ihr eigenes Frühstück bekam. Wong hatte das seltsame Gefühl, dass jemand sie durchs Fenster beobachtete – doch als er sich umdrehte und einen Blick nach draußen warf, war niemand zu sehen.

Während Joyce Eier mit Schinken und Croissants verschlang, berichtete sie ihrem Arbeitgeber, was sie erfahren hatte. »Also: Es gibt da hauptsächlich drei Typen in Danis Leben. Ram, ein spilleriger indischer Junge – ihre Eltern wollen, dass sie den heiratet. Ziemlich reich. Aber er hat 'nen Bart, das fand sie nicht so gut. Echt kratzig. Außerdem ist sie mit diesem Polizisten gegangen. Er heißt Kinny Mak. Der ist also total hin und weg von ihr, ja? Und dann gibts auch noch diesen andern Typen namens Charles Sowieso. Den hat sie in 'ner Disco kennen gelernt, und mit dem hats total hingehauen.«

»Wer hat wen hingehauen?«

»Niemand – eben einfach *es.* Das bedeutet, dass die zwei, also, voll auf dieselbe Wellenlänge getunt waren.«

»Bei Karaoke?«

»Nee, sie haben sich einfach so im ›Dan‹ kennen gelernt. Na, der ist also 'ne Art Anlageberater bei 'ner Bank. Jede Menge Kohle. Hat er jedenfalls behauptet. Nike nimmt an, dass sie mit dem ausgerückt ist, denn der war der Coolste von allen. Aber ich bin mir da nicht so sicher. Wenn der so viel Kohle hat, dann müssen sie doch nicht diese Show mit Entführung und Lösegeld abziehen, oder? Ich glaub eher, sie ist mit Kinny Mak weg. Ich meine, der ist Polizist, der verdient nicht die Welt, drum haben sie sich irgendeinen Dreh ausgedacht, damit sie von ihren Leuten etwas Geld an Land ziehen, ja?«

»Aber Polizist würde niemand entführen, meine ich.«

»Normalerweise nicht. Aber wenn es sich um *Lurrve* handelt? Dafür stellen die Leute alle möglichen komischen Sachen an. Drum heißt es eben *Lurrve.*«

Wong nahm sich im Stillen vor, das Wort später im Büro in seinem *Shorter-Oxford*-Wörterbuch nachzuschlagen.

Die beiden älteren Leute saßen auf dem Oberdeck in einem Singapurer Stadtbus, ein sonderbares Paar: fasziniert voneinander, doch ohne die leiseste Spur von Erotik. »Ich fahre liebend gern Bus in der ersten Reihe auf dem Oberdeck«, sagte Madam Xu Chongli. »Man fühlt sich so angenehm über die Masse erhoben.«

»Bedauerlicherweise gilt das auch, wenn der Bus einen Unfall hat und wir kopfüber aus dem Vorderfenster geschleudert werden. Da wären wir dann ebenfalls allen anderen voraus«, antwortete Dilip Sinha.

»Was haben Sie nur für eine morbide Fantasie! Das muss daran liegen, dass Sie so lange als Berater der Mordkommission tätig waren.«

»Sehr wohl möglich.«

»In Wirklichkeit gefällt mir der Ausblick von hier oben.«

In diesem Moment hielt der Bus hinter einem anderen. Auf dem Rücksitz des Fahrzeugs vor ihnen saßen ein paar kleine Jungen, drückten die Nasen gegen das Fensterglas und schnitten den beiden Grimassen.

»Ein ständig wechselndes Panorama«, sagte Sinha.

Sie plauderten heiter und entspannt miteinander. Dann wieder vergingen etliche Minuten, ohne dass sie sich auch nur einen Blick zuwarfen. Stattdessen wanderten sie mit den Augen durch die Straßen der Großstadt, nahmen Informationen auf und prägten sie sich für den künftigen Gebrauch ein.

Seit etwa zwanzig Minuten waren sie nun schon auf dem Weg zum Chettiar-Tempel beim Fort Canning Park, als Sinha auffiel, dass etwas nicht stimmte. Madam Xu wirkte zerstreut. Die Pausen in ihrem Geplauder waren eine Idee länger, als sie sein sollten. Öfter als gewöhnlich sprang sie von einem Thema zum andern. Ihre rechte Hand zuckte rastlos. Ständig spielte sie mit einem dicken Ring an ihrem Zeigefinger.

Er studierte ihr Gesicht. Zwischen ihren Brauen zeigte sich eine besonders tiefe Falte, und um ihren Mund lag ein strenger Zug. Plötzlich wusste er, dass sie sich mit Sorgen herumschlug, von denen sie ihm nichts mitgeteilt hatte. Er hielt es für seine Freundespflicht, ihr irgendwie beizustehen.

»Fürchten Sie nichts«, sagte er, »vermutlich wird es nicht eintreffen.«

Überrascht sah sie ihn an. »Sie wissen?«

»Selbstredend! Ein Mensch mit meinen Fähigkeiten besitzt von Natur aus eine gewisse Sensibilität für Störungen wie diese, die Sie im Moment so sehr in Unruhe versetzt. Doch sich über etwas aufzuregen, das vielleicht, vielleicht aber auch nicht geschehen wird, das ist so, als wenn Sie Miete für eine Wohnung zahlen, die Sie womöglich nie beziehen werden.«

»Aber wie können Sie wissen?«

»Sagen wir: Ich hatte eine Eingebung.«

»Das ist erstaunlich!« Sie schwieg einen Augenblick. Offensichtlich musste sie ihre gestiegene Hochachtung für seine übersinnlichen Kräfte erst verarbeiten. Dann sah sie ihm in die Augen, ehe sie fragte: »Wie viel ist Ihnen bekannt?«

»Alles«, sagte er und machte mit seinen großen Händen eine umfassende Geste. »Schließlich bin ich seit Jahren Ihr Freund. Vor mir können Sie keine Geheimnisse haben. Es schmerzt mich, dass Sie Ihren Kummer verbergen.«

Das Gespräch verstummte, und ein beredtes Schweigen trat ein. Weitere zwei Minuten fuhr der Bus dahin, bis die beiden wieder Worte fanden.

»Natürlich«, lachte Madam Xu, »aber natürlich!«

Sinha sah sie lächelnd an: »Sind Sie wieder ganz Sie selbst?«

»Ich hätte es wissen müssen«, meinte die Wahrsagerin heiter. »Als ich gelobte, keinem Menschen auch nur ein Sterbenswort zu verraten, hätte mir klar sein müssen, dass meine Zwillingsseele davon ausgenommen war – ausgenommen sein musste. Wie können zwei Menschen, die gegenseitig ihre Gedanken zu lesen vermögen, voreinander Geheimnisse haben? Das ist unmöglich. Das hat gar nichts damit zu tun, dass man ein Schweigegelübde bricht. Es ist einfach eine völlig normale Lebensäußerung unter spiritistisch veranlagten Menschen. Er hätte das wissen müssen, weil er selbst dazugehört.«

Sinha brummelte sein Einverständnis, fragte sich jedoch, ob ihm der rote Faden ihres Gesprächs abhanden kam. Freilich konnte er sich vorstellen, dass Geheimnisse für jemanden wie Madam Xu schwer zu hüten waren. Sie plapperte doch so gut wie alles, was ihr durch den Kopf ging, spontan heraus. Es musste unerträglich für sie sein, irgendetwas zurückzuhalten.

Das erinnerte ihn an das Geheimnis, das er selbst am vorausgegangenen Morgen zu wahren versprochen hatte: die Analyse von Ismails Klientin Clara – jener jungen Frau, deren astrologische Tabellen auf ihren unmittelbar bevorstehenden Untergang hinausliefen. Sein instinktiver Wunsch war es gewesen, Fachkollegen zu konsultieren, um mit ihnen im Team an diesem Fall zu arbeiten und so vielleicht das furchtbare Schicksal des Mädchens neu zu deuten oder Gegenmittel zu seiner Rettung zu finden.

Doch der malaiische *Bomo* war unerbittlich. Erst nach dem Versprechen strengster Verschwiegenheit vertraute er ihm Claras Geheimnis an. Sinha hatte sich mit der Bedingung einverstanden erklärt und war auch bereit, sie einzuhalten. Amran Ismail hatte am Ende noch hinzugefügt, dass er sich selbst um diese Sache kümmern müsse.

»Geheimnisse lasten schwer auf uns«, sagte Sinha philosophisch zu seiner Begleiterin. »Wir können diese Bürde nicht mit unseren Mitmenschen teilen. Die Tatsache, dass wir mit unserem Auftrag allein sind, scheint die Last noch zu erschweren.«

»Es liegt ja nicht daran, dass man nichts dagegen *tun* kann. Das ist nicht mein Problem«, sagte Madam Xu. »Wie Sie wissen, bin ich keine, die redet. Ich bin ein Tatmensch. Von der starken, verschwiegenen Sorte.«

»Ehm … in gewissen Grenzen«, sagte Sinha. »Aber Sie sollten verstehen, dass auch ich die Bürde, die ich für Klienten und Freunde meiner Klienten trage, ebenso empfinde. Denn wie kann man das Wissen um bevorstehende Krisen ertragen, ohne etwas zu tun? Vor allem wenn das Geheimnis, das man hütet, mit gravierenden Auswirkungen für die betreffende Person zusammenhängt.«

Madam Xus unerwartete Reaktion auf diese Äußerung war ein strahlendes Lächeln. »Sie wissen also wirklich und wahrhaftig Bescheid!«, trällerte sie. »Ach, wie wunderbar!« Sie schüttelte den Kopf vor lauter verblüffter Freude. »Ich habe längst geahnt, dass Sie und ich spiritistisch verbunden sind, doch nie hätte ich gedacht, dass wir tatsächlich nichts voreinander geheim halten können.«

Sinha starrte sie an.

»Also: Was können wir für Clara tun?«, fragte Madam Xu. »Wir müssen doch etwas unternehmen!«

Nun war es an Sinha, verwundert zu sein. Sie war im Bilde! »Sie kennen den Fall?«, flüsterte er.

»Darüber reden wir doch die ganze Zeit, nicht wahr?«

»Oh … ja. Durchaus, durchaus.« Sinha legte ihr eine Hand auf die Schulter. »Nur um absolut sicherzugehen: Ein malaiischer *Bomo* namens Amran Ismail hat Sie aufgesucht, Ihnen die Daten einer Klientin anvertraut, der ihr baldiger Tod prophezeit wird, und Sie gebeten, die Vorhersage zu bestätigen – war es so?«

»Genau so.«

»Und er ließ Sie bei Todesstrafe geloben, keiner anderen lebenden Seele davon zu erzählen?«

»Richtig.«

»Sie schworen über einem Hühnchen?«

»So war es.«

»Mit frischem Blut auf Ihren Handgelenken?«

»Soße, um genau zu sein.«

»Soße? Seltsam. Aber Ihre Einschätzung der Daten dieser jungen Frau, deren Name Clara lautet, bestätigte seine ursprüngliche Analyse, nämlich dass sie an einem bestimmten Tag sterben müsse? Womöglich sogar schon am kommenden Freitag?«

»Stimmt genau! Dilip Sinha, Ihre Fähigkeit, Gedanken zu lesen, ist beeindruckend. Sie haben den Fall, der mich den ganzen Vormittag beschäftigt hat, erfasst, und zwar korrekt bis in alle Einzelheiten. Man könnte fast meinen, Sie hätten sich unter dem Tischchen versteckt, als Mr. Ismail mich gestern besuchte.« Streng blickte sie ihn an: »Das haben Sie doch wohl nicht getan, will ich hoffen.«

»Keineswegs«, sagte Sinha. Seine Gedanken überschlugen sich. Eindeutig hatte der *Bomo* bei mehr als einer Kapazität Bestätigung für den drohenden Untergang seiner Klientin gesucht. Nachdem er selbst seine Tabellen geprüft und Ismail mitgeteilt hatte, dass er auf der richtigen Spur sei, war der Mann direkt zu Madam Xu gegangen, um sich von ihr dieselbe Bestätigung zu holen. »Wie haben Sie die Aussichten von Ms. Clara beurteilt?«

»Ihr wird etwas Furchtbares zustoßen. Am Freitag. Das hat ihm der Große Bomo genau so gesagt. *Zu* genau! Und doch konnte ich nichts finden, das dem widerspricht. Es sieht wirklich so aus, als ob sich nichts dagegen tun lässt. Schade, nicht wahr? Ich meine, um ein so junges Mädchen.«

»Ja. Ein Jammer.«

»Können wir uns nicht zusammentun, Wong einweihen und das Problem irgendwie lösen?«

»Sie haben Mr. Ismail Stillschweigen gelobt!«

»Das stimmt. Aber Sie haben es mit Ihrer Gedankenlesekunst aus mir herausbekommen. Mein Mund hat kein Geheimnis verraten. Ich bin außer Verdacht, wie Inspector Tan sagen würde.«

»Superintendent.«

»Gut, gut.«

C. F. Wong schmunzelte vor sich hin, als er durch den glanzlosen, mit angeknacksten Fliesen gekachelten Vorbau schritt, der zu einem Geschäftshaus in der Perak Road führte. Das hier war eine Arbeit, die ihn freute. Er hatte seine Mappe genommen, war mit dem Bus zwei Kilometer nach Norden über den Fluss gefahren und stand nun vor den Büros der Firma »Mirpuri Import-Export und Stückgutspedition«.

Obwohl er die Privatwohnung der Mirpuris in einer hübschen Vorstadtstraße am Mount Faber Park mehrmals besucht hatte, war er bisher nie mit einer vollständigen Fengshui-Analyse des Familienbetriebs beauftragt worden, der sich in einem recht heruntergekommenen multifunktionalen Gebäudekomplex an der Perak Road im Osten von »Klein-Indien« über zwei Stockwerke erstreckte. Freilich besaß er auch jetzt keinen offiziellen Auftrag für die Geschäftsräume, doch er wusste, dass er getrost ein paar Stunden mit dem zubringen konnte, worauf er sich am besten verstand, um es später auf eine Rechnung zu setzen, die Mrs. Mirpuri ohne hinzusehen bezahlen würde.

Danita Mirpuri war zwar eigentlich Joyce' Fall, aber er hatte seiner Praktikantin gesagt, dass er selbst das Fengshui untersuchen würde, bis sie diese Kunst etwas besser beherrschte. Immerhin war der Gedanke tröstlich, dass Joyce, wenn er sie anleitete, gewisse Arbeiten selbstständig zu erledigen, es vielleicht nicht mehr nötig finden würde, ihm auf Schritt und Tritt zu folgen.

Heute wollte er sich ein paar Stunden lang auf Danita Mirpuris Büro konzentrieren. Den morgigen Vormittag würde er einer Einschätzung ihres Zimmers zu Hause widmen. Blieb sie dann immer noch verschwunden, würde er morgen Nachmittag noch einmal in den Familienbetrieb kommen und das gesamte Gebäude untersuchen. Das ließ sich höchstwahrscheinlich auf zwei volle Arbeitstage strecken, alles für den anderthalbfachen Tagestarif, zuzüglich Eildienstzuschlag.

Er rechnete damit, dass diese so genannte Entführung – zweifellos eine bizarre Liebeskomödie – in ein, zwei Tagen vorüber sein würde. Daher war es nur logisch, wenn er sein abrechnungsfähiges Honorar dadurch zu maximieren suchte, dass er möglichst viel in möglichst kurzer Zeit erledigte.

Eine etwas klaustrophobische Fahrt in dem engen, schwächlichen Aufzug trug ihn in den sechzehnten Stock. Dort trat er in einen mangelhaft beleuchteten Gang mit drei Türen. An keiner hing ein Namensschild. Er musste sich an kleinen Nummern orientieren, um herauszufinden, welche Klingel er drücken sollte.

Nervenzerfetzend dudelte die Türglocke *The Yellow Rose of Texas.* Eine chinesische Sekretärin begrüßte ihn und bat ihn in den muffigen, holzgetäfelten Vorraum. Dann rief sie ihren Chef, Mohan Mirpuri, einen korpulenten Mann von dreiundfünfzig Jahren mit weißem, glatt zurückgekämmtem Haar. Wong wusste, dass die Familie seit über zwanzig Jahren in Singapur lebte. Dennoch sprach der Patriarch noch immer mit einem stark nordindischen Akzent.

»Mr. Wong! Mir will scheinen, als hätten wir Sie seit über einem Jahr nicht mehr gesehen«, sprudelte der Unternehmer leutselig hervor.

»Jawohl. Über ein Jahr, glaube ich.«

»Sie müssen vielmals verzeihen, dass ich Sie wegen meiner Tochter bemühe, aber sie war schon immer ein etwas problematisches Kind, von Zeit zu Zeit, Sie verstehen, haha?«

»Ja. Sehr bedauerlich, dass Ihre Tochter verschwindet. Ich hoffe, es ist nicht ernst.«

»Nicht sehr ernst. Nur entführt, soviel ich weiß. Von einem ihrer Freunde. Aber von welchem? Das ist die Frage, die wir uns stellen müssen.«

»Darf ich das Büro sehen?«

»Fühlen Sie sich völlig frei, sehen Sie sich in den Büros und bei uns zu Hause um, schauen Sie nach Anhaltspunkten. Kommen Sie, hier entlang.«

Er führte den Geomanten durch einen Gang in einen großen, düsteren Raum ohne Tür, in dem mehrere Schreibtische und Aktenschränke standen. Überall lagen hohe Stöße staubiger, vergilbter Papiere.

»Sie hat sehr großes Büro«, meinte Wong, »für eine so junge Person.«

»Oh, das ist nicht ihr Büro. Es ist meins«, sagte Mirpuri. »Ich dachte, Sie würden vielleicht erst mein Büro machen? In letzter Zeit waren die Geschäfte nicht so erfreulich. Außerdem hab ich eine böse Erkältung, die ich nicht loswerde. Ständig läuft die Nase, verstehen Sie? Wirklich unangenehm. Ich wüsste gern, ob Sie das alles in Ordnung bringen können? Warum sollten Sie sich mit Danitas Büro aufhalten, wo sie doch gar nicht da ist? Scheint mir sinnlos. Machen Sie nur erst meins, und wenn sie wiederkommt, dann ihrs. Geht das in Ordnung?«

»Geht.«

Wong verbrachte eine Stunde mit der Feststellung der wichtigsten Einzelheiten des Büros. Was das Gebäude insgesamt betraf, so hatte es im Nordwesten einen Drachenhügel. Die Tabellen verrieten, dass die günstigste Richtung im vierten Sektor, die ungünstigste im neunten lag. Als Kan-Gebäude führte sein Eingang nach Norden. Für eine ausführliche Einschätzung brauchte er Mirpuris persönliche Details, Eckdaten wie Geburtstag, Lebenslauf, Tätigkeitsprofil; ferner das Baudatum des Geschäftshauses und den Zeitpunkt, zu dem die Firma eingezogen war. Schließlich musste er sich genau darüber unterrichten, was jeder Schrank, jeder Schreibtisch in dem Raum enthielt. Er stellte dem Import-Export-Kaufmann über zwei Dutzend Fragen und schickte ihn dann hinaus, damit er in Ruhe nachdenken konnte. Er skizzierte eine Reihe von Diagrammen, in die er winzige chinesische Schriftzeichen eintrug.

Er hatte bereits neun Blätter gefüllt, als Mirpuri wieder an der Tür auftauchte. »Wie kommen Sie voran? Haben Sie schon interessante Schlüsse gezogen?«, fragte er.

»Viele«, antwortete Wong. »Sie können eine Menge tun, um Ihre Aussichten zu verbessern.«

Mirpuri hielt ihm einen Prospekt hin. »Ich möchte Ihnen etwas zeigen. Ein Freund hat mir das gegeben. Es ist ein Katalog für Feng-shui-Artikel aus Hongkong. Versandhaus. Ich hab mir gedacht, ich könnte vielleicht für den Eingang so eine Katze bestellen und dann hier für diese Seite ein hängendes Münzenschwert, das mit der Spitze da rüber in unsere Bestellabteilung zeigt, und für die Eingangstür ein Paar Torgeister und dazu dies Ding hier, das sie ›Schale des siebenfachen Glücks‹ nennen …«

»Nicht nötig«, sagte der Geomant. »Schmuckzeug nicht nötig.«

Mirpuri schien in sich zusammenzufallen. »Wirklich? Ich finde, es könnte doch sehr, sehr gut sein, ein paar von diesen Sachen über die Räume zu verteilen. Und direkt beim Eingang ein Aquarium mit Fischen. Aquarien sind doch günstig, oder? Was meinen Sie, Goldfische oder tropische?«

Wong schüttelte den Kopf. »Hongkong-Fengshui ist sehr viel Aberglaube. Ganz dumm. Erste Aufgabe von Fengshui besteht nicht darin, in einen Raum wie diesen noch mehr Sachen zu tun. Ist jetzt schon viel zu voll gestellt. Erste Aufgabe muss sein, Sachen zu entfernen. Nicht hinzufügen.«

»Ach so, verstehe. Was soll ich denn entfernen?«

»Ich sage Ihnen. Ganz viele Sachen. Setzen Sie sich.«

Der Geschäftsmann zwängte sich unbeholfen hinter den Schreibtisch, um zu seinem großen gepolsterten Ledersessel zu gelangen. »Okay, ich sitze. Also legen Sie los!«

Der Geomant sah sich in dem Büroraum um. »Hauptproblem in diesem Büro ist tote Energie. Zu viel davon. Sie tötet Ihre eigene Energie.« Er zeigte auf die Stöße vergilbten Papiers auf den Aktenschränken. »Diese Papiere. Ich glaube, sie sind sehr alt. Jetzt benutzen Sie sie gar nicht mehr. Sie müssen sie entfernen. Sehr häufiges Problem in alten Büros, sogar in manchen neuen. Tote Energie führt zu …« Er spähte in sein Notizbuch nach einem Begriff, den er sich aufgeschrieben hatte. »… Le-thar-gie.«

Mirpuri wackelte mit dem Kopf, womit er bedingte Zustimmung andeutete. Er machte ein schuldbewusstes Gesicht, wie ein kleiner Junge, den man mit der Hand in der Keksdose erwischt hatte. »Ich lasse hier ab und zu groß reinmachen. Das Zeug sammelt sich an, Sie wissen ja, wie es ist.«

Wong nickte. »Manche Leute sind Ablagetypen. Sie heften und heften und heften alles weg, stellen es in Aktenschrank. Manche Leute sind Aufstapeltypen. Sie legen ein Blatt aufs andere, stapel-stapel-stapel.«

»Was ist besser?«

»Ablage ist besser als Aufstapeln. Aber am besten ist Wegwerfen.« Wong nahm ein Blatt Papier von einem der Stöße. Es war ein Brief. »Sehen Sie hier. Jedes Aktenstück hat das, was wir ›potenzielle Energieübertragung‹ nennen. Jemand schreibt Ihnen Brief. Oder Sie schreiben Brief an jemand. Oder einer will, dass Sie etwas kaufen. Oder ihn anrufen. Oder ihm Fax schicken. Jemand will Ihnen etwas mitteilen. Alle haben ein bisschen Energie, ein bisschen Mühe in das Papier gesteckt. Wenn Sie Brief lesen und dann etwas tun, ist Energie vom Absender Ihre Energie geworden. Hat sich in Tätigkeit umgewandelt. Aber wenn Sie nichts tun, wenn Sie Papier auf Stapel legen, dann stirbt die Energie. – Später bekommen Sie noch ein Stück Papier. Wieder auf den Stapel. Dann noch eins. Und noch eins. All diese Blätter legen Sie aufeinander. Ganz schnell sind hunderte Blatt Papier aufgestapelt. Sie legen sie in Schublade. Schublade, sie wird zu voll. Da machen Sie neuen Stapel auf dem Schreibtisch. Schnell hat neuer Stapel auch hunderte Blatt Papier. Aber jedes Blatt ist ein Stück tote Energie.«

»Ich verstehe«, sagte Mirpuri und wiegte wieder schräg den Kopf. »Ich denke, die meisten dieser Akten haben inzwischen gar keinen Wert mehr für mich. Ich hab es bloß noch nicht geschafft, sie …«

»Stapel mit toter Energie sind ganz schlecht. Wenn Sie ins Büro kommen, sehen Sie Haufen alte Akten. Die saugen Ihre Energie auf. Sie fühlen sich müde, Sie fühlen in sich auch tote Energie. Sie werden le-thar-gisch. Am besten ist wirklich, Sie werfen alle alten Papiere weg. Nur juristische Sachen, wichtige Akten können Sie behalten. Der Rest – raus. Sonst zu viel Le-thar-gie, breitet sich aus im ganzen Büro.«

Mr. Mirpuri nickte schräg. »Okay. Das kommt mir vernünftig vor. All den alten Papierkram, der sich hier staut, vernichten. Gut. Das wird als Erstes erledigt. Und was soll ich sonst noch machen?«

»Besorgen Sie sich kleineren Schreibtisch. Dieser ist zu groß.«

»Aber hören Sie mal! Ein Geschäftsführer muss doch auf jeden Fall einen großen Schreibtisch haben. Ich bin Präsident dieses Unternehmens, ich brauche einen großen Tisch. Keiner wird mich respektieren, wenn ich nicht den größten Schreibtisch habe. Ausgeschlossen! Außerdem muss ich alle möglichen Sachen darauf unterbringen.«

»Der Tisch ist zu groß für diesen Raum. Sieht falsch aus. Fühlt sich falsch an. Sie können nicht bequem um ihn herumgehen. Das müssen Sie ändern.«

»Na gut, wenn Sie meinen«, sagte Mirpuri widerstrebend. »Ich hab ihn aus Indien mitgebracht, verstehen Sie? Mit Schnitzerei, aus einem einzigen Stück …«

»Geschäftsraum ist ein Ort für Veränderung. Alles, was hereinkommt, muss bearbeitet werden, ist ein Vorgang. Muss verändert werden. Dann kann Chi strömen. Dann kann auch Geld strömen.«

Beim Wort »Geld« zwinkerte Mirpuri. Offensichtlich nahm er dieses Thema äußerst ernst.

»Sie brauchen neuen Teppich«, fuhr Wong fort, »und anderen Sessel. Farbe von Aktenschränken müssen Sie ändern. Und Trennwände umstellen.«

Mr. Mirpuri seufzte. Das hier würde teurer werden, als er erwartet hatte.

Im Singapurer Polizeipräsidium hackte Superintendent Gilbert Tan in einem Raum mit Ausblick mit dem Zeigefinger auf die Telefontasten ein, und zwar mit unnötigem Kraftaufwand. Nicht dass er wütend gewesen wäre – ganz im Gegenteil: Gewöhnlich ein ruhiger, eher zurückhaltender Mensch von achtunddreißig Jahren, neigte er höchstens im Zustand glücklicher Erregung dazu, seine Gefühle durch eilige, heftige Bewegungen auszudrücken.

Ungeduldig klopfte er mit einer Hand auf den Schreibtisch. Mit der andern drückte er die Freisprechtaste. Er hörte es dreimal klingeln, bis jemand abnahm und eine weibliche Stimme sich meldete.

»Hallo?«

Er nahm den Hörer auf: »Winnie?«

»Nein, Joyce. Wollen Sie Winnie sprechen? Sie ist nicht da.«

»Hallo, Joyce. Wie gehts? Gut, wie ich hoffe. Eigentlich wollte ich Mr. Wong haben. Hier Superintendent Tan.«

»Oh, hallo. Er ist ausgegangen. Wegen einem Fall. Da ist ein Mädchen entführt worden, übrigens kenne ich die, und ob Sies glauben oder nicht, einer der Verdächtigen ist sogar Pol…« Sie unterbrach sich hastig. »Na ja, also C.F. ist nicht hier.«

»Hm. Hat er sein Handy dabei?«

»Äh ... im Moment benutzt ers nicht. Heut früh hatten wir Pech damit. Es ist, na sagen wir: aus dem Fenster gefallen. Kann ich ihm was ausrichten? Wir erwarten ihn in etwa einer Stunde zurück.«

»Okay. Er hat gestern eine Frau an mich verwiesen. Eine Frau namens Tsai-Leibler.«

»Ja, ich weiß Bescheid. Die, in deren Wohnung am Ridley Park es gebrannt hat, nicht?«

»Genau. Sagen Sie ihm doch, dass sie mich heute Vormittag aufgesucht hat. Interessanter Fall. Aber ich muss Acht geben, denn offiziell ist die Sache als Brandstiftung gemeldet. Ich will da niemandem auf den Schlips treten. Wissen Sie, bei der Polizei dreht es sich ja immer um Sachbereiche. Jeder hat seine eigenen, eng begrenzten Verantwortlichkeiten, verstehen Sie?«

»Jaha.«

»Na, auf jeden Fall hatte ich ein langes Gespräch mit ihr und dann, kurz nach dem Mittagessen, auch mit ihrem Mann Dr. Leibler. Wie gesagt finde ich den Fall grundsätzlich interessant, und meiner Meinung nach sollte C. F. ihn übernehmen. Ziemlich einmalig.«

»Gestern wirkte er nicht direkt scharf drauf. Ich glaub, er möchte, dass Madam Xu das macht.«

»Dr. Leibler hat mir erzählt, dass sein Partner – der andere Zahnarzt – einen Spiritisten angeheuert hat. Nein, zwei sogar, wenn ich mich nicht irre. Hat nichts gebracht. Sie brauchen nicht noch welche, sondern einen andern Ansatz. Wie dem auch sei, am wichtigsten ist Folgendes: Ich habe für heute Abend eine Ausschusssitzung einberufen. Punkt 19 Uhr auf dem Nachtmarkt, an unserm üblichen Tisch bei Ah-Fat. Ich hab schon versucht, Madam Xu und Dilip Sinha anzurufen. Sie sind anscheinend beide auswärts. Keiner der beiden hat einen Anrufbeantworter oder ein Handy, verflixt noch mal. Aber ich hab einen Boten mit 'ner Nachricht zu ihnen geschickt, damit sie über das Treffen Bescheid wissen. Könnten Sie Wong das ausrichten?«

»Wird gemacht.«

Tan saß in seinem allzu kühl klimatisierten Büro und saugte an einem Bleistift. Die Geschichte, die er von Dr. Gibson Leibler erfahren hatte, war ein echter Thriller, und er wollte sie möglichst wirkungsvoll wiedergeben. Der Polizeibeamte, Sohn eines Obst- und Gemüseimporteurs und einer chinesischen Opernsängerin, liebte nichts so sehr wie ein schönes Drama aus dem richtigen Leben. Oft dachte er, er hätte Reporter oder vielleicht Rechtsanwalt werden sollen. An der Universität hatte er Geologie und Baukostenanalyse studiert. Den Großteil seiner emotionalen Energien aber investierte er in die Aufführungen der studentischen Theaterwerkstatt, für die er sogar mehrere erfolgreiche Stücke geschrieben hatte.

Das war allerdings Jahre her. Tan hatte danach in verschiedenen Jobs in Kuala Lumpur und Singapur gearbeitet, bis er vor elf Jahren als Siebenundzwanzigjähriger in den Polizeidienst eintrat. Rasch stieg er auf, was er vermutlich vor allem seinen hervorragenden mündlichen und schriftlichen Berichten verdankte. Er selbst hegte den Verdacht, dass er zu träge war, um je ein erstklassiger Kriminalbeamter zu werden. Aber wenn es darum ging, seinen Vorgesetzten die wohl formulierte Zusammenfassung einer laufenden Ermittlung vorzutragen, konnte ihm keiner das Wasser reichen.

Und seine Bereitschaft, etwas außerhalb der Routine liegende Aufträge zu übernehmen – kein anderer meldete sich als Kontakt zu den Singapurer Berufsmystikern –, hatte mehrfach dazu geführt, dass er gewissen Kollegen, die sich lieber mit herkömmlicher Polizeiarbeit abgaben, um eine Nasenlänge voraus war. Man belächelte ihn? Na wenn schon! Seine Geduld, sich scheinbar irrationale Aussagen anzuhören – wie die hier über den Geisterbrandstifter –, eröffnete ihm ungewöhnlichen Zugang zu manchem fesselnden und befriedigenden Fall. Und dies, davon war er überzeugt, war wieder so einer.

Als Wong in die Telok Ayer Street zurückkehrte, fand er eine Nachricht vor und sah, dass Winnie Lim ausgeflogen war. Zum Vermieter wegen einer neuen Klimaanlage, hoffte er.

Joyce hob die Hand: »Dieser Polizeityp hat angerufen? Mr. Tan?«

»Oh. Was wollte er?«

»Hat eine Ausschusssitzung einberufen. Heut Abend, auf dem Nachtmarkt. Um 19 Uhr?«

»Aha. Wegen dem Zahnarzt?«

»Yep. Die Frau von dem war heut Vormittag bei ihm? Dann war er bei dem Zahnklempner. Er sagt, das ist ein mordsinteressanter Fall. Er sagt, für ihn ist es schwierig, den selbst zu übernehmen, aber er findet, Sie sollten das machen. Er sagt, er kriegt Probleme mit den Platzhirschen.«

»Geplatzte Hirsche?«

»Nee, nicht geplatzt. Platz, wie Bereich, ja?«

»Ach so.«

»Ja, so was wie Kompetenzgerangel.«

Wong, der ihr wieder mal nicht folgen konnte, hielt es für klüger, das Thema fallen zu lassen. Er setzte sich auf seinen quietschenden, schiefen Bürostuhl und tupfte sich mit einem Papiertaschentuch den Schweiß vom Gesicht. *»Ho yiht«,* klagte er vor sich hin. »Und jetzt, wo ist das Papier?«

»Schreibpapier?«, fragte Joyce.

»Nein. Blatt Papier im Umschlag von heute früh. Komische Nachricht. Hören Sie, ich habe von Mr. Mirpuri erfahren, dass seine Tochter für Vater und Mutter Sekretariatsarbeit gemacht hat. Sie hat immer Schecks an mich ausgestellt. Das heißt, sie kennt meine Adresse. Brief war vielleicht von ihr.«

»Ich hab ihn weggeworfen.« Joyce beugte sich zur Seite und sah in den Papierkorb. »Futsch! Winnie muss ihn ausgeleert haben.«

Wong fand dies unwahrscheinlich. Erstens klang es nach Arbeitseifer, einer Eigenschaft, die seiner Bürovorsteherin gänzlich abging. Zweitens passte der Zeitpunkt nicht. Man leerte den Papierkorb am Ende eines Arbeitstages, nicht an dessen Beginn.

»Mrs. Tong?«, schlug Joyce vor.

Er nickte: »Mrs. Tong! Bitte rufen Sie an. Sie mag Sie. Weiß nicht wieso.«

Joyce wählte die Nummer des Hausmeisterbüros unten im Gebäude. »Hallo? Mrs. Tong? Hier Joyce. Von oben, vierter Stock. Yeah. Hallöchen! Gehts gut? Cool. Waren Sie heut früh vielleicht bei uns im Büro und haben die Papierkörbe ausgeleert? Was? Yeah. Ach so, die Klimaanlage. Stimmt, die ist, ich sag mal *hin.* Echt abartig, ja. Gut, okay.«

Sie legte auf. »Winnie hat sie hier raufgebeten und ihr das Loch im

Fenster gezeigt. Mrs. Tong kriegts nicht auf die Reihe, wie die rausfallen konnte. Sie sagt, wir müssen das wegräumen, sie kann nämlich außerhalb des Gebäudes nichts anfassen, von wegen ihrem Vertrag.«

»Aber wo ist der Brief?«

»Ach ja, das wollte ich grad sagen. Als sie herkam, schleppte sie 'nen Müllbeutel, und da hat sie gleich unsere Papierkörbe mit ausgeleert. Jetzt ist der Zettel wohl echt weg.«

»Gehen Sie, suchen Sie ihn.«

Sie machte ein langes Gesicht: »Ich hatte gehofft, Sie würden das nicht vorschlagen.«

»Suchen Sie!«, bellte er.

Eine Viertelstunde später war Joyce zurück. Sie hatte den vermissten Brief gefunden, doch Spaß hatte die Suche ihr nicht gemacht, denn der Mülleimer enthielt Reste mehrerer alter Mahlzeiten. Die letzten fünf Minuten hatte sie damit zugebracht, sich wieder und wieder die Hände zu waschen. »Igitt!«, stöhnte sie. »Ich stinke nach gebratenen Nudeln von gestern.«

Beide starrten den Text der Nachricht an:

> Joögr@@@@ Nom rmzg!jtz – Dozur om fimlört Ls,,rt om Jsid ,oz üptzihordodvjr, Göordrmnpfrm ftro pfrt bort ;omizrm bpm Jpllorm Dztrrz-Jpöz ,ovj jort tsid-Dvjmröö@@@ Fsmo

»Sieht aus wie das Kauderwelsch, das rauskommt, wenn der Drucker spinnt«, sagte Joyce. »Aber das hier ist auf 'ner Schreibmaschine getippt. Ich glaub nicht, dass es von Dani stammt. Eher von 'ner älteren Person. Wer schreibt heut noch mit Schreibmaschine? Vielleicht ist es ein Code. Hat Dani Ihnen je per Code geschrieben?«

»Nein«, sagte Wong. »Danita Mirpuri hat Tippen gelernt auf dem Fachlehrgang für Sekretärin. Normal schreibt sie ganz sauber. Nicht wie andere Sekretärinnen, die keine Schule besucht haben und sehr schlecht tippen.« Er warf einen gehässigen Blick in Richtung Winnies Schreibtisch.

»Womöglich ist es doch ein Code«, sagte Joyce aufgeregt. »Wetten, dass ich ihn knacken kann? Lassen Sie mich das mal 'ne Weile prüfen.

Vielleicht kann ich für die Lösung ein Computerprogramm schreiben.«

Wong, der ständig nach Betätigungsfeldern für Joyce suchte, um sie sich vom Leib zu halten, brummte sein Einverständnis und zog sein Notizbuch aus der Schreibtischschublade.

Sie kopierte den Brief, indem sie ihn durchs Faxgerät laufen ließ, und konzentrierte sich dann mit einem Bleistift zwischen den Zähnen auf den Text. »Codes lassen sich meistens leicht knacken, außer wenn sichs um Enigma oder so was handelt. Man muss bloß einen Buchstaben im Alphabet weiter vor- oder zurückgehen oder so.«

Auf ein separates Blatt Papier schrieb sie zweimal das Alphabet und hielt beide dann in verschiedenen Kombinationen aneinander, um einen Schlüssel zu finden.

Nach wenigen Minuten hielt die junge Frau es nicht länger aus: Sie musste ihrem Chef, der an seinem Tisch saß und ihr nicht zuhörte, ihre Ergebnisse mitteilen. »Also, es fängt an mit *Jo.* Geht man je einen Buchstaben zurück, gibt das *In.* Schon mal eine Silbe, wenn auch komisch als Briefanfang. Dann kommt *ögr* – *ö* eins zurück, *g* eins zurück, *r* eins zurück gibt *äfq.* Je eins vor gibt *ühs.* Na ja, war wohl nichts. Vielleicht je zwei Buchstaben vor oder zurück? Gibt *zep* oder *ait.* Nee, haut auch nicht hin.«

Sie kaute heftig auf dem Stift. »Aber eins ist mir klar: Es hat was mit Internet zu tun. All diese ›at‹-Zeichen. Sicher 'ne Art E-Mail-Adresse.«

Wieder begann sie zu kritzeln. »Ich weiß noch, bei Sherlock Holmes steht, dass man bei den kurzen Wörtern mit zwei oder drei Buchstaben anfangen soll. Es muss sich ja um Wörter wie *an, in, im* oder *und, mit, der, die, das* und so handeln. Kriegt man die raus, kann man von da aus alle andern aufdröseln. Also, kurze Wörter sind hier *om, bpm ...*«

Eine weitere halbe Stunde brachte sie damit zu, alle möglichen Alphabetverschiebungen auszuprobieren, doch sie kam mit der Dechiffrierung nicht weiter. »Das hier hakt. Keine normale Methode funktioniert. Das hat nichts mit dem Abc zu tun. Und die kurzen Wörter geben auch kein klares Muster. Ich glaub, das ist einfach Quatsch!« Angewidert schob sie die voll gekritzelten Blätter von sich. »Ich mach mich wohl mal wieder an *meinen* Fall.«

Sie nahm den Hörer ab und wählte die Nummern ihrer Freunde, um sie nach Danita Mirpuri und deren Beziehungen auszufragen. Nach zehn Minuten Tratsch strahlte Joyce und rief dann noch zwei Leute an. »Das ist ja so was von cool«, jubelte sie zwischen den Anrufen zu Wong hinüber. »Ich kann ewig mit meiner Clique telefonieren und mir anhören, wer mit wem geht, und es zählt alles als Arbeit.«

Auch Wong hatte sich den Brief angesehen und vergebens versucht, das Rätsel zu lösen. Bald gab er auf und beschloss, sich eine Weile der Arbeit an seinem Buch zu widmen. Die verschlüsselte Botschaft hatte ihn an die klassische Erzählung über Zhu Gumin und das Problem gelungener oder gestörter Kommunikation erinnert. Wo hatte er sie doch nur gelesen? War es im *Zhinang* gewesen, jenem Meisterwerk des Ming-Gelehrten Feng Menglong[12]? Er würde sie einfach aus dem Gedächtnis niederschreiben. Die Einzelheiten konnte er später nachschlagen.

In alter Zeit lebte einmal ein Mensch namens Tang Sheng. Er hielt sich für sehr klug. Er hatte gehört, dass der Weise Zhu Gumin über große Wortgewalt verfügte.

Er lud Zhu Gumin in sein Haus. Tang Sheng sagte: »Ich habe erfahren, dass Ihr sehr gut mit Worten umzugehen versteht. Doch ich glaube nicht, dass Ihr mich jemals aus meinem Haus locken könnt.«

Zhu Gumin sagte: »Es ist Winter. Draußen ist es sehr kalt. Ich würde meine Redekunst lieber darauf verwenden, einen Menschen ins Haus hereinzulocken. Ich könnte die Wärme und Behaglichkeit des Hauses so schildern, dass er nicht widerstehen würde. Er müsste einkehren, selbst wenn er draußen bleiben wollte.«

»Das kommt auf einen Versuch an«, sagte Tang Sheng. Er trat in den kalten Garten hinaus. »Nun versucht, mich ins Haus zu locken!«

Doch Zhu Gumin schwieg.

Tang Sheng bat ihn nochmals, seine Redekunst zu beweisen.

Zhu Gumin sagte immer noch kein Wort.

Tang Sheng beschloss, wieder ins Haus zu gehen. Aber die Tür war verschlossen.

Eines Menschen Worte anzuhören führt zu nichts. Darauf zu hören, was er meint, ist besser. Doch am nützlichsten ist es, Grashalm, darauf zu hören, was du selbst meinst, wenn du eine Frage stellst.

(Gesammelte Sprüche östlicher Weisheit, von C.F. Wong, Teil 344)

Konnte er herausbekommen, was Dani Mirpuri im Sinn gehabt hatte, als sie ihm eine verschlüsselte Botschaft schickte – vorausgesetzt, die stammte wirklich von ihr –, dann würde er erraten, was darin stand. Aber wo sollte man anfangen?

An diesem Dienstagabend um halb acht saßen sie an einem fleckigen runden Tisch vor Ah-Fats Stand auf dem Nachtmarkt. Die Dämmerung war rasch eingebrochen, sodass sie im grellen Neonlicht des kleinen Speiselokals blinzeln mussten.

»Gespenster gibts nicht!«, verkündete Joyce in entschiedenem Ton, der keine Widerrede duldete.

»Bist du dir dessen so sicher, kleine Pflaumenblüte?«, fragte Madam Xu.

»Aber klar. Mein Kumpel Seth macht in Channeling, verstehen Sie? Er hat direkten Kontakt zu Wega – und weil er-sie ein Teil der Kraftfelder des Universums ist, weiß er-sie alles, ja?«

»Nur weiter«, bat die Wahrsagerin alarmiert. »Erklär uns doch, warum dein Freund Seth sagt, es gibt keine Geister.«

»Na ja, Seth channelt also einmal früh am Morgen, nachdem er die ganze Nacht durchgesumpft hat. Er berührt Wega und geht: ›Wega, sprich zu uns über die Geisterwelt auf Erden.‹«

Joyce sah allen ins Gesicht. Es beglückte sie, dass die kleine Gruppe ihr volle Aufmerksamkeit schenkte – immerhin waren diese Leute zwei-, drei-, wenn nicht viermal so alt wie sie.

»Na, und er-sie, also Wega, geht: ›Nein, es gibt keine Gespenster, das ist alles Mumpitz.‹ Und Seth dann so: ›Wow! Also vertun all diese Exorzisten und so Leute bloß ihre Zeit?‹ Und Wega dann: ›Absolut!‹«

Aufgeregt verschränkte sie die Arme.

C. F. Wong schloss die Augen. Er musste sich in einem früheren Leben schwer versündigt haben!

Madam Xu sah ein wenig verletzt aus. »Das ist ja alles schön und gut, liebes Kind, aber Wegas geschätzte Meinung steht doch wohl in keiner direkten Beziehung zu unserer Aufgabe heute Abend.« Die Wahrsagerin, die wie immer kerzengerade auf ihrem Hocker saß, legte eine altersfleckige Hand über die andere und ließ dann beide auf ihrem Schoß ruhen, still und unbewegt wie ein Buddha. »Inspector Tan wird uns heute Abend eine wahre Gespenstergeschichte erzählen, und ich möchte mir mein Urteil darüber, ob sie glaubwürdig ist oder nicht, denn doch vorbehalten, bis wir sie von allen Seiten gründlich geprüft haben.«

»Superintendent«, berichtigte Sinha.

»Falls Sie auf mich warten, nicht länger nötig. Ich bin bereit.« C. F. Wong verstaute das Notizbuch, in das er geschrieben hatte, in seiner Mappe und schob diese unter den Tisch, wo er sie fest zwischen seine abgetragenen schwarzen Schuhe klemmte.

Es war ein windiger Abend. Eine frische südöstliche Brise vertrieb die Feuchtigkeit des Tages. Der Himmel war nur schwach bedeckt. Kaltes Sternenlicht schien zu der ungewöhnlichen, aber hochwillkommenen Kühle der Luft beizutragen.

Joyce bereute ihren Ausfall sofort. Da hatte sie vermutlich nicht das Richtige gesagt, ausgerechnet bei der ersten offiziell in diesem Monat einberufenen Besprechung des Untersuchungskomitees im Beiratsausschuss der Singapurer Gesellschaft der Berufsmystiker – wo sich doch die übrigen Anwesenden anscheinend mehr als die Hälfte ihrer Tage mit dem Unsichtbaren beschäftigten!

Doch nicht nur ihrer Begleiter wegen, sondern auch angesichts der Umgebung schien die Bemerkung fehl am Platz. Der ganze Nachtmarkt wirkte um diese Abendstunde gespenstisch. Beleuchtet wurde er fast ausschließlich durch baumelnde, im Luftzug schaukelnde Neonröhren und durch die Scheinwerfer vorbeifahrender Wagen. So kam es, dass die vielen Schatten sich ständig bewegten, verschoben, in wechselndem Tempo hin- und herschwankten oder hastig über den Platz huschten, gleichsam auf der Flucht vor den Autos, die sie hervorbrachten. Ein zufälliger Besucher konnte den Eindruck gewinnen, dass am Rand seines Blickfeldes tausende unsichtbare Wesen herumspukten.

Dann gab es die Dampfdämonen, die aus jedem Wok aufstiegen, als würden sämtliche Herde direkt in die Hölle führen. Der Wind blies den Rauch aus Ah-Fats Wok zu ihnen herüber, sodass alle paar Minuten eine kräftig nach *Tauhu goreng* duftende Erscheinung von der Größe eines Kindes über den Tisch geisterte.

Dilip Sinha angelte sich von einem der Teller auf dem Tisch eine gebratene Garnele und schob sie in den Mund. »Ich bin ganz Ohr, Superintendent Tan. Bitte lassen Sie uns Ihre Geschichte hören. Was mich betrifft, so glaube ich nicht nur an Geister, sondern unterhalte mich ständig mit ihnen. Ich finde sie oft wirklicher als manche Menschen.«

Joyce und ihr Chef waren eine halbe Stunde zu spät zu der Sitzung gekommen, was Sinha und Madam Xu nicht weiter zu stören schien. Die beiden alten Freunde waren offensichtlich in ein intensives Privatgespräch vertieft. Außerdem hatte der Mann, der ihnen ihre Anweisungen liefern sollte – Superintendent Gilbert Tan –, selbst noch durch Abwesenheit geglänzt.

Speisen waren bestellt worden und standen bald auf dem Tisch. Sinha gab das Thema der Mahlzeit vor: *Nasi Melayu,* traditionelle malaiische Küche. Über den ganzen Markt zog der Duft frisch geraspelter Kokosnuss.

Joyce hatte bereits mitbekommen, dass man Kokosmilch sowohl für pikante Gerichte als auch für süßes Gebäck, Desserts und sogar Getränke verwendete. Sie fand den Duft angenehm – was sich für das andere Aroma, das den Markt erfüllte, nicht behaupten ließ: den stechend bitteren Geruch von Garnelenmark. Sie mied Speisen mit dieser Zutat und nahm sich lieber kleine Portionen anderer farbenfroher Gerichte, die nach Zitronengras, Ingwer, Schalotten, Knoblauch und nach etwas dufteten, das Madam Xu *Kaffir* nannte, Limettenblätter. Ganz besonders hütete sich Joyce vor rötlichen Currys wie *Assam pedas* oder *Lontong,* die, wie sie wusste, reichlich gemahlenen scharfen Chili enthielten.

Aber Dilip bestellte ihr ohnehin meistens etwas Milderes: *Nasi goreng,* dazu süße Kokosmilch, Palmsirup oder *Chendol,* ein Geleegetränk. Allmählich hatte sich ihr Gaumen an malaiisches Essen gewöhnt. Rindfleisch-*Rendang* beispielsweise, das ihr beim ersten Mal verdächtig dunkel und scharf vorkam, akzeptierte sie inzwischen als schmackhafte Alternative zu den Steaks, mit denen sie in Australien und New York aufgewachsen war.

»Ha-haaa! Da komme ich ja genau im richtigen Moment, was?«, hatte Tan in seinem breiten Singapurer Akzent gerufen. Er war plötzlich aus der Dunkelheit aufgetaucht und hatte Sinha deftig auf den Rücken geschlagen. Der Astrologe, der gerade eine Erdnuss kaute, verschluckte sich und hustete, was den Gesetzeshüter bewog, ihm noch stärker den Rücken zu klopfen, bis Sinhas hastig hervorgestoßener Protest ihm Einhalt gebot.

Der kleine, rundliche Beamte hatte sich für seine Verspätung entschuldigt, einen Hocker herangezogen, sich zwischen Madam Xu und Joyce McQuinnie gesetzt und die Ärmel hochgekrempelt. Er beugte sich über jedes einzelne Gericht und würdigte schnuppernd dessen kräftiges Aroma. Erst nachdem er sich mit einem Berg Essen bedient, sich zehnmal reichlich den Mund gefüllt und gemächlich aufgegessen hatte, fühlte er sich zum Reden aufgelegt.

Wie sie alle wussten, hegte Tan eine hohe Meinung von sich als Erzähler. (Ständig ließ er jeden wissen, dass er zum Teil aus einer Showbusinessfamilie kam, und gab manchen Schwank aus dem Leben seiner Mutter beim chinesischen Musiktheater zum Besten.) Daher nahm er denn auch jenen Teil seines Jobs, der mit Berichterstattung zu tun hatte, besonders wichtig. Nachdem er gegessen und sich mit einem ordentlich gefalteten Papiertuch aus der mitten auf dem Tisch stehenden Schachtel die Lippen abgewischt hatte, entspannte er sich und schien gleichsam auf ein Stichwort zu warten. Er blickte in die Runde, während er sich mit einem Zahnstocher die Zähne reinigte. Schließlich hielt er den richtigen Moment für gekommen, setzte sich auf seinem Hocker in Positur und begann seine Erzählung. Er sprach langsam und betonte jedes Wort.

»Verdammt merkwürdig, diese Geschichte, wie Sie selbst einsehen werden. Der Fall führt uns in eine Zahnarztpraxis in einem modernen Geschäftshaus in Singapur. Ich denke, Sie können sich die Örtlichkeit vorstellen: ein Hochhaus an der Orchard Road nicht weit von der Kreuzung Clemenceau Avenue. Darin befinden sich etliche Läden und Dienstleistungsbetriebe. Im fünften Stock teilen sich zwei Zahnärzte eine kleine Suite – ein Dr. Liew Yok-tse und ein Dr. Gibson Leibler. Dr. Liew hat früher in ziemlich heruntergekommenen Räumen in der Mosque Street praktiziert. Vor einem Jahr lernte er Dr. Leibler kennen, der neu in Singapur war und darauf brannte, eine eigene Praxis zu eröffnen. Er stammt aus Amerika, hat aber eine Zeit lang in Hongkong gelebt. Vor zwei, drei Jahren heiratete er dort eine Hongkongerin und hält sich jetzt für einen Asiaten honoris causa. Er suchte also hier nach einer Praxis und Dr. Liew schlug ihm vor, gemeinsam passende Räume zu mieten und Kosten zu sparen. So konnten sie sich eine bessere Lage leisten und an Feiertagen auch füreinander einspringen. Darüber hinaus meinten beide, dass ihre unterschiedliche kulturelle Herkunft sich als gute Marktstrategie erweisen dürfte, denn man würde die Gemeinschaftspraxis weder als ›chinesisch‹ noch als ›westlich‹ abstempeln und konnte daher Patienten aller Art erwarten.

Dr. Liew fand die Suite. Die Sekretärin, die sie einstellten, Amanda Luk, hat einen guten Blick für Farben und kümmerte sich um die Inneneinrichtung. Vor gut drei Monaten zogen sie ein. Dr. Liew verfügte natürlich über einen viel größeren Patientenstamm als der kürzlich zugezogene Dr. Leibler. Doch auch dieser brachte seinen Teil in die Beziehung ein. Er und seine Frau sind ja recht gesellige Menschen, und so führten sie der Praxis ebenfalls neue Patienten zu.«

»Wann erscheint denn nun das Gespenst?«, fragte Joyce, die sich bereits langweilte.

»Gleich, Schätzchen. Nur Geduld! Eines Samstagnachmittags vor etwa drei Wochen befand sich Gibson Leibler in seinem Behandlungsraum und zog sich um. Vormittags und bis über Mittag hatte er eine Reihe Patienten behandelt, sich aber den Nachmittag freigehalten. Es ging auf 14 Uhr zu. Er zog seinen Sportsakko über und trat aus seiner Tür. Eben stand er im Wartezimmer und angelte seine Schlüssel aus der Jackentasche, als er in Dr. Liews Raum etwas hörte: den Schmerzenslaut eines Patienten. Er sagt, es klang, wie wenn einer mit Klammer im Mund stöhnt – Sie wissen, so eine Metallspange, die den Mund offen hält. Darauf folgten noch mehrere Schreie.

Das sind nun beim Zahnarzt keine ungewöhnlichen Laute. Nur erwartet man nicht, sie in einer leeren Praxis zu hören. Dr. Liew geht samstags normalerweise schon gegen Mittag Golf spielen. Der Amerikaner nahm also an, sein Partner sei heute ausnahmsweise noch an der Arbeit. Daher klopfte er an dessen Tür, um ihm zu sagen, dass er Schluss mache und Liew später, wenn er mit seinem Patienten fertig sei, absperren solle.

Niemand antwortete. Dr. Leibler klopfte nochmals. Wieder keine Reaktion. Er rief: ›Y. T.?‹ Er wollte schon die Tür des Kollegen öffnen, aber er zögerte. Warum sollte er ihn stören? Liew würde ja wohl Verstand genug besitzen, sich vor seinem Aufbruch zu vergewissern, dass niemand mehr da war, und die Praxistür abschließen. So nahm Dr. Leibler seine Tasche und ging.«

»Ich ahne, was kommt«, sagte Sinha und rieb sich vor Vergnügen über die spannende Geschichte die Hände. »Ein Geisterpatient? Vielleicht jemand, der dort während einer Wurzelbehandlung zu Tode kam und von nun an bis in alle Ewigkeit stöhnt und sich den Kiefer massiert?«

»Sch!«, sagte Joyce mit wieder erwachtem Interesse, denn auch sie erwartete eine ähnliche Wendung.

»Warten Sie ab, wo das Rätsel liegt«, mahnte Gilbert Tan. »Was die Lösung betrifft – nun, die sollen Sie selbst finden. Dieser Geschichte fehlt nämlich das Ende.«

»Verzeihung. Bitte fahren Sie fort.«

»Dr. Leibler hatte das unbedeutende kleine Erlebnis längst vergessen, als er ein paar Tage später abends die Praxis verließ und wieder durch Laute aus Dr. Liews Behandlungsraum überrascht wurde. Diesmal gab es keinen Zweifel: Liew war fort – er hatte sich mindestens eine halbe Stunde vorher von ihm verabschiedet.

Wie damals klopfte Dr. Leibler an die Tür des Kollegen und bekam nichts als Schweigen zur Antwort. Nachdem er nochmals geklopft und den Namen seines Freundes gerufen hatte, machte der Zahnarzt zögerlich die Tür auf. ›Liew? Bist du da?‹ Als er dann die Tür ganz geöffnet hatte, sah er …«

Der Polizist schwieg und blickte in sein Publikum. Alle waren restlos gefesselt. Sinha und McQuinnie saßen vorgebeugt und lauschten konzentriert. Wong, wie üblich, wenn er zuhörte, hielt die Augen geschlossen und den Kopf nach hinten geneigt. Madam Xu fixierte einen Punkt irgendwo in der Luft. Superintendent Tan genoss die Spannung, die er erzeugt hatte.

»Einen Geist?«, riet Joyce.

»Nichts!«, sagte der Beamte, unfähig, ein Schmunzeln zu unterdrücken. »Es war einfach gar nichts da. Nur ein leerer Raum. Kein Zahnarzt, kein Patient. Niemand. Am nächsten Morgen ...«

»Moment«, unterbrach Joyce. »Es war also niemand da. Aber die Stimme, war die noch zu hören? Ging dies Stöhnen weiter?«

»Ich glaube schon. Unser Held jedoch fühlte sich unbehaglich und ging nicht hinein, um die Lage zu sondieren. Er sagt, ihm lief es kalt den Rücken hinunter. Er ging. Noch weitere Fragen?«

»Nein. Erzählen Sie weiter.«

»Am nächsten Morgen erwähnt Dr. Leibler seinem Freund und Kollegen gegenüber die Sache: ›Komische Geschichte! Manchmal finde ich, es klingt, als ob du in deinem Zimmer bist, aber dann ist niemand da.‹ Er erwartet, dass Liew seine Bemerkung abtut, doch dies geschieht keineswegs. Der Singapurer sagt: ›Verdammt merkwürdig, dass du das erwähnst. Manchmal hör ich ein Gejammer, verstehst du, und denk mir: Was ist nun los? Ich hab überhaupt nicht am Mund des Patienten zu tun. Ich steh am Becken und spüle ein paar Instrumente. Dann merk ich, dass der Ton gar nicht von meinem Patienten kommt. Es gibt da anscheinend irgendein komisches Etwas, das den Schall von deinem Zimmer in meins überträgt.‹

›Du meinst ein akustisches Phänomen?‹, fragt Dr. Leibler.

›Ja. Denn es muss dein Patient sein, den ich da höre. Meiner ist es nicht.‹

Dr. Leibler ist klar, dass die Sache so nicht stimmen kann. Er sagt: ›Schön. Aber ich hab auch schon jemand gehört, als kein einziger Patient in der Praxis war. Weder bei dir noch bei mir. Ganz schön eigenartig, was?‹

In dem Moment treffen die beiden Angestellten ein: Cheung Laikuen, die Zahnarzthelferin, und Amanda Luk. In der Hektik der morgendlichen Vorbereitungen ist das Gespräch zunächst vergessen. Erst einige Tage später kommt das Thema wieder auf. Eines Abends ruft Dr. Liew seinen Partner zu Hause an: ›Kann ich mal dein Ordinationszimmer benutzen? Ich hab heut Abend noch eine dringende Sache, und bei mir gibts ein Problem. Meine Patientin ist schon hier.‹

›Klar doch. Nur zu! Kommst du rein?‹

›Ja, die Ersatzschlüssel liegen da, wo Amanda sie immer versteckt.‹

›Also dann: Mein Zimmer ist dein Zimmer‹, sagt der Amerikaner.

›Ich ruf dich nachher wieder an‹, sagt der Singapurer.

Ungefähr eine Dreiviertelstunde später, Dr. Leibler hat sich gerade nach dem Essen einen Schuss Cognac genehmigt, ruft Liew an.

›Alles okay? Hast du gefunden, was du brauchtest?‹, fragt Leibler.

›Fein. Bloß 'ne kosmetische Sache. Es war Mrs. Poon, weißt du? Die Frau des neuseeländischen Generalkonsuls. Hat sich ein Stückchen aus 'nem Zahn gebrochen, muss morgen verreisen, brauchte in aller Eile 'ne Jacketkrone.‹

›Kein Problem‹, sagt Dr. Leibler. ›Aber nun erzähl mal, was mit deinem Zimmer los ist. Du hast gesagt, du kannst es nicht benutzen. Wieder der Strom? Bei mir flackern die Lampen ja auch schon ewig.‹

Zuerst will Liew Yok-tse nicht so recht mit der Sprache heraus, doch dann packt er den Stier bei den Hörnern. ›Gibson‹, sagt er, ›du hältst mich womöglich für übergeschnappt, aber hör zu, was ich wirklich glaube. In meinem Ordinationszimmer spukt es! Da ist ein Geist. Etwas stöhnt, obwohl keiner da ist. Ich war ja drinnen, um die Behandlung vorzubereiten, und habs gehört. Ich hab in deinem Zimmer nachgesehen, da war niemand. Na ja, als dann meine Patientin kam, fand ich es besser, dich anzurufen und sie bei dir zu behandeln. Es spukt, und zwar in meinem Zimmer!‹

›Unsinn!‹, sagt sein Freund. ›Es gibt ein akustisches Problem, wie du gesagt hast. Einfach nur Laute, die von woanders kommen.‹

›Aber von wo? Dein Zimmer war doch leer!‹

›Wer weiß – vielleicht von einem Kollegen irgendwo im Haus, von dem der Schall sich überträgt?‹

›Kaum‹, sagt Liew. ›Direkt über uns ist eine Boutique, und auf der ganzen Etage unter uns ist ein Restaurant. Ich glaub nicht, dass es aus der Nachbarschaft kommt. Und das Geräusch! Du solltest das mal hören. Es klingt so nah. Als könnte man das anfassen, diesen … dieses Wesen. Direkt *in* meinem Zimmer.‹

›Also, diese Stimme, was sagt die denn?‹, fragt Leibler.

›Er … es … stöhnt bloß. Klingt wie ein mieser Patient von ’nem miesen Kollegen, der ohne Betäubung arbeitet.‹«

Wieder überflog Tan prüfend die Mienen seiner Zuhörer. »Können Sie mir so weit folgen?«

Joyce nickte. Sinha senkte langsam den Kopf.

»Gut. Nun denn, die beiden Zahnärzte beschließen, sich eine halbe Stunde früher in der Praxis zu treffen, um dem Problem auf den Grund zu gehen. Am nächsten Morgen um acht untersuchen sie sorgfältig Dr. Liews Behandlungsraum. Sie finden dort aber nichts Seltsames, nichts Ungewöhnliches. Im kühlen Morgenlicht kommt ihnen die ganze Sache absurd vor, am besten vergisst man sie. Dr. Liew lacht und meint, er sei ja wohl ein Esel, dass er derart konfuse Ängste ernst genommen habe. ›Vermutlich wars ’ne Katze‹, sagt er. ›Du weißt ja, wie menschlich sie klingen, wenn sie rollig sind. Hockte wohl in einem der Luftschächte oder direkt davor.‹

Er tut das Problem lachend ab. Aber Dr. Leibler merkt bald, dass sein Kollege nicht wirklich darüber hinweg ist. Liew verliert seine Heiterkeit. Früher hat er immer vor sich hin gesungen, alte Liebeslieder im Hokkien-Dialekt. Jetzt ist er stumm. Wenn sich irgendein kleiner Gegenstand nicht finden lässt, gerät er in Panik, bis Cheung Lai-kuen – Sie erinnern sich, die Zahnarzthelferin? – ihn findet, harmlos unter einer Zeitung oder in einer Kitteltasche verkramt. Am meisten leidet Cheung Lai-kuen selbst unter der Situation. Sehen Sie: Sie muss ja mit einem frustrierten, nervösen Chef fertig werden. Dabei fühlt sie sich die meiste Zeit selbst unfroh, denn sie ist eine etwas einfältige Seele.

Gibson Leibler erzählt schließlich seiner Frau Cady von der ganzen Sache. Ihr ist sofort klar, um wen es sich bei dem Gespenst handeln muss. Kurz nach ihrer Verlobung mit Gibson wurde dieser in einen Prozess wegen Pfuscherei verwickelt. Der Kläger war ein Mann namens Joseph Oath, dessen Kind vor einem operativen Eingriff falsch betäubt worden war und nie das Bewusstsein zurückerlangte. Der betreffende Anästhesist starb dann an einer Überdosis, und Oath richtete seinen Zorn gegen den Zahnarzt. Schließlich ging die Sache vor Gericht, doch in der Mitte der ersten Verhandlungswoche starb Oath plötzlich. Der Fall wurde vertagt. Oath' Witwe wollte die Sache nicht weiter verfolgen. Aber der Schaden war angerichtet, nicht wahr? Dr. Leibler, dessen Ruf ruiniert war, beschloss, Hongkong zu verlassen und nach Singapur zu übersiedeln. Damit wäre die Geschichte zu Ende – wenn nicht vor ein paar Wochen irgendein Wesen – möglicherweise der Geist von Joseph Oath – angefangen hätte, in der Praxis zu spuken und alles durcheinander zu bringen. Mrs. Tsai-Leibler glaubt, dass der Geist ihrem Mann voriges Wochenende bis in ihre neue Wohnung am Ridley Park gefolgt war und dort Feuer gelegt hatte. Aus ihrer Sicht ist es jetzt am wichtigsten, das wandernde, unglückliche Gespenst auszutreiben.«

Superintendent Tan drehte sich zu Wong. »Dr. Liew sorgte dafür, dass am vergangenen Freitag ein buddhistischer Priester in die Praxis kam und eine Stunde lang Gebete sang. Es hat aber nichts bewirkt. Er lud auch zwei Spiritisten ein, die sich ebenfalls als nutzlos erwiesen. Nun weiß man also nicht weiter. Ich hab dem Zahnarzt versprochen, dass ich morgen früh mit zwei Beamten vorbeikomme, damit wir uns umsehen und prüfen, ob da irgendwas faul ist. Sie verstehen: ob sich jemand hinter der Deckentäfelung versteckt oder draußen vorm Fenster hängt oder so was. Aber Dr. Liew wünscht darüber hinaus, dass ein Fengshui-Mann die Praxis aufräumt. Er ist inzwischen der Überzeugung, dass das Problem nur so gelöst werden kann.«

Wong nickte langsam und wandte sich dann an Joyce: »Wie nennt man Mensch, der exerziert?«

»Wie?« Joyce war verblüfft. »Keine Ahnung. Soldat?«

»Nein. Der Geister exerziert.«

»Ach so. Exorzist.«

»Jawohl.« Wong richtete sich an Superintendent Tan. »Sie brauchen keinen Fengshui-Mann, sondern Exerzist. Der kann den Geist vertreiben.«

»Daran hab ich auch schon gedacht, aber ich hab mich dagegen entschieden«, sagte der Polizeibeamte. »Sehen Sie, ich kenne hier keinen, der solche Sachen macht, außer dem alten Pater Fan. Sie wissen, Fan Yin-sze. Und den möchte ich bei Gott niemandem aufdrängen.«

»Aber Sie können von Fengshui-*Sifu* nicht verlangen, dass er die Arbeit von Exerzist macht. Das ist ganz anders.«

»Mag sein«, sagte Tan. »Immerhin: Der Buddhapriester, den Dr. Liew holte, ein Herr namens Bruder Q, den Madam Xu meines Wissens kennt, gilt als Kapazität auf diesem Gebiet. Und doch hat er, wie ich schon sagte, nichts ausgerichtet.«

Madam Xu nickte: »Wenn sogar Bruder Q ihn nicht austreiben konnte, dann widersteht der Geist eindeutig allen normalen Maßnahmen gegen paranormale Erscheinungen. Ich meine auch, dass es sich bei einer Fengshui-Analyse um ein interessantes Verfahren handeln könnte, das Problem von einer anderen Seite aus anzugehen.«

Wong blieb eisern. »Nein. Geht nicht. Ich habe für diese Woche bereits schwierigen Auftrag. Hatte heute den ganzen Tag damit zu tun, morgen auch ganzen Tag, vielleicht auch übermorgen. Vertraulicher Fall. Außerdem glaube ich nicht an Geister. Ich will das nicht machen.«

»Das ist eben nicht sein Bier«, verteidigte ihn Joyce.

Wong setzte empört den Teebecher nieder, den er gerade zum Mund führen wollte.

»Nein, nein, ich meinte doch nicht, dass Sie Bier trinken!«, beschwichtigte die junge Frau.

Der verwirrte Geomant blinzelte sie an und hielt unschlüssig seinen Becher.

Superintendent Tan beugte sich zu ihm und legte seine kleine, fette Hand über Wongs knochige, faltige Hände. »Ich begreife, dass Sie diesen Auftrag nicht annehmen wollen. Aber Sie werden es trotzdem tun.«

Dilip Sinha lachte und klatschte in die Hände: »Da hätten wir ein hübsches Beispiel für emotionale Erpressung, denn darum handelt es sich hier meiner Meinung nach. Sie wollen nicht, aber er weiß, dass Sie es dennoch tun werden – um Ihrer alten Freundschaft mit dem Superintendenten willen.«

»Oh nein«, sagte der Polizist. »Nicht aus diesem Grund weiß ich, dass er die Sache übernehmen wird. Aber wenn ich ihm sage, wie viel der Zahnarzt zu zahlen bereit ist, wird er annehmen. Zahnärzte *yau chien* – die haben Kohle.«

Wong sah auf einmal hellwach aus und setzte seinen Becher nieder: »Sagen Sie.«

Als die Sitzung mit Tellern voll *Pulut durian, Ondeh-ondeh, Kueh-kosuri* und anderen Süßspeisen mit Kokosgeschmack zu Ende ging, hatte Wong sich bereit erklärt, am nächsten Nachmittag die Zahnarztpraxis in der Orchard Road aufzusuchen. Tan eilte heim zu seiner Frau, die Lehrerin war, und ihren beiden Kindern.

Das Treffen war vorbei. Wong teilte Joyce leise mit, dass er am kommenden Vormittag das Fengshui in Danita Mirpuris Wohnung überprüfen und danach die Mutter der Vermissten treffen musste, die gegen Mittag von ihrem Friseurtermin zurückerwartet wurde. Den Nachmittag wollte er in der Zahnarztpraxis zubringen. »Sie haben auch Arbeit. Sie schreiben bitte heute Abend alles auf, was Sie über dieses Mädchen erfahren haben«, befahl er seiner Praktikantin. »Legen Sie morgen früh auf meinen Tisch. Dann können Sie den Tag freinehmen. Zu H.M.V. gehen oder so.«

»Das hört sich ja an, als hättest du heute ein paar Hausaufgaben zu machen, Pflaumenblüte«, sagte Madam Xu. »Wie in der Schule. Da gehst du jetzt wohl besser rasch heim und machst dir einen ruhigen Abend.«

»Nach Hause? Echt nicht. Ich geh noch weg. Mal sehn, ob ich mehr über Dani höre in der Disco. Da hängen doch ihre Leute rum. Vielleicht krieg ich ja auch was über Ihre Freundin raus, C. F.«

Verdutzt drehten Madam Xu und Dilip Sinha sich zu Wong um und starrten ihn an. »Ihre Freundin?«, fragte Madam Xu.

Dem Fengshui-Meister verschlug es die Sprache.

Joyce erklärte: »Er war gestern Abend mit uns in der Disco. Und er war der Erste, der jemand geangelt hat.«

»Wieso geangelt?«, fragte Sinha.

»Nicht fragen!«, zischte Wong wutschnaubend.

Joyce zog einen Spiegel und einen schwarzen Lippenstift hervor, um sich für eine weitere lange Nacht in ›Dan T.'s Inferno‹ zurechtzumachen.

Mittwoch
Das Leben ist keine Fernsehserie

Wie geplant verbrachte Wong die beiden ersten Arbeitsstunden des Mittwochvormittags in der Privatwohnung der Mirpuris am Mount Faber. Im Büro hatte er bereits Skizzen der Wohnung liegen, und Winnie war es wunderbarerweise gelungen, diese von ganz zuunterst aus einem der zwanzig Kartons hervorzuzaubern, die im Meditationsraum des Büros standen. So konnte er sich während seines Besuchs vor allem auf das Zimmer des jungen Mädchens konzentrieren, wo er ein übel riechendes Durcheinander aus Kleidern, Zeitschriften und gebrauchten Papiertüchern vorfand. Er hatte eine Zeit lang mit ihrer Tante geredet und eine Tabelle ihrer wichtigsten Lebensdaten angelegt.

Das einzige weitere Familienmitglied, das sich zu Hause aufhielt, war Danis Bruder Karim, aber die Hausangestellte hatte Wong gesagt, dass der junge Mann die ganze Nacht mit ein paar liederlichen, betrunkenen Westlern herumgezogen war und kaum vor Mittag aufstehen würde.

Das Gebäude gehörte in die Tui-Kategorie. Sein Haupteingang öffnete sich nach Westen. Danis Zimmer lag im Nordwesten der Wohnung und ging hinaus auf einen großen Baum in einem benachbarten Garten. Trotz des Baums fand Wong, dass es fürs Heranwachsen eines jungen Mädchens grundsätzlich günstig positioniert war, auch wenn es darin gewisse Probleme gab – so enthielt das Zimmer übermäßig viel Wasserenergie. Es war hellblau und rosa gestrichen, enthielt ein Aquarium, und sämtliche Rohre für den ganzen Block führten an der Außenwand unweit des Fensters herab und gaben in Abständen gurgelnde Geräusche von sich. Dieses Ensemble sorgte keineswegs für einen ruhigen, entspannenden Aufenthaltsort, vor allem wenn man bedachte, dass die Bewohnerin das persönliche Element Holz hatte und unter dem Zeichen des Feuerpferdes geboren war.

Dennoch, all diese Probleme ließen sich richten. Die Analyse erwies sich als relativ simpel, sodass er bald nicht mehr wusste, wie er sich beschäftigt stellen sollte.

Wie üblich bei wohlhabenden Leuten lag auch hier das Problem im Überfluss. Stets erwarteten sie von ihm eine Liste von Gegenständen, die sie zusätzlich in der Wohnung unterbringen wollten – hier die Statuette eines Pferdes, da ein paar Steine, dort etwas verstreutes Salz beim Fenster. Doch wie die Büroräume war auch die Wohnung gänzlich ungeeignet für weitere Objekte, denn schon jetzt enthielt sie viel zu viele Sachen. Hier herrschte ein Wirrwarr aus allen möglichen Energien und Einflüssen. Als er sich in Danitas Zimmer umsah, gewann er den Eindruck, als befände sich so gut wie kein einziger Gegenstand darin, der wirklich notwendig war oder eine echte Funktion besaß. Die Bücher stammten aus ihrer Kinderzeit, der Computer funktionierte nicht, und die Puppensammlung aus aller Welt war staubbedeckt und vernachlässigt.

Die Leute begriffen nicht, wie wichtig es war, sich von etwas zu trennen, sinnierte er. Im Leben eines Menschen musste es ebenso viel Trennung wie Anschaffung geben. Sonst ergab sich Stagnation, Anhäufung toter Sachen, schließlich Stau des Energiestroms. Und dieses Abgestorbensein übertrug sich unmittelbar auf die Psyche der Personen, die in einem derartigen Heim lebten. Ihm schien das sonnenklar. Merkten die Leute denn nicht, wie sich ihr inneres Wesen schlagartig erholte, wenn sie einmal tüchtig aufräumten und entrümpelten?

Oder lag es an Singapurs Gesellschaft, in der Erwerb als Wert an sich galt, wichtiger als Glück und Zufriedenheit? Im Idealfall sollte es im Leben der Menschen etwas mehr Verlust als Erwerb geben, denn so könnten sie allmählich beim Älterwerden das existenzielle Schwergewicht vom Materiellen aufs Spirituelle verlagern. Am Ende würden sie herrlich unbeschwert sterben. Ein derartiges Konzept ließ sich allerdings nicht an Leute vermitteln, denen Shopping Freizeitvergnügen bedeutete. Die meisten seiner Klienten würden es vorziehen, wenn Fengshui nichts weiter hieße, als zusätzlich ein Aquarium im Entree aufzustellen oder einen vergoldeten Zimmerschmuck über die Tür zu hängen.

Sein ausführliches Verzeichnis mit Anweisungen händigte er einer Hausangestellten aus. Vom Entführer gab es keine weiteren Meldungen und Danita blieb zu Wongs nicht geringer Freude verschollen.

Am späteren Vormittag kehrte Wong in sein drückend heißes Büro zurück, wo er Winnie Lim in höchster Aufregung vorfand. Sie hatte schlechte Nachrichten: »Vermieter, er sagt, Sie muss bezahlen für neue Klimaanlage, weil Sie alte aus Fenster geschmissen.«

»Aber ich habe sie nicht hinausgeworfen! Sie ist von selbst hinuntergefallen.«

»Muss trotzdem bezahlen, sagt er. Klimaanlage, die fällt nicht allein aus Fenster, sagt er.«

»Diese schon.«

»Trotzdem muss bezahlen.«

»Das ist ungerecht.«

»Egal. Er ist Boss. Haus gehört ihm. Sie muss neue Klimabox kaufen.«

»Ich denke nicht daran!«

»Sie wollen, wir alle vor Hitze tot gehen, was?«

Der Geomant, der eben erst Platz genommen hatte, stand wieder auf, angefeuert durch seinen Zorn. »Sie schreiben an Hauswirt! Teilen ihm mit, dass wir Anwälte haben. Dass wir keine Miete zahlen. Schreiben Sie sofort! Offiziellen Brief. Auf Geschäftspapier.«

»Zu blöd, streiten. Wir alle tot vor Hitze, bis Sie Geld kriegt von Vermieter.«

Doch trotz ihres Protests begann sie, einen Brief an den Hauswirt zu tippen.

Wong setzte sich wieder und merkte erst jetzt, dass Joyce' Platz verwaist war. »Wo ist Joyce?«

»Weiß nicht. Weg.«

Es war fast elf. Verkatert, dachte Wong, sie war ja wieder in dieser Disco. Oder hieß es bei Frauen verkatzt?

Er zog an Joyce' Schreibtisch um, wo durchs Fenster ein leiser Luftzug hereinkam, und beschloss, eine Weile an seinem Werk zu schreiben. Befriedigt nach den zwei Stunden ungestörter Fengshui-Arbeit von heute Morgen, fühlte er sich gelöst und kreativ.

Das Telefon klingelte.

»Telefon!«, kreischte Winnie. Instinktiv wusste sie, dass der Anruf nicht ihr galt.

Der Geomant nahm ab. Es war Superintendent Tan, der aus der

Praxis Liew und Leibler anrief. Er hatte sich mehrere Stunden dort aufgehalten und wollte Wong nun über seine Ergebnisse informieren. Der Zahnarzt hatte erklärt, dass der Geist anscheinend keinen regelmäßigen Zeitplan einhielt, sondern einfach irgendwann am Tag oder in der Nacht erschien. Jedes Mal gab er dieses mehr oder weniger heftige Wehklagen von sich. Das ging dann ungefähr eine Stunde lang pausenlos fort, bis es verstummte.

»Auch wenn ich normalerweise verdammt skeptisch bin, was Gespenster angeht, muss ich gestehen, dass mich dieser Fall wirklich fasziniert«, sagte Tan. »Es sind so viele unabhängige Zeugen da: beide Zahnärzte, die Mitarbeiterinnen, sogar Patienten und eine Putzfrau.« Er hatte einen seiner Beamten angewiesen, aufzulisten, wann und wo der Geist angeblich gehört, gesehen, gefühlt, gerochen oder sonst wie bemerkt worden war. »Ich faxe Ihnen die Liste. Aber wie schon gesagt: Es scheint sich keinerlei Muster abzuzeichnen.«

Außerdem faxte der Superintendent den Grundriss der Praxis und die Geburtsdaten und -orte der Ärzte und Angestellten. Der Geomant verstaute sein Notizbuch und widmete sich während der folgenden beiden Stunden dem Entwurf von *Loshu*-Gittern für die Ärzte, ihre Mitarbeiterinnen, die neue Praxis und das Geschäftshaus insgesamt. Den Polizeibeamten beschied er, bis nachmittags zu warten. Erst wenn er selbst die Praxisräume besuchen würde, könne er irgendwelche definitiven Schlüsse ziehen.

»Zahnarztpraxis ist ganz schwierig«, erläuterte Wong. »Fast so schlimm wie Küche. Verstehen Sie: Die Räume sind klein, aber immer gibt es viel Metall, immer viel Wasser. Es gibt schneidende Maschinen. Es gibt Angst, Schmerz. Auch Geld ist da. Alles auf engem Raum zusammen. Diese Sachen haben große Wirkung auf Chi-Energie. Zahnarztpraxis hat fast die höchste Konzentration von Emotionen, verstehen Sie oder nein?«

Wong bat, Dr. Liew Yok-tse an den Apparat zu holen, und teilte diesem mit, dass er keine vollständige Bereinigung seines Zimmers planen und durchführen wolle, ehe er nicht selbst die Störung durch den unsichtbaren Besucher erlebt habe. »Ich muss den Geist hören, erst dann kann ich es so einrichten, dass er nicht wiederkommt, *ming-mm-mingbaak?*«

»Verstehe«, sagte der erschöpfte, niedergeschlagene Zahnarzt.

Gerade als Wong auflegte hielt Winnie den von ihr getippten Brief hoch: »Fertig!«

Zu Wongs maßlosen Verblüffung hatte seine Bürovorsteherin den ihr erteilten Auftrag ausgeführt. Nun ja – anders als die meisten anderen Arbeiten, die eigentlich in ihren Aufgabenbereich fielen, betraf der Ersatz der Klimaanlage ihr persönliches Wohlergehen …

In diesem Augenblick wurde die Bürotür aufgestoßen. Joyce McQuinnie schwankte herein. Sie bewegte sich wie eine alte Frau, die ihren Gleichgewichtssinn verloren hatte.

»Tag allerseits«, krächzte sie mit tiefer, belegter Stimme.

»Haben Sie Halsschmerzen?«, fragte Wong.

»Ich hatte 'ne lange Nacht. Heiser.«

»Macht nichts. Es gibt Arbeit für Sie. Bitte korrigieren Sie diesen Brief. Winnie hat geschrieben.« Er erwartete Joyce' Erstaunen darüber, dass Ms. Lim tatsächlich Sekretariatsarbeit geleistet hatte, doch der jungen Frau ging es offenbar zu schlecht, als dass sie das Wunder würdigen konnte.

»Ach bitte, könnten Sie das nicht machen, C.F.? Ich fühl mich so was von *äääch!* Man sollte Leuten in meinem Alter echt keinen Alkohol erlauben. Ach stimmt, tut man ja auch nicht.« Sie sank auf ihren Stuhl, ließ sich zurückfallen und bedeckte ihr Gesicht mit Winnies Klatschblatt.

»Okay. Geben Sie her!« Er ärgerte sich. Was dachte Mr. Pun eigentlich? Wie sollte man normal arbeiten, wenn man die meiste Zeit den Babysitter einer Halbwüchsigen spielen musste? Er schnappte sich Winnies getippten Brief und begann zu lesen – mit der Leidensmiene, die er stets aufsetzte, wenn er Ms. Lims schriftliche Werke überprüfte. Doch als er den Brief halb durchgesehen hatte, riss er plötzlich die Augen auf. *»Wah!«,* rief er.

»Was denn?«, fragte Winnie, stolz auf ihre Leistung und eingeschnappt über sein Getue. »Tippfehler? Wenn Sie nicht gut findet, schreiben eben selber.«

»Fehler? Dieser Brief ist voll davon«, sagte Wong. »Aber er hat auch Lösung von einem Rätsel!«

Er rückte seinen Stuhl an Winnies Tisch und saß zu ihrem Unbehagen dicht neben ihr. Konzentriert starrte er auf die Tastatur ihrer Maschine und begann, auf einen Zettel zu kritzeln. Dann sprang er auf und griff nach seiner Mappe.

»Wo gehen Sie hin?«, kam Joyce' Krächzen unter den Kleinanzeigen hervor.

»Aus. Entführungsopfer finden.«

»Ich komm schon.«

»Warum bleiben Sie nicht hier? Ausschlafen?«

»Das ist mein Fall, erinnern Sie sich? Oje!«, sagte die Praktikantin, die nur mühsam ihre schmerzenden Glieder in Gang brachte.

Sie bestand darauf, erst einmal in ein Café an der Cross Road einzukehren, damit sie wieder aufleben konnte. »Ich fühl mich wie aufgewärmter Nescafé«, sagte sie.

»Ist das eine Süßspeise?«, fragte er.

»Nee. Oder vielleicht ja doch.«

Nach einem großen Becher mit etwas, das sich Macchiato Karamell nannte, kehrten die Lebensgeister der jungen Frau allmählich zurück. Danach verdrückte sie ein Wurstbrötchen und ein Schokoladen-Muffin. »Vitamin Z, K und F«, grinste sie, »das bringt mich wieder auf die Beine: Zucker, Koffein und Fett.«

Lärm und Gewusel in dem Café schienen Joyce nichts auszumachen. Wong fühlte sich unwohl. Wieso hatten sie hier so niedrige, weiche Sofas und nicht Hocker oder feste Holzstühle, wie es sich für ein Restaurant gehörte? Vom dumpfen Kaffeegeruch wurde ihm übel – ebenso von dem ekelhaften Kuhmilchgestank, der aus dem Getränk aufstieg. Auch was Joyce aß, sah in Wongs Augen widerlich aus.

Zwischen zwei Bissen ließ sie ihn wissen, was sie in der vorigen Nacht noch über Danita Mirpuri herausgebracht hatte. Wong hörte widerwillig zu. Er hielt es für unwahrscheinlich, dass sie ihm brauchbare Hinweise liefern würde. Immerhin – vielleicht war sie rein zufällig auf etwas gestoßen, das weiterhalf.

»Nike war da? Auch sein Freund Sy. Na, und Sy ist ja 'ne Ewigkeit mit Dani gegangen, also mindestens drei Wochen, daher weiß er so ziemlich alles über sie. Und Danis Bruder Karim war auch die ganze Nacht mit mir und meiner Clique zusammen?«

Danita war wirklich ein geselliges Wesen, berichtete Joyce. Sie ging mit mehreren Jungen, die sie gegeneinander ausspielte. Einer ihrer Typen, Ram, war der Erbe eines gar nicht so mickrigen Einzelhandelsgeschäfts. Aber der tickte nicht richtig. Zuerst waren ihre Eltern ziemlich versessen auf ihn. Dann kamen sie zu der Einsicht, dass die Zweifel an seiner Zurechnungsfähigkeit wohl doch das Vermögen übertrafen, das er in die Familie einbringen würde.

Ihre Mutter hatte nach einigem Zögern den Polizisten Kinny Mak um Rat gebeten, wie man den Bewerber um Danis Hand loswerden konnte. Kinny hatte Danita mehrmals getroffen und sich ebenfalls in sie verliebt.

»Es war echt das Chaos, aber total«, sagte Joyce, die versuchte, zur gleichen Zeit zu trinken und zu gähnen. Während sie redete, stellte sie ihren Becher ab und nahm den müden Kopf in beide Hände, als ob er ihr plötzlich zu schwer auf den Schultern saß. »Also, ihre Eltern haben dann verlangt, dass sie sich für den einen oder andern entscheidet? Erst mochten sie eher den reichen Typen. Der würde besser in die Familie passen – womit sie wohl Recht hatten, denn die sind doch alle ein bisschen gaga, die Mirpuris. Besonders Karim. Sie hätten bloß sehen sollen, was er gestern Nacht angestellt hat. Er … aber das ist 'ne andere Geschichte.« Abgelenkt durch ihre Erinnerungen, blickte sie hastig zur Seite und biss sich auf die Lippen.

Wong sah sie unwillig an. »Karim war heute Morgen krank. Man sagt mir, er war ganze Nacht mit liederlichen Freunden aus. Man glaubt, ist Ihre Schuld.«

»Als ob! Er ist liederlich, nicht ich. Er …«

»Sprechen Sie weiter über Danita, bitte. Nicht über Bruder.«

»Gut, gut. Okay. Jedenfalls sind ihre Leute ganz schön geldgierig. Sie haben ausbaldowert, dass ein Bulle sich in Singapur gar nicht so schlecht steht, wenn man ihn anspitzt, sich in den gehobenen Dienst raufzuarbeiten?«

Vorige Woche hatte Dani versprochen, sich endgültig zu entscheiden, sagte Joyce. Als der mit ihrer Familie vereinbarte Termin da war, verblüffte sie ihre Leute mit der Bekanntgabe eines dritten Bewerbers namens Charles Winterbottom, von dem keiner je gehört hatte. Er arbeitete angeblich als Börsenmakler in der City.

Ihr Vater erklärte, sie dürfe nur zwischen den beiden bisher akzeptierten Heiratskandidaten wählen. Dani machte eine Szene und riss aus, um bei einer Freundin zu übernachten. Das behauptete sie zumindest.

Mak, der Polizist, war wütend. Er machte sich auf die Suche nach ihr. Hier endete für die nächsten zwei Tage ihre Spur. Dani versteckte sich irgendwo. Am Samstagabend kam sie nach Hause und wirkte ganz normal. Aber am Sonntag verschwand sie wieder.

»Und dann kommt es echt krass«, sagte Joyce. »Am Montag kriegt ihre Mutter diese Nachricht, dass Dani entführt ist und dass man sie nie wieder sieht, wenn sie, Danis Mutter, nicht eine Million Sing-Dollars in ein Päckchen wickelt und es zu einer bestimmten Zeit an einem bestimmten Ort hinlegt: in dem kleinen Park an der Maxwell Road? Echt krimimäßig.«

»Und was hat sie getan?«

»Nichts. Sie hielt es für 'nen Witz. Das war jetzt aber Reality! Sie hat das einfach ignoriert. Bis gestern früh. Da kriegt sie 'nen Anruf von 'nem Typen, der total sauer klingt? Er sagt, er hat sie echt gekidnappt und dass ihr was passiert, wenn Mrs. Mirpuri das Geld nicht bringt? Da hat sie uns angerufen.«

Wong machte sich Notizen, während Joyce erzählte. Ihre Schilderung enthielt denn doch mehr Details als Mrs. Mirpuris Version.

»Aber das ist noch nicht alles«, sagte Joyce. »Es kommt noch heftiger. Ich hab was rausgekriegt über eine andere junge Frau in Ihrem Leben!«

»Wer?«

»Ihre Freundin.«

Wongs Gesicht gefror zu einer Maske. »Bitte so etwas nicht noch einmal sagen! Ich *habe* keine Freundin. Gestern Abend hat lange gedauert, Madam Xu zu erklären …«

»Ha!« Joyce lachte. «Hat man Sie damit aufgezogen? Tut mir Leid, aber ich konnte einfach nicht anders. So wie die Tussi Sie angestarrt hat. Die hat sich eindeutig für Sie interessiert. Hey, wo gehen Sie hin?«

Wong war aufgestanden. Es war ihm nicht leicht gefallen, seine alten Knochen aus dem weichen Sofa des Cafés zu erheben. »Muss gehen. Mrs. Mirpuri erwartet mich. Sie können hier bleiben.«

»Halt!«, rief Joyce. »Ich bin mit meinem Muffin noch nicht fertig, und mit meiner Geschichte auch nicht. Setzen Sie sich doch bitte. Das hier ist echt wichtig, versprochen!«

Widerstrebend nahm Wong nochmals Platz. »Ich bezahle Sie nicht für Essen«, sagte er.

»Ich bin Praktikantin. Sie zahlen mir gar nichts. Sie beschäftigen mich. Mr. Pun zahlt.«

Der Fengshui-Mann fand darauf nichts zu erwidern. »Was wollen Sie mir mitteilen?«

Joyce, den Mund voll Schokoladencreme, sagte: »Also, ich komm mit dem Mädchen, das Sie angestarrt hat, ins Gespräch, ja? Sie heißt Maddy. Kommt aus Hongkong. Sie sagt, sie hat Sie schon mal gesehen? Na, es stellt sich raus, dass sie haufenweise dieselben Leute kennt wie Ling, mit der ich zusammenwohne. Sie waren in Hongkong auf derselben Schule. Hingen beide in den Discos in Lan Kwai Fong rum. Vor zwei Jahren hat Maddy den Schulpreis im Langstreckentauchen gewonnen. Sie kennt auch diesen Typen Lenny, mit dem Ling gegangen ist, bis er wegen Drogen von der Schule flog. Na, wie auch immer – ich bin nett zu ihr, hör aber nicht richtig zu. Ich will ja rauskriegen, was die Leute über Dani wissen. Ich hab gestern die ganze Nacht echt schwer gearbeitet.« Sie unterbrach sich kurz. »Kann ich meine Ausgaben als Spesen reklamieren?«

»Nein.«

»Okay, hab ja bloß gefragt. Also, gegen zwei Uhr früh find ich, es ist Zeit für mich? Ich sag gerade tschüss zu meiner Clique, da kommt Maddy an und packt mich beim Arm. Sie dann so: ›Kann ich mit dir weg? Mit dir reden?‹ Ich finds zwar etwas komisch, aber ich sag: ›Klar!‹ Sie sagt, weil ich mir wegen Dani solche Sorgen mache, bin ich bestimmt okay. Sie sagt, sie kennt hier keinen und hätte gern 'ne Freundin wie mich, der es was ausmacht, ob sie spurlos verschwindet oder nicht. Ich denk mir: abartig, aber ich geb ihr meine Handynummer, E-Mail und alles. Na ja, wir zockeln so die Straße lang, da steuert sie mich in einen von diesen Nudelläden, hinterm ›Kilimandscharo‹ am Boat Quai, Sie wissen schon, die die ganze Nacht aufhaben? Ich geb mir Mühe, so 'n bisschen Konversation zu machen, und frag sie: ›Na, und hast du 'nen Freund?‹ Und sie dann so: ›Ja. Und er will, dass ich sterbe.‹ Einfach so, ganz lässig.«

»Junge Leute, wenn betrunken, sagen dummes Zeug. Darf man nicht für Wirklichkeit halten.«

»Möglich. Vielleicht hat echt bloß der Alkohol aus ihr gelabert. Aber sie hat erzählt, dass sie diesen Freund hat? Verlobten, um genau zu sein. Er ist viel älter als sie, gut zehn Jahre oder so, schon über dreißig. Jedenfalls erzählt sie mir, dass sie gestern in der Absteige war, wo er pennt. Er war aber nicht da. Sie ist dann in sein Zimmer rein – wie, hat sie nicht gesagt. Sie wartet auf ihn. Um sich die Zeit zu vertreiben, stöbert sie ein bisschen in den Papieren und Briefen auf seinem Tisch. Die Briefe sind öde, Rechnungen und so Zeug. Aber da findet sie ein paar versteckte Papiere und sieht, dass er eine Lebensversicherung auf sie abgeschlossen hat. Sie muss weiterlesen. Er hat ihr Leben auf zwei Millionen Ringgit versichert! Dann findet sie noch eine Lebensversicherungspolice, auch auf ihren Namen. Dann eine dritte. Kurz und gut: Sie stellt fest, dass er haufenweise Versicherungen auf sie abgeschlossen hat. Im Wert von, also, zig Millionen. Ich weiß nicht, wie viel das in echter Währung ist, aber ich wette, es ist 'ne Menge.«

»Normal. Leute wollen heiraten, sie schließen Versicherung ab.«

»Das kommt mir hier aber nicht so vor. Sie sagt, es war keine einzige Versicherung auf *seinen* Namen dabei. Alles nur auf sie, mit ihm als Versicherungshalter – äh – Sie wissen schon, was ich meine.«

»Ja«, sagte Wong. »Versicherungsholer oder so. Ich weiß, was Sie meinen.«

Joyce runzelte die Brauen. »Es liegt mir auf der Zunge.«

»Was?«

»Versicherungsnehmer!«

»Richtig.«

»Yeah! Jedenfalls macht der Typ ein Vermögen, wenn sie stirbt. Und was am verdächtigsten ist: Er hat ihr von der ganzen Sache kein einziges Wort erzählt! Es ist sein hübsches kleines Geheimnis. Verdächtig, oder? Na los, C. F., geben Sies zu! Es ist verdächtig.«

Wong erhob sich wieder. »Möglich. Aber Joyce, ich möchte Sie an etwas erinnern. Wir sind keine Comic-Helden wie Supermann. Wir können Welt nicht retten. Wir sind nicht der edle Ritter. Wir sind nur Berater. Geschäftsleute. Wenn jemand bezahlt, tun wir etwas. Im Moment haben wir Mrs. Mirpuri – sie zahlt Spitzentarif plus fünfzig Prozent Eildienst. Die Zahnärzte zahlen auch ganze Menge, ich verlange enorm große Summe von ihnen. Schon jetzt habe ich Arbeit für sie getan. Diese Woche sieht gut aus für unsere Finanzen. Ganz nötig für uns, ab und zu eine gute Woche. Aber dieses Mädchen, Maddy, ist nicht unser Auftrag. Wir können ihr nicht helfen. Haben zu viel zu tun. Müssen unser tägliches Brot verdienen, wie man sagt.«

Missmutig stapfte er aus dem Café. »Immer diese Zeitvergeudung«, murmelte er.

Sie holte ihn ein, schluckte den schaumigen Rest ihres Kaffees hinunter und sagte: »Hören Sie doch, C.F., darauf wollte ich ja grad kommen. Diese Maddy *ist* nämlich in gewissem Sinn unser Fall! Sie heißt mit vollem Namen Madeleine Tsai. Sie ist die Kusine einer unserer Kundinnen. Sie wissen schon. Sie war am Samstag auch in der Wohnung, die beinah ausgebrannt wäre, mit Ihnen und allen. Vielleicht wollte überhaupt kein Geist Mrs. Tsai-Sowieso umbringen. Vielleicht hatte es dieser Verlobte ja auf Maddy abgesehen.«

Wong blieb wie angewurzelt stehen.

Die Bürotür flog krachend auf. Der Sprung in der Glasfüllung wurde etwas länger.

»Hallooooh!«, rief eine fröhliche Stimme. »Mr. Wong?«

Madam Xu schaute herein. »Ah, Winnie, meine Liebe. Ist Mr. Wong da?«

Dilip Sinha erschien hinter seiner Freundin. »Guten Tag, Winnie. Wie gehts denn immer? Wir wollten Ihrem Chef einen kleinen Überraschungsbesuch abstatten. Ist er zu sprechen?«

Winnie war gerade in ein privates Telefongespräch vertieft. Sie versuchte herauszufinden, ob sie ihren Arbeitgeber verklagen konnte, weil er sie zwang, in einem nicht klimatisierten Büro zu arbeiten. Nach einem Seufzer wegen der Unterbrechung keifte sie: »Nicht da!«

»Er ist nicht hier«, wiederholte Madam Xu enttäuscht.

»Wie dumm«, sagte Sinha. »Nun denn. Rechnen Sie bald mit seiner Rückkehr? Können wir hier auf ihn warten?«

»Nein.«

Die beiden Besucher waren ratlos. Sie hofften, dass Winnie sie hereinbitten, ihnen einen Becher grünen Tee anbieten und dann nach ihrem Chef herumtelefonieren würde. Sie hofften vergebens.

»Was tun?«, seufzte Madam Xu. »Wenn er nicht da ist, können wir ihn auch nicht für unseren Kampf um das Leben dieser armen jungen Dame engagieren, nicht wahr? Wir müssen eben ein anderes Mal mit ihm reden.«

»Wir haben nicht viel Zeit zu verlieren. Am Freitagabend weilt das bedauernswerte Geschöpf womöglich nicht mehr unter uns«, sagte Sinha. »Und heute ist schon Mittwoch. Wahrhaftig, seit Jahren hat mir kein Fall derartige Sorgen gemacht.«

»Er wird mit Inspector Tan ausgegangen sein, in dieser Sache mit dem Geist in der Zahnarztpraxis. Das klang nach einem hochinteressanten Fall. Ist er dort, liebe Winnie?«

»Weiß nicht«, sagte Winnie. Ins Telefon murmelte sie: »Wir reden später!«, und legte widerwillig auf.

Madam Xu ergriff die Initiative. Sie zog Joyce' Stuhl an Winnies Schreibtisch heran und nahm umständlich Platz. »Hören Sie, mein liebes Kind. Können Sie Mr. Wong etwas ausrichten, wenn er zurückkommt? Es ist sehr wichtig.«

Winnie nahm weder Notizblock noch Stift zur Hand.

»Wir bitten Mr. Wong dringend um Hilfe. Er soll ein Gegenmittel finden für eine Person, der an einem bestimmten Tag in naher Zukunft Unheil droht. Haben Sie mich verstanden?«

»Hm.«

»Können Sie ihm das ausrichten?«

»Okay.« Winnie gab sich keine Mühe, ihre schlechte Laune zu verbergen. »Wer?«

»Das darf ich Ihnen nicht sagen.«

»Welcher Tag?«

»Auch das kann ich nicht verraten.«

»Was für Problem?«

»Ich fürchte, auch dies ist vertraulich.« Die ältere Frau lächelte die Sekretärin schuldbewusst an. »Ich weiß, es klingt alles sehr kompliziert. Aber Sie müssen mir verzeihen. Ich habe ein Gelübde getan.«

»Gelübde?«

»Daran erkennen Sie, wie ernst die Sache ist.«

Winnie zog entrüstet die Brauen zusammen: »Verstehe nicht.«

Dilip Sinha übernahm: »Ich denke, meine Beste, es genügt vollauf, wenn Sie ihm mitteilen, dass er sich in einer äußerst dringenden Angelegenheit so bald wie möglich mit uns in Verbindung setzt. – Wo findet er uns, Chongli?«

»Gehen wir zu mir. Bei Ihnen riecht es immer nach Curry.«

»Das stimmt, wie ich gestehen muss. Eben seines Aromas wegen liebe ich ihn ja so sehr. – Wir sind also in Madam Xus Wohnung. Sago Street. Mr. Wong kennt die Adresse.«

»Dann machen wir uns nun auf den Weg.« Madam Xu erhob sich. »Es macht Ihnen doch nichts aus, so ganz allein hier im Büro zu bleiben?«

Winnie warf einen viel sagenden Blick an die Decke.

Wie stets, wenn er konzentriert nachdachte, zog sich Wong in sein Schneckenhaus zurück. Joyce ging der Gesprächsstoff aus, da sie ihm all ihre Neuigkeiten über Danitas Liebesleben mitgeteilt hatte. Mehrmals fragte sie ihn, was er wegen des kodierten Briefs herausgefunden hatte, doch er schwieg beharrlich und murmelte nur auf Kantonesisch vor sich hin, während er eilig durch die vormittäglich verstopften Straßen schritt. Ab und zu blickte er in einen Singapurer Stadtführer.

»Hier entlang!«, rief er, nachdem er verkehrswidrig eine Straße überquert hatte. »Ich glaube, da hinunter.«

Joyce hatte erwartet, dass er sie zum Versteck des Kidnappers führen würde. Stattdessen standen sie vor einer »Hair Today«-Filiale, einem etwas schmuddeligen Friseursalon mit dunklen Fensterscheiben und weihnachtlichen Lichterketten davor.

»Nun, Mr. Wong, was meinen Sie?«, fragte eine große, dunkelhäutige Frau, die einen seidenen Sari und reichlich Schmuck trug. Sie hatte ihn auf einem Sofa im Vorraum des Salons erwartet.

»Ich meine, dass wir sie ganz bald finden«, sagte der Geomant, der mit ihr ins Freie trat.

»Nein. Ich wollte wissen: Wie finden Sie meine Haare?«, rügte sie ihn mit tiefer Altstimme.

»Ach so. Sehr nett, Mrs. Mirpuri. Sehr … schwarz.«

»Danke. Also, was sagten Sie doch soeben über Danita? Haben Sie sie gefunden? Ist sie bei diesem abscheulichen Polizisten?«

»Ich bin nicht sicher. Aber ich glaube, sie ist wirklich entführt. Nicht weggelaufen.«

Einen Moment lang wirkte Mrs. Mirpuri angesichts dieser Nachricht irritiert. Doch sie sah eher ärgerlich als verzweifelt aus. »Tatsächlich entführt? Meinen Sie?«

»Ja. Nicht weggelaufen.«

Die Frau blickte ins Leere. Offenbar erwog sie die Situation. »Ich weiß nicht, was schlimmer ist: mit einem unpassenden jungen Mann ausrücken oder wirklich entführt werden. Beides bedeutet Ärger, nicht wahr?«

Joyce war entrüstet: »Klar ist es schlimmer, wenn sie gekidnappt ist! Die können ihr was antun!«

»Wer ist diese Person?«, wandte sich Mrs. Mirpuri an Wong.

»Meine Assistentin, Ms. McQuinnie.«

»In unserer Kultur liegen die Dinge ein wenig anders«, erklärte die Inderin dem Teenie. »In eurer Tradition geht ihr jungen Mädchen mit jedem aus, den ihr leiden mögt, und sucht euch alle Tage einen andern. Bei uns gibt es so etwas wie Heirat. Wir nehmen solche Beziehungen ernst. Das ist viel besser.«

»Bei uns wird auch geheiratet«, gab Joyce schnippisch zurück. »Wir haben ja die Ehe erfunden.«

»Keineswegs. Das ist absurd! Die Ehe wurde von uns erfunden.«

»Blödsinn!«

»Ihr habt höchstens die Scheidung erfunden«, zischte Mrs. Mirpuri.

Der Fengshui-Meister hob die Hände: »Bitte! Wir müssen uns beeilen.«

»Mr. Wong, sagen Sie Ihrer Assistentin, dass wir die Ehe begründet haben. Die Westler heiraten heute fast gar nicht mehr. Nehmen Sie Madonna ...«

»Die ist verheiratet«, sagte Joyce.

»Nie und nimmer!«

Wong unterbrach: »Ich weiß nichts über eine Donna. Ich mache Nachforschung, sende Ihnen später Ergebnis in schriftlicher Form, ist das okay?«

Hastig lief er weiter und zog die Frau am Ärmel mit sich. »Wir gehen jetzt Ihre Tochter finden. Unterwegs erzählen Sie bitte von Polizeifreund und von anderen Freunden.«

»Gut«, sagte Mrs. Mirpuri, «aber ich warne Sie, Mr. Wong. Um die Wahrheit zu sagen: Es ist eine recht abstruse Geschichte.«

Sie wiederholte im Wesentlichen, was Joyce ihm schon mitgeteilt hatte – von einer eigensinnigen Tochter war die Rede, die mutwillig ihre Liebhaber gegeneinander ausspielte, um dann, als Wut, Leidenschaft und Eifersucht zu explodieren drohten, plötzlich zu verschwinden.

»Wir sagten ihr, sie solle sich für einen entscheiden. Der Börsenmakler kam nicht infrage – er ist arbeitslos und hat etwas von einem Hochstapler, wie alle Börsenmakler. Nun ja, am Montag früh bekam ich diese Nachricht des Entführers und gestern dann den Anruf. Er sagte, er und Danita wollten Geld, damit sie heiraten könnten. Er klang völlig irrsinnig. Ich verlangte, mit Danita zu sprechen, aber er behauptete, das sei nicht möglich. Da kam mir der Verdacht, dass es vielleicht doch nicht bloß um ein albernes Liebesdrama ging. Daher habe ich Sie angerufen.«

»Aber Sie wollten gestern nicht, dass wir kommen. Warum?«

»Ja. Erstens wollte ich die Sache noch einen Tag auf sich beruhen lassen, vielleicht würde sie sich von selbst auflösen. Bei Danita kann man das nie wissen. Sie ist ein so albernes Ding. Zweitens hatte ich gestern zu tun. Ich war mit meiner Schwester verabredet, um mit ihr die Mitgift für ihre Tochter zusammenzustellen. Bei uns Indern ist das ein sehr wichtiges Ereignis. Das konnte ich nicht einfach absagen.«

»Aber heute früh? Warum mussten Sie zum Haarschneiden?«

»Ich habe mir überlegt: Wenn es wirklich um eine Entführung geht, dann werde ich sicher im Fernsehen und in der *Straits Times* erscheinen. Ach, Mr. Wong, ich weiß, für einen Mann wie Sie ist das nicht so wichtig, aber für eine Frau – Ihre Assistentin stimmt mir vielleicht zu –, besonders für eine Frau in meinen Jahren, ist es ganz entscheidend, dass sie vorteilhaft aussieht. Seit Wochen war ich nicht beim Friseur und …«

»War die Stimme am Telefon von dem Polizist? Oder von dem reichen Jungen? Oder von Börsenmakler?«

Mrs. Mirpuri zog die Brauen zusammen. »Ich weiß nicht genau. Sie war verstellt. Es klang wie ein Roboter. Er muss durch ein Gerät gesprochen haben, das die Stimme verzerrt. Aber ich nehme an, dass es der Polizist war. Er hat sich immer so hysterisch aufgeführt. Diese Geschichte würde ihm ähnlich sehen.«

Sie kramte in ihrer Handtasche. »Ich habe an alles gedacht. Ich wusste, dass Sie mich nach Danitas Freunden fragen würden, und habe Fotos von allen dabei.«

»Zeigen Sie.«

»Das hier ist Ram Chulini, der reiche Junge. Sehen Sie seinen seltsamen Blick? Dies ist Mak Kin-lei. Alle nennen ihn Kinny. Der Polizeibeamte. Und dieser hier ist Winterbottom, der Börsenmakler. Ein großer Mann, sieht recht gut aus.«

»Wetten, dass ich durchblicke?«, sagte Joyce. »Der Erste, also das ist ein Jammerlappen. Kann man vergessen. Ich kenn ihn, war mal mit ihm und Dani auf 'ner Fete. Dem würd ich nicht mal 'ne Sechs geben. Dieser Typ, Kinny, also der ist okay. Ich geb ihm 'ne Zwei-plus. Ich glaub, ich hab ihn schon im ›Dan T.‹ gesehen. Bin nicht sicher. Aber der hier, Charles – was der für komische Augen hat. Und gar kein Kinn. Höchstens 'ne Vier, wenn nicht weniger. Ich wär ja für Kinny Mak. Bestimmt kein schlechter Schwiegersohn.«

»So? Meinen Sie?« Mrs. Mirpuri schien unschlüssig, ob Joyce' Urteil ins Gewicht fiel.

An einer Kreuzung blieb der Fengshui-Meister abrupt stehen. »Ihre Tochter ist hier in der Nähe, glaube ich. In dieser Straße. Joyce, gehen Sie in den Laden da, tun, als ob Sie etwas kaufen wollen, sehen sich um. Passen Sie auf, ob Sie einen der Freunde erkennen. Mrs. Mirpuri, bitte hier warten. Sie kommt in ein, zwei Minuten zurück. Oder vielleicht nicht.«

Joyce weigerte sich. »Woher wissen Sie, dass die Adresse stimmt? Haben Sie den Code geknackt? Was stand in dem Brief?«

»Jetzt keine Zeit dafür.«

»Ich rühr mich nicht vom Fleck, bis Sie mir das erklären.«

Die beiden starrten sich an.

»Okay, okay, ich zeige«, gab der Fengshui-Meister nach. »Aber ich meine, Sie sollen sich beeilen.«

Er zog bedächtig den zusammengefalteten Briefbogen aus der Tasche, dazu den Umschlag, den er unter Winnies Tisch gefunden hatte. »Hier ist Botschaft.«

Joyce prüfte abermals den Text, als hoffte sie, ihn diesmal zu entziffern. Mrs. Mirpuri kramte ihre Lesebrille aus der Handtasche.

> Joögr@@@@ Nom rmzg!jtz – Dozur om fimlört Ls,,rt om Jsid ,oz üptzihordodvjr, Göordrmnpfrm ftro pfrt bort ;omizrm bpm Jpllorm Dztrrz-Jpöz ,ovj jort tsid-Dvjmröö@@@ Fsmo

»Es ist kein Alphabetcode«, sagte Wong. »Gar kein Code.«

»Was dann?«, fragte Joyce.

Der Fengshui-Berater schmunzelte: »Schlecht getippt.«

»Waaas? Wieso? Das muss aber mordsschlecht getippt sein, wo man doch kein einziges Wort versteht.«

Wong zeigte auf das erste Wort. »Wenn Sie Brief tippen wollen, aber Finger liegen auf falschen Tasten – eine zu weit nach rechts –, dann sieht es so wie dies aus. Sie wollen ›h‹ schreiben, aber tippen ›j‹. Sie wollen ›i‹, aber kommt Nebenbuchstabe ›o‹. Sie wollen ›l‹, aber kommt ›ö‹. Und so weiter.«

Joyce nickte: »Ich habs. Jemand hat das mit den Fingern auf den falschen Tasten getippt.«

»Richtig.«

»Aber wie konnte ihr das passieren?«

»Das ist alte Schreibmaschine. Danita tippt im Dunkeln. Vielleicht fehlt am Rand eine Taste.«

»Ich verstehe gar nichts mehr«, klagte Mrs. Mirpuri.

»Wen interessiert das«, murmelte Joyce unhörbar. An Wong gerichtet, sagte sie laut: »Um das rauszukriegen, brauchen wir 'ne Schreibmaschinentastatur.«

»Habe ich bereits getan.« Auf dem unteren Rand des Briefbogens hatte er in seiner spinnefeinen Handschrift die korrekten Buchstaben notiert. Er zeigte Joyce den dechiffrierten Text:

> Hilfe!!!! Bin entführt. Sitze in dunkler Kammer in Haus mit portugiesischem Fliesenboden drei oder vier Minuten von Hokkien Street. Holt mich hier raus. Schnell!!! Dani

»Die Hinweise sind ja ziemlich vage«, fand Joyce. »Woher wollen Sie wissen, dass wir hier richtig sind? ›Dunkle Kammer in einem Haus mit portugiesischen Fliesen‹. Das kann irgendwo sein.«

»Sie schreibt ›dunkle Kammer‹, aber ich glaube, sie meint ›Dunkelkammer‹. Sie wissen, für Fotos zum Entwickeln. In *jedem* Zimmer gibt es etwas Licht, sogar in der Nacht, mit Mond und Straßenlampen, genug, um zu sehen, was man tippt. Nur wenn sie in Dunkelkammer für Fotos ist, gibt es kein Licht. Gar kein Licht.«

»Ich dachte, da gibts so 'ne rote Lampe?«

Er rollte mit den Augen. »Nur im Kinofilm. In Dunkelkammer, wenn man die rote Lampe ausschaltet, ist normalerweise alles schwarz. Pechschwarz.«

»Also glauben Sie, dass Dani in einer Dunkelkammer in einem Fotolabor hockt?«

»Heute haben die meisten Fotoläden moderne Maschinen. Keine Dunkelkammer. Nur altmodische Fotostudios haben sie noch wie früher. Ich habe auf Gelben Seiten nachgeschlagen. Dieses Viertel kenne ich ganz gut. Hier gibt es nicht viele solche Studios. Nur zwei in Häusern mit Fliesenboden, glaube ich. Dies hier und eins da drüben.« Er deutete die Straße hinauf zu einer etwa fünfhundert Meter entfernten Kreuzung.

Joyce war Feuer und Flamme. »Hey! Lassen Sie mich da ran, Boss. Schließlich ist es mein Fall. Ich kenne ja manche. Ich kann bestimmt den Täter dingfest machen.«

»Ding...?«

»Identifizieren. Sehen Sie keine Krimis?«

»Es könnte gefährlich werden«, warnte Mrs. Mirpuri.

»Jawohl.« Wong überlegte. War die potenzielle Gefahr nun ein guter Grund, dass er zuerst in den Laden ging oder dass er Joyce vorschickte? An Kraft und Schnelligkeit war sie ihm eindeutig überlegen. Andererseits war sie weiblich und minderjährig. Und was, wenn sie erschossen oder verletzt wurde? Mr. Pun würde ihm ganz bestimmt das Gehalt kürzen. Das war die Sache nicht wert. »Vielleicht gehen wir zusammen«, schlug er schließlich vor.

»Wetten, dass ich den Typen erkenne?«, prahlte Joyce.

Der Fengshui-Meister und seine Assistentin traten gemeinsam in das Studio. Hinter dem Ladentisch saß ein untersetzter Mann, der bei ihrem Anblick mit offenem Mund erstarrte.

»Sie sind erkannt!«, verkündete Joyce theatralisch.

»Alamak!«, schrie der Mann, drehte sich um und raste durch die Tür nach hinten.

»Raus! Rufen Sie Polizei! *Fai-di!*«, rief Wong.

Joyce wühlte in ihren Taschen nach den Resten des Bürohandys.

Wong verfolgte den dicken Mann und verschwand im Innern. Man hörte ein kurzes Kampfgetümmel – dann flog der Geomant aus der Tür und prallte heftig gegen den Ladentisch. *»Aijaah!«,* war alles, was er hervorbrachte.

Sie hörten, wie der Mann ächzend Kartons beiseite schob, um sich einen Fluchtweg zum Hinterausgang zu bahnen.

»Sind Sie okay?«, fragte Joyce, die mit einem Satz über den Ladentisch zu ihrem Chef gesprungen war.

»Alles in Ordnung«, sagte Wong und massierte sich den Oberarm. »Lassen Sie ihn laufen. Polizei kriegt ihn. Nicht unser Job. Wir müssen Mädchen finden.«

Sie gingen durch die Tür und kamen durch ein paar Büros, unordentliche Lagerräume und kleine Porträtstudios, bis sie vor der Hintertür standen, die noch pendelte. Durch sie war der Ladeninhaber in den Hof entkommen und auf und davon gerannt.

Sie durchsuchten die Räume. Bald hatte Joyce die versperrte Dunkelkammer entdeckt, die durch eine verhängte Drehtür von den Büros aus zugänglich war. Obwohl der Schlüssel im Vorhängeschloss steckte, wartete Wong, bis Joyce irgendwo eine Taschenlampe aufgetrieben hatte. Dann traten sie ein.

In der Kammer fanden sie ein attraktives junges Mädchen in tiefem Schlaf auf einem provisorischen Bett, das es sich aus Fotopapierkartons hergerichtet hatte. Ihren Sari hatte die junge Frau abgelegt und zur Bettdecke umfunktioniert. Überall stapelten sich Schachteln mit Chemikalien, Fotografien, Kopierpapier und Bürobedarf. Gerümpel lag umher, und in einem Winkel stand eine abgenutzte, uralte Schreibmaschine.

Wong faltete die Hände und wirkte sehr mit sich zufrieden.

»Fall gelöst!«, lobte Joyce flüsternd, um Dani nicht zu wecken. »Sie muss den Brief in absoluter Dunkelheit getippt haben.« Am Boden lagen Überreste von McDonald's-Mahlzeiten und zwei leere Flaschen Diamond Black.

»Wer war das, der Mann?«, fragte Wong. »Welcher Freund?«

»Keine Ahnung.«

»Aber als wir hereinkommen, haben Sie ihn angesehen und gesagt: ›Sie sind es!‹«

»Yeah.«

»Also wussten Sie, wer er ist?«

»Nö, nicht wirklich. Es ist bloß – na ja, in den Krimis, wenn sie da am Ende den Täter erwischen, dann sagen sie immer ›Sie sind durchschaut‹ oder so. Drum hab ich das gesagt.«

Wong war sichtlich verwirrt. »Es ist keiner von den Männern auf den Fotos?«

»Nein. Es ist niemand, den wir kennen. Ein Unbekannter. Vermutlich noch 'n Lover, von dem sie uns nie was erzählt hat. Einer, der gemein geworden ist und sie echt gekidnappt hat. Ich hab keinen Schimmer. Das Leben ist eben keine nette kleine TV-Serie, stimmts, C.F.?«

»Aha.«

Doch trotz ihres altklugen Schlussworts fühlte Joyce sich irgendwie unzufrieden. Eigentlich sollte es doch wirklich ein allgemeines Gesetz geben, wonach der Täter dem Spürhund bekannt zu sein hatte.

Im vierten Stock eines unscheinbaren Geschäftshauses in der Telok Ayer Street stieß wieder einmal jemand heftig die Bürotür auf, sodass der Sprung in der Glasfüllung etwas länger wurde.

Eine kleine junge Chinesin mit in Streifen gefärbtem Haar stürzte herein. »Ist Ms. Joyce da?«

»*Aijaah!* Zu viel Besuch heute.« Winnie Lim, die ihr unterbrochenes Telefongespräch wieder aufgenommen hatte, sah der jungen Frau unwillig entgegen. »Joyce nicht hier.«

»Wo ist sie?«

»Weg.«

»Hat sie gesagt, wohin sie geht?«

»Weiß nicht. Hab nicht gehört. Zu beschäftigt.«

»Wann kommt sie zurück?«

»Weiß nicht.«

»Kommt sie heute noch wieder her?«

»Weiß nicht.«

»Hat sie ihr Handy dabei? Nein, sagen Sie nicht, dass Sie es nicht wissen. Hören Sie: Ich muss sie dringend sprechen, es ist echt wichtig. Können Sie mir nicht irgendwie weiterhelfen? Es eilt!«

Winnie überlegte kurz. Sehr kurz. »Weiß nicht«, sagte sie dann träge. »Kommen Sie später wieder. Oder morgen, vielleicht.«

Die Besucherin sah sich um. Ihr Blick fiel auf Joyce' Tisch. Das war eindeutig der Platz eines Teenies: Auf der Schreibunterlage lag ein Minidisc-Player, unter dem Stuhl ein rosa Designersportschuh.

»Mein Name ist Maddy Tsai. Ich bin mit Joyce befreundet. Mr. Wong kenne ich auch. Kann ich hier auf sie warten?«

Winnie öffnete den Mund, als ob sie wieder ihr »Weiß nicht« vorbringen wollte, schwieg dann aber, zuckte mit den Schultern und widmete sich ihrem Telefonat.

Maddy setzte sich auf Joyce' knarrenden, wackligen Stuhl und nahm das Büro in Augenschein. Schäbig und schmutzig sah es aus, und die Luft war heiß und stickig. Anscheinend gab es keine Klimaanlage. Aber wenigstens war es der Arbeitsplatz einer Freundin – und die hatte sie im Moment verzweifelt nötig.

Sie ging die CDs auf dem Tisch durch. Aktuelle westliche Popmusik. Hübsche Jungen, manche mit Bärtchen, alle in weiten, viel zu großen Kleidern. Die Typen blickten herausfordernd. Das gehörte sich auch so! Jugend beherrscht die Welt. Die Alten stehen mit einem Bein im Grab. *It will be our world soon – if we live to inherit it:* Bald gehört uns die Welt – falls wir lange genug leben, um unser Erbe anzutreten. Bei diesem Vers fuhr ihr ein greller Schmerz durch den Kopf. Wie konnte es sein, dass sie demnächst sterben sollte? Ihr Leben hatte doch kaum begonnen!

Ihre Gedanken wurden jäh unterbrochen, als die Bürotür aufflog.

»Und jetzt *wer noch?*«, zeterte Winnie.

»Oh nein!«, stieß Maddy mit angehaltenem Atem hervor.

Ein großer, breitschultriger, dunkelhäutiger Mann mit Spitzbart kam lächelnd näher. »Was soll das jetzt? Was machst du hier, Schatz? Besuchst eine Freundin, wie?«

»Du bist mir gefolgt!« Maddy klang ungehalten.

»Möglich. Oder auch nicht. Vielleicht bin ich bloß vorbeigekommen und hab dich hier reingehen sehen, ja?«

»Du verfolgst mich! Kannst du mich nicht mal 'ne Weile in Ruhe lassen?«

»*Tabolek-lah!* Kann ich eben nicht! Ich mach mir ja solche Sorgen um dich, Mensch. Ich hab mehr Salz gegessen als du – ein passendes malaiisches Sprichwort. Es gibt Neuigkeiten für dich. Komm schon!« Amran Ismail trat drohend vor.

Maddy sah sich hastig im Büro um. Ismail versperrte den Weg zum Eingang, aber am andern Ende gab es noch eine Tür. Ob das ein Ausweg war?

Winnie Lim, die ihre Gedanken erriet, schüttelte den Kopf. Jene Tür führte nur in eine Kammer, den Meditationsraum, den Wong für seinen Mittagsschlaf benutzte.

»Bleib mir vom Leib!« Maddy sprang auf die Füße.

»Ich bin deine einzige Chance-*lah!* Deine einzige Hoffnung. Wieso läufst du immer vor mir weg? Du brauchst mich doch. Ohne mich bist du gar nichts. Bist tot. Echt tot! Hör mal, ich hab was Neues. Hab rausgefunden, wohin wir gehen können. Wo du sicher bist. Hör mir zu, ja?«

Die beiden umkreisten einander. Plötzlich schoss Ismail vor und griff mit seinen langen Armen nach ihr. Sie duckte sich, entwand sich seinen Händen und wollte unter seinem linken Arm hindurch Richtung Eingang entwischen, doch er sprang zur Seite, packte ihr Handgelenk und zog sie zurück.

»Lass mich los!«, rief sie und versuchte zappelnd, sich zu befreien.

»Das mag ich nicht!« Er hielt sie an beiden Armen fest. »Jetzt beruhige dich.«

Sie rangen einen Moment. Trotz seiner Körperkraft fiel es ihm schwer, sie zu halten, denn sie war drahtig und flink.

»Hau doch ab!«, schimpfte sie und hatte schon wieder einen Arm befreit.

»Komm mit!«, befahl er.

Plötzlich blieben beide wie festgenagelt stehen, denn es erhob sich ein gewaltiges Gebrüll: »STOPP MIT DIESER KRACH!«, schrie

Winnie Lim und stand auf. »ICH WILL REDEN IN TELEFON! RAUS, RAUS, RAUS AUS MEIN BÜRO!«

Das streitende Paar erstarrte vor Verblüffung über die schiere Lautstärke und emotionale Kraft, zu der eine derart winzige Person fähig war.

»RAUS! SOFORT!« Winnie zeigte auf den Eingang und stampfte mit den Füßchen Größe fünfunddreißig.

Vor Schreck lockerte Ismail sekundenlang seinen Griff. Maddy riss sich los und rannte aus dem Büro. Der *Bomo* hetzte ihr nach.

Winnie schwieg einen Moment. Sie konnte sich nicht erinnern, je einen derart turbulenten Tag in diesem Büro erlebt zu haben, noch dazu mit zwei völlig Unbekannten. Wie lästig! Sie wählte eine Nummer, um ihr Gespräch fortzusetzen, das zum zweiten Mal so rüde unterbrochen worden war. Zu ihrer Freundin sagte sie: »Ich glaub, ich brauch 'nen neuen Job.«

Die Polizei nahm ihre Untersuchungen im Fotostudio auf. Wong überließ einem Beamten die hektische Mrs. Mirpuri und deren gähnende, aus trüben Augen blinzelnde Tochter. Danita hatte sich gefreut, Joyce zu sehen, und ihr sofort ihr ganzes Erlebnis erzählen wollen, doch ein Ermittler bat sie, zunächst vor der Polizei auszusagen. Also trennten sich die Freundinnen und verabredeten für später einen langen Schwatz am Telefon.

Mrs. Mirpuri hatte ihre Tochter flüchtig in die Arme genommen und war dann sofort mit ihrem Handy beschäftigt. Sie rief Fernsehstudios, Radiosender und Zeitungsredaktionen an und berichtete, wie sie im Alleingang ihre Tochter aus den Klauen eines brutalen Entführers befreit hatte. »Bringen Sie Kameras mit«, erinnerte sie alle, selbst einen Rundfunkreporter.

Joyce saß neben Wong im Taxi, das sie quer durch die Stadt zurückfuhr. Auch sie befand sich in höchster Aufregung und barst vor Fragen. »Ich versteh manches nicht, C.F. – zum Beispiel: Wie konnte Dani den Brief an uns wegschicken?«

Wong nickte: »Jawohl. Wirklich ein Rätsel. Ich sage Ihnen, was ich glaube. Sie wird Sonntagabend entführt, sitzt gefangen in Dunkelkammer. Tastet herum, findet Kopierpapier, findet alte Schreibmaschine[13]. Heutzutage Schrott. Alle benutzen elektrische Maschine oder Computer. Sie tippt ›Hilfe‹-Botschaft an mich, beschreibt wo sie ist. Im Dunkeln. An der Maschine fehlen links einige Tasten, daher alles falsch, sieht aus wie Code. Sie findet Briefumschlag, steckt Botschaft hinein, adressiert mit der Hand, daher korrekt. Dann legt sie Umschlag auf den Boden bei der isolierten Drehtür. Der dicke Mann, er kommt und geht, bringt Essen und Getränke. Dabei schiebt er Brief von Danita hinaus in Büroraum direkt vor der Dunkelkammer. Sie hofft, er oder jemand vom Personal findet am nächsten Tag den Brief und schickt ab.«

»Und?«

»Ich weiß nicht, was wirklich war. Aber er, oder vielleicht Bürokraft, muss Brief abgesendet haben. Sie denken: Geschäftsbrief, hat jemand aus Versehen fallen gelassen. Danita hat ›eilig‹ auf den Umschlag geschrieben.«

Joyce grinste: »Absolut unglaublich! Danis Glücksspiel hat geklappt. Also: Sie muss die Botschaft am Sonntagabend getippt haben. Am Montagvormittag hat dann jemand den Brief aufgegeben. Drum war er gestern bei uns im Posteingang.«

»Richtig.«

»Armes Ding«, sagte Joyce kopfschüttelnd. »Man muss sich das mal vorstellen: Stunden und Tage im Finstern eingesperrt. Brutal! Kein Wunder, dass ihre Augen so zu waren. Arme Dani.«

»Jawohl. Wirklich zu schade.«

Der Fengshui-Meister erkannte eine Gelegenheit, wieder einmal von seiner lästigen Gehilfin loszukommen. Er ließ sie in der Telok Ayer Street aussteigen und trug ihr auf, für Mrs. Mirpuri eine gepfefferte Rechnung zu schreiben und diese dann persönlich abzuliefern. Ferner sollte sie sich mit Mrs. Tsai-Leibler in Verbindung setzen und sie diskret nach Madeleine Tsai und deren angeblich so mordgierigem Verlobten ausfragen. Er selbst blieb im Taxi und ließ sich zu seinem Termin mit Dr. Liew Yok-tse fahren, zu dem er ohnehin bereits zu spät kam.

»Wieder auf Achse? Wer rastet, der rostet«, lachte Joyce und winkte ihm zum Abschied vom Bürgersteig aus zu.

Wong wollte ihr noch mitteilen, dass das Taxi durchaus keine rostigen Achsen hatte, aber da fuhr es schon an und zischte mit ihm davon.

Problemlos fand Wong die Zahnarztpraxis in dem Hochhaus an der Orchard Road, doch es kostete ihn einige Zeit, bis er mit allen dort arbeitenden Personen gesprochen hatte. Superintendent Tan war bereits gegangen. Der Geist hatte sich den ganzen Tag nicht gemeldet, sodass die Atmosphäre ein wenig entspannter wirkte. Dennoch waren sowohl die beiden Ärzte als auch die Angestellten übellaunig und bedrückt. Allen war der Stress der letzten Tage anzumerken.

Beide Zahnärzte waren am Nachmittag voll ausgebucht. Wong musste für seine Gespräche mit ihnen und den Mitarbeiterinnen die kurzen Pausen zwischen Patienten abwarten.

Obwohl Dr. Gibson Leibler sich spürbar höflicher gab als am Samstag, blieb er auf Distanz.

Dr. Liew Yok-tse verhielt sich freundlicher. Der lange, hagere Mann mit Tränensäcken unter den hervorstehenden Augen schien vergrämt, als hätte man ihm alles Leid der Welt aufgebürdet. Er war erst zweiundvierzig, sah aber wesentlich älter aus. Sohn eines Kaufmanns und einer mittlerweile pensionierten Lehrerin, hatte er eine ältere Schwester, eine Ärztin. Die Familie lebte ursprünglich in Johor Baru, war aber schon in seiner Kindheit nach Singapur gezogen. Er war in kinderloser Ehe mit einer Anwaltssekretärin verheiratet.

Liew teilte Wong mit, dass er die ersten zehn Jahre seines Berufslebens in einer Praxisgemeinschaft tätig gewesen war und vor vier Jahren in der Chinesenstadt seinen eigenen Betrieb aufgemacht hatte. Vor einem Jahr lernte er durch Kollegen Gibson Leibler kennen. Sie beschlossen, sich in einer lukrativeren Gegend zusammenzutun.

Im Moment beschäftigten beide Partner Dr. Liews Praxishilfe Cheung Lai-kuen, hatten allerdings wegen einer weiteren Vollzeitkraft annonciert. Einstweilen ließ es sich oft nicht umgehen, dass Amanda Luk bei Dr. Leibler in der Praxis aushalf, obwohl sie offiziell als Empfangsdame eingestellt war – sie selbst nannte sich gern »Vorzimmersekretärin«. Zwar verfügte sie über die nötigsten medizinisch-technischen Grundkenntnisse, tat diese Arbeit aber nur ungern und saß lieber hinter dem Empfangspult.

Amanda, eine mollige, sechsundzwanzigjährige Eurasierin mit kupferrot gefärbtem Haar, war vor elf Jahren aus Hongkong nach Singapur gekommen. Ihr Vater, ein Bankier, hatte unruhig der Übergabe

Hongkongs an die Volksrepublik China entgegengesehen. Er zweifelte an seinen Zukunftsperspektiven. So setzte er sich rechtzeitig vor 1997 nach Singapur ab. Amanda hatte, wie sie Wong berichtete, in Hongkong eine gute Schule besucht und dann in Singapur ihren Abschluss gemacht. Ein paar Jahre war sie PR-Assistentin im Hotelgewerbe gewesen, bis sie von dem Angebot erfuhr, mit Dr. Liew und Dr. Leibler eine neue Praxis einzurichten. Die attraktive Frau zog sich ein wenig zu gut an, fand Wong mit einem Seitenblick auf ihr elegantes schwarzes Kleid. Aber das galt letztlich für alle weiblichen Büroangestellten in Singapur.

Dr. Liews Praxishilfe Cheung Lai-kuen unterschied sich in jeder Hinsicht von Amanda Luk. Die neununddreißigjährige magere Brillenträgerin neigte dazu, vor sich hin zu murmeln, und bewegte sich steif, als hätte sie Kreuzschmerzen. Ihre Eltern waren Cheung Sin, ein Pförtner, und Mabel Poon, Krankenschwester. Während seines Gesprächs mit ihr gewann Wong den Eindruck, dass sie es ihren Eltern noch immer nachtrug, ihr keine bessere Ausbildung ermöglicht zu haben. Sie glaubte, dass sie durchaus das Zeug zur Zahnärztin habe. Nach dem Besuch einer Handelsschule hatte sie drei Jahre lang bei verschiedenen Firmen als unterbezahlte Bürokraft gearbeitet. Dann sattelte sie um und ließ sich zur zahnmedizinisch-technischen Assistentin ausbilden. Seit dreizehn Jahren war sie nun in diesem Beruf tätig, acht davon bei Dr. Liew, mit dem sie sich ausgezeichnet vertrug.

Unweigerlich kam es immer wieder dazu, dass alle vier sich um Patienten kümmern mussten. Dann machte Wong sich an die Einschätzung der Örtlichkeiten. Das Gebäude stand mit der Rückseite zum Wasser und nach vorn vor einem Hügel – ein ungewöhnliches Fengshui-Arrangement, das man »Im Leeren sitzen, auf Festes blicken« nannte. Immerhin, das Gesamtbild sah gut aus. Der Wasserstern stand im Osten, und es war die Ostseite des Hauses, die zum Wasser hin lag – ein äußerst günstiger Umstand.

»Wenn wir dies vorfinden, sagen wir: ›Wasserstern fällt ins Wasser‹ – gutes Vorzeichen!«, erklärte Wong Dr. Leibler zwischen zwei Behandlungen.

Zum ersten Mal ließ sich Dr. Leibler zu einem höflichen Nicken und einem halben Lächeln für den Fengshui-Meister herbei.

Insgesamt stand es in beiden Praxisräumen recht gut um die unsichtbaren Kräfte. Nur das Empfangspult befand sich an einer ungünstigen Stelle, fand Wong, und die Vorderfront lag zu seinem Bedauern nach Nordost. Bei seinem nächsten Besuch wollte er dort ein Ornament aus sechs Kupfermünzen mit fauchenden Tigern aufhängen. So sehr er im Allgemeinen jeden Aberglauben, Amulette und dergleichen ablehnte, war er doch der Meinung, dass sich wohl überlegt angebrachte Symbole vorteilhaft auswirken konnten. Zudem war ihm bewusst, dass solche Gegenstände, die angeblich das Böse abwehrten, für drei der vier in dieser Praxis tätigen Personen – Leibler ausgenommen – eine gewisse Beruhigung bedeuteten.

Die Analyse des Grundrisses ergab ein paar weitere negative Faktoren. An der Nordwestseite der Suite, bei der Rückwand von Dr. Leiblers Ordinationszimmer, zeigte sich ein temporärer *Sha*-Pfeil[14] von 5, beim Eingang ein *Sha* von 2. Diese Störungen wurden in monatlichen Abständen errechnet und dürften mit dem nächsten Mondwechsel abklingen. Im Augenblick sah es allerdings so aus, als könnten die unguten Phänomene sich wiederholen. »Keine Sorge«, sagte er zu Amanda Luk, als sie aus einem der Zimmer kam, um säumige Patienten telefonisch an ihre Termine zu erinnern, »kann ich richten.«

Die abergläubische Cheung Lai-kuen würde sich freuen, wenn er einen symbolischen Becher aus dem Himmlischen Teich füllte, um so den Kräften aus der Position der Drei Verhängnisse entgegenzuwirken. Darüber hinaus plante er verschiedene weitere Fengshui-Maßnahmen, wollte damit jedoch warten, bis das Problem erneut auftrat.

Einstweilen hatte er alles Nötige getan. Bald begann er sich zu langweilen. Nach der mittäglichen Aufregung im Fotostudio zog sich der Nachmittag doch sehr in die Länge. Es blieb ihm nichts anderes übrig, als geduldig im Wartezimmer zu sitzen wie ein Phantompatient, den man nie aufrief. Er beschloss, die Zeit für sein Werk über die großen Weisen des Altertums zu nutzen. Die unangenehme menschliche Atmosphäre in der Praxis brachte ihn auf das Thema Täuschung und Irreführung.

Cao Cao, der große Heerführer des Wei-Reichs,[15] *saß mit anderen Feldherren bei einem freundschaftlichen Gespräch. Da traf ein berittener Bote mit schlechten Nachrichten ein.*

»Einige Eurer Männer sind desertiert. Sie haben sich dem Feind angeschlossen«, sagte der Bote.

»Ach wie dumm!«, sagte Cao. Dann begann er ganz langsam zu lächeln.

Der Bote ritt auf das Schlachtfeld zurück und berichtete überall, was Cao Cao gesagt hatte. Auch dass er leise gelächelt hatte, erzählte er.

Als der Führer des feindlichen Heeres davon hörte, war er überzeugt, dass seine neuen Männer Spione waren. Er suchte sie heraus und ließ sie alle hinrichten.

Das Lächeln eines Kindes kommt von Herzen. Aber vergiss nie, Grashalm: Woher das Lächeln eines Erwachsenen kommt, kann niemand wissen.

(Gesammelte Sprüche östlicher Weisheit, von C.F. Wong, Teil 345)

Kurz nach 15 Uhr rief Joyce ihren Chef in der Zahnarztpraxis an. Sie teilte ihm mit, dass sie Mrs. Mirpuri die Rechnung ausgehändigt hatte. Jetzt war sie auf dem Heimweg, wollte sich umziehen und dann ins ›Dan T.‹ zur Happy Hour, die um 17 Uhr begann. Wie sie Wong erzählte, hatte Mrs. Mirpuri ihrer Tochter für diesen Abend Ausgehverbot erteilt, den beiden Freundinnen aber ein einstündiges Telefongespräch erlaubt.

Über Mrs. Tsai-Leibler musste Joyce ihm berichten, dass alle Versuche, sie zu erreichen und über ihre Kusine Madeleine auszufragen, gescheitert waren. Eine Hausgehilfin hatte lediglich angegeben, Mrs. Tsai-Leibler halte sich an einem geheimen Ort auf, um ihr Kind vor dem blutrünstigen Gespenst zu schützen.

»Ich hab absolut keinen Bock auf noch 'ne lange Nacht«, sagte Joyce am Telefon zu Wong, »aber ich will unbedingt noch mal mit Maddy reden. Das ist vermutlich noch ein Fall, den ich lösen kann. Diese Woche bring ichs echt, oder?«

»Ja, ja, ja, lösen Sie noch mehr Fälle, sehr gut für mich. Tun Sie meine Arbeit. Dann brauche ich einfach nur Rechnung schreiben, Geld einnehmen.«

Es freute den Geomanten, dass er ein wenig zum Schreiben kam, obwohl das Wartezimmer nicht gerade der bequemste Ort dafür war. Besorgt stellte er fest, dass der Kampf mit Danita Mirpuris Entführer einige hässliche blaue Flecken auf seinen Armen hinterlassen hatte. Er sollte nach Hause gehen und sich die schmerzenden Stellen mit Balsam einreiben, statt hier herumzusitzen. Vielleicht hatte Dr. Liew ja ein Fläschchen *Bakfa-yeo,* Weißblüten-Öl, da. Aber konnte er einen modernen Arzt um ein solches chinesisches Hausmittel bitten? Würde er ihn nicht auslachen? Schlimmer noch: Würde er ihm womöglich reguläre Behandlungskosten in Rechnung stellen? Lieber nicht fragen!

Immerhin, wenigstens war es angenehm kühl. Er kam hier sicher besser voran als in seinem immer noch nicht wieder klimatisierten Büro. So zog er sein Notizbuch aus der Mappe und machte sich erneut an die Arbeit. Bei welchem Thema war er doch stehen geblieben? Richtig: Täuschung, Irreführung. Große und auch weniger bedeutende Weise hatten sich oft dieses Mittels bedient, um Probleme zu lösen und ihr Ansehen zu fördern.

Zur Zeit der Fünf Dynastien (907–960) lebte ein Mann namens Li Decheng. Er war König von Zhao und stammte aus der Südlichen Tang-Dynastie in der Provinz Jiangxi.

Ein Magier besuchte ihn und gab an, er könne auf einen Blick erkennen, ob ein Mensch von besonderer Bedeutung sei.

Den König reizte diese Behauptung. Daher wollte er den Magier auf die Probe stellen. Er befahl seiner Frau, einer Dame von edlem Rang und hoher Bildung, sich genau so zu kleiden wie die Hoftänzerinnen. Dann stellte er sie mitten in eine Gruppe von Tänzerinnen, sodass sie sich äußerlich nicht von ihnen unterschied.

Als alles vorbereitet war, rief er den Magier herbei.

»Welche dieser Damen ist mein Weib?«, fragte der König.

»Das ist unverkennbar«, antwortete der Magier. »Sie ist diejenige, über deren Haupt eine leuchtende Wolke schwebt.«

Die Frauen versuchten, sich nicht zu rühren. Dennoch spähten sie zur Königin, um zu sehen, was sich über ihrem Kopf befand. Sie sahen nichts.

Doch dem Magier fiel es leicht, die Richtige als des Königs Gemahlin zu bezeichnen.

Grashalm: Wenn du etwas nicht mit eigenen Augen erkennst, betrachte es einmal mit den Augen eines anderen.

(Gesammelte Sprüche östlicher Weisheit, von C.F. Wong, Teil 346)

Um 16.01 Uhr ertönte ein Schrei. Wong ließ sein Notizbuch fallen und sprang auf. Die Zahnarzthelferin Cheung Lai-kuen kam aus Dr. Liews Ordinationszimmer gerannt und stieß beinahe mit dem Feng-shui-Meister zusammen. Kreischend stürmte sie aus der Praxis und stand mit der Faust im Mund im Treppenhaus vor dem Fahrstuhl.

Fast unmittelbar nach ihr lief eine große blonde Frau aus dem Zimmer. Sie hatte einen hellblauen Plastikschurz um und eine Metallklammer im Mund. *»Ak-grr-kr-warr«,* war alles, was sie hervorbrachte. Sie hastete ebenfalls zum Fahrstuhl.

Dr. Liew erschien. »Dumme Pute! Sie ist ohne Schuhe weggelaufen. Ihre Jacke hat sie auch dagelassen.«

»Und mit einem Sperreisen im Maul«, sagte Dr. Leibler, der die Szene von der Tür seines Zimmers aus beobachtet hatte. »Das soll sie erst mal zu Hause erklären.«

»Was passiert?«, fragte Wong.

»Der Geist ist da. In meinem Zimmer«, sagte Dr. Liew ruhig und sachlich, obwohl seine Stimme unüberhörbar bebte.

Wong marschierte zur Tür des Zimmers und blieb stehen. Drinnen war nichts zu sehen. Vorsichtig beugte er sich vor.

Selbst Amanda Luk verlor die Nerven und hetzte zu Lai-kuen ins Treppenhaus hinaus. »Ich kann es fühlen. Es ist da drin. Wie entsetzlich!«, sagte sie und schüttelte sich vor Grauen.

»Sie hätten bloß hören sollen, wie es klang! Es war direkt neben mir«, wimmerte Lai-kuen und begann zu weinen.

Wong trat entschlossen ins Ordinationszimmer. Dr. Liew blieb auf Beobachterposten unter der Tür stehen.

Auf einen Blick konnte Wong feststellen, dass niemand sich dort aufhielt. Der kleine Raum wurde im Wesentlichen von dem Behandlungsstuhl eingenommen. Zur Sicherheit schaute Wong unter den Stuhl: nichts. An einer Wand standen Schränke, aber sie waren nicht tief genug, als dass sich dort jemand verbergen konnte.

Stille herrschte, abgesehen von einem ständigen Summen. Rasch fand er heraus, dass es von einem Klimaventilator in der Decke und von einem Kasten am Boden herrührte, vermutlich einem Kühl- oder Sterilisationsgerät.

Nachdem er sich nochmals umgesehen hatte, begann der Geomant: »Es ist nichts da. Es …«, verstummte dann aber schlagartig.

Was er hörte, war eindeutig die Stimme eines Mannes. Sie klang wie ein schmerzerfülltes, sanft singendes Seufzen: *»Ahh! Auuu!«* Sie schien von jemandem zu kommen, der auf dem Behandlungsstuhl saß.

»Hören Sie ihn?«, fragte Dr. Liew.

»Ich höre«, flüsterte Wong mit vor Schreck geweiteten Augen. »Er ist da!« Er stand vor dem Stuhl und hörte es wieder: Es kam ungefähr von der Stelle, wo der Kopf einer Person sich befinden musste. Tatsächlich ein Geisterpatient? Wong machte ein langes Gesicht.

Dr. Liew zog sich von der Tür zurück. »Kommen Sie raus. Wir müssen hier weg!«

Nun kam Dr. Leibler mit resoluten Schritten und gewollt gleichgültiger Miene herein, obwohl er seine Nervosität dadurch verriet, dass er sich von der Zimmermitte, wo Wong stand, fern hielt. »Na, wo ist denn nun unser Geist?«

»Auf dem Stuhl«, sagte der Fengshui-Meister, »da!«

»Auuuu!«, kam es wieder. Die Stimme wirkte gepresst – ganz wie ein Patient, der mit einem Instrument im Mund stöhnte.

Dr. Leibler musste gegen seinen Willen schlucken. »Ich hör es auch«, murmelte er. »Klingt nach einem Patienten, wie ich schon gesagt habe.«

Wong ging langsam um den Stuhl herum und richtete seine *Loban* auf ihn.

»Was ist das?«, fragte der Amerikaner. »Kann es den Geist aufspüren?«

»Nein. Nur Kompass. Ich will sehen, ob der Geist die Ausrichtung stört. – Keine Störung, glaube ich.«

Nach seiner Runde um den Stuhl senkte Wong die *Lo*-Tafel, richtete sich auf, fixierte den Stuhl und strich sich über die wenigen langen Haare am Kinn.

»Ich will etwas probieren«, sagte er. »Wie macht man Stuhl nach hinten?«

Dr. Leibler zeigte ihm ein Schaltbrett neben dem Stuhl: »Da, die obere Taste.«

Der Fengshui-Meister drückte die Taste und lehnte den Stuhl zurück. Dann zog er den Hebel daneben, sodass sich der obere Teil mit einem lauten Zischen um fast vierzig Zentimeter senkte. Der moderne Behandlungssessel konnte so eingestellt werden, dass der Kopf des Patienten etwas niedriger lag als seine Füße.

Dr. Leibler kam herüber, sperrte den Hebel in der jetzigen Position und stand dann neben Wong. Sie warteten. Eine Minute verging lautlos.

»Gehen wir doch endlich!«, mahnte Dr. Liew von der Tür her.

»Nein«, sagte Wong. »Sie können gehen. Ich will etwas finden. Ich will wissen, woher Geräusch kommt.«

Es ging wieder los: das Krächzen eines gequälten Patienten. Diesmal kam es nicht von dem auf die niedrigste Stufe gesenkten Stuhl, sondern aus der Zimmermitte darüber. »Aha. Ich habe Stuhl verändert, aber ohne Wirkung. Geräusch ist wie vorher, in der Luft. Der Geisterpatient hat einen Geisterstuhl. Oder kann fliegen.«

Dr. Leibler atmete heftig ein, drehte sich auf dem Absatz um und eilte zur Tür. »Unheimlich«, sagte er, »wirklich unheimlich.«

Wong folgte ihm etwas langsamer und wanderte gemächlich ins Wartezimmer, wo er seine Mappe fand. Er entnahm ihr eine kleine, altarförmige Vase und ein Paket Kerzen. »Dies kann mich beschützen. Sie gehen. Lassen Sie mir Schlüssel da, damit ich später abschließe. Ich bleibe hier!«

Donnerstag
Geister können nicht sterben

Kühl und feucht zog der Donnerstag herauf. C.F. Wong erwachte ungewöhnlich früh. Er war aufgewühlt und verwirrt nach der gestrigen Begegnung in der Zahnarztpraxis mit jenem Wesen – was immer es war. Er hatte sich über eine Stunde lang allein damit beschäftigt. Mit Kopfschmerzen war er heimgekommen und hatte schlecht geschlafen. Kein Wunder, dass er noch im Dunkeln hellwach dalag.

Durch seine vorhanglosen Fenster sah er, dass der Tag noch nicht einmal angefangen hatte zu dämmern. Er beschloss, die frische Nachtluft auszunutzen und schon jetzt zur Arbeit zu gehen. Kurz nach fünf verließ er seine kleine Wohnung in der Chinesenstadt und öffnete zehn Minuten später die Tür seines Büros.

Zum ersten Mal seit achtundvierzig Stunden fand er die Räume angenehm temperiert. Durch die Fensteröffnung, in der die Klimaanlage gesessen hatte, zog eine letzte nächtliche Brise herein. Es war so gut wie still. Noch dröhnte kein Verkehr. Nur ein Summen kam in Wellen von der fernen Hauptstraße herüber, ab und zu unterbrochen vom Rattern eines frühen Lieferwagens.

Wong setzte sich. Ein paar Stunden würde er schreiben können, bis es unerträglich heiß wurde und er zu Ah-Oois *Dimsum* flüchten musste. Vielleicht konnte er bis dahin einige neue Sprüche für sein Kapitel über geniale Problemlösungen der großen Weisen zusammenstellen.

Herzog Jing war der Herrscher von Qi.[16] *Eines Tages fand er heraus, dass sein Stallknecht aus Versehen den Tod seines liebsten Pferdes verursacht hatte.*

»Mein Lieblingspferd ist tot? Der dafür verantwortliche Stallknecht soll ebenfalls sterben«, sagte der Herzog. »Man möge ihn sogleich hinrichten.«

Doch ein weiser Staatsmann namens Yanzi bat ums Wort.

»O mächtiger Herr«, sagte Yanzi, »in allem, was Ihr tut, seid Ihr im

Recht. Doch einst habt Ihr gesagt, dass ein zum Tode Verurteilter erst dann sterben darf, wenn er genau weiß, was er verbrochen hat.«

Herzog Jing stimmte zu.

Ein Gericht wurde einberufen. Der Stallknecht kniete als Angeklagter.

Yanzi verlas die Anklageschrift. »Du wirst in die Geschichte eingehen für drei Missetaten«, sagte er zum Stallknecht.

»Drei Missetaten?«, fragte der Herzog.

»Drei Missetaten?«, fragte sich der Knecht.

Yanzi sprach: »Erstens – du hast das Lieblingspferd deines Herrn fahrlässig getötet. Zweitens – du hast den Herzog bewogen, für ein Tier einen Menschen zu töten. Drittens – du hast den guten Ruf des Herzogs befleckt, der bislang als weiser und gütiger Herrscher galt. Aus diesen drei Gründen musst du sterben.«

»Halt«, sprach Herzog Jing, »ich begnadige ihn.«

Bei einem Streit, Grashalm, lass etwas Zeit vergehen. Erst wenn der Zorn sich legt, kann Weisheit regieren.

(Gesammelte Sprüche östlicher Weisheit, von C.F. Wong, Teil 347)

Er schmunzelte, stolz auf seine elegante Wortwahl, und blätterte im Wörterbuch nach weiteren langen, ausgefallenen Begriffen.

Seit einer halben Stunde hatte er geschrieben, als er sich auf unbehagliche Weise unterbrochen fühlte. Ein zuerst unbewusst wahrgenommener Eindruck sagte ihm, dass er nicht allein war. Er arbeitete noch ein paar Minuten weiter, bis er aufblickte. Hatte sich etwas bewegt? War da nicht ein Geräusch gewesen, fast zu leise für jemanden, der sich auf anderes konzentrierte? Er sah sich um. Das einzige Licht fiel aus seiner Schreibtischlampe, sodass der übrige Raum in tiefem Schatten lag. Er lauschte. Aber es war nichts zu hören als ferner Verkehr auf der Orchard Road. Wenn sich aber im Büro nichts rührte – was hatte ihn dann gestört? Gab es hier etwa auch einen Spuk?

Chee-sin, schalt er sich selbst. Er hatte gestern Abend wohl zu lange über Geister nachgegrübelt und sah nun überall Gespenster. Lächerlich! Er wandte sich wieder seinem Manuskript zu.

Vor zweitausendfünfhundert Jahren wurde ein Kind geboren, das bereits ein alter Mann war. Sein Haar war weiß und sein Geist von Weisheit erfüllt. Man nannte ihn Laozi, das »Alte Kind«.

Das Alte Kind lebte vierundfünfzig Jahre vor Konfuzius[17]*. Er war ein großer Weiser. Doch er weigerte sich, seine Gedanken niederzuschreiben. Er war der Meinung, dass Worte durch das Aufschreiben ihre Lebendigkeit einbüßten. Sie sollten allein zum Nachdenken und zum Verkünden bedeutender Gedanken dienen, wie er selbst es tat.*

Gegen Ende seines Lebens war aus dem Alten Kind ein alter Mann geworden. Er ritt auf einem Wasserbüffel in ein fernes Reich, um sich dort zur Ruhe zu setzen.

Doch der Türhüter, ein einfältiger Mann, ließ ihn nicht ein. »Schreibt mir etwas, das soll Euer Wegzoll sein«, sagte er.

Das Alte Kind setzte sich an einen Tisch und schrieb fünftausend Schriftzeichen. Dies war das Daode Jing, *eine der bedeutendsten klassischen Weisheitsschriften des Altertums.*

Grashalm: Jeder glaubt, dass alle andern ihm selbst gleichen. Laozi, das Alte Kind, war ein großer Weiser. Und doch nahm er an, dass jeder wie er selbst in der Welt der Gedanken zu Hause sei. Der einfältige Türhüter aber wusste etwas, das Laozi nicht erkannte: Die meisten Menschen können dem Denken der Weisen nicht ohne Kommentar und Nachhilfe folgen.

(Gesammelte Sprüche östlicher Weisheit, von C.F. Wong, Teil 348)

Er erstarrte. Diesmal gab es keinen Zweifel: Er hatte etwas gehört. Ein leises Stöhnen, ähnlich dem Geräusch in der Zahnarztpraxis, nur dass es aus einem geschlossenen Mund zu kommen schien. Und es war hier im Büro! Ungewollt lief ihm ein kalter Schauer über den Rücken. War ihm jenes Wesen etwa gefolgt? Oder hatte ihn sein gestriges Erlebnis nur empfänglicher gemacht für die Wahrnehmung übersinnlicher Erscheinungen?

Er konnte nicht weiterschreiben, sondern musste der Sache auf den Grund gehen. Er legte seinen Füller nieder und griff nach einem kleinen Ritualschwert, wobei er sich ein wenig schämte, dass er einen derartigen Talisman gegen böse Geister benutzte, obwohl er doch nicht wirklich an dergleichen glaubte. Behutsam begann er im Büro herumzugehen.

»Ummmf …«

Das heisere Stöhnen kam offenbar aus dem Meditationsraum. Er horchte an der Tür. Wieder hörte er einen leisen Klagelaut, eindeutig aus jenem Zimmer.

Unendlich behutsam öffnete der Geomant die Tür und spähte hinein.

Etwas Weißes rührte sich am Boden im Dunkeln. Vor ihm tauchte plötzlich ein leichenblasses Gesicht mit roten Augen auf.

»Aijaah!«, rief er und ließ seinen Talisman fallen.

Die Nachbildung eines alten Telefons mit Perlmuttintarsien trillerte melodisch drei Mal. Juwelengeschmückte Finger nahmen ab. »Hallo?«, zirpte Madam Xu.

»Madam Xu?«

»Ja?«

»Guten Morgen, Chongli. Ich hoffe, Sie haben gut geschlafen. Ich bins.«

»Richtig, Dilip Sinha, ich habe gewusst, dass Sie es sind.«

»Auch mir war bekannt, dass ich es bin. Nun, dann stimmen wir in diesem Punkt ja überein. Das ist schon mal ein guter Anfang.«

»Vermutlich.«

»Hören Sie, meine Teure, ich habe letzte Nacht kaum geschlafen. Ich weiß nicht wieso, aber diese Woche finde ich keine innere Ruhe. Ich schlafe miserabel. All diese Sorgen! Die ganze Nacht musste ich über das unglückselige junge Paar nachgrübeln – jenes Mädchen, ein blutjunges Ding von fünfzehn oder neunzehn Jahren, und ihren verzweifelten Freund …«

»Ihr Verlobter, genau genommen.«

»Richtig. Also, was mich am meisten bedrückt, ist das Ausweglose der Situation – dass niemand außer uns etwas dagegen tun kann. Ich meine, stellen Sie sich das nur einmal vor. Wenn der junge Ismail sie zur Polizei bringt und darum bittet, sie zu ihrem Schutz in die sicherste Zelle zu sperren, hält man ihn für verrückt und sperrt ihn selbst ein.

Wenn er Ärzte konsultiert, sagt man ihm, dass ihr nichts fehlt, was medizinisch gesehen ja auch stimmt. Sie ist jung und kerngesund.«

»Vielleicht könnte er sich an eine Regierungsbehörde wenden. Gibt es nicht irgendein Amt, das für solche Dinge zuständig ist? Für eine jugendliche Todeskandidatin?«

»Ich fürchte nein. Ganz gleich, wen er höheren Orts aufsucht – Regierungsräte, Akademiker, Richter oder was auch immer – sie werden die Sache als dummes Zeug abtun. Worum es sich wohl zum Teil auch tatsächlich handelt. Ich meine: Ismails Getue mit dem Hühnerblut, mit Fußsohlen und dergleichen, das wirkt doch schlichtweg irrational. Immerhin haben auch unsere eigenen Analysen, denen wir vertrauen können, manche seiner Behauptungen bestätigt. Wir müssen seine Sorge ernst nehmen und entsprechend handeln. Aber die Zeit läuft uns davon.«

»Was können wir nur tun?«

Sinha seufzte: »Das ist ja das Fatale. Ich habe mir den Kopf darüber zerbrochen. Jeder von uns verfügt doch über gewisse mystische Techniken zur Abwendung von Unglück, nicht wahr? Gestern Abend habe ich stundenlang meine Bücher gewälzt auf der Suche nach passenden Gegenmitteln für diesen Fall.«

»Auch ich habe die halbe Nacht über den Büchern verbracht.«

»Selbstverständlich. Wir nehmen ja beide zutiefst Anteil an dieser Geschichte. Aber ich war entmutigt. Die Gegenmittel erschienen mir irgendwie so … inadäquat. Darum habe ich gestern Abend noch meinen Freund Arun Subramaniam besucht, der sich mit Tarot auskennt. Er legt die Karten nicht gern in Abwesenheit der betreffenden Person, doch aus Gefälligkeit hat er es für mich getan, das heißt für die arme Clara. Und an jeder wichtigen Stelle hat er den ›Tod‹ aufgedeckt. Nun wissen Sie natürlich, dass im Tarot ständig die Todeskarte kommt und oft etwas anderes bedeutet als physischen Tod. Aber selbst Arun war erschrocken, wie häufig diese Karte auftauchte und wie negativ die Deutung insgesamt ausfiel.«

»Dilip! Das klingt ja, als hätten Sie Ihr Schweigegelübde gebrochen!«

»Ich habe ihm keine Einzelheiten erzählt, auch nicht den Namen des Mädchens, sondern nur die wichtigsten Fakten, die er für die

Karten benötigte. Jedenfalls brachte mich diese weitere Bestätigung ihres Verhängnisses auf einen anderen Gedanken: die Schicksalssäulen!«

»Aha. Mr. Wong!«

»Genau. Wir müssen nochmals versuchen, ihn einzubeziehen. Er kann für morgen und Samstag Claras Erdsäulen und Himmels…, wie heißen sie doch, feststellen. Mir kam die Idee, dass er anhand der nötigen Informationen eine Richtung, einen Ort bestimmen könnte, wo sie eventuell geschützt ist. Wir können sie nur mit vereinten Kräften retten. Sie an einen sicheren Ort zu führen wäre meiner Meinung nach ein ausgezeichneter erster Schritt.«

»Hm. Es wäre wirklich gut, C. F. einzuweihen. Wir haben es ja gestern schon versucht.«

»Außerdem hat er ein geradezu unheimliches Talent, Dinge von ungewöhnlicher Warte aus zu betrachten und Lösungen zu erkennen, wo wir anderen gar nichts sehen. Das hat er mehr als einmal bewiesen.«

»Ja, Sie haben Recht. Wir wollen ihn heute früh noch einmal besuchen. Aber wird er nicht bei den Zahnärzten sein?«

»Jetzt noch nicht. Die Sprechstunde beginnt nicht so früh. Ich habe ihn zu Hause angerufen, da hat sich niemand gemeldet. Ich habs auch im Büro probiert. Sie wissen, dass er manchmal schon im Morgengrauen hingeht. Aber auch dort nahm niemand ab. Er muss unterwegs sein. Jedenfalls schlage ich vor, dass wir für heute Mittag eine Ausschusssitzung einberufen, und zwar mit höchster Alarmstufe.«

»Alarm! Das haben wir lange nicht gehabt. Zwei Sitzungen in einer Woche sind allerdings etwas ungewöhnlich.«

»Schon. Aber dies ist ein Notfall. Clara kann morgen Abend tot sein. Der Fall ist entschieden dringender als die Sache mit dem Geist. Denn der ist schließlich bereits tot. Geister können nicht sterben – unsere junge Dame dagegen sehr wohl!«

»Wie wahr! Und wenn wir der armen Clara nicht helfen, haben wir es demnächst womöglich mit einem weiteren Gespenst zu tun.«

Sinha spielte mit dem Telefonkabel. »Merkwürdig, dass C. F. weder zu Hause noch im Büro ist. Wo kann er nur stecken?«

»Meine Güte! Ihr Leute hier in Singapur futtert die ganze Zeit. Immer bloß essen, essen, essen. Anscheinend läuft hier kein Gespräch, kein Treffen, kein nichts ohne Essen.« Joyce hielt sich den Kopf. Sie starrte die leeren Schüsseln vor sich an. Sie wagte keinen Blick auf das, was Wong verspeiste. Allein das Bewusstsein, dass da diese schmalzglänzenden Sachen lagen, verursachte ihr Brechreiz.

»Wetten, dass ich wie 'ne aufgewärmte Leiche aussehe?« Ihre Stimme war nur ein leises Krächzen.

»Ein Gebäck?«

»Nee. Ich wollte bloß sagen: Ich muss scheußlich aussehen.«

»Jawohl. Sie sehen scheußlich aus.«

»Danke!«

»Nichts zu danken.«

Sie bemerkte einen Spiegel in der Ecke bei der Tür und nahm sich vor, beim Hinausgehen in die andere Richtung zu blicken. Es war ihr ja klar, dass sie heute früh absolut schauerlich aussah. Ihre halb geschlossenen Augen fühlten sich entzündet und geschwollen an, ihr Gesicht war schlaff, ihre Haare standen zerzaust in alle Richtungen ab. Ihr nachtblauer Lidschatten war sicher in dunklen, verschmierten Ringen um ihre Augen gelaufen, und vom braunen Lipgloss war nichts mehr übrig, höchstens noch ein hässlicher Rand von ihrem schwarzen Konturstift.

»Sie sind verkatert!«, tadelte Wong streng.

»Ein bisschen«, gab sie zu. »Aber ich hab gar nicht so viel getrunken? Es ist hauptsächlich wieder mal zu spät geworden. Die dritte lange Nacht hintereinander! Aber es war spannend. Ich hab Ihnen massenhaft wichtige Sachen zu erzählen.«

»Erzählen Sie.«

»Gleich. Wenn der Typ mir Wasser gebracht hat. Mein Hals tut echt weh.«

Eine Flasche Mineralwasser wurde serviert. Joyce trank sie fast leer, bis ihr etwas weniger schlecht war.

»Geht besser?«, fragte Wong nicht ohne Mitgefühl. »Möchten Sie jetzt nicht essen?« Er bot ihr etwas Fettiges an.

»Nein danke«, sagte sie und sah schnell weg, als Wong den Bissen schmatzend verschlang.

Dann öffnete sie mühsam ihre schmerzenden Augen und konzentrierte sich auf ihren Bericht. »Also, gestern Abend, ja? Ich bin zu mir und hab mich umgezogen. Dann los zur Happy Hour. Erst war ich bei ›Wong San‹ in der Mohamed Sultan, da geht Maddy nämlich auch oft zuerst hin. Aber von ihr keine Spur. Ich dann ins ›Dan T.'s Inferno‹. Da ist sie auch nicht, aber ich treffe haufenweise Leute, die ich kenne, und es ist ja noch früh, also hängen wir da 'ne Weile rum. So gegen elf ziehen wir alle ins ›Pop Cat‹ in der Chinesenstadt? Wieder nichts von ihr zu sehen. Aber wir fragen rum und gabeln 'ne andere Freundin von ihr auf, Ally heißt sie, hat Maddy vor ein paar Tagen kennen gelernt? Ally sagt, sie wartet seit 'ner Stunde auf sie, nimmt an, dass Maddy heut zu Hause geblieben ist. Na, ich hab ja die Telefonnummer von dieser Calida Tsai-Sowieso dabei. Ich ruf also an. Mrs. T. ist weg, wie Sie wissen. Die Perle geht ran und sagt: ›Maddy ist den ganzen Tag nicht nach Hause gekommen.‹ Sie muss in einer Disco sein. Was im Prinzip heißt: Sie ist abgängig. – Oh, schönen Dank!«, sagte sie zu Ah-Ooi, der ihr eine neue Flasche Wasser brachte.

»Jedenfalls sind wir dann gegen eins alle ins ›Kilimandscharo‹ rüber, wo Maddy gern auf 'nen Imbiss einkehrt. Aber niemand dort hat sie gesehen. Wir wieder ins ›Dan T.‹, dann ins ›Blue Cow‹ und ins ›Mitre‹, zuletzt in einen Schuppen, den Karim kennt. Da ist es schon drei Uhr früh. Sie ist nirgends. Echt verschwunden. Ich frag mich, ob ich die Polizei anrufe, aber die lacht uns ja doch bloß aus. Außerdem bin ich offiziell sowieso zu jung für diese Nachtclubs und Discos, da wollte ich lieber nicht mit den Bullen reden, ja?«

»Vielleicht war sie in anderem Restaurant. Vielleicht bei ihrem Freund. Oder ins Kino gegangen.«

»Als ob! Sie ist doch total mit sich selbst beschäftigt. Immer in Hochspannung, und wie! Unfähig, mal lockerzulassen. Die und sich 'nen Film ansehen? Kann ich mir nicht vorstellen. Und ihr Freund – sie glaubt doch, der will sie umbringen! Bei dem wird sie wohl kaum hängen, jedenfalls nicht freiwillig. Da ist was faul! Ich bin sicher. Wirklich.«

»Sehr bedauerlich«, sagte Wong mit echter Anteilnahme.

Nach einem langen Gähnen fuhr Joyce fort: »Jedenfalls haben wir bis vier Uhr morgens ganz Singapur nach ihr abgesucht, und ich denk mir so: Ich zieh doch jetzt nicht ganz nach Hause, bloß für zwei, drei Stunden Schlaf, und dann den weiten Weg wieder zurück ins Büro. Also bin ich hergekommen, wollte mal früh mit der Arbeit anfangen. Aber als ich im Büro anlangte, war ich so kaputt, dass ich mich ein bisschen hingelegt hab in Ihrer Mittagsschlafkammer –«

»Dem Meditationsraum.«

»Yeah. Ich also da rein. Muss sofort fest eingeschlafen sein. Bis Sie mich geweckt haben, weil Sie da im Dunkeln rumgegeistert sind. Hab ich mich erschrocken!«

»Jawohl.«

Sie trank die zweite Flasche Mineralwasser halb leer. Auf ihre Wangen kehrte ein wenig Farbe zurück. Die Sonne ging auf, draußen wurde es hell. »Jetzt gehts schon wieder«, sagte sie. »Aber dies hier kann ich immer noch nicht essen. Ob jetzt schon andere Lokale auf sind?«

»Nicht viele«, sagte der Geomant nach einem Blick auf seine Uhr. »Vielleicht Ah-Chow in Smith Street.«

»Nee, ich meine westliche.«

»Ich glaube, in Orchard Road gibt es einen 24-Stunden-McDonald.«

»Das passt zur Not. Also gehn wir. Ach übrigens, wie lief es denn gestern bei den Zahnklempnern?«

»Ich habe den Geist gefunden.«

»Gefunden?« Joyce fuhr hoch. »Erzählen Sie schon, los, los, los! Was war da?«

»Habe ihn gehört. Auf dem Zahnarztstuhl.«

»Total cool! Haben Sie ihn exorziert?«

»Nein.«

Sie stand auf. »Wie wars? Haben Sie wenigstens was gesehen? Nein, erzählen Sie mir alles bei McDonald's. Das Mineralwasser bringts nicht so richtig. Was ich jetzt echt brauch, ist 'ne Diät-Cola.«

»Nicht gut für Sie, glaube ich.«

»Da haben Sie auch wieder Recht. Vergammelt das Gebiss und so. Aber macht nichts, wir gehen ja später zum Zahnarzt, was?«

»Ich gehe zu Zahnärzten«, berichtigte Wong. »Sie gehen nach Hause und ziehen sich um und waschen Gesicht. Sie sehen scheußlich aus.«

Wong kam kurz nach neun Uhr früh in die Praxis und fand die Sprechstunde geschlossen. Cheung Lai-kuen hockte weinend auf dem Sofa im Wartezimmer. Dr. Liew hielt ihre Hand und tröstete sie. Dr. Leibler telefonierte.

Wong hörte beim Eintreten, wie er einer Patientin absagte: »Tut mir Leid, Mrs. Tam, aber heute fällt die Sprechstunde aus, auch für dringende Fälle. Ich könnte Ihnen einen Kollegen nennen. Wenn es nicht so eilt, rufen wir Sie baldmöglichst zurück und machen einen neuen Termin aus. Für nächste Woche. Bis übers Wochenende sind wir geschlossen. Nein, im Moment kann ich Ihnen leider noch keinen Termin geben.«

Dr. Liew sah Wong nicht an, als er ihm mitteilte: »Es tut mir wirklich Leid, Mr. Wong, aber wir benötigen Sie nicht länger. Die Ermittlungen liegen jetzt bei der Polizei. Selbstverständlich werden wir Ihre Rechnung in voller Höhe begleichen.«

»Danke.«

Wong bemerkte, dass Dr. Leibler aschfahl aussah und einen todmüden Zug um die Augen hatte.

»Ein Problem …?«

»Das kann man wohl sagen!«, antwortete Leibler. »Also dann – auf Wiedersehen.« Von ihm waren eindeutig keine weiteren Auskünfte zu erwarten.

Wong nickte höflich und ging langsam zum Eingang zurück. »Ich schicke Rechnung. Vielen Dank.«

In diesem Moment trat der rundliche Superintendent Tan aus einem der Ordinationszimmer. »Wong! Sie schickt der Himmel! Nehmen Sie Platz, und erzählen Sie mir alles, was Sie gestern Abend hier erlebt haben.«

Leibler entrüstete sich: »Wir brauchen doch wohl kaum noch einen Fengshui-Mann! Ist diese ganze Geschichte nicht inzwischen etwas zu ernst für derartige Scherze?«

»Wir brauchen ihn dringender denn je«, sagte der Superintendent. »So beispiellos effizient die Singapurer Polizei auch sonst arbeitet – was das Aufspüren von Geistern betrifft, haben wir uns bisher nicht mit Ruhm bekleckert.«

»Was gab es denn gestern, nachdem wir gegangen sind?«, fragte Dr. Liew, plötzlich wieder an Wong interessiert.

Wong fragte: »Zuerst: Was ist hier los, heute Morgen?«

Superintendent Tan nahm ihn beim Arm, führte ihn in Dr. Liews Praxisraum und schloss hinter ihnen die Tür. Wong hatte ihn kaum je so ernst gesehen. »Zu meinem Bedauern muss ich Ihnen mitteilen, dass eine der hier angestellten Personen, Ms. Amanda Luk, heute früh tot in ihrem Bett gefunden wurde.«

»Tot! Himmel! Wie …«

»… ist sie gestorben? Kommen Sie, Wong, Sie wissen, dass ich bis nach der Autopsie nicht darüber sprechen darf.«

»Jawohl. Ich weiß. Aber meistens sagen Sie mir trotzdem.«

»Na ja, schon gut. Aber reden Sie mit niemandem darüber, vor allem nicht mit den Presseleuten. Ich habe tatsächlich ein paar interessante Fakten. Nach dem Bericht des zuständigen Kollegen gab es keinerlei äußere Verletzungen an der Leiche. Auch keine offensichtlichen Vergiftungserscheinungen – Sie wissen: geschwollene Zunge, verfärbte Pupillen und so. Aber das will natürlich nichts sagen. Sie könnte trotzdem vergiftet worden sein.«

»Und …? Was glauben Sie, woran ist sie gestorben?«

Der Beamte rieb sich die Nase. »Ich weiß nicht recht. Wenn wir melodramatisch sein wollen, würde ich sagen, dass ihr Gesicht Entsetzen ausdrückte. Vielleicht ist unser Gespenst ihr nach Hause gefolgt und hat sie zu Tode erschreckt? Aber das kommt einem zähen alten Polizisten wie mir denn doch allzu märchenhaft vor. Ich neige eher zu der Theorie von Gift oder Herzschlag, bis mich der Gerichtsmediziner eines anderen belehrt.«

Es klopfte.

»Herein«, sagte Tan.

Die beiden Zahnärzte traten näher. »Wir wüssten gern, was gestern Abend hier los war«, sagte Dr. Liew.

Dr. Leibler ergänzte: »Wir haben ein Recht, das zu erfahren. Schließlich bezahlen wir ihn.«

Der Superintendent sah Wong an. »Alles klar. Erzählen Sie! Ich möchte das auch hören. Später muss ich Sie um eine offizielle Aussage bitten. Aber ich sterbe vor Neugier. Sagen wir einfach, dies ist eine detaillierte, wenn auch inoffizielle Version, ja? Also bitte!«

Wong berichtete: »Der Geist, er macht lange weiter mit Klagen, einmal stärker, einmal schwächer. Armer Geist, sehr unglücklich. Über eine Stunde, eine und Viertelstunde fast, immer klagt und klagt er. Dann ist er still. Ich messe noch einige Sachen aus, dann verlasse ich Praxis. Heim, früh zu Bett.«

»Ja, gewöhnlich bleibt der Geist immer ungefähr so lange«, sagte Dr. Liew.

»Was hat die Zeitspanne zu besagen?«, fragte Dr. Leibler.

»Ich weiß es nicht«, gab Wong zu. »Sagen Sie: Gibt es eine Zahnbehandlung, die eine Stunde und vierzehn Minuten dauert?«

Dr. Liew rieb sich das Kinn. »Kaum. Also – die meisten Leute brauchen mehr als eine Behandlung, doch gewöhnlich dauern diese jeweils weit weniger als eine Stunde. Trotzdem kommen auch längere Sitzungen vor, zum Beispiel bei komplexen Kronen oder bei Extraktion mehrerer Weisheitszähne. Oder bei Operationen mit kurzfristiger Vollnarkose.«

»Wenn mehrere Zähne gezogen werden? Wie bei kleinem Kind?«, sagte Wong und blickte Dr. Leibler an.

»Die ganze Idee, einen Fengshui-Mann für die Lösung unserer Problematik zu engagieren, war von vornherein absurd«, brauste Gibson Leibler auf. »Eine Frau ist tot! Es scheint mir kaum wahrscheinlich ...«

»Mein Beileid«, sagte Wong.

»Wir brauchen alle etwas Ruhe«, seufzte Dr. Liew und ließ sich langsam auf den Behandlungsstuhl sinken. »Ein paar Tage Pause. Vielleicht sollten wir die ganze nächste Woche schließen. Um uns zu erholen und über den Schock wegen Amanda hinwegzukommen. Das arme Ding. Nicht zu fassen!«

»Jawohl«, sagte der Geomant. Er ging ins Wartezimmer und breitete dort auf dem Tisch einen neuen Grundriss der Praxis aus, den er am Abend zuvor gezeichnet und in den er mit seinen kleinen Schriftzeichen alle nur erdenklichen Einflüsse eingetragen hatte.

»Ich glaube, Urlaub ist gute Idee. Ich brauche auch. Und wenn Sie nach einer Woche wieder aufmachen, müssen Sie viele Sachen verändern. Wichtige Änderungen. Zuerst möchte ich etwas fragen. Herr Dr. Leibler, würden Sie in diesem Zimmer praktizieren? Dr. Liew da drüben?«

»Tauschen? Zu was soll das gut sein?«, fragte Leibler.

»Es wäre besser.«

Liew wandte ein: »Aber hätte dann nicht er das Problem mit dem Geist? Nein, antworten Sie nicht. Ich kann jetzt einfach nicht über die Praxis reden, nach der schrecklichen Sache mit Amanda. Gibson, kannst du alles Weitere besprechen?«

»Alles klar, ich mach das schon.«

Dr. Liew, ein gebrochener Mann, ging ins Wartezimmer und ließ sich auf ein Sofa fallen.

»Also, Mr. Fengshui-Mann, wieso sollen wir tauschen?«

»Ich glaube, er hat weniger Problem in diesem Raum.«

Wie Wong erläuterte, war Liew aus seiner früheren Praxis direkt nach Norden umgezogen, was in diesem Jahr hieß, dass er sich in Richtung der Fünf bewegt hatte. Nun war Liew jedoch zweiundvierzig, folglich betrug seine persönliche *Loshu*-Zahl ebenfalls fünf. Dieses Zusammentreffen war an sich schlimm genug, aber dann wählte er auch noch den Raum an der Nordostseite der Suite, wodurch ein geballtes negatives *Sha* entstanden war.

Dr. Leibler dagegen war vierunddreißig, seine *Loshu*-Zahl lautete vier, er war nach Süden in die Richtung der Zwei hierher gezogen, und zwar in den nordwestlich gelegenen Raum. »Das ist auch ungünstig, denn wir haben jetzt ein Jahr der Zwei, und man soll nicht in dieselbe Richtung wie Jahresziffer umziehen.«

»Also haben wir beide schlechte Zimmer?«, fragte Leibler ungehalten. »Wollen Sie sagen, dass keiner von uns hier arbeiten kann? Dass wir umziehen müssen? Das ist wirklich keine Hilfe, kein brauchbarer Vorschlag.«

»Nein, Sie haben missverstanden. Ihre *Lo*-Quadrat-Ziffern sind verschieden, und Einflüsse in den Praxisräumen auch verschieden. Es ist besser für Sie, wenn Sie nach Dr. Liews Zimmer gehen. Wenn er in Ihr Zimmer umzieht, ist nicht hundert Prozent gut für ihn, aber besser als jetzt. Er geht aus dem Einfluss seines *Sha*-Pfeils heraus in neutrales Feld mit Zahl Drei. Wir können noch einige positive Wirkungen zufügen. Sie beide werden sich wohler fühlen.«

»Und dieser Geist oder was es auch ist – das hört auf?«

»Nein. Zimmertausch führt nicht dazu, dass Geist verschwindet.«

»Was soll dann das Ganze?«

»Ich tausche nicht!« Dies war Cheung Lai-kuen, die in der Tür stand. »Ich will in keinem dieser Räume mehr arbeiten, nicht nach Amanda … Ich arbeite überhaupt nicht länger in diesem Gebäude. Meiner Meinung nach sollten wir uns eine neue Praxis suchen und hier zumachen. Nach all der Arbeit, die Amanda in die Innenausstattung gesteckt hat …« Erneut brach sie in Tränen aus.

Dr. Leibler wiederholte: »Wozu sollen wir Zimmer tauschen, wenn das an unserem Problem nichts ändert? Ich hab ja nichts dagegen, zu ihm rüberzuziehen. Mir ist es gleich. Ich glaube nämlich ehrlich gesagt nicht an Gespenster, und von diesem Fengshui-Zeug halte ich auch nichts, bei allem gebührenden … Ich meine, wer weiß, was wir da gehört haben – irgendein bizarres Phänomen, das wir uns noch nicht erklären können. Aber ich will nicht, dass das Geräusch meine Patienten erschreckt. Und nach dem, was mit Ms. Luk passiert ist, denke ich, dass Ms. Cheung Recht hat: Vielleicht sollten wir aus dem Haus verschwinden.«

Superintendent Tan hatte zugehört und fragte Wong: »Gibt es denn Alternativen? Sie sagten, man könnte noch einiges tun?«

»Der Tausch, den ich vorschlage, wäre für beide günstig. Was Geisterproblem betrifft, kann ich auch lösen. Aber dafür brauche ich andere Methode, zu anderer Zeit.«

»Was meinen Sie damit?«, fragte Gibson Leibler.

»Ich komme wieder, wenn Geist wiederkommt. Am Montag. Der Geist kommt am Abend um sieben.«

»Woher wollen Sie das wissen?«

»Er kam am Montag sieben Uhr früh, Dienstag sechs Uhr abends, gestern vier Uhr nachmittags. Also kommt er nächsten Montag sieben Uhr abends. Ich weiß genau. Ich komme mit anderem Werkzeug. Werde Geist vertreiben, für ein und alle Mal.«

»Sind Sie da ganz sicher?«, fragte Tan.

»Nein. Aber ich werde versuchen.«

»Ich bin an der Reihe mit der Auswahl«, sagte Dilip Sinha, »und ich möchte Sichuan-Küche.«

Der Fengshui-Meister und seine Praktikantin waren in die Chinesenstadt geeilt, um rechtzeitig zu der Mittagssitzung mit den Berufsmystikern zu kommen. Wong hatte im Büro die Einladung mit »höchster Alarmstufe« vorgefunden.

»Immer wollen Sie etwas Scharfes essen«, tadelte Madam Xu. »Denken Sie gar nicht an unsere kleine Pflaumenblüte? Sie wird sich die Zunge verbrennen!«

»Ich vertrag das schon. Ich hab neulich sogar eine ganze Portion *Jalapeño*-Chili verdrückt«, prahlte Joyce, erwähnte aber lieber nicht, dass sie am Morgen danach mindestens zwanzig Minuten mit Durchfall auf der Toilette verbracht hatte.

Das Essen nach Sichuan-Art war köstlich. Aromatisch-mild wie die beste kantonesische Küche, hatte es zugleich die würzige Schärfe thailändischer Currygerichte.

Niemand schien schwierige Themen anschneiden zu wollen. So wurde das Tischgespräch zunächst von Joyce' atemlosen Bericht über »ihren« Entführungsfall beherrscht, den sie – mit ein wenig Hilfe durch Mr. Wong – am Vortag gelöst hatte. Madam Xu und Dilip Sinha hörten höflich zu und nickten an den richtigen Stellen, wirkten aber zerstreut und warteten anscheinend auf eine Gelegenheit, das Thema zu wechseln.

Und doch – trotz ihres enthusiastischen Berichts litt Joyce gegen Ende der Mahlzeit zunehmend an Schuldgefühlen. Ihr Fall war erzählt, jetzt konnte eigentlich gefeiert werden. Aber im Grunde machte sie sich ernste Sorgen um Maddy, die so plötzlich verschwunden war. Da stimmte doch was nicht! Ihr Boss *musste* den Fall einfach übernehmen, selbst ohne förmlichen Auftrag, ja sogar ohne Kaution. Nur – wie konnte sie ihn darum bitten?

Ihre Sorge wandelte sich in Bestürzung, als Wong sich auf einmal erhob und ausrief: »*Waah!* Zu viel Arbeit diese Woche. Ein großer Auftrag erledigt, anderer halb fertig. Zeit für kurzen Urlaub.« Er wollte aufbrechen.

»C. F.!«, rief Joyce.

»Was?«

»Em … wo gehen Sie hin?«

»Da drüben. Sehen Sie Mrs. Leong? Am zweiten Tisch? Von Reisebüro? Ich will sie bitten, für mich Flugticket zu buchen. Ich gehe nach *Heung-ha*.«

»Wann? Meinen Sie bald? Nächste Woche oder so?«

»Heute Abend.«

»C. F., kann ich nicht erst mal mit Ihnen reden? Also, ich meine, es wäre super, wenn Sie helfen –«

Er schnitt ihr das Wort ab: »Nein. Habe schon zu viel geholfen. Jetzt ist Zeit für Ferien.«

Zu ihrer Überraschung sah Joyce, dass Madam Xu und Sinha ebenfalls besorgt wirkten. »Setzen Sie sich doch noch einen Moment, C. F.«, sagte Sinha. »Es gibt da noch etwas. Wir haben diese Alarmsitzung nicht nur für ein leckeres Mittagessen einberufen. Ebenso wenig für Joyce' Entführungsgeschichte, so eindrucksvoll sie auch war. Chongli und ich wollten mit Ihnen über einen Fall re...«

»Leider nein«, sagte Wong. »Keine weiteren Fälle. Für mich ist wirklich Urlaubszeit gekommen, zwei, drei Tage. Nächste Woche bin ich wieder für Arbeit aktiv. Montag.« Er stapfte resolut über den Markt zu Mrs. Leong.

Joyce ließ sich auf ihren Hocker fallen. Was jetzt? »Wo will er hin?«, fragte sie Madam Xu. »Wo ist Hungha?«

»Er sagte, er wolle nach *Heung-ha* – das heißt ›Heimat der Ahnen‹. Er will nach China, in das Städtchen Baiwan in der Provinz Guangdong. Das gönnt er sich ab und zu.«

»Ach so.« Joyce fühlte sich hilflos. Sie starrte ins Nichts. Na ja, ich habs versucht, dachte sie. Tut mir Leid, Maddy!

Konnte sie nicht doch noch etwas machen? Aber Wong war bereits in der Menge verschwunden. So tat sie, was sie immer tat, wenn sie bedrückt war: Sie klaubte den Minidisc-Player aus ihrem Beutel, wickelte die Kopfhörer los und hörte Musik. Dazu schlug sie die neueste Nummer einer Modezeitschrift auf und blätterte. Bald war sie in ihrer eigenen kleinen Welt versunken und nahm nur halb wahr, wie Madam Xu und Dilip Sinha hastig über irgendetwas Wichtiges diskutierten.

Erst als der erste Song verklungen war und vor dem nächsten eine kurze Stille eintrat, schnappte sie ein paar Worte von Sinha auf:

»... ihm zu sagen, dass dieses unglückliche Mädchen aus Hongkong dringend unsere Hilfe braucht. Schließlich steht ihr Tod unmittelbar bevor. Wir müssen etwas tun. Er wird das verstehen.«

Die ersten Akkorde der zweiten Nummer dröhnten Joyce in die Ohren. Sie drehte die Lautstärke herunter, damit sie weiter dem Gespräch folgen konnte.

»Sie ist aus Guangdong, genau wie er. Er wird seinen Urlaub verschieben, wenn er alles erfährt«, meinte Madam Xu.

»Wenn wir ihn gemeinsam bitten, wird er Vernunft annehmen. Sie wissen schließlich, wie man Männer überredet.«

»Ich verstehe nicht, worauf Sie anspielen!«

Es klang, als ginge es um Maddy. Joyce zog die Kopfhörer herunter und fragte: »Worüber sprechen Sie?«

Madam Xu erklärte mit gerunzelten Brauen: »Zu meinem Bedauern muss ich dir sagen, dass wir darüber keine Auskunft geben dürfen. Wir diskutieren über eine Klientin.«

Sinha erläuterte mit seiner freundlichsten Großvaterstimme: »Selbstverständlich halten wir Sie für ein voll berechtigtes Ehrenmitglied unseres Ausschusses, mein liebes Kind. Doch der Fall, den wir im Moment besprechen, hat nichts mit den Berufsmystikern zu tun. Es geht um eine Privatangelegenheit, die zudem höchst vertraulich ist.«

»Echt cool. Verstehe. Es ist bloß … Also, wie soll ich sagen – es könnte sein, dass ich mehr, als Sie denken, über junge Frauen aus Hongkong weiß, die vom Tod bedroht sind.«

Madam Xu und Sinha reagierten heftig, starrten sie an und warfen sich dann einen Blick zu.

»Was genau meinst du damit?«, fragte Madam Xu.

»Ja, was soll das heißen?«, fragte auch Sinha. »Sprechen Sie von einer bestimmten jungen Hongkongerin?«

Joyce nickte ernst.

»Deren Tod unmittelbar bevorsteht?«, forschte Sinha.

Sie nickte wieder.

Sinha richtete sich an Madam Xu: »Unglaublich! Was wir für individuelle Konsultationen ausschließlich mit uns beiden gehalten haben, scheint mit sämtlichen Mystikern der Stadt diskutiert worden zu sein.«

»Selbst mit deren jugendlichen Assistentinnen«, fügte Madam Xu hinzu und hob ihre sichelscharf nachgezogenen Brauen.

»Bemerkenswert!«

Eine nachdenkliche Pause trat ein.

»Ich hab nicht gewusst, dass ihr sie kennt«, sagte Joyce, »echt nicht! Wie habt ihr das rausgekriegt? Aber jetzt ist doch erst mal absolut die Frage: Wo ist sie? Wohin ist sie verschwunden?«

Sinha runzelte die Stirn: »Verschwunden? Das ist mir neu. Sie hält sich bei einer Tante in deren Wohnung hier in der Stadt auf und wartet darauf, dass ihr Verlobter sich um gewisse, äh … dringende Dinge kümmert, nicht wahr? Denn tatsächlich ist sie in schlechter Verfassung – in sehr schlechter.«

»Ist sie krank?«

»Nicht eigentlich krank, doch in großer Gefahr, wie Sie zweifellos wissen. Aber sagen Sie: Wie kommen Sie darauf, dass sie verschwunden ist?«

»Weil ich gestern praktisch die ganze Nacht nach ihr gesucht hab. Die Hausangestellte dachte, sie wäre in den Discos unterwegs. Ihre Freunde in den Discos dachten, sie wär zu Hause. Sie ist einfach weg. Ich hab heut früh noch mal rumtelefoniert, aber keiner hat sie gesehen. Sie ist überhaupt nicht nach Haus gekommen. Ich mach mir echt Sorgen. Maddy war ja in letzter Zeit so was von hektisch von wegen am Leben bleiben. Ich meine, wenn sie so spurlos …«

»Wer ist Maddy?«

»Das Mädchen aus Hongkong. Madeleine Tsai?«

»Ach! Vielleicht sprechen wir doch über zwei verschiedene Personen. Unsere junge Frau heißt Clara.«

»Oh!«

»Ich weiß nicht recht.« Sinha hatte Feuer gefangen. »Erzählen Sie uns mehr über Ihre Maddy!«

»Sie ist etwas kleiner als ich. Dunkles Haar mit braunen und rotblonden Strähnen. Ihr Typ heißt Ismail, der ist echt abartig – aus Malaysia, macht in all diesem *Bomo*-Zeugs. Sie war in Hongkong auf 'ner internationalen Schule. Klein, aber stark. Mit dreizehn war sie Champion in der Schwimmerriege ihrer Schule. Sie …«

Sinha hob die Hand, um Joyce zu unterbrechen: »Es handelt sich um dasselbe Mädchen. Eindeutig. Vielleicht ist Madeleine Claras zweiter Vorname. Nun hören Sie zu, meine Damen: Wir müssen Wong für diesen Fall gewinnen. Wir schaffen es nicht allein.«

Über der Teekanne steckten alle drei die Köpfe zusammen und berieten. Sie heckten Folgendes aus: Sobald Wong zurückkam, sollte Madam Xu ihn auffordern, neben ihr Platz zu nehmen. Er war zu wohlerzogen, um das abzulehnen. Sie und Sinha würden ihn in die Zange nehmen und nicht eher lockerlassen, bis er versprach, die Sache zu übernehmen. Sinha mit seiner englischen Redegewandtheit würde ihm den Fall Clara/Madeleine in leidenschaftlichen Farben darlegen und an seine Kräfte appellieren. Notfalls würde Madam Xu auf Kantonesisch nachhelfen. Unterdessen sollte Joyce sich zu Mrs. Leong hinüberpirschen und ihr sagen, dass Mr. Wong wegen eines dringenden Falls sein gerade gebuchtes Ticket stornieren müsse.

»Da kommt er schon«, sagte Sinha, als Wong sich durch die Tische schlängelte. »Auf gehts, Joyce!«

»Viel Glück, Leute!«, rief die junge Frau und eilte an Wong vorbei zu Mrs. Leong.

Rasch hatte sie den runden Tisch gefunden, an dem eine bebrillte Singapurerin mit mehreren meist weiblichen, korrekt gekleideten Personen über Tarife und Zuschläge verhandelte. Vermutlich ein Arbeitsessen mit Angestellten anderer Reisebüros.

»Entschuldigen Sie, Mrs. Leong?«

»Ja?«

»Mein Name ist Joyce McQuinnie, ich arbeite bei C. F. Wong. Ich glaube, wir haben am Telefon schon miteinander gesprochen.«

»Ach richtig. C. F. hat ja wohl eine Sekretärin, die man telefonisch nie erreicht.«

»Egal. Jedenfalls haben Sie gerade ein Ticket für ihn gebucht?«

»Stimmt, mit Dragon Air nach Guangdong, für heute Abend oder morgen. Ich hab ihm versprochen, das sofort zu erledigen, wenn ich wieder im Büro bin. Fest zusagen konnte ich es nicht so kurzfristig. Aber ich versuche mein Bestes.«

»Ja, also – er schickt mich, weil er das Ticket jetzt leider doch nicht braucht. Ihm ist was dazwischengekommen.«

»Aber er hat es doch gerade eben erst gebucht, vor wenigen Minuten!« Misstrauisch blickte die Frau Joyce an.

Joyce fand, sie müsse ein paar Einzelheiten nachlegen, damit ihre

Geschichte glaubwürdiger klang. »Es ist ein dringender Fall. Es geht um dieses Mädchen aus Hongkong namens Madeleine Tsai, die verschwunden ist, und um ihren malaiischen Verlobten, und wir müssen sie – also, C.F. muss sie unbedingt finden. Das heißt, heute oder morgen, ja? Darum kann er übers Wochenende auf keinen Fall Urlaub machen, bis …«

»Sagten Sie Madeleine Tsai?«

Joyce sah sich um. Die Frage war von einer kleinen, molligen Malaiin gekommen, die direkt gegenüber von Susan Leong saß.

»Reist sie mit einem Herrn namens Ismail?«, fragte die Frau.

»Genau. Woher wissen Sie …? Ich meine, kennen Sie sie?«

»Ich habe gestern Tickets für sie gebucht. Der junge Mann hat sie geordert. Hat bar bezahlt. Jedenfalls auf diese Namen: Amran Ismail und Madeleine Tsai. Schien es sehr eilig zu haben.«

»Wann fliegen sie?«

»Sie meinen, wann sind sie geflogen. Gestern mit dem Abendflug nach Sydney.«

Nachdenklich bahnte sich Joyce ihren Weg durch das überfüllte Lokal. War alles verloren? Was konnte man noch tun? Als sie sich ihrem Tisch näherte, erkannte sie, dass es den beiden anderen Verschworenen gelungen war, Wong festzunageln, um ihn davon zu überzeugen, dass die Rettung des jungen Mädchens Vorrang vor seinem Kurzurlaub hatte.

Aber würde das, was sie eben erfahren hatte, nicht alle Mühe zunichte machen? Wong würde kaum zu einer langen Flugreise zu überreden sein – einer Person wegen, die er nicht kannte und die ihn nicht bezahlte.

Na ja, erst mal abwarten, wie die Diskussion lief. Eins nach dem andern. Wenn sie jetzt sofort damit herausplatzte, dass die vermisste Person nicht in Singapur, sondern in Sydney zu suchen war, würde sie die Dinge nur unnötig komplizieren. So setzte sie sich etwas abseits hin und hörte zu.

Fasziniert lauschte Joyce der ihr unbekannten Geschichte, die Madam Xu und Sinha Wong erzählten: wie sämtliche prophetischen Künste in Malaysia und Singapur den unbestimmten, aber nahen

Todestag Madeleines (die sie Clara nannten) wieder und wieder bestätigt hatten.

Zuerst hatte Wong äußerst skeptisch gewirkt, doch je mehr Einzelheiten er erfuhr, desto aufmerksamer hörte er zu. Als Sinha die den Fall betreffenden Papiere aus seiner Tasche zog, blätterte Wong sie rasch durch.

»Ungewöhnlich«, gab er zu, »sehr ungewöhnlich! Ich habe so etwas noch nicht gesehen. Natürlich kann man Todesdatum niemals genau vorhersagen. Ganz dumm und unmöglich.«

»Genau das war auch meine erste Reaktion«, sagte Sinha, »aber sehen Sie sich einmal die Fakten an.«

Madam Xu bestätigte: »So seltsam es scheint – alle Vorzeichen deuten auf diese Woche für ihr … Hinscheiden.«

Joyce rückte näher und lieferte ihren eigenen Beitrag: »C. F., Sie kapieren, was sich da abspielt, ja? Die Versicherungen, von denen ich erzählt hab?«

Der Geomant nickte. »Verstehe. Dieser Ismail, er findet heraus, dass sie an einem bestimmten Tag sterben soll. Sterne sagen, wann. Da verlobt er sich mit ihr. Schließt hohe Versicherung auf sie ab, Millionen Ringgit. Aber ist unsicher, geht zu anderen *Bomos,* zu Wahrsagern wie Sie beide. Alle bestätigen Vorhersage.«

»Woher wissen Sie denn das?«, fragte Sinha verblüfft.

»Hab ich ermittelt«, erklärte Joyce selbstgefällig. »Der Typ hat mindestens drei Lebensversicherungen auf sie laufen. Ich habs von Maddy – äh, Clara.«

»Nicht zu fassen!« Madam Xu war ehrlich schockiert. »Er tut das alles doch wohl nicht des Geldes wegen. Er wirkte wie ein sympathischer junger Mann. Und er ist so verliebt in sie.«

»Verliebt in die Versicherungspolicen«, sagte Joyce mit verächtlichem Grinsen. »Das ist ein übler Kerl. Sie hat die Unterlagen in seinem Zimmer gefunden – versteckt!«

»Wenn das stimmt … welch eine Gemeinheit!«, schnaubte Madam Xu.

»Dieser Schuft!«, fand auch Dilip Sinha.

Der Geomant zupfte sich die Haare am Kinn. »Also wartet er, bis sie an natürlicher Ursache stirbt, wie vorhergesagt. Dann kassiert er das Geld. Schlauer Plan. Sehr schlau. Er wird reich, aber ohne Mord.« Er legte die Papiere säuberlich zusammen und reichte sie Sinha zurück.

»Was haben Sie vor?«, fragte der Inder.

»Urlaub. Wie schon gesagt.«

»Sie können doch jetzt nicht Urlaub machen! Wir müssen das arme Mädchen retten.«

»Genau«, stimmte Joyce zu. »Wenn Sie aus Ihren Ferien zurückkehren, ist vermutlich schon alles vorbei.«

»Dies ist kein normaler Fengshui-Fall«, beharrte Wong. »Wir befassen uns nicht mit Vorhersagen für Personen. Manche stimmen, manche nicht. Selbst wenn stimmen, versuchen wir nicht, Tod zu verhindern. Die Götter geben das Leben und nehmen das Leben. Es ist nicht an uns, zu ändern.«

»Wong!«, flehte Sinha. »Um der Barmherzigkeit willen, lesen Sie wenigstens ihre Geburtsdaten und schätzen Sie für uns ihre irdischen Schicksalssäulen ein. Bitte! Davon verstehen wir nichts. So können wir den beiden zumindest raten, wo sie sich morgen während der gefährlichen Stunden am besten aufhalten sollen.«

»Okay, Dilip. Aber dann kommt Urlaub. Schon gebucht. Für heute Abend.«

Joyce sank vor lauter Gewissensbissen in sich zusammen.

Während der folgenden halben Stunde ging Wong sorgfältig alle Papiere durch, schrieb Tabellen und zeichnete Diagramme. Auch Amran Ismails Notizen las er und hörte sich an, was Madam Xu und Sinha über dessen Besuche erzählten. Joyce beobachte ihn stumm und hoffte inständig, dass er den Fall übernahm.

Nach dem zehnten Becher Tee schob Wong die Papiere von sich. »Sie haben Recht«, sagte er. »Wenn diese Daten korrekt sind, tritt Klientin morgen in negative Phase ein. Ihr Erdzweig hat Feuerelement, wird morgen Nachmittag unterbrochen durch starken Einfluss von Metall und Wasser. Sehr negativ.«

»Schlimm genug, sie umzubringen?«, fragte Joyce.

»Fengshui zeigt nicht. Nur positiv und negativ. Keine Fakten oder Einzelheiten. Man erkennt nur, dass morgen sehr negativ ist. Aber zusammen mit anderen Analysen ...«

»... was dann?«

»Dann sieht ganz schlecht aus.«

»Glauben Sie das jetzt auch? Dass sie morgen echt, also, sterben soll?«

Er überlegte kurz. »Vermutlich. Aber es ist nicht völlig ungünstig. Ich würde sagen, nur fünfundneunzig Prozent schlecht.«

»Das nennen Sie ›nicht völlig ungünstig‹?«, unterbrach Madam Xu. »Was soll denn daran günstig sein?«

»Ihr Standort ist nicht ganz schlecht. Sehen Sie hier diese Tabelle. Sterne stehen nicht gut, aber könnten schlimmer sein. Zum Beispiel wenn sie an einem anderen Ort wäre.«

»Was meinen Sie damit?«

»Wenn sie sich in südlicher Hemisphäre aufhalten würde, wie Lateinamerika oder Australien. Da könnte ihr Tod sogar hundert Prozent sicher sein. Dies ist nur meine Meinung.«

»Australien!«, rief Joyce erschrocken. »Verzeihung, aber ich muss jetzt mal was sagen ...«

Joyce setzte sich auf ihrem Platz im Flugzeug zurecht und klickte den Sicherheitsgurt ein. Die Triebwerke heulten auf, als der Flieger auf die Startbahn in Chek Lap Kok einbog. Sie war stolz auf sich. Heute Nachmittag hatte sie den Berg zum Propheten getragen. Sie hatte C. F. Wong überreden können, seinen Urlaub aufzugeben und – aus eigener Tasche – zwei Tickets nach Sydney zu buchen, um dort eine junge Frau aufzuspüren, die ihn weder beauftragt noch ihm irgendein Honorar versprochen hatte. Kurz: Ihr war das Unmögliche gelungen!

Sie erinnerte sich, wie verblüfft Dilip Sinha und Xu Chongli gewesen waren, als Wong einwilligte. Und zwar nachdem sie eine dramatische Rede gehalten hatte. Sie musste absolut Spitze gewesen sein! Den genauen Wortlaut konnte sie leider nicht rekapitulieren, denn es war alles nur so aus ihr herausgesprudelt und kam ihr im Nachhinein reichlich konfus vor. Immerhin – es hatte gewirkt.

»Mist!«, sagte sie laut, als ihr einfiel, dass sie ja beim Mittagessen ihren Minidisc-Player dabeihatte und ihre Rede leicht hätte aufnehmen können.

»Was?«, fragte Wong, der sich angesprochen glaubte. Er saß neben ihr und fingerte an dem für seinen hageren Rumpf viel zu weiten Gurt.

»Ach nichts.«

Ihr war klar, dass Wong sich erst in dem Moment ernstlich überzeugen ließ, als sie die finanziellen Vorteile erwähnte, die sich aus der Sache ergeben mochten. Ihre Beteuerung, ihm ihr Leben lang dankbar zu sein, dürfte jedenfalls nicht den Ausschlag für seinen Sinneswandel gegeben haben, ebenso wenig ihr Hinweis, dass die junge Frau, deren Leben er sicherlich retten konnte, künftig – intelligent wie sie war – als nützliches Mitglied der menschlichen Gesellschaft Ehre einlegen würde.

Nein, die entscheidende Stelle war wohl, als sie Maddys reiche Familie zur Sprache brachte – ihren Vater, einen superreichen, mächtigen Hongkonger Geschäftsmann, dem dort über tausend Immobilien gehörten, dazu sechs Autos und eine Luxusyacht, und ihren Bruder, der angeblich selbst ein bedeutender Finanzmann war. Ja, erst da hatte Wong eindeutig Interesse gezeigt.

Jetzt fiel es ihr wieder ein: Wong hatte sie kurz unterbrochen und sich nach weiteren Einzelheiten über Madeleines Familie erkundigt. Sie konnte jedoch nur wiedergeben, was sie von Maddy wusste – dass ihr Vater ein führender Bauunternehmer und ihr Bruder, der offenbar haufenweise Personal beschäftigte, einer der einflussreichsten Geschäftsleute in Hongkong sein sollten. Joyce hielt es allerdings für klüger, zu verschweigen, dass Maddy mit ihrer Familie verkracht war.

Wong hatte aufgehorcht. »Madeleine Tsai … der Vater ist bedeutender Baumensch? Etwa Tsai Tze-ting? Ist sie seine Tochter? Warum hat mir niemand gesagt? Warum hat Mrs. Tsai-Leibler das nicht erwähnt?«

Joyce hatte keine Ahnung, wie Maddys Vater hieß, nickte aber. »Yeah, das wird er sein. Er und ihr Bruder sind total reich. Es wär schon gut, wenn die Ihnen dankbar sein müssten. Dabei springt mehr raus als ein paar Dollar Kaution, wetten?«

In diesem Sinn war die Sache noch eine Weile besprochen worden. Da Joyce sich in Wahrheit kaum noch genau an alles, was Maddy ihr erzählt hatte, entsann, konnte sie nur hoffen, Wong einen einigermaßen zutreffenden Bericht erstattet zu haben.

Sie spürte, wie das Trägheitsmoment sie in ihren Sitz drückte, als die Linienmaschine der Cathay Pacific abhob und in den Nachthimmel aufstieg.

Zwei Stunden flogen sie bereits, als Joyce Wong am Arm berührte. Sie hatte sich ein *Asian Wall Street Journal* geben lassen und darin geblättert, weil sie etwas zu finden hoffte, das ihr den Firmennamen von Maddys Bruder ins Gedächtnis rufen würde. In der *Financial Times* hatte sie vorher vergebens gesucht. Jetzt, auf Seite fünfzehn des *Journal,* kam ihr die Erleuchtung: »Hier! Ich glaub, so heißt die Firma von Maddys Bruder. Ich weiß noch, wie ulkig ich den Namen fand, weil er mehr Zahlen als Buchstaben hat.« Sie zeigte Wong eine Schlagzeile.

Wong las und fragte dann: »Was? Welchen Namen meinen Sie?«

»Na da: ›401 (k)‹. So heißt seine Firma in Hongkong.«

Sie überflog den Aufsatz. Es ging um Steuerfragen in den Vereinigten Staaten. Ein Hongkonger Unternehmer wurde nicht erwähnt. »Also, da steht nichts über seinen Laden. Aber der heißt so wie dies Steuerdings hier: ›401 (k)‹. Bestimmt!«

»Seltsam. Dies ist Aktenzeichen von Steuergesetz. Vielleicht ist er Steuerberater? Hat seine Firma nach dem Paragrafen genannt?«

Etwa fünf Minuten später packte Wong derart heftig ihr Handgelenk, dass sie etwas Orangensaft aus ihrem Glas verschüttete.

»Joyce! Wichtige Frage. Diese Firma – vielleicht heißt sie nicht ›401 (k)‹, sondern 14K? Denken Sie nach!«

»Hm. Ich weiß nicht …« Nach kurzem Grübeln meinte sie: »Könnte echt sein: 14K. Wieso? Kennen Sie da jemand?«

Wong atmete langsam aus. »In Hongkong gibt es große Gruppe namens 14K. Aber keine Firma. Es ist eine … äh, Organisation.«

»Na, das wirds wohl sein.«

Wong schwieg einen Moment, ehe er sich ihr wieder zuwandte. »Joyce. Ich habe noch eine wichtige Frage. Ganz wichtig. Als Madeleine über ihren Bruder sprach, hat sie gesagt ›Bruder‹ oder ›Großer Bruder‹? Bitte, erinnern Sie genau!«

Joyce dachte angestrengt nach, was genau Maddy vor zwei Tagen spätnachts im ›Dan T.'s Inferno‹ erzählt hatte. »Ich glaub … sie hat … ja: Großer Bruder hat sie gesagt. Spielt das 'ne Rolle?«

Wong öffnete den Mund, doch sein Atem stockte. Verwundert beobachtete Joyce, wie sein Körper buchstäblich im Flugsessel der Touristenklasse zu versinken schien.

In vierzehntausend Meter Höhe schoss die Maschine dahin in Richtung Australien – zu einem garantiert angekündigten Tod.

Freitag
Ein perfekter Tod

Im Staate Wei,[18] in der Präfektur Ye, zur Zeit der Herrschaft des Wei Wenhou, bestimmte eine Zauberin, dass dem Flussgott alljährlich eine schöne Jungfrau zu opfern war, um die Flutgefahr zu bannen. Einmal im Jahr legte man ein Mädchen auf ein schwimmendes Bett aus Schilf und schob es ins Wasser, bis es unterging und das Mädchen ertrank.

Familien mit Töchtern zogen fort, und bald war der Ort fast gänzlich verlassen.

Der neue Präfekt Ximen Bao sann auf Abhilfe für das Dorf. Er verkündete, er werde der Opferung beiwohnen.

Die Zauberin erschien, und die Riten begannen.

»Halt!«, sagte der Präfekt. »Diese Jungfrau ist nicht schön genug. Man suche eine schönere.«

Ximen Bao ordnete an, die Zauberin ins Wasser zu werfen, damit sie dem Flussgott Nachricht über die Verzögerung geben sollte. Die Zauberin konnte nicht schwimmen. Als sie nicht wiederkam, befahl Ximen Bao: »Sendet ihre Gehilfen ihr nach, damit sie sie zurückbringen.«

Fast alle Beamten warf man einen nach dem andern in den Fluss, bis die Übriggebliebenen erklärten, der Flussgott wünsche nicht länger, sich mit Mädchen aus der Menschenwelt zu vermählen.

Die alljährliche Zeremonie wurde abgeschafft, und der kleine Ort wuchs und gedieh wie zuvor.

Kannst du einen Feind nicht in die von dir gewünschte Richtung treiben, Grashalm, dann treibe ihn in die von ihm selbst bereits eingeschlagene Richtung. Er wird dennoch fallen, worin der Zweck der Übung besteht.

(Gesammelte Sprüche östlicher Weisheit, von C.F. Wong, Teil 349)

Obwohl die doppelten Hotelvorhänge von der Decke bis zum Fußboden reichten, strömte helles Morgenlicht ins Zimmer, denn sie waren am Abend zuvor nachlässig zugezogen worden, sodass ein Spalt offen stand. Joyce erwachte und blinzelte die ungewohnten vier Wände mit den fremden Möbeln an. Doch im Nu hatte sie die Schrecksekunde überwunden und wusste, wo sie war: in Sydney! Maddy hielt sich hier auf – irgendwo. Sie drehte sich zum Nachttisch und las die rote Anzeige eines Digitalweckers: 7.48 Uhr.

Für Joyce war es ungewöhnlich früh. Normalerweise fühlte sie sich unausgeschlafen, wenn ihre Freundin, mit der sie in Singapur die Wohnung teilte, sie vor neun weckte. Aber heute galt das nicht. Es war keine Zeit zu verlieren. Sie hatten ja höchstens ein paar Stunden, um Maddy in dieser wimmelnden Großstadt zu finden. Am meisten sorgte sich Joyce, dass Amran Ismail in Wut geriet, wenn der Tag verstrich, ohne dass Maddy etwas zustieß – und am Ende selbst das Schicksal in die Hand nahm.

Wong würde bestimmt schon auf sein. Wie war noch gleich seine Zimmernummer? Joyce fragte telefonisch bei der Rezeption nach. Doch in Wongs Zimmer nahm niemand ab. Er war wohl wie üblich im Morgengrauen aufgestanden und hatte sich an die Arbeit gemacht. Oder er frühstückte unten im Hotel. Ich hab auch Hunger, dachte sie.

Noch immer erschöpft nach den langen Nächten in Singapur, kam sie nur mühsam aus dem allzu weichen Hotelbett. Sie wühlte sich aus der schweren Steppdecke und schlurfte müde ans Fenster, zog die Vorhänge auf und blickte hinunter.

Die Helligkeit tat ihren Augen weh, doch zugleich begeisterte sie der Blick über Sydney. Wieder wurde ihr bewusst, welch eine atemberaubende Stadt es war, mit den vielen Hochhäusern, die sich am Ufer entlang aneinander drängten, um den besten Blick aufs Wasser zu ergattern.

Im Hafen herrschte selbst zu dieser frühen Stunde bereits reges Treiben. Da wuselten Barkassen, Schnellboote der Hafenpolizei und der Küstenwache, Fischereifahrzeuge und Frachter umeinander wie in einem genial choreografierten Ballett. Fähren trugen Pendler über die Bucht, und kleine Ausflugsdampfer streiften am Ufer entlang, um Touristen für eine Rundfahrt aufzunehmen.

An Land wirkte die Szene ebenso belebt wie auf dem Wasser. Ein dichtes Adernetz aus Straßen und Stadtautobahnen pumpte Energie in die starre Betonlandschaft. Auch *über* dem Boden pulsierte der Verkehr. Joyce sah Hochstraßen, ratternde Hubschrauber, in den Wol-ken auftauchende und wieder verschwindende Flugzeuge. Zwischen zwei Hochhäusern erkannte sie die gewundene Spur einer eingleisigen Schnellbahn. Über die Fußwege dort unten würden sich bald dichte Mengen von Passanten wälzen, die aus Autos, Bussen, Taxis, Zügen, Straßenbahnen, Fährschiffen und Flugzeugen in die City strömten. Wie sollten sie hier je eine einzelne junge Chinesin ausfindig machen?

Joyce stellte sich unter die Dusche, um vollends wach zu werden.

Endlich, das Hotel! C. F. Wong, der zu früh für irgendwelche Besuche oder Anrufe erwachte, war zu einem Spaziergang aufgebrochen, um sich mit der Umgebung vertraut zu machen, hatte sich aber bald verirrt. Ihm als Fengshui-Meister war sein schlechter Orientierungssinn ausgesprochen peinlich.

Aber dort, wo er aufgewachsen war, konnte man immer viel Himmel sehen und sich zwischen den niedrigen Häusern auch an gemächlich schwebenden Wolken orientieren. In den Schluchten moderner Großstädte jedoch verstellten Hochhäuser den Blick. Er war stets etwas unbeholfen im Umgang mit Landkarten und Stadtplänen gewesen. Daher hatte er schon in Singapur die Gewohnheit angenommen, sich mit seiner nach Süden zeigenden *Lo*-Tafel zurechtzufinden. Vom Hotel aus war er etwa zwanzig Minuten lang in einem vermeintlichen Dreieck gewandert, um sich schließlich in einem völlig fremden Stadtviertel wiederzufinden.

Er hatte sich auf ein Mäuerchen gesetzt und den Stadtplan von Sydney studiert, der an der Hotelrezeption auslag. Solche Touristenkarten verzeichneten zwar keine wichtigen Details wie Bodenniveaus oder Berge, enthielten aber doch die meisten Wasserstraßen, Aussichtstürme, Seilbahnen und dergleichen, die ihm immerhin einen groben Überblick über das Fengshui einer Stadt erlaubten.

Wasser, das sich sanft in südlicher Richtung zwischen Ost und West eines wichtigen Standorts – einer Ortschaft oder Ansiedlung – hinzog, galt grundsätzlich als günstig. Aus dem Stadtplan ergab sich klar, dass das Chi dieser Stadt sich am Südufer der Flussmündung sammelte. Im Norden waren nur wenige Punkte als Sehenswürdigkeiten markiert, während sie im Süden nur so wimmelten. Sydney war offensichtlich südlich des Stroms ein Yang-, nördlich davon ein Yin-Ort. Außerdem gab es zahlreiche Durchgangsstraßen, eine Brücke, einen Unterwassertunnel und ein dichtes Schienennetz. Eine gründliche Fengshui-Einschätzung dieser Stadt würde gut und gern zwei Wochen in Anspruch nehmen.

Doch dazu fehlte die Zeit. Sie hatten nicht Wochen, sondern höchstens acht, neun Stunden, um Madeleine Tsai aufzuspüren. Vergebens mühte er sich, den Plan zusammenzufalten, und stopfte ihn schließlich zerknüllt in die Tasche. Auf gut Glück bog er in eine schmale Gasse ein, dann nochmals um eine Ecke, und stand zu seiner eigenen Überraschung wieder vor dem Hotel. Höchste Zeit für ein paar Telefonate!

Als ihn der Aufzug nach oben trug, schüttelte er über sich selbst den Kopf. Schon dass er eingewilligt hatte, wegen einer voraussichtlich sinnlosen Suche nach Sydney zu fliegen, sah ihm ganz und gar nicht ähnlich. Und ausgerechnet seine lästige Praktikantin musste ihn dazu überreden! Wie sollte er in diesem riesigen Australien zwei Personen auftreiben, obwohl er weder deren Adresse noch ihren Reiseplan kannte? Zumal eine der beiden ganz gewiss nicht gefunden werden wollte! Alles sprach gegen einen Erfolg.

Nur – was Joyce über Madeleine Tsai als reiche Erbin berichtet hatte, ließ sich auch nicht einfach ignorieren. Ihr Vater Tsai Tze-ting besaß ein sagenhaftes Vermögen. Es wurde gemunkelt, dass er einmal einen Mann, der ihm seinen im Park vergessenen Hut zurückbrachte, mit einer Million Hongkong-Dollar belohnt hatte.

Jedem Menschen winkte einmal im Leben die große Chance, glaubte Wong – und dies konnte seine sein! Womöglich verhalf ihm Joyce endlich dazu, genug für seinen Ruhestand zu verdienen. Die Götter hatten ja oft einen skurrilen Sinn für Humor. Vielleicht bedienten sie sich für seine »goldene Reisschale« gerade dieser unangenehmen jungen Mitarbeiterin?

Doch selbst wenn es sich so verhielt – zunächst einmal waren ganz pragmatisch die Fakten ins Auge zu fassen. Kein Geldsegen würde fließen, ehe er nicht das Mädchen gefunden und dafür gesorgt hatte, dass es diese problematische Phase überlebte. Dazu musste er vor allem herausbringen, wieso Amran Ismail ausgerechnet hierher gereist war. Nach Wongs Fengshui-Berechnungen war klar, dass es für Madeleine Tsai zu diesem Zeitpunkt keinen ungünstigeren Aufenthaltsort gab als Australien, von ein paar anderen, weiter entfernten Gegenden abgesehen – oder, aus Ismails Sicht, keinen günstigeren, wenn er sein Ziel erreichen wollte: den Tod Madeleines und danach den Empfang der Versicherungssummen.

Ismail aber war *Bomo,* kein Geomant. Es war höchst unwahrscheinlich, dass er sich mit den Fengshui-Kriterien für korrekte Standorte zu bestimmten Zeiten oder mit den Himmelsstämmen und Erdzweigen des Schicksals auskannte. Er musste jemanden konsultiert haben, der derselben Fengshui-Schule angehörte wie Wong selbst. Das begrenzte die Zahl der infrage kommenden Personen. Nach Wongs Schätzung gab es in Singapur insgesamt neunzehn professionelle Fengshui-Berater, die Ismail aufgrund ihrer Berechnungen auf die Idee gebracht haben konnten, nach Sydney zu fliegen.

Wong trug eine Liste dieser Leute bei sich und hatte Dilip Sinha und Madam Xu am Abend vor seinem Abflug aus Singapur Kopien davon gegeben.

Gestern Nacht waren sie pünktlich am Kingsford-Smith-Flughafen gelandet, doch bis sie im Hotel in der City von Sydney ankamen, war es für Anrufe viel zu spät geworden. Und auch jetzt konnte er wegen des Zeitunterschieds frühestens in drei Stunden in Singapur anrufen.

Wong betrat sein Hotelzimmer. Es war 8.42 Uhr, und er sah, dass das Telefonlicht blinkte. Er fand zwei Nachrichten vor. Eine kam von Joyce McQuinnie, die ihm um 8.01 Uhr gemeldet hatte, sie sei »total früh« aufgestanden und jetzt startbereit; die andere von Dilip Sinha um 8.39 Uhr (5.39 Uhr in Singapur), der ihn bat, so bald wie möglich zurückzurufen.

Eilig wählte er die Nummer.

»Sinha? Ich bin es.«

»Ah, Wong! Gut, dass Sie anrufen. Wie war der Flug? Angenehm, hoffe ich. Ich finde es immer wieder erstaunlich, wie lange man von

Singapur nach Australien fliegt. Man meint doch, Australien wäre nur etwas südlich von hier. Aber wenn man hört, dass die Flugzeit zu den wichtigsten Städten in Australien ebenso lang ist wie etwa nach Europa, bekommt man eine Vorstellung davon, dass ›Down Under‹ eben doch nicht nur etwas ›unterhalb‹ liegt, sondern wirklich enorm weit weg, wie wenn man um die halbe Erde reist, nur in südlicher …«

»Gut«, unterbrach Wong ungeduldig. »Haben Sie alle diese Fengshui-Leute angerufen, gestern Abend?«

»Das habe ich. Nicht alle waren erreichbar, aber wir ließen uns nicht entmutigen. Wir notierten uns genau, wer abnahm, wer Nachrichten auf Anrufbeantworter entgegennahm – Gott, es ist mir ja so zuwider, auf ein Tonband zu sprechen – und wer unerreichbar war und nochmals angerufen werden musste …«

»Hat einer davon mit Amran Ismail gesprochen?«

»Darauf wollte ich gerade kommen. Gegen 21 Uhr bekamen wir Eric Kan an den Apparat, einen der Letzten auf unserer Liste der Unerreichbaren. Kaum hatte ich Mr. Ismail erwähnt, als er rief, er wisse Bescheid.«

»Was hat gesagt?«

»So etwas wie ›Ja‹ oder ›Gewiss-*lah!*‹ im Singapurer Stil.«

»Nein. Was hat Kan zu Amran Ismail gesagt? Wohin er gehen soll?«

»Ach so, richtig. Natürlich. Darum geht es ja. Also hören Sie zu: Ismail scheint Eric dieselbe Geschichte erzählt zu haben wie Madam Xu und mir – über diese Clara. Eric sah sich Ismails Unterlagen an und kam auf ziemlich genau die gleiche Fengshui-Berechnung wie Sie. Er riet ihm, aus Singapur nach Norden zu fahren.«

»Norden?«

»Ja, nach Norden. Ich glaube sogar, dass er die genaue Kompassposition angab – etwa Nordnordost 358 Grad oder so. Ich weiß es nicht mehr genau. Chongli hat es aufgeschrieben. Dann fragte Ismail, welches die ungünstigste Richtung wäre. Interessant, nicht wahr?«

»Jawohl. Und …?«

»Und Eric Kan warnte ihn davor, sich mit der jungen Frau in südlicher Richtung zu bewegen. Sagen Sie Ihrer Freundin, sie soll nicht mal im Traum daran denken, in den nächsten Tagen etwa nach Australien zu reisen, hat er gesagt. Das war wohl scherzhaft gemeint. Jedenfalls sei es der schlimmste Ort, genau wie Sie selbst gestern beim Lunch geäußert haben.«

»Verstehe.«

»Dann gab Ismail ihm eine kleine Summe, ein besseres Trinkgeld, dankte ihm überschwänglich und ging. Zweifelsohne direkt in ein Reisebüro, wo er zwei Tickets nach Sydney buchte. Moment, lassen Sie mich einen Blick in meine Notizen werfen. Hm … ja richtig. Amran Ismail sprach gegen 10.30 Uhr mit Eric, und die Frau vom Reisebüro teilte uns mit, dass er die Tickets für den Abendflug nach Australien kurz nach Mittag gekauft hat. Am Nachmittag wird er Clara irgendein Ammenmärchen aufgetischt haben von wegen: Australien wäre für sie am sichersten, und weg waren sie.«

»Danke. Hat Kan gesagt, wohin in Australien? Oder einfach nur Australien?«

»Nur Australien. Tut mir Leid, das macht es nicht leichter für Sie. Ach halt, er erzählte mir, dass er noch eine Art Scherz hinzufügte, so etwa: Setzen Sie sich auf keinen Fall unter einen hängenden Dolch auf einen Friedhof in Australien. Da Ismail nach Sydney geflogen ist, würde ich also annehmen, dass er dort die ungünstigste Fengshui-Position aufsuchen dürfte. Das wäre meiner Meinung nach nur folgerichtig. Leider ist das kein besonders präziser Anhaltspunkt, wie ich fürchte. Hilft es Ihnen trotzdem weiter?«

»Ja, jawohl, natürlich.« Wong wollte Sinha schon danken und auflegen, als der indische Astrologe nochmals ansetzte: »Dann tauchten um die Fünfuhrteezeit die anderen Leute auf, die bei der Suche helfen wollten. Ich vermute, die haben Sie geschickt, Wong?«

»Ha?«

»Die anderen jungen Burschen.«

»Andere Burschen …«

»Wie hieß der junge Mann doch gleich? Jackie Sowieso, der Chef. Er kam in Begleitung einiger Freunde, die nicht viel gesagt haben.«

»*Mm-mingbak* – verstehe nicht.« Wong fragte sich, ob Sinha an Altersverwirrung litt. »Ich kenne keinen Jackie Sowieso.«

»Diese Männer schellten an Madam Xus Tür – wir erledigten alle Anrufe von ihr aus, um uns abstimmen zu können – und sagten, sie suchten Madeleine Tsai. Chongli behauptete, niemand dieses Namens zu kennen. Die Gute ist so vergesslich. Ich wies natürlich darauf hin, dass Madeleine der Name war, den Clara im Gespräch mit Joyce angab. Ich nehme daher an, dass dieser Jackie mit Joyce befreundet ist.«

»Jackie Sowieso. Komischer Name. Ausländer?«

»Nein, Chinese. Ich will nicht sagen, dass sein Name Mr. Sowieso war. Ich deute lediglich an, dass ich mich an seinen Familiennamen nicht erinnere. Vielleicht weiß ihn Madam Xu. Sie könnten sie anrufen. Sie dürfte jetzt in der Sago Street sein, obwohl sie vielleicht noch schläft. Es ist hier ja noch nicht sechs.«

»Jackie, das ist fast überall Mädchenname. Nur in Hongkong ist es männlicher Name. Dieser junge Mann: War er aus Hongkong?«

»Ja, ich denke schon. Er hatte diese freche Kaltschnäuzigkeit junger Leute aus Hongkong. War nicht so weich und rundlich wie die Singapurer Burschen. Ebenso seine Freunde.«

»Wie hat ausgesehen?«

»Sehr elegant gekleidet. Dunkler Anzug, offenbar von einem teuren Schneider. Sonnenbrille. Wie ein Filmstar. Ich muss sagen, er sah tadellos aus. Bis auf eine Kleinigkeit.«

»Was?«

»Es war wirklich recht amüsant. Alles an ihm wirkte bis ins Detail perfekt – nur hatte er leider vergessen, sich den Nagel seines kleinen Fingers zu schneiden. Der war bestimmt über einen Zentimeter lang, vielleicht eher zwei.«

»Aijaaah!«, sagte Wong und schloss die Augen.

»Er machte den Eindruck eines durchaus liebenswürdigen jungen Mannes, obwohl er Englisch mit starkem Akzent sprach. Ich denke nicht, dass man sich seinetwegen beunruhigen muss. Er sagte, er stünde zu Clara wie ein Bruder.«

»Großer Bruder?«

»Genau.«

»Aijaah! Was haben Sie zu ihm gesagt?«

»Ich sagte ihm, dass wir über Claras Aufenthalt nichts wüssten, aber dass sie irgendwo in Sydney sein muss und dass Sie und Joyce dort nach ihr suchen. Ich erwähnte, dass Joyce mit ihr befreundet ist und sie gut kennt. Er sagte, er würde die nächste Maschine nach Australien nehmen, um Ihnen beiden zu helfen. Ich gab ihm Namen und

Adresse Ihres Hotels, um meinerseits behilflich zu sein. Er wollte dann direkt zum Flughafen. Falls er gestern Abend noch einen Flug erwischt hat, ist er wohl schon mit dem ersten Flieger heute früh in Sydney gelandet.«

Wong warf den Hörer auf und rannte aus dem Zimmer, um Joyce zu suchen.

Die junge Frau hatte sich gerade fertig angezogen, als das Telefon auf ihrem Nachttisch läutete.

»C. F.?«, fragte sie.

»Ms. McQuinnie?«, erkundigte sich die Stimme einer Australierin.

»Ja?«

»Hier ist die Rezeption. Ein paar junge Männer möchten Sie sehen.« Die Stimme sprach zu jemand anderem: »Welchen Namen darf ich melden, Sir?« Wieder an Joyce gewandt, sagte die Empfangsdame: »Ein Herr namens Jackie Sum. Darf ich ihn hinaufschicken?«

»Jack wie bitte?«

»Ein junger Mann namens Jackie Sum, in Begleitung zweier anderer Herren.«

»Die mit mir reden wollen? Sind Sie sicher, dass es kein Irrtum ist? Ich bin Joyce McQuinnie im Zimmer Nummer, äh ... 706?«

»Richtig. Nach Ihnen haben sie gefragt. Möchten Sie mit einem von ihnen sprechen?«

»Kein Problem.« Joyce fiel in den lässigen australischen Singsang ihrer Kindheit. »Schicken Sie sie nur immer rauf.«

Ihr war nicht entgangen, dass die Empfangsdame von jungen Männern gesprochen hatte. Sie trat vor den Spiegel, prüfte ihr Aussehen und tupfte sich etwas Parfum hinter die Ohren und auf die Handgelenke. Wer das wohl war? Freunde von C. F. wahrscheinlich. Er hatte ja von seiner Kontaktaufnahme mit hiesigen Fengshui-Meistern gesprochen. Das mussten sie sein. Wong konnte mitunter verblüffend rasch arbeiten. Der Vorsprung des Frühaufstehers, räumte sie ein.

Zwei Minuten später klopfte es.

Nach einem letzten Blick in den Spiegel öffnete Joyce die Tür. »Das ging aber schnell, Mr. Sum«, sagte sie. »Oh! Sie sinds.«

»Jawohl«, sagte Wong und trat ein. »Gut, dass Sie wach sind. Wir haben viel Arbeit. Müssen weg. Gleich aufbrechen. Jetzt sofort.«

»*Aye aye, Sir!* Tanzen wir los.«

Er warf ihr einen scheelen Blick zu.

»Nicht wörtlich«, grinste sie. »Selbst ich geh so früh am Tag noch nicht tanzen.« Sie schlenderte zum Schreibtisch, sammelte verschiedene Gegenstände zusammen und steckte sie in ihren Beutel. »Machen wir uns auf die Suche, wollte ich sagen.«

»Schnell. Wir müssen gehen. Wer ist Mr. Sum? Sie haben Mr. Sum gesagt, als ich kam.«

»Ist das nicht einer Ihrer Spezis? Er hat von unten angerufen. Er und seine Freunde kommen jetzt rauf.«

»Muss Irrtum sein.«

»Sie kennen den nicht? Ist das kein Fengshui-Mann hier aus Sydney?«

»Ich habe noch niemanden angerufen.« Wong wirkte zunehmend alarmiert.

Joyce zuckte mit den Schultern. »Egal. Gleich werden wirs wissen. Die Empfangstante hat gesagt, dass er Jackie heißt. Ulkiger Name für 'nen Typen.«

Bei dieser Nachricht fuhr Wong heftig zusammen.

»Jackie! – Kommen Sie«, drängte er, »wir gehen. Schnell!«

Er ergriff ihre Hand und zog sie hektisch zur Tür.

»Halt! Ich darf ja wohl noch meine Tasche holen. Was ist denn nun los?«

»Fai-di!«, schrie er.

Sie hasteten aus dem Zimmer. Wong schob Joyce grob vor sich her wie ein Bauer, der einen widerstrebenden Ochsen an einen Karren spannt.

»Zum Aufzug gehts da rüber«, protestierte Joyce.

»Ich weiß. Darum gehen wir in andere Richtung.«

Es ist anstrengender, aus einem Hotel zu fliehen, als es im Kino scheint. Vier Stockwerke waren sie durchs Treppenhaus hinuntergerannt, doch nun hielten sie beide inne und schleppten sich nur noch mühsam weiter. Dabei hatten sie noch weitere drei Etagen vor sich.

»Uff!«, schnaufte Joyce. »Ist – das – weit bis – nach unten. Wollen wir nicht – den Fahrstuhl – nehmen?«

»Okay«, stimmte Wong zu. Auch er rang nach Luft. »Vielleicht gibt es Personalaufzug.«

Sie gingen durch mehrere Schwingtüren und fanden schließlich einen schmucklosen Fahrstuhl, in dem das Personal Wäschekörbe und andere Sachen beförderte.

Langsam und lärmend schaukelte er in Richtung Erdgeschoss, hielt aber im zweiten Stock. Die Türen schoben sich auf, und ein Zimmermädchen kam herein, eine Frau um die vierzig mit rosigen Wangen. »Tag auch«, sagte sie. »Hier sind Sie falsch. Dies ist der Personalaufzug. Sie sollten die Gästefahrstühle nehmen, die sind doch viel schicker.« Ihr Korb roch herb nach Desinfektionsmittel.

Joyce erklärte: »Er ist ein Fengshui-Mann. Er mag die andern Fahrstühle nicht, denn die haben schlechtes Fengshui.«

»Ach wirklich?« Die Frau sah sich in der mit Stahlplatten ausgekleideten Kabine des Lastenaufzugs um. »Aber dieser hier hat gutes Fäng-Schuh-i? Soll das heißen, dass es mir Glück bringt, wenn ich ihn benutze?«

»Absolut!«

»Na wie gut. Ich fahr ja jeden Tag an die hundert Mal, wenn nicht öfter, damit rauf und runter. Allerdings – bis jetzt hat er mir noch kein Glück gebracht. Braucht es lange, bis man was davon merkt?«

»Hm. Streichen Sie Ihr Zimmer rosa, und trinken Sie jeden Morgen ein Glas Orangensaft«, improvisierte Joyce, »dann kommt das Glück in Strömen.«

Die Frau riet ihnen, im Erdgeschoss auszusteigen und nach rechts durch eine Tür zu gehen, die in die Hotelhalle führte. »Oder Sie können nach links durch die Hintertür raus, wo die Busse stehen. Ich besorg mir gleich den O-Saft. Danke für den Tipp!«

Die beiden bedankten sich ebenfalls und eilten durch die Hintertür auf den Parkplatz.

»Kommen Sie«, sagte Joyce, »wir entwischen durch das Seitentor da und nehmen dann vorn ein Taxi.«

»Wohin?«

»Keine Ahnung.«

Stattdessen schlug Wong vor, zu Fuß nach rechts zu laufen, denn von seinem Morgenspaziergang her erinnerte er sich vage, dass dort eine schmale Gasse zu einer Hauptstraße führte. Für Leute, die sich rasch aus der unmittelbaren Umgebung des Hotels entfernen und im Gedränge des Stoßverkehrs untertauchen wollten, schien ihm das die passendere Richtung.

Wong sah auf die Uhr: zehn vor neun. Büroangestellte hasteten zur Arbeit, und das Paar war bald in der Menge verschwunden. Nach mühsamen Umwegen auf der anderen Seite der verkehrsreichen Straße, die Day Street Harbour hieß, fanden sie einen kleinen Park, setzten sich auf eine versteckte Bank und sahen den eifrig am Boden pickenden Tauben zu.

»Wer ist denn nun dieser Jackie? Sie sollten mir schon mal erzählen, was hier eigentlich läuft.«

Wong blickte nervös um sich. »Ich glaube, er ist Großer Bruder.«

»Maddys Bruder? Das ist doch super. Wieso sind wir dann …?«

»Nein. Großer Bruder. *Dago. Dailoh.* Bedeutet …«

»Stiefbruder? Adoptiert?«

»Lassen Sie mich ausreden. Sie wissen doch noch, was Triaden sind?«

Joyce überlegte einen Moment. »Yeah! Gangster.«

»Jawohl. Ich glaube, Jackie Sum gehört zu Hongkonger Triade. Er wird Großer Bruder genannt. Bedeutet, dass er oberen Rang hat. Sie suchen Madeleine.«

»Wollen die sie retten?«

»Sie wollen sie töten.«

»Ui!« Joyce wiederholte: »Die wollen sie töten?«

»Vermutlich.«

Joyce verschlug es die Sprache. Sie erstarrte zur Statue und schien nicht mehr zu atmen.

Beide schwiegen. Sie beobachteten die pickenden Tauben. In einiger Entfernung hörte man ein Glockenspiel wie von einem altmodischen Eiswagen. Irgendwo quakte eine Ente. Eine Kinderstimme rief: »Hier ist es, Mama. *Mama!*« An der Straße wechselten die Lichter der Verkehrsampeln, und dröhnend fuhren Autos an.

Joyce' Verspannung löste sich in einer Flut von Fragen: »Wieso wollten die dann zu mir rauf? Woher kennen sie meinen Namen? Woher wissen die, dass wir in Australien sind und wer ich bin? Was machen die hier? Ich kapier überhaupt nichts mehr. Wozu fliehen wir? Wieso wollen sie Maddy umbringen? Wollten die etwa auch ...?« Den Rest brachte sie nicht über die Lippen.

»Nein, *Sie* wollen sie nicht töten«, sagte Wong leise.

»Warum sind wir dann weggerannt?«

Der Geomant seufzte: »Ich erkenne erst jetzt Zusammenhang. Madeleine, sie kommt aus einer Familie mit Kontakt zu Hongkonger Triaden. 14K ist Name von einer Triade in Hongkong. Eine der größten. Erinnern Sie sich an Cady Tsai-Leibler?«

»Maddys Kusine.«

»Jawohl. Frau von dem Zahnarzt.«

»Ja, ja, ich weiß.«

»Jetzt erinnere ich mich an etwas, das sie sagte. Sie hat gesagt, dass sie in Hongkong Freunde hat, die mit Problemen fertig werden. Mit allen möglichen Problemen – nur nicht mit Gespenst. Sie hat ganz seltsam geredet. Ich glaube, sie gehört zu Triaden-Familie. Und Madeleine hat auch mit ihnen zu tun. Ich glaube, sie ist Freundin von einem Triaden-Mitglied. Führendes Mitglied, Name: Jackie Sum. Sie ist jung und schön, so wie sie gern haben.«

»Aber – wenn sie dazugehört, wieso wollen die sie dann ... töten?«

»Es gibt eine Sache, die ist für Triaden-Braut niemals erlaubt. Sie hat das getan, glaube ich.«

»Was denn?«

»Weggehen.«

»Ach so! Also, die sind sauer auf sie, weil sie aussteigen wollte, weg von der Triade, und, na ja, wie 'n normaler Mensch leben?«

»Ich vermute. Darum hat sie Hongkong verlassen. Flieht nach Malaysia. Ändert ihren Namen. Geht nur in der Nacht aus, in Unterwelt von Malaysia. Lernt Ismail kennen. Er kümmert sich um sie. Sie ist glücklich, zuerst. Aber Ismail, er ist auch ein schwieriger Mann, gefährlicher Mann. Auch *ho mafan* – ganz lästig, seit er glaubt, dass schlimmes Unglück für sie kommt. Da ist sie wieder in Gefahr.«

»Aha. Die Moral von der Geschichte heißt also wohl: Geh nie mit zwielichtigen Typen aus der Unterwelt. Die sind vielleicht echt cool und haben die Bodybuilder-Figur und so, aber am Ende wollen sie dich abmurksen.«

Wong nickte: »Leider.«

Wieder herrschte Schweigen. Joyce, die zusehends nervös wurde, kroch fröstelnd in sich zusammen. Immer wenn Leute vorübergingen, blickte sie ihnen nach. Schaute jemand zu ihnen herüber, dann spannte sie alle Muskeln, bereit, aufzuspringen und weiter zu flüchten. Sobald sie einen Motor brummen hörte, sah sie im Geist schon Männer mit Schusswaffen aus dem Wagen steigen und auf sich zukommen.

»Sie haben meine Frage noch nicht beantwortet. Warum wollten die Typen zu mir? Wieso ausgerechnet zu mir? Ich bin doch bloß ein Niemand, ein Schulmädchen!«

»Ich weiß nicht genau. Ich glaube, sie haben lange nach Madeleine gesucht. Ein Singapurer Kontaktmann von ihnen hat vielleicht gesehen, wie sie oder Ismail Wohnung von Madam Xu besucht. Darum gehen sie zu Madam Xu, gestern, als wir schon am Flughafen waren. Dilip Sinha ist dort. Er erzählt, dass Madeleine Freundin von Ihnen ist. Er sagt den Männern unsere Namen und Hotel. Daher fliegen sie mit nächstem Flugzeug nach Sydney, landen hier heute ganz früh. Kommen gleich zum Hotel. Wollen zu Ihnen, damit Sie ihnen Aufenthalt von Madeleine sagen.«

»Aber ich hab doch keine Ahnung, wo sie steckt!«

»Richtig.« Worüber Wong sie nicht aufklären mochte, war das, was seiner Vermutung nach geschehen wäre, wenn die Männer sie und ihn selbst angetroffen hätten: nämlich, dass man sie beide halb totgeschlagen und gefoltert haben würde, um auch nur den kleinsten Hinweis auf Madeleine Tsais Aufenthalt aus ihnen herauszubekommen.

Verstohlen blickte der Fengshui-Meister das junge Mädchen an. Er fühlte sich sonderbar elend und klapprig. Wurde er etwa krank? Nein, begriff er, das Unwohlsein hatte psychische Ursachen. Seine Feindseligkeit hatte sich verflüchtigt und war einem gewissen Mitleid gewichen. Normalerweise wurde Kindern nicht zugemutet, sich mit Todesdrohungen von Triaden-Gangstern zu befassen!

Wieder umgab sie Stille. In diesem Park, inmitten friedlicher Natur, schien es doppelt abwegig und grausig, über Verbrechen und Mord zu sprechen – an einem so grünen, sonnigen Ort voll Frische, Blumen und summenden Insekten.

»C. F.«, sagte Joyce, ohne aufzublicken.

»Ja?«

»Ich hab Angst!«

»Ich auch«, gab Wong zu.

Nun sah sie ihn an: »Wissen Sie, im Kino, ja? Da gehts immer so, dass der Held total entschlossen ist und alles riskiert, um die Person, die in der Tinte sitzt, zu retten. Der zerreißt sich für sie, setzt sogar sein Leben ein.«

Neugierig musterte er sie. Worauf wollte sie hinaus?

»Aber in echt, da läuft das anders. Oder? Wissen Sie, was ich jetzt möchte?«

»Was möchten Sie?«

»Nach Hause!«

Wieder nickte Wong: »Ich auch.«

»Also, ich kenne Maddy doch kaum. Wieso soll ich mein Leben für sie riskieren? Ist doch irgendwie bescheuert, wenn mans bedenkt.«

»Jawohl. Irgendwie bescheuert.«

»Sie ist ja schon immer mit so Typen rumgezogen. Sie ist 'ne Unterwelttussi. Kennt sich in solchen Sachen aus, kann damit umgehen. Ich nicht. Was weiß ich denn schon? Ich hab null Erfahrung, in nichts. Zur Schule bin ich gegangen, hab bei 'nem Steuerberater gejobbt. Ich kenn alle Namen von 'N Sync. Bloß in so was bin ich gut. Aber hier gehör ich nicht hin, in … in … diese Situation.«

»Verstehe.«

Sie warf ihm einen flehenden Blick zu: »Ich will heim! Bitte, C. F.?«

»Ich finde, das ist gute Idee.« Er griff in die Innentasche seines Jacketts. »Warten Sie.« Er zog einen Umschlag mit den Flugtickets heraus. Joyce erkannte den Firmenaufdruck von Susan Leongs Reisebüro. Wong studierte den Begleittext. »Hm …« Mit dem Finger folgte er den Zeilen und brummte schließlich: *»Ho mafan!«*

»Was gibts?«

»Lästiges Problem! Ich habe Billigflug gebucht. Man kann das Datum nicht ändern. Erst morgen dürfen wir fliegen. Heute nicht.«

»Können wir nicht einfach neue Tickets kaufen?«

»Nein. Sehr teuer. Große Vergeudung, wenn wir nicht diese Tickets benutzen. Geht nicht.«

»Ich zahle«, schlug Joyce verärgert vor.

»Haben Sie Geld?«

»Nein.«

»Haben Sie Kreditkarte?«

»Auch nicht. Paps sagt, ich krieg eine, wenn ich achtzehn bin.«

»Wie wollen Sie bezahlen?«

»Sie legen es aus, zahlen mit Ihrer Kreditkarte. Pappi ersetzt Ihnen das später.«

»Ich habe keine Kreditkarte. Geldkarten sind schlechtes Fengshui: Geld fließt weg, ohne dass man sieht, wie es verschwindet. Ganz negativ.«

»Das ist ja sooo was von blöd! Wer hat je von Erwachsenen ohne Kreditkarte gehört? Ich wusste nicht mal, dass das erlaubt ist!«

Wong knirschte mit den Zähnen. Er verschränkte die Arme über der Brust.

Joyce kaute an den Nägeln und grübelte. »Ich habs! Ich weiß, was mir machen. Hier in Australien leben noch ein paar Verwandte von meinem Paps. Meine Tante Su wohnt sogar in Sydney. Die gibt uns Geld.« Sie packte Wongs Arm. »Wenn ich von meinen Leuten das Geld krieg, kann ich dann zwei Tickets für die nächste Maschine nach Singapur buchen?«

Obwohl noch etwas beleidigt, gab Wong zögernd sein Einverständnis. Unwillkürlich legte er eine Hand schützend über sein Jackett, wo in der Innentasche auch seine Brieftasche steckte. »Vielleicht können wir früher wegfliegen. Aber nur, wenn Sie bezahlen! Ich habe schon zu viel ausgegeben.«

Kaum eine Stunde später klopften sie an die Tür eines kleinen Hauses irgendwo draußen zwischen Redfern und Chippendale. Wong fand die Vororte faszinierend. Der Bus fuhr in weitem Bogen durch Glebe, und Wong starrte mit offenem Mund auf die vielen Straßen mit hübschen, adrett in Reihen stehenden Häuschen. Jedes hatte einen kleinen quadratischen Vorgarten, ein Erkerfenster im Erdgeschoss und zwei Fenster im ersten Stock. In manchen Straßen baumelten neben der Haustür nahezu identische Blumenkörbe.

»So viele!«, rief er.

Nach einer Weile skizzierte er eins der Häuschen in sein Notizbuch. »Wirklich hübsch, diese Häuser. Wären gut für China. Bestimmt sehr beliebt. Viele passen auf kleinen Raum. In jedem können viele Menschen wohnen. China hat große Zahl von Menschen. Es gibt dort auch kleine Wohnungen, aber nicht so hübsch.«

Joyce unterbrach seine faszinierten Betrachtungen und zog ihn zum Aussteigen an die Tür. Der Bus hielt an einer Straße, die genau wie alle anderen aussah. Draußen lenkte sie ihn ans Ende einer langen Kette von Reihenhäusern, wie er sie bisher nur aus den Medien kannte.

»Hier muss es sein«, sagte sie. »Nummer siebzehn.« Sie hatten sich nicht telefonisch angemeldet, weil Joyce sich an den Familiennamen ihrer Tante nicht erinnern konnte. Sie wusste nur, dass sie weder McQuinnie noch Smart hieß. Aber die Adresse kannte sie, denn als Kind war sie mehrmals hier gewesen.

In tiefen Zügen atmete Joyce die Luft von Sydney ein, die sich so herrlich von Singapur unterschied. Dort hatte sie sich notgedrungen an die hohe Luftfeuchtigkeit gewöhnt, doch ihr war ständig zu heiß oder zu kalt. Wie köstlich erfrischend wirkte hier dagegen die milde, trockene Brise. Es duftete nach Hyazinthen und dem unverkennbaren Aroma frisch gebackener Pommes frites. Auf einmal war sie wieder ein achtjähriges Mädchen.

Sie stieg die Stufen zur Haustür hinauf, von der verblasste grüne Farbe blätterte, drückte die Klingel und wartete.

Nichts rührte sich. Joyce nahm den Türklopfer auf, um etwas energischer Einlass zu fordern, zögerte aber, denn drinnen erklangen Geräusche. »Sie ist da! Ich hör sie.«

Jemand fummelte am Schloss und schob die Kette vor. Die Tür öffnete sich um drei Zentimeter.

»Ja?«, fragte eine Männerstimme.

»Ich möchte zu Tante Su, also, äh, zu Mrs. Su ... Susilla! Ich bin ihre Nichte, Joyce McQuinnie. Ist sie zu Hause?«

»Nee.« Die Tür wurde heftig zugeschlagen.

Joyce hämmerte mit dem Türklopfer.

Wieder ging die Tür einen schmalen Spalt weit auf.

»Wann ist sie wieder da? Wir sind weit gereist, ja? Wir kommen aus Singapur.«

»Singapur«, wiederholte die Stimme. Der Spalt wurde etwas breiter, und eine Adlernase erschien. Zwei Augen unter schweren Lidern spähten nach Wong.

»Sind Sie mit ihr verwandt? Bist du vielleicht mein Vetter?«, fragte Joyce in der Hoffnung auf einen etwas herzlicheren Empfang. »Ich bin Tante Susillas Nichte.«

»Möglich«, brummelte die Stimme.

»Können wir reinkommen?«

»Okay.« Er zog die Tür mit solcher Wucht auf, dass die Kette aus dem Türpfosten riss, was ihm etliche wüste Flüche entlockte. »'tschuldigt mein Schandmaul«, sagte ein stämmiger Mann von Anfang zwanzig. Wie ein Verkehrspolizist winkte er sie mit der Hand in das winzige Entree. Er war unrasiert, trug ein ärmelloses Hemd, hatte muskulöse Arme und Narben auf der Haut. Er lächelte nicht. Trotz der lässigen Willkommensgeste wirkte er misstrauisch.

»Ma hat nichts von Besuch gesagt. Sie kommt erst am Nachmittag zurück«, knurrte er.

»Ich verstehe ihn nicht«, flüsterte Wong Joyce zu.

»Er spricht australischen Dialekt«, zischelte Joyce zurück.

»Aber ...«

»Keine Sorge, ich deichsel das schon.«

Unbehaglich standen die Besucher da und warteten, dass man sie näher bat. Schließlich grummelte der junge Mann: »Ihr wollt wohl Tee oder was. Links ist die Küche.«

Wong verbeugte sich dankbar. Sie setzten sich rechts und links an einen kleinen Tisch an der Küchenwand.

»Habt ihr grünen Tee?«, fragte Joyce. »Den mag er.«

»Nee. Gatorade wär da. Blau.«

Joyce überlegte. »Er hat Gatorade«, übersetzte sie unnötigerweise für Wong, »es ist blau.«

Der Geomant schüttelte den Kopf.

»Danke, aber eher nicht«, sagte sie. »Normaler Tee genügt. Mach ihn ohne Milch und Zucker, tauch den Teebeutel einfach drei-, viermal ein, das ist dann stark genug für ihn.«

Der junge Mann machte sich mit dem Kessel und einigen Teebeuteln zu schaffen, wobei er höchstens ein paar Mal einen Löffel zu

Boden fallen ließ. Schwierig war das gerade nicht, aber Joyce war trotzdem beeindruckt. Die meisten Typen, die sie kannte, würden nicht mal so viel zu Stande bringen.

»Ey, du bist ja echt gut im Haushalt!«

»Yeah! Ich kann sogar 'nen Gummiadler braten«, sagte er stolz und grinste ungewollt. »Wollt ihr was mampfen? Ein *Sambo,* äh, ein Sandwich?«

Wong fand es an der Zeit, sich einzubringen. »Ihre Mutter, wo ist sie?«

»Im Ort.«

»Heißt das in Sydney?«

»'türlich.« Er warf Wong einen erstaunten Blick zu, was diesen bewog, das Gespräch doch besser Joyce zu überlassen.

Der junge Mann sah Joyce an: »Sie hat nichts davon gesagt, dass wer kommt.«

»Sie hats ja nicht gewusst.«

Sein Lächeln war rasch erstorben. Nach kurzem Schweigen sagte er: »Dein Alter ist Martin McQuinnie, stimmts? Meine Ma kann ihn nicht leiden, klar? Sagt, er is 'n reiches Arschloch, kümmert sich 'n Dreck um seine Leute.«

Joyce nickte: »Stimmt, sie haben sich nicht so gut verstanden.«

»Sie sagt, in eurem Zweig der Familie taugt ihr alle nichts, habt bloß Moneten im Kopf.«

»Sie hat ja wohl lange mit keinem von uns zu tun gehabt. Also seit Jahren und Jahren nicht.«

»Sie sagt, ihr habt kein Herz«, fügte er mit offener Bitterkeit hinzu. »Die McQuinnies haben Registrierkassen, wo bei andern Leuten das Herz sitzt, sagt sie.«

Joyce gab sich Mühe, weiter zu lächeln. Wenn sie von diesen Verwandten Geld borgen wollte, musste sie sich gut mit ihnen stellen. Sein hochmütiger Ton ging ihr allerdings zunehmend auf die Nerven. »Das meint *sie.* Es könnte doch auch alles, also, auf Missverständnissen beruhen, ja? Du weißt ja, wie man sich verkracht …«

»Yeah«, gab er zu. »Aber nach allem, was wir so gehört haben, hat sich dein Alter ganz gut rausgemacht mit dem Immobilienladen. Hat nie dran gedacht, mal was abzugeben von seiner Beute, stimmts?«

»Soviel ich weiß, hat er das große Geld erst verdient, als deine Leute schon mit ihm verzankt waren. *Die* haben nicht mehr mit ihm geredet. Da kann man kaum verlangen, dass er ihnen noch haufenweise Kohle zusteckt, oder?«

»Wieso denn nicht?«, knurrte er. Unwillkürlich wanderte sein Blick durch den kleinen, schäbigen Raum. »Ich wär schon gern in etwas besseren Verhältnissen aufgewachsen statt in dem Loch hier.« Als wollte er seiner aufgestauten Frustration Nachdruck verleihen, verbog er seinen Teelöffel zu einem rechten Winkel.

Joyce verfügte über ein Standardsprüchlein, das sie schon verschiedentlich angebracht hatte – wie gern sie den ganzen Reichtum ihres Vaters und all die weiträumigen Wohnungen für ein bescheidenes Heim mit liebevollen Eltern eintauschen würde. Doch jetzt schien nicht der geeignete Zeitpunkt dafür. Und als sie sich umsah, wurde ihr schlagartig bewusst, dass es vermutlich auch gar nicht stimmte. Nie im Leben hätte sie in diesem engen, muffigen, übel riechenden Reihenhaus aufwachsen mögen.

Ihr aufkeimendes Mitgefühl für ihren Vetter wurde durch dessen offene Feindseligkeit erstickt.

»Natürlich hätten wir kein Geld angenommen, selbst wenn ihr es uns angeboten hättet. Es stammt ja aus dreckigen Quellen. Wo doch Eigentum Diebstahl ist und so.«

Joyce wollte ihm antworten, als Wong unterbrach: »Wir sollen nicht zu lange bleiben. Müssen an die Arbeit. Weitermachen. Nach Hause fliegen.«

Sie nickte. Aber wie konnte sie diesen verbitterten, gehässigen jungen Mann um Geld bitten? Vielleicht würde Tante Susilla einsichtiger sein. »Deine Ma und mein Paps sind bestimmt nicht total verfeindet. Ich war ja als Kind öfter hier. Kannst du dich nicht an mich erinnern? Ich mich an dich schon. Du hattest langes, zotteliges Haar und immer einen Supermannanzug an. Deine Ma hat mir mal zum Geburtstag ein Buch über australische Säugetiere geschenkt. Wann ist Tante Su zurück?«

»Keine Ahnung. Wieso kommst du überhaupt? Willst du uns anpumpen?«

»Ach wo!«, schwindelte sie und wurde rot. Um ihre Verlegenheit zu überspielen, platzte sie heraus: »Wir sind in einem Auftrag hier. Wir müssen ein Entführungsopfer retten.«

Er hob ruckartig den Kopf. Er hatte sich wohl verhört?

»Eine gekidnappte Frau!«, wiederholte Joyce mit festerer Stimme. »Sie wurde am Mittwoch nach Sydney entführt, von einem Kerl aus Malaysia; 'ne Freundin von mir. Drum sind wir hier, um sie zu suchen. Wir machen so was öfter. Helfen der Polizei. Einmal hab ich 'ne Leiche gesehen. Wir kriegen jede Menge spannende Fälle. Gestern früh haben sie 'ne Frau tot im Bett gefunden, die gehörte auch zu einem von unsern Fällen. Sie haben uns, äh ... konsultiert. Ein Superintendent bei der Singapurer Polizei bespricht sich laufend mit uns. Wir haben dauernd mit solchen Sachen zu tun. Das ist unser Job.«

Ihr bühnenreifer Redeschwall verblüffte nicht nur den jungen Mann, sondern auch Joyce selbst.

»Dann seid ihr also echte Helden oder was?«

Joyce wusste nicht recht, was sie antworten sollte. »Irgendwie schon«, sagte sie.

Schließlich kam heraus, dass er Brett hieß, woran Joyce sich vage erinnerte. Sie hatte ihn als mageren, verschlossenen Jungen mit strähnigem Haar in Erinnerung, der sie nicht mit seinen Sachen spielen ließ. Sein Familienname, der ihr gänzlich entfallen war, lautete Kilington.

Brett verabscheute den Namen. »In der Schule haben sie mich ›Killer‹ genannt. Einmal hab ich dann wirklich einen gekillt. Na ja, 'nen Hund. Ich hasse Namen. Wär besser, wenn wir einfach Nummern hätten. Als Kind hab ich mir 'ne Nummer zugelegt, aber keiner wollte mich so nennen. Die Ärsche!«

Wong rutschte unruhig auf seinem Stuhl herum. »Joyce! Ich glaube, wir bekommen kein ... Sie wissen schon. Ich denke, wir bleiben bei altem Plan. Suchen nach dem Mädchen. Bleiben über Nacht, fliegen morgen. Haben Sie Telefonbuch? Ich möchte einen Anruf machen.«

Bretts misstrauischer Blick war immer noch fest auf Joyce gerichtet. »Also, ihr seid so was wie Agenten? Spezialermittler, so in der Art?« Er stand auf und musterte den Teenager und den hageren alten Mann. »So seht ihr aber nicht aus. Ihr seht aus wie ...« Offenbar fand er keinen passenden Vergleich.

»Wir sind, em … 'ne Zivilabteilung, sozusagen. Wir helfen der Singapurer Polizei, aber wir selbst sind eigentlich keine Bullen.«

»Telefon?«, mahnte der Geomant.

Brett winkte Wong, ihm zu folgen: »Hier lang. Das Telefon steht da. Buch liegt drunter. Alles klar?«

»Danke.«

Der junge Mann ging wieder in die Küche, denn er war neugierig geworden. Er hatte eine nervöse Angewohnheit, mit der linken Faust gegen den Küchenschrank zu hämmern. Die Knöchel seiner rechten Hand waren bandagiert. »Also, damit ich das jetzt auf die Reihe krieg: Du und der Grufti da, ihr seid wegen 'ner gekidnappten Tussi hier. Wo ist die?«

»Kann ich nicht sagen«, tat Joyce geheimnisvoll. Doch dann beschloss sie, lieber etwas offener zu sein. »Nicht genau jedenfalls. Weißt du, was Fengshui ist?«

»Yeah.« Er blinzelte vor Verblüffung über den abrupten Themenwechsel.

»Na ja, der Typ, der sie entführt hat, ist ein *Bomo.* Das ist 'ne Art malaiischer Zauberer. Wir vermuten, dass er sie an den miesesten Fengshui-Platz von Sydney bringt.«

»Wo soll das sein?«

»Weiß ich nicht. Drum müssen wir hiesige Fengshui-Leute danach fragen. Denn an der Stelle finden wir sie bestimmt. Klar? Echt ein Kinderspiel, wenn man sich in so was auskennt.«

Wong kam grummelnd zurück. »Kein Fengshui-Meister in Telefonbuch. Schlecht. Kein Wunder, dass in Australien so viele Wirtschaftsprobleme.«

»Es muss in Sydney welche geben!«, sagte Joyce und fragte Brett: »Kennst du einen?«

»Fengshui – also, wenn ihr meine Meinung hören wollt, dann ist das 'n Haufen Blödsinn. 'ne Freundin von meiner Ma steht auf all dies Zeug. Sie hat 'nen New-Age-Laden drüben bei Cleveland in der Gegend. Ruft doch bei der an.«

Acht Minuten später hatten sie mit der Frau gesprochen und von ihr die Namen mehrerer Fengshui-Berater erhalten. Beim ersten meldete sich eine fröhliche Frauenstimme mit britischem Akzent: »Martina Bircka, Sydneys Fengshui-Expertin und Innendekorateurin.«

Als Wong um Hilfe bei einem derzeit von ihm bearbeiteten Fall bat, beschied sie ihm, dass sie grundsätzlich nichts telefonisch erledigte und nur mit ihm sprechen würde, wenn er einen Termin mit ihr vereinbarte: »Fünfzig Dollar pro Beratung, zahlbar im Voraus.«

Joyce schnappte sich den Hörer. »Hallo? Ich bin Joyce McQuinnie, Mitarbeiterin von Mr. Wong – mit dem Sie gerade gesprochen haben? Hören Sie, wir benötigen dringend ein paar Informationen. Es geht um eine polizeiliche Ermittlung.« Sie legte eine Pause ein, um ihre Worte wirken zu lassen.

»Oh! Ach so, verstehe. Natürlich.« Ms. Bircka war auf einmal ganz förmlich. »Was kann ich für Sie tun, Miss, äh … Officer?«

»Wie wir aus zuverlässiger Quelle erfahren, befindet sich ein bekannter Verbrecher namens Amran Ismail in Sydney und sucht hier die Stelle mit dem schlechtesten Fengshui. Er dürfte sich mit hiesigen Fengshui-Meistern, also, in Verbindung setzen, um von ihnen diesen Platz zu erfahren, ja? Hat dieser Mann Sie in den letzten achtundvierzig Stunden besucht?«

»Nein. Um ehrlich zu sein, hat mich in den letzten achtundvierzig Stunden überhaupt niemand besucht.«

»Egal. Wir möchten zweierlei von Ihnen. Erstens: Sagen Sie Mr. Wong, der ein Singapurer Fengshui-Berater ist, wo Ihrer Meinung nach hier in der Stadt die stärkste negative Fengshui-Energie vorliegt. Und zweitens: Helfen Sie uns bei der Zusammenstellung einer Liste der Fengshui-Leute in Sydney, damit wir ermitteln können, ob Mr. Ismail einen davon aufgesucht hat.«

»Oooh, ich kenne durchaus nicht alle!«

»Na, dann eben so viele, wie Sie wissen.«

»Gut, ich versuchs.«

Zwei Stunden blieben sie in Tante Susillas Haus und telefonierten mit sämtlichen Fengshui-Leuten von Sydney. Keiner wollte von einem Mann, auf den Amran Ismails Beschreibung zutraf, angerufen oder besucht worden sein. Entmutigt stellte Wong fest, dass sie nichts erreicht hatten und auf der Suche nach Madeleine nun wohl wieder durch die Straßen laufen mussten.

Doch als sie aus der Haustür an die warme Sonne traten, begriff er, dass ihnen wenigstens eins gelungen war: Sie hatten Joyce' Cousin überzeugt, dass ihre Story über die Rettung eines Entführungsopfers tatsächlich stimmte. Seit Jahren hatte er nichts derart Aufregendes erlebt. Stehenden Fußes schloss er sich dem Unternehmen an.

Während Wong telefonierte, hatten Joyce und Brett ein langes Gespräch geführt, das Joyce über einen Teil ihrer Familiengeschichte aufklärte. Sein Vater hieß Graeme und war laut Brett ein »zweiundfünfzigjähriger Säufer«. Freilich hatte er schon vor zwanzig Jahren den Kontakt zu Frau und Kind verloren. Brett war in Edinburgh zur Welt gekommen. Mit fünf hatte er seinen Vater zum letzten Mal gesehen. Graeme Kilington versprach damals hoch und heilig, zu Bretts Geburtstag heimzukommen, kam aber nicht. Seine Mutter Susilla war so wütend, dass sie spontan ihre Sachen packte und ging. Mit ihrem einzigen Kind reiste sie um die Erde nach Brisbane, woher sie stammte. Eine Adresse hinterließ sie nicht.

So wuchs Brett in Australien auf und kam in Brisbane zur Schule. Schließlich zog er mit seiner Mutter, einer mäßig begabten Malerin, hierher nach Sydney. Aber das Geld war knapp, und Susillas impulsive Natur vertrug sich nicht mit der Rolle als gute Mutter. In der Schule kam er schlecht voran. Als älterer Teen fand er einen Job als Büroangestellter im Opernhaus. Den gab er nach einer Weile auf und startete sein eigenes Dotcom-Business mit einer Webseite für Freizeit-Bergsteiger.

»Das lief aber nicht richtig. Dann hab ich, nur so aus Jux, 'ne Webseite aufgemacht mit Bildern von Leichen, ›Corpses-R-Us.com.au‹. Plötzlich hatte ich 400 000 Links pro Monat. Echt die Schau!« Seine Augen strahlten vor Stolz. »Ich war sozusagen Millionär. Jedenfalls hat ein Kumpel, der das beruflich macht, meine Firma so eingeschätzt. Aber dann ging alles den Bach runter. Die Zeitungen verklagten mich, weil ich ihre Fotos geklaut hatte. Mein Laden ging zu Bruch. Der von meinem Kumpel auch. Dieser Sack!«

Vor einem Jahr, erzählte er, war er aus Sydney weggezogen und hatte endlich das Richtige für sich gefunden als Touristenführer im Busch. Schließlich hatte ihn ein Reisebüro eingestellt, das Touren um den Uluru in Nordaustralien veranstaltete. Er war stark und unabhängig geworden, sein Selbstbewusstsein festigte sich, denn er galt als ausgezeichneter Bergsteiger und Fährtensucher.

Seine Geschichte machte Joyce klar, wieso der wieder gefundene Vetter ihr so chaotisch vorkam. Er war ein typischer Eigenbrötler, träge, mürrisch und ohne jeden gesellschaftlichen Schliff, und hatte zugleich etwas vom klassischen Australier, der sich im Busch auskennt: den lässigen Akzent, die Freizeitkleidung, den muskulösen, gebräunten Körper.

Brett stand auf und machte sich ein dickes Sandwich mit Ei und Schinken. Als er es verspeist hatte, rückte er plötzlich mit einem Geständnis heraus, das ihm offenbar auf der Seele brannte. Er hatte vor zwei Monaten seinen Job am Uluru – er nannte ihn *The Rock,* »den Felsen« – verloren und war letzte Woche nach Sydney heimgekehrt, weil er keine andere Arbeit fand. »Meine Ma denkt, ich mach bloß 'n paar Wochen blau. Hab ihr noch nicht erzählt, dass ich arbeitslos bin. Schwierig, verstehste? Die kriegt Zustände!«

»Kann ich mir vorstellen.«

»Ich war stinksauer damals. Aber jetzt bin ich so weit okay. Seit ein, zwei Tagen pack ichs wieder.«

»Wie das?«

»Na ja, ich hör mir Limp Bizkit an, und plötzlich denk ich: scheiß drauf! Ich werd doch nicht den Rest meines Lebens Trübsal blasen, was? Hab einfach an die Wand geboxt – 'n ganz nettes Loch im Putz, ungelogen. Willstes sehen?«

»Em … nicht jetzt.«

»Blöderweise hab ich mir dabei den Zeigefingerknöchel angeknackst, guck hier! Musste zum Notarzt. Aber danach war ich im Lot. Habs aus mir rausgeprügelt.«

»Nee, ich meinte: Wie kam das da oben beim ›Felsen‹?«

»Ach, ich hatte 'n riesigen Zoff mit dem Boss. Diese hochnäsige Zicke! Du weißt ja, wie so was ausgeht.« Er starrte zu Boden. »Das Beschissene ist nur: Hier in Sydney gibts nicht viel zu tun für Bergsteiger. Ich seh laufend die Anzeigen im *Herald* durch, aber nix. Echt komisch.«

»Du findest schon noch was.«

»Yeah. Vielleicht stellt jemand in Kings Cross 'n Gebirge hin oder so.« Er lachte unfroh.

»Irgendwas wird sich bestimmt finden. Das dauert eben«, tröstete

Joyce und legte sacht die Hand auf seinen Oberarm, der sich wie Granit anfühlte. Er rückte von ihr fort. Offensichtlich misstraute er menschlichen Kontakten.

Angesichts seiner ganzen Art wurde Joyce schlagartig bewusst, wie sehr sie selbst sich verändert hatte. Kaum zu glauben, dass sie vor wenigen Jahren Kinder waren, die hier im Haus am Boden zusammen gespielt hatten. Jetzt war er einen Meter siebzig – ein zorniger australischer Macho mit dem Spitznamen »Killer«. Und sie war ... ja, was? Ein sanftes, verirrtes Wesen, ziellos und ohne Perspektiven, überall und nirgends zu Hause. Sie fühlte sich nicht mehr als Australierin. Seine Ausdrucksweise kam ihr abartig und fremd vor. Sie sprach inzwischen ein internationales, höchstens etwas amerikanisch gefärbtes Englisch. Und doch war sie weder britisch noch amerikanisch. Und schon gar keine Singapurerin! Also, was war sie dann?

C. F. Wong kam herein und verkündete, dass er die Notizen von seinen Gesprächen mit den hiesigen Fengshui-Leuten fertig durchgesehen hätte. Von ihm aus konnte es losgehen.

Brett sprang auf die Beine und warf den Tisch um. Er war Feuer und Flamme. »Wohin gehen wir zuerst? Arbeiten wir mit der Polizei von Sydney zusammen oder was? Kriegen wir 'nen Streifenwagen?«

Die beiden Besucher wagten nicht zu antworten und warfen sich nur einen Blick zu.

»Wie seid ihr hergekommen?«, fragte Brett.

»Äh ... ein Officer hat uns gefahren«, log Joyce. Dass sie den Zubringerbus zum Einkaufszentrum in Glebe genommen hatten, wirkte denn doch allzu mickrig. »Es ist ein absolut geheimer Auftrag. Die meisten Bullen hier haben keine Ahnung von uns. Unsere Kontakte laufen alle über die Führungsebene. Was die normalen Schutzleute betrifft, sind wir allein auf uns selbst angewiesen. Wir sind Geheime, falls dir das was sagt. Also, irgendwie unauffällig, ja?«

»Soll ich 'n paar *Sambos* in 'ner Plastiktüte mitnehmen? Möchten Sie eins?« Er sah Wong an.

»Was ist *Sambo?*«, fragte der Fengshui-Meister.

»Ein *Sarnie*«, erklärte Joyce, woraus Wong auch nicht klüge wurde.

Schließlich brachen die drei in Bretts altem, verbeulten Mazda 323 auf. »Der ist echt unauffällig«, lobte Joyce.

Am Telefon hatte Martina Bircka fast eine Viertelstunde lang kaum mehr als »Hm« oder »Aha« gesagt, um Wong schließlich mitzuteilen, dass die bedeutendste Fengshui-Stelle in ganz Sydney die Hafenbrücke war. »Sydney Harbour Bridge ist eine riesige, bogenförmige Struktur. Geballte Intensität, vor allem in der Mitte und unterhalb. Und ein gewaltiger Energiestrom wegen all den Fahrspuren, die mitten drüberführen. Ich weiß nicht recht, ob es gutes oder schlechtes Fengshui ist, aber das muss der Punkt mit dem intensivsten Fengshui der ganzen Stadt sein.«

Brett hatte von oben eine Ansichtskarte mit einem Foto der Brücke geholt und Wong gezeigt. »Wir nennen sie den Kleiderbügel. Sie sehen ja wieso, nicht?«

»Jawohl«, hatte Wong geantwortet, »aha, ich sehe. Bestimmt hat sie hohe Konzentration von Chi. Ohne jede Frage.«

Eine halbe Stunde später standen sie vor der Brücke. Es war ein überwältigender Anblick. Sie erhob sich fast zu hoch über die meisten Gebäude der City – ein erhabenes Gebilde, das die zwei Seiten eines wuchernden Großstadtgebiets verband. In klassischer, fast viktorianisch wirkender Pracht ragten an beiden Enden massive Stützpfeiler aus graubraunem Beton und Granit neunzig Meter in den Himmel. In krassem Gegensatz dazu stand die relative Modernität der eckigen Stahltrossen, die sich in elegantem Bogen von Pfeiler zu Pfeiler schwangen. Über die Brücke strömte reger Verkehr – acht Fahrspuren für Autos und Busse, dazu zwei Bahngleise, Fuß- und Radwege.

Sie fuhren durch die Straßen vor dem einen Ende der Brücke, überquerten diese dann und durchstreiften die Straßen am andern Ufer. Nochmals kehrten sie über die Brücke ins Zentrum zurück, bis Brett scharf wendete und wieder in nördlicher Richtung fuhr.

»Was suchen wir überhaupt?«, fragte er. »Oder gehts bloß den ganzen Tag auf der Brücke hin und her?«

»Einen Malaien, der ein neunzehnjähriges Mädchen mit sich rumzieht? Chinesin, aber mit braunen und roten Streifen im schwarzen Haar?« Vom Beifahrersitz aus beobachtete Joyce alle Fußgänger auf der linken Seite, während Wong, der hinter dem Fahrer im Fond saß, die Leute rechts von ihnen musterte. Madeleine Tsai war nirgends zu sehen!

Nachdem sie so eine halbe Stunde vergebens umhergefahren waren, bremste Brett plötzlich. »Ja, spinn ich? Ich habs. Wir suchen an der falschen Stelle!«

»Was meinen Sie?«, fragte Wong.

»Die latschen nicht hier unten auf der Brücke rum. Die sind oben! Da gibts doch diese Führung über die Toppen. Der Typ hat sie bestimmt da raufgelotst, wetten?«

Brett fuhr den Wagen an eine Stelle, von der aus sie die Spitze des Südpfeilers erkennen konnten. »Da drüben trifft man die Führer. Die nehmen die Leute dann mit rauf, über Laufstege und Leitern und so. Man kriegt einen Spezialanzug und wird angeseilt. Der Rundgang dauert mehrere Stunden. Es gibt Geländer zum Festhalten. Alle Touris machen das. Ich zeig euch, wo man sich anmeldet. Wetten, dass die da sind?«

»Aber klar«, sagte Joyce, »das ist doch ideal! Sie gehen da rauf, und er kann sie runterstoßen. Damit sie, also, du weißt schon … umkommt.«

»Ach was, die müssen so 'ne Art Rettungsanzug anziehn. Es ist echt ganz ungefährlich. Meine Ma hat das mal gemacht, an ihrem Fünfzigsten.«

Wong nickte: »Joyce hat Recht. Er kann sie zum Schein umarmen und dabei Rettungsanzug öffnen. Oder ihr Seil zerschneiden. Dann stößt er. Sie fällt. Tot. Alle glauben an Unfall. Der perfekte Mord.«

»Na, dann aber fix!«, sagte Brett. »Moment, ich glaub, man muss das wohl im Voraus buchen. Aber manche Leute kommen auch einfach so auf gut Glück her. Wir brauchen uns bloß in die Schlange stellen.«

Er parkte in der Harrington Street und führte die Besucher zu einem Gebäude in der Cumberland Street, über dessen Tür ein knallig buntes Schild verkündete: *Bridgeclimb* – Brücken-Klettertour. Obwohl ein kräftiger Wind blies, herrschte warmes, sonniges Wetter, und etliche Touristen strebten in dieselbe Richtung.

Joyce sah immer wieder auf die Uhr. »Oje! Der Freitag geht echt schnell rum. Ich hoff bloß, dass sie hier sind.«

Das waren sie.

Die drei Verfolger trafen auf einen dichten Schwarm von vierzig bis fünfzig Leuten, die vor dem Eingang mehr oder weniger geordnet anstanden. Fast sofort quiekte die junge Frau: »Da sind sie! Da! C.F., sehen Sie sie?«

»Ich sehe.«

»Eins a, Killer! Ich habs doch gewusst«, gratulierte Brett sich selbst. »Wo denn?«

»Da vorn!«, sagte Joyce und zeigte auf die Schlange. Etwa auf halbem Weg zum Kassenschalter standen zwei ostasiatische Personen, eine davon ungewöhnlich groß.

Durch ihre Haltung stachen sie von der Menge ab. Sie wirkten so gar nicht wie heitere Feriengäste, die ein Nationaldenkmal besichtigen wollten. Amran Ismail stand steif, verkrampft und aufgeregt da. Sein Brustkorb hob und senkte sich unter hektischen Atemzügen, nun, da an diesem lang ersehnten Tag die Minuten dahinschlichen. Madeleine Tsai drückte sich wie ein zerzaustes Vögelchen ängstlich an seinen linken Arm.

Brett holte tief Luft und spannte seine Brustmuskeln und den Bizeps. »Sind sie gefährlich? Ist er bewaffnet? Soll ich ihn mir vorknöpfen? Es ist der Lange da, eh?« Er begutachtete den Malaien und stieß rasch die Luft aus. »Verdammt! Ein ganz schöner Riese, was? Größer als ich.«

»Er ist echt groß«, gab Joyce zu.

Brett überlegte anscheinend, wie er sich aus der Affäre ziehen konnte. »Ich finde, wir sollten die Polente rufen. So machen wir das hier mit Mördern. Wir schnappen die nicht selber. Ich glaub, das ist sogar gesetzlich verboten.«

»Ich geh schon«, sagte Joyce, die bei Maddys Anblick verborgene Kraftreserven in sich entdeckte. »Sie hat ja keine Ahnung, wer ihr seid. Mich kennt sie.«

Sie lief zu ihrer Freundin. »Maddy! Hey, Maddy, ich bins!«

»Joyce?« Über das Gesicht der jungen Hongkongerin zog ein ungläubiges Lächeln. »Was machst du denn hier? Wie hast du uns gefunden?«

Sie wollte auf Joyce zugehen, doch Ismail hielt sie an den Schultern zurück. »Nein! Bleib stehen. *Alamak!*«

»Das ist meine Freundin Joyce aus Singapur.«

»Nichts da! Sie gehört zu denen. Zum Großen Bruder.«

»Aber sie ist doch meine Freundin«, sagte Maddy, schon etwas weniger überzeugt.

»Die steckt mit deinem Großen Bruder unter einer Decke. Woher weiß sie sonst, dass wir hier sind? Die haben überall ihre Leute. Geh nicht hin.« Joyce rief er zu: »Hau ab!«

»Joyce! Wie hast du uns gefunden?«, fragte Maddy.

»Ich …«

»Großer Bruder hats ihr gesagt«, unterbrach Ismail.

»Maddy, hör nicht auf ihn. Er lügt! Wir wollen dich retten. Trau ihm nicht, dem Gauner. Du bist in Gefahr!«

»*Alamak!* Ich sags dir«, zischte er, »sie bringt großen Ärger-*lah!* Sie will uns trennen. Sie gehört zu Jackie.«

Der Name ließ Maddy zusammenzucken. Sie duckte sich wieder unter Ismails Arm. »Jackie darf mich nicht finden!«

Hinter Joyce tauchte jetzt C. F. Wong auf.

Ismail zuckte zusammen, griff nach Maddys Arm und zerrte sie heftig aus der Schlange der wartenden Touristen. Im Eilschritt führte er sie davon.

»Halten Sie sie auf!«, flehte Joyce.

Der Fengshui-Meister blickte sie nur stumm an. Sie verglich den kleinen, dürren Geomanten mit dem hoch aufragenden *Bomo.*

»Okay, er ist ein Riese. Aber wir müssen was tun! Wir können doch nicht einfach zusehen, wie sie verschwinden.«

»Mr. Ismail, ich muss mit Ihnen reden!«, rief Wong. »Über Ihre Prophezeiungen.«

Ismail marschierte unbeirrt weiter.

»Ich kann Ms. Tsai helfen, wenn Sie wirklich wollen, dass gerettet wird«, fügte der Geomant hinzu.

Hierauf drehte Madeleine sich um und schaute Wong an, doch Ismail hielt sie umso fester am Arm und riss sie brutal mit sich fort.

Eben begann der Malaie zu rennen, als unerwartet ein Ruf ertönte. »Halt!«, schrie Brett Kilington. »Sie sind verhaftet. Pech gehabt, Kumpel.«

Ungläubig sahen McQuinnie und Wong mit an, wie der junge Mann auf Ismail und Madeleine zusprintete, gefolgt von zwei Polizeibeamten. »Das ist der Mann, Meister«, sagte Brett zu dem größeren der beiden Uniformierten. »Er hat das Mädchen gekidnappt. Nehmen Sie ihn fest. Ich hätte das selbst erledigt, aber ich wollte ihm ja nicht wehtun.« Er bemühte sich, kühl und gelassen zu wirken, doch sein Gesicht strahlte vor Stolz darüber, an einem derartigen öffentlichen Spektakel mitzuwirken. »Die beiden da hinten haben Beweise. Die gehören zu mir.«

»Oooh!«, seufzte Wong. »Ich glaube, war keine gute Idee.«

Damit sollte er Recht behalten, wie Joyce bald erkannte.

Alle vier wurden von den Polizisten in einen Kleinbus geschoben und zur Vernehmung gefahren. Es fehlte zwar jeder Beweis, dass hier ein Verbrechen vorlag, doch das schien die Beamten nicht weiter zu stören. Joyce bemerkte, dass sie dem Mann, der Anzeige erstattet hatte, ein gewisses Vertrauen schenkten, da es sich um einen regulären Bürger Sydneys handelte. Drei der vier übrigen beteiligten Personen dagegen waren Ausländer und machten überdies, gelinde gesagt, einen fragwürdigen Eindruck.

Auch auf der Wache nahm Joyce schmerzhaft wahr, wie misstrauisch man sie musterte. Irgendwie konnte sie die Beamten ja verstehen. Als Gruppe waren sie wirklich bizarr genug, um Aufsehen zu erregen, selbst ohne dass jemand sie anzeigte. Die junge Hongkongerin trug deutlich sichtbare Narben an ihren Innenarmen – eindeutig nahm sie Drogen. Der große, dunkelhäutige Mann wirkte bedrohlich, zumal er ein wenig wie die islamistischen Terroristen aussah, die man aus dem Fernsehen kannte. Der kleine alte Chinese schließlich sprach gebrochen Englisch, und man wurde nicht recht klug aus ihm. Fügte man all das wirre Gerede über einen unmittelbar bevorstehenden Tod bei einer der wichtigsten Touristenattraktionen hinzu, so ergab sich ein Gebräu, das jeden Polizisten aufhorchen lassen musste.

Auf der Wache wurden sie getrennt. Verzweifelt versuchte Joyce, einem höheren Beamten lang und breit klar zu machen, warum der lange Malaie eingesperrt gehörte. An der Miene ihres Zuhörers konnte sie ablesen, dass er ihre Angaben für wenig beweiskräftig hielt. Kurz darauf wurde sie in einem kleinen Raum von einem Officer verhört, neben dem als Anstandsdame eine Polizistin saß.

»Aha. Sie behaupten also, dass er die Absicht hat, sie zu töten.« Der Beamte war Anfang dreißig, hatte klare Gesichtszüge und eine aufrechte Haltung, sah aber müde aus und lächelte nie. Seine Augen waren blassgrau, sein Kiefer ungewöhnlich kräftig.

»Ja, sag ich doch die ganze Zeit.«

»Aber Sie haben keine Beweise dafür.«

»Er hat massenhaft Lebensversicherungen auf sie abgeschlossen.«

»Meine Frau hat mein Leben auch versichert. Heißt das, dass sie mich umbringen will? Da wär ich schon ein bisschen sauer.«

»Natürlich nicht. Das ist ganz was anderes. Aber der Typ ist schlecht. Wirklich!«

Der Officer seufzte. Er hieß Denton Gallaher, und soeben war er zum zweiten Mal bei der Beförderung übergangen worden. Entnervt klopfte er mit den Fingern auf die Schreibtischplatte, als ob er sich nach einer Zigarette sehnte.

»Okay, gehen wir noch einmal etwas zurück. Wie hat er ihren Tod geplant? Ich hab Ihre Geschichte beim ersten Mal nicht so ganz verstanden. Mit übersinnlichen Mitteln, stimmts?«

»Er glaubt, dass sie heute sterben muss. Er ist doch ein *Bomo,* so was wie ein Hellseher. Jetzt wartet er also, dass es eintrifft.«

»Und wie soll sie seiner Vorhersage nach sterben? Mit dem Laserstrahl erschossen von irgendwelchen bei uns gelandeten Außerirdischen? Durch Selbstentzündung? Von einem Monsterhai gefressen, der aus dem Hafen von Sydney geradewegs bis auf die Brücke springt? Altersschwäche kommt wohl eher nicht in Betracht, was?«

»Er hat bloß gesagt, dass sie sterben muss, aber nicht wie. Wir wissen das auch nicht. Vielleicht bringt jemand sie um. Oder sie … stirbt ganz einfach.«

»Sie glauben ihm, nicht wahr?«

»Also … ja, ich denk schon.«

»Sie klingen aber nicht sehr überzeugt. Eben haben Sie gesagt, dass er ein übler Bursche ist. Wieso sollten Sie ihm glauben? Er lügt womöglich, stimmts?«

»Wir haben ihr Schicksal von verschiedenen Leuten checken lassen, meinen Boss eingeschlossen. Alle haben dasselbe gesagt.«

»Der ältere chinesische Herr?«

»Genau. Er hat wie alle andern festgestellt, dass heute ein echt mieser Tag für sie ist.«

»Tja, da hat er wohl Recht. Ich verrate Ihnen was, und zwar ganz ohne Kristallkugel: Auch für mich ist heute ein verdammt mieser Tag.« Gallaher lehnte sich zurück und klopfte mit einem Kugelschreiber gegen seine strahlenden Schneidezähne.

»Hören Sie zu: Ich hab Sie nicht gebeten, ihn zu verhaften!«, sagte Joyce, die allmählich in Wut geriet.

»Nein, das ist Ihr Vetter gewesen.«

»Egal. Meine Idee wars nicht.«

»Und was sollten wir Ihrer Meinung nach tun?«

»Uns rauslassen, damit mein Boss ihr Leben schützen kann.«

»Also, Sie finden, dass ich Sie alle einfach laufen lassen soll?«

»Nee. Der Typ aus Malaysia muss hier bleiben. Amran Ismail, ja? Den müssen Sie einsperren, sei es auch bloß für einen Tag. Oder wenigstens bis zum Ende von heute. Denn dann ist Maddy sicher. Dann ist der gefährliche Zeitpunkt vorbei.« Noch während sie sprach, merkte Joyce, wie dämlich sie sich anhörte. Sie war über sich selbst verwundert. Wie hatte ein aufgeweckter, skeptischer, vorlauter Teenie sich in eine derart klägliche Figur verwandeln können? Sie klang ja wie eine abergläubische Kaffeetante, die herumlief und Schreckensmärchen über irgendwelche Jahrmarktswahrsagereien verbreitete!

Gallaher lehnte sich wieder zurück. »Jetzt hören Sie mir mal zu, junge Dame! Wir befinden uns in Australien. Ich dachte, Sie hätten als Kind auch hier gelebt. In diesem Land sperren wir niemanden ohne Beweise ein, selbst wenn er uns noch so verdächtig vorkommt. So läuft das hier bei uns.«

»Also wollen Sie ihn freilassen?«

»Allerdings! Ich lasse ihn höchstwahrscheinlich gehen. Wir überprüfen noch ein paar Daten, aber nach unseren bisherigen Erkenntnissen sind Mr. Ismail und Ms. Tsai reguläre Reisende, die zu einem völlig legalen Zweck hergekommen sind, nämlich sich als Touristen bei uns umzusehen. Die beiden haben nichts verbrochen, und es gibt keinerlei Beweis dafür, dass sie etwas Derartiges vorhatten. Sie wollten die Hafenbrücke besichtigen, was Touristen sehr zu empfehlen ist und unsere Wirtschaft fördert. Wenn es nach mir ginge, sollte der Besuch allen Fremden zur Pflicht gemacht werden.«

Eine unglückliche, verlegene Joyce blickte sich verzweifelt nach Hilfe um. Der Raum hatte keine Fenster. Die halb offen stehende Tür zog ihren Blick an, aber niemand ging vorbei. Sie schaute nach rechts, wo die Polizistin saß und sich schweigend Notizen machte. Joyce war zutiefst frustriert, weil es ihr nicht gelang, ihre Ängste verständlich mitzuteilen.

Dann schlug ihre Stimmung unversehens in Zorn um. »Okay, lassen Sie ihn nur laufen! Das werden Sie noch bereuen, wenn Sie morgen in der *Sydney Morning Post* lesen, dass eine junge chinesische Touristin umgebracht worden ist.«

»*Herald* heißt es, *Sydney Morning Herald.* Stimmt, so eine Schlagzeile würde ich wohl lieber nicht zu Gesicht bekommen, weder in dieser noch in einer anderen Zeitung. Es gibt jedoch kein Anzeichen dafür, dass Mr. Ismail seiner Verlobten etwas antun will. Seine Aussagen sprechen dagegen, und er klingt durchaus vernünftig. Sehr viel vernünftiger als Sie und Mr. Wong! Die junge Frau selbst hat ja nicht viel gesagt, aber es war unverkennbar, dass sie sich jedes Mal, wenn wir sie von Mr. Ismail trennen mussten, extrem ängstlich und unsicher fühlte. Während Sie und Ihr Mr. Wong uns eine krause Geschichte aufgetischt haben. Na, und dieser Mr. Kilington ist meiner unmaßgeblichen Meinung nach ein alberner Kerl – der trägt wohl noch im Bett seine Buschklamotten. Nicht gerade umwerfend, oder?«

»Also unternehmen Sie nichts? Lassen uns bloß alle laufen?«

»Das hab ich nicht gesagt. Ich habe nur gesagt, dass Mr. Ismail gehen kann. Und seine Braut. Es tut mir aufrichtig Leid, dass ich einen Teil ihrer Urlaubszeit vertan habe. Sie haben keinerlei Schaden angerichtet. Was man von Mr. Wong, Mr. Kilington und Ihrer geschätzten Person nicht behaupten kann. In Australien gilt es als schwerer Verstoß, die Zeit der Polizei unnötig zu strapazieren, ist das klar? Besonders in meiner Abteilung, wo wir dank der knickerigen Regierung geradezu kriminell unterbesetzt sind. Und am allerschwersten, wenn es sich bei demjenigen, dessen Zeit hier verplempert wird, um mich handelt. Ich bin nämlich ein verdammt ungeduldiger Hund, der es nicht ausstehen kann, wenn ihn irgendwelche beknackten Idioten an der Nase rumführen! Hab ich mich deutlich genug ausgedrückt?« Während dieser Ansprache war seine Stimme ständig höher und lauter geworden, und die letzten Worte stieß er mit kaum unterdrückter Wut hervor.

»Ja«, sagte Joyce kleinlaut. Plötzlich ergriff sie panische Furcht. Sie wagte kein Wort mehr zu sagen, saß nur da, krümmte sich und wartete, dass er weiterredete. Doch er schwieg. Er schien sich an ihrer Angst zu weiden.

Langsam erhob er sich, wanderte zwei Minuten lang im Kreis und nahm dann wieder Platz.

»Ist Ihnen klar«, flüsterte er, während er sein Gesicht ganz nah zu ihr beugte, »dass ich Sie für das, was Sie hier anstellen, auf unbegrenzte Zeit einlochen lassen kann?«

»Ahem!« Die Beamtin räusperte sich. Die körperliche Annäherung ihres Vorgesetzten an die junge Frau, die er verhörte, erschien ihr offenbar vorschriftswidrig.

»Was ist – haben Sie Halsschmerzen?«, schnauzte Gallaher sie an.

»Sie ist noch minderjährig, unter achtzehn«, sagte die Polizistin. »Machen Sie es ihr nicht so schwer. Eigentlich müssten wir eine Sozialarbeiterin hinzuziehen.«

»Das hier ist nicht amtlich. Nur ein kleiner Schwatz.« Gallaher drehte sich wieder zu Joyce und sagte, immer noch sehr leise: »Ich geh jetzt einen Tee trinken. Dabei überleg ich mir, wie es weitergeht. Ich an Ihrer Stelle würde ein Gebet sprechen. Ich würde den lieben Gott darum bitten, dass dem netten Officer Gallaher der Tee schmeckt. Dass der Tee seine Stimmung hebt. Denn wenn er meine schlechte Laune, die ich Ihnen verdanke, nicht vertreibt, dann könnte es ziemlich übel aussehen für Sie, Mr. Wong und Mr. Kilington!«

Er stürmte hinaus.

Joyce brach in Tränen aus. »Ich will heim!«, schluchzte sie.

Die Polizeibeamtin reichte ihr ein Papiertaschentuch.

Zwei Stunden später entließ man C. F. Wong, Joyce McQuinnie und Brett Kilington. Anklage wurde nicht erhoben. Es hatte auch keine weiteren Vernehmungen gegeben. Sie waren offenbar nur zur Strafe für die unnütz in Anspruch genommene Dienstzeit der Polizei so lange hingehalten worden. Zum Abschied hatte Gallaher ihnen nochmals eine strenge Predigt gehalten: Falls sie noch einmal auch nur im Geringsten die Gesetze übertreten sollten – »und das gilt auch fürs Überqueren einer Straße Sekunden nach dem Blinken des grünen Lichts« –, würden sie kassiert und mit einer ganzen Reihe von Straftaten belastet, die er für diesen Zweck parat hatte.

Wong trat auf die Straße hinaus und sog in tiefen Zügen die kühle, erfrischende Luft Sydneys ein. Seiner Meinung nach war ihr Erlebnis auf der Polizeiwache erstaunlich glimpflich verlaufen. Während die Verhöre die noch immer schluchzende Joyce offensichtlich traumatisiert hatten, fand der Geomant die Erfahrung faszinierend und sogar erheiternd. In Singapur hatte er als Berater oft lange Stunden in den Amtsräumen der Polizei zugebracht, doch hier war er nun zum ersten Mal seit langen Jahren wieder auf der anderen Seite des Gesetzes vorgeladen worden.

Es mochte an die dreißig Jahre her sein, als er in einer Kleinstadt unweit von Guangdong ein paar schreckliche Tage lang vor korrupten Kadern des *Gong'anju* – des Amts für Öffentliche Sicherheit – über einen Streitfall seiner Eltern mit ihren Nachbarn aussagen musste. An Einzelheiten erinnerte er sich nicht. Doch er konnte nie das Gefühl absoluter Hilflosigkeit vergessen, das die Beamten ihm vermittelten. Diese Leute besaßen die Macht, nach Belieben Existenzen zu zerstören, und sie machten das auch jedem, der ihnen in die Finger fiel, überdeutlich klar. Sie ließen es aber keineswegs beim finanziellen oder gesellschaftlichen Ruin einer Person bewenden, sondern scheuten sich nicht, Individuen, die ihnen nicht in allem gefügig waren, körperlich zu verletzen, zu verstümmeln oder zu töten. Am fürchterlichsten war jedoch das Böse in ihren Gesichtszügen: Je höher der Rang eines *Gong'anju*-Kaders, desto weniger Menschlichkeit lag in seinem Blick.

Welch ein Unterschied zu den australischen Polizisten! Zwar waren dies große, durchtrainierte, stahlharte Männer, die sogar ein wenig einschüchternd wirken konnten. Aber während des ganzen Verhörs war Wong klar, dass sie sich an die Regeln hielten. Er spürte unterschwellig, dass ihre Arbeit letztlich aufs Sammeln von Beweismaterial und auf Wahrheitsfindung abzielte – zwei Faktoren, die für jene Beamten in China, die ihn damals festgenommen hatten, von keinerlei Interesse gewesen waren. Und wie höflich die Australier waren: Sie schlugen nicht, spuckten nicht, fluchten nicht, drohten nicht entsetzlich mit Folter und Tod. Wie um alles in der Welt bekam man in Australien je ein Geständnis aus jemandem heraus?

In China dagegen gelang es den Polizisten, mit denen er zu tun gehabt hatte, fast immer, Geständnisse zu erwirken – ob sie nun den wahren Täter verhaftet hatten oder nicht. Es kümmerte sie auch nicht weiter. Gerichtsverfahren waren kurz und von vornherein abgestimmt. Im Fehlen einer verbindlichen Rechtsprechung sah Wong den größten Fluch Chinas. So konnte Korruption gedeihen und die Leute in Angst und Schrecken halten. Wieder sah er die schmalen Schweinsäuglein des leitenden *Gong'anju*-Kaders in Guangdong vor sich. Nie hatte er bei einem Menschen eine derart grauenhafte Kälte erlebt – bis ihn Jahre später in Hongkong in seinem dortigen Büro Triaden-Mitglieder besuchten. Doch das rief andere unerquickliche Erinnerungen in ihm wach.

Der Geomant schüttelte sich fröstelnd und lenkte seine Gedanken bewusst in eine andere Richtung. Sie mussten ihre Mission neu planen.

»Was machen wir jetzt?«, fragte Joyce.

»Ja«, sagte Wong. Auch er fragte sich, wie es weitergehen sollte.

»Ich will heim!«

»Jawohl.«

Ihre Augen waren noch immer feucht, und sie konnte nicht aufhören zu schnüffeln. »Wenn Sie die Tickets bezahlen, krieg ich meinen Paps rum, dass er Ihnen das Geld nach unserer Rückkehr erstattet.«

»Ich überlege.«

»Nicht doch! Ihr könnt jetzt nicht einfach abziehen. Wir müssen ein Mädchen retten, habt ihr das vergessen?«, warf Brett ein. Anders als die beiden Besucher aus Singapur war er nach wie vor in Hochstimmung. Seine Rolle bei der Verhaftung an der Hafenbrücke hatte ihn begeistert, trotz der plötzlichen und unverständlichen Wendung, mit der die Polizei die Guten zu Schurken und die Bösen zu Unschuldslämmern erklärte. Außerdem waren die fast drei Stunden auf der Wache für ihn eine Sensation gewesen. Wichtige uniformierte

Persönlichkeiten hatten ihm ernsthaft zugehört. Und zwar nicht etwa bei irgendeiner entlegenen Außenstelle, sondern auf der Hauptwache im Herzen Sydneys! Er war an einem echten menschlichen Drama beteiligt. Nach zwei Monaten Arbeitslosigkeit tat es ihm unendlich wohl, wieder einmal dazuzugehören.

»Also, was machen wir? Wir schnappen sie uns allein, was, Leute? Wenn die Bullen das nicht tun, müssen wir eben selbst ran und sie festnageln. Und dann Beweise sammeln, stimmts?« Er blickte die beiden fragend an.

»Nee, ich bin fix und fertig«, sagte Joyce, noch immer weinerlich. »Ich will nach Hause.«

»Ich hab auch ganz schön Kohldampf. Hätt ich bloß die *Sambos* mitgebracht. Mögt ihr nicht wo was essen? Pommes? Heiße Würstchen?«

»'ne schöne Tasse Tee«, sagte Joyce, »das wärs jetzt für uns. Für mich jedenfalls. In irgend'ner ruhigen Ecke, weit weg von Verbrechern aller Art.«

»Tasse Tee klingt echt gut«, stimmte Brett zu. »Wir zwei sind eben doch Verwandte.« Er legte Joyce seinen Arm um die Schultern. Ihre Augen weiteten sich vor Schreck.

An der George Street fanden sie ein Café. Wong wollte etwas spazieren gehen, versprach aber, in einer halben Stunde zurück zu sein. Er borgte sich Bretts Handy aus. »Wenn Sie Problem haben, rufen Sie mich an. Komme sofort.«

Der Geomant beschloss, zu einer kleinen Gartenanlage zu gehen, die er bei seinem Morgenspaziergang gesehen hatte. Er meinte, er würde sie von hier, wo er stand, leicht wieder finden. Doch nach sieben Minuten vergeblicher Suche sah er sich nach einem anderen Winkel um, wo er sich hinsetzen und nachdenken konnte.

Kurz darauf entdeckte er das passende Fleckchen: eine grasbewachsene Anhöhe unter einem Baum mitten in einem Park, den ein Schild als »The Domain« auswies. Die Straßen waren weit genug entfernt. Sie bildeten einen »Umarmenden Pfad«, der dem Platz Energie zuführte, ohne ihn völlig damit zu überschwemmen. Ein idealer Ort für Entscheidungen!

Sollten sie nach Singapur zurückfliegen oder hier bleiben? Was er selbst am liebsten tun würde, wusste er genau: so rasch wie möglich zum Flughafen und die nächste Maschine ins gefahrlose, langweilige, sichere Singapur nehmen! Australien war ihm gar zu hektisch – hier hatte er zu viele unvorhersehbare, schwierige Dinge zugleich zu bewältigen. Es war nur logisch, dass sie auf der Stelle abreisen sollten!

Er erinnerte sich an die wunderbare Lektion über die Notwendigkeit des »Nicht-Eingreifens« im klassischen Buch *Zhuangzi*[19]. Feuer, schrieb der Weise, ist sein eigener Feind. Es verzehrt sich selbst. Auch der Zimtbaum wächst zu einem so köstlichen Gewürz heran, dass er abgehauen und verarbeitet wird. Als der weise Zhuang Zhou darüber reflektierte, wie doch in vielen mächtigen Dingen bereits der Keim zu ihrer eigenen Zerstörung lag, wurde er betrübt. In jener Nacht träumte er von einem heiligen chinesischen Eichbaum, dessen Holz unter Zimmerleuten als unbrauchbar galt und daher nie für Bauzwecke verwendet wurde. Im Traum sagte der Baum zu dem Weisen, er habe viele tausend Jahre damit zugebracht, sich vollkommen nutzlos zu machen. »All die anderen Bäume im Wald werden geschlagen, ich aber nicht«, sagte der Baum. »Droht von allen Seiten Gefahr, so besteht die einzig nützliche Eigenschaft darin, gänzlich nutzlos zu sein.«

Die Lehre schien klar: Wenn das Endziel darin bestand, das Leben zu erhalten, durfte man weder zu böse noch zu gut sein. Die Bösen fanden rasch ein übles Ende – doch auch Helden drohte oft dasselbe Schicksal. Am besten war man keins von beidem.

Warum also hatte er nicht sofort in die Abreise eingewilligt, als Joyce sie vorschlug? Er horchte in sich hinein, um zu ergründen, wo sein emotionaler Widerstand gegen diesen Schritt lag. »Weil ich weiß!«, sagte er laut. »Ich weiß, was der *Bomo* vorhat und wohin er jetzt geht.«

Er dachte zurück an die Fahrt im Polizeibus von der Hafenbrücke zur Wache. Unterwegs hatte Wong bemerkt, wie Amran Ismail plötzlich draußen etwas sah, das ihn zu fesseln schien. Der große Mann beugte den Kopf zur Seite und starrte unverwandt hinaus. Wong folgte seinem Blick, und da sah er es auch.

Beide Mystiker waren wie gelähmt.

Dort stand in einiger Entfernung ein Gebäude mit ungeheuer geballtem – und zwar lauter negativem – Chi. »*Waaah!*«, hatte Wong leise geseufzt.

Es war ein massives Bauwerk auf einer Plattform, die offenbar scharf ins Wasser vorstieß. Wong hatte es schon früher, als sie über die Brücke hin- und herkreuzten, flüchtig wahrgenommen, nun aber konnte er es ausgiebiger betrachten. Eindeutig stand es auf einem Sockel, der in den Hafen ragte. Merkwürdigerweise schien es vornüberzukippen. Wong hatte noch nie etwas Ähnliches gesehen: Es glich einem gewaltigen Stapel Schüsseln, der umstürzte, jedoch in dem Moment, da er zu Boden fallen musste, fixiert worden war. Enorm hohe, gebogene, muschelförmige Wände erhoben sich fast senkrecht in den Himmel. Sie waren in einer Art Rapport angeordnet, als ob der Stapel sich zu einer Seite neigte und jede einzelne Schüssel sich selbstständig bewegte, ehe das Ganze scheinbar in sich zusammenfiel.

Als Gebäude würde es ohne jeden praktischen Nutzen sein. Die scharfen Kurven mussten die Raumgestaltung in den oberen Stockwerken extrem erschweren.

Am schlimmsten aber war das schneidende Chi. Es war der grässlichste Albtraum eines Fengshui-Meisters. Eine Reihe spitzer Winkel stieß tief ins Innere, gleichsam als würden Messerstiche oder Axthiebe auf die dort anwesenden Menschen zielen. Das Fengshui dieses Bauwerks musste absolut zerstörerisch sein! Wong zweifelte keinen Moment, dass jeder, der sich länger darin aufhielt, enormen Aufruhr, Streit und Zank zu erdulden hatte, wenn nicht gar Krankheit oder Tod.

Als die Ampel auf Grün schaltete und der Polizeibus weiterfuhr, beobachtete Wong, wie Ismail den Kopf reckte, um das gespenstische Gebäude im Visier zu behalten. Der Malaie war zwar kein ausgebildeter Fengshui-Experte, doch als Mystiker spürte er gewiss, dass jenes abscheuliche Ding am Ufer sich als idealer Ort für Madeleine Tsais Verhängnis anbot. Wenn irgendwo in Sydney einem Menschen Unheil zustoßen konnte, dann dort.

Hier nun steckte Wongs Dilemma. Seiner Einschätzung nach war es fast hundertprozentig sicher, dass Amran Ismail, nachdem er aus der Polizeiwache entlassen worden war, mit Madeleine Tsai direkt zu dem monströsen Gebilde eilte, das seinen Blick so magisch angezogen hatte.

Die nächste Frage lautete: Da er, C. F. Wong, wusste, wo Ms. Tsai sich mit großer Wahrscheinlichkeit aufhielt – war es also an ihm, sie zu retten? Nein, dazu war er keineswegs verpflichtet! Niemand hatte ihn beauftragt.

Es war seiner eigenen freien Entscheidung überlassen, was als Nächstes geschah. Was kam für ihn dabei heraus, wenn er freiwillig blieb? Nun ja, falls er Madeleine fand und womöglich rettete oder zumindest ein wenig unterstützte, hatte er einiges zu gewinnen. Er malte sich aus, wie den beiden auf ihrem Weg zu dem abstrusen Bauwerk ein Verkehrsunfall drohte und er, der ihnen in geringem Abstand folgte, Ms. Tsai im letzten Moment zurückriss. Sollte es zeitlich überhaupt noch möglich sein, so lag ihm daran, sie abzufangen, ehe sie den grausigen Bau erreichten. Nie im Leben würde er ihn selbst betreten oder sich auch nur in seine Nähe wagen.

Der springende Punkt war nun aber folgender: Das Schicksal bot ihm die Chance, einer sehr, sehr wohlhabenden Person zu helfen. Man würde sich sicher erkenntlich zeigen. Die Belohnung dürfte mehr als großzügig ausfallen. Der alte Tsai würde selbstverständlich auch alle Auslagen vergüten. Hier war ein Vermögen zu verdienen!

Wenn sie aber jetzt heimflogen? Da sah es freilich anders aus. Er musste neue Tickets bezahlen. Selbst wenn Joyce' Vater ihm die Summe später erstattete, war er vorerst sein ganzes Bargeld los. Nächste Woche schickte Susan Leong vom Reisebüro ihre Rechnung. Kein Mensch würde ihm diese Kosten für ein erfolglos abgebrochenes Unternehmen ersetzen. Hinzu kam das Hotel, das er im Voraus bar bezahlt hatte. Seine gesamten Einnahmen dieser Woche – das Honorar von Mrs. Mirpuri – würden draufgehen. Der Gedanke verursachte ihm körperliche Schmerzen.

Also, was nun? Blieben sie noch eine Nacht, so bestand eine gewisse Aussicht, von Tsai Tze-ting etwas Geld zu bekommen. Und selbst wenn es ihnen nicht gelang, das Mädchen zu retten, brauchte er wenigstens nur ihre beiden Billigflüge zu bezahlen. Wer weiß, vielleicht ließ sich Joyce' Vater überreden, die Kosten zu übernehmen? Eventuell auch fürs Hotel? Schließlich war dieser ganze Ausflug die Idee seiner albernen Tochter gewesen! Falls Joyce' Vater zahlte, blieb der größte Teil des Mirpuri-Honorars als Einnahme intakt. Und wenn die Zahnärzte ihn so großzügig honorierten, wie er hoffte, konnte es doch noch eine gute Woche werden.

»Wir bleiben!«, entschied er. »Führen die Aufgabe zu Ende.«

Die folgenden zwei Stunden verbrachten sie in hektischer Aktivität, die wieder einmal zu nichts führte.

Anfangs war Joyce bestürzt gewesen, dass Wong nun doch in Sydney bleiben wollte. Seine Andeutung, dass ihn hauptsächlich finanzielle Gründe dazu bewogen, brachte sie noch mehr auf.

»Seit Jahren warte ich, dass Mann wie alter Tsai mir Dank schuldet. Jetzt ist gekommen. Ich kann Gelegenheit nicht verpassen«, hatte er gesagt.

»Ach so, die Tussi ist 'ne Kiesgrube«, hatte Brett bemerkt. »Sieh mal einer an!«

Beleidigt hatte Joyce verkündet, dass sie ab sofort in Streik trat. Sie weigerte sich kategorisch, ihn weiter auf der Suche nach Madeleine Tsai und Amran Ismail zu begleiten – zu Wongs größtem Vergnügen.

»Ich geh ins Hotel«, nörgelte sie. »Oder … auch nicht.« Ihr fiel ein, dass die Triaden-Typen ja wussten, wo sie abgestiegen waren. »Vielleicht geh ich in ein anderes Hotel, unter falschem Namen. Was soll ich bloß tun? Können Sie mir nicht ein Zimmer buchen und bezahlen?«

»Hey, hier in Australien kannst du so 'nen Quatsch nicht machen«, unterbrach Brett, der sich die Zeit damit vertrieb, Plastikgabeln des Cafés zu zerbrechen. »Hier gibts Vorschriften, ja? Beim Einchecken in Hotels musst du deinen Pass oder Ausweis zeigen. Falsche Namen sind nicht erlaubt. Dafür können sie dich sogar hoppnehmen.«

Joyce schniefte. »Egal. Aber ich helf ihm trotzdem nicht weiter. Das ist so was von gefährlich! Ich werd am Ende noch umgebracht. Mir stinkt dieser Job allmählich: Triaden, Polizei – alles total ekelhaft. Ich hab bei 'nem Steuerberater gejobbt, das war echt nett. Da passiert nie was.«

»Ich möchte nicht, dass Sie umgebracht werden«, versicherte Wong. »Ich gehe allein und suche Ismail. Kein Problem. Nicht nötig, dass Sie mitkommen.«

»Ich habs!«, sagte Joyce plötzlich ganz munter. »Ich geh zu Tante Susilla. Wenn die Gangster mich da finden, beschützt du mich, Brett, nicht? Hast du 'ne Knarre?«

Brett sah sie an. »Möglich. Aber tut mir Leid. Ich geh mit Mr. Wong. Er braucht mich. Stimmts, Mr. Wong?«

»Ähm …«, sagte der Geomant.

»Das hier ist Männersache – 'ne junge Frau aus den Klauen übler Kerle befreien.« Brett zerbrach einen Löffel und warf ihn über die Schulter, wo er in dem doppelten Cappuccino eines anderen Gastes landete.

»Eine Jungfrau in Bedrängnis«, zitierte Wong sein Englisch-Lehrbuch.

»Aber ich brauch Schutz«, bettelte Joyce, »das ist auch Männersache. Ich mag nicht allein rumhocken. Jemand soll sich um mich kümmern. Seid ihr denn keine Gentlemen? Ich bin doch ein minderjähriges Mädchen. Ihr solltet euch drum reißen, wer mich beschützen darf.«

»Yeah, yeah, yeah! Aber ich kann meine Kräfte nicht als Kindermädchen vertun. Ich weiß, wo ich gebraucht werde. Für die Verfolgung von diesem Scheißkerl braucht ihr 'nen Mann, 'nen australischen Mann. Mr. Wong kennt sich hier nicht aus. Englisch spricht er auch nicht – jedenfalls nicht so, dass ihn wer versteht. Du hast bloß eine Wahl, Jo.«

»Und?«, fragte sie beschämt.

»Geh zur Polizei. Sag, dass du in Gefahr bist. Bitte um Schutz. Da gehst du auf Nummer sicher.«

»Als ob! Danke bestens«, sagte sie hastig. »Ach Mist! Dann komm ich eben mit. Aber es darf garantiert nicht gefährlich werden. Ich will nicht, dass mich einer umbringt. Pappi wäre also echt sauer auf mich. Absolut!«

»Ich auch«, seufzte der Geomant. »Darf mein Honorar nicht riskieren.«

Brett tätschelte sie zu ihrem Verdruss am Kopf: »So gefällst du mir schon besser! Ich weiß, dir geht das alles ein bisschen auf den Geist. Aber es wird bestimmt 'n Mordsspaß. Wozu willst du rummaulen wie 'ne alte Heulsuse. Da verpasst du bloß das Beste.«

Als sie aus dem Café ins helle Nachmittagslicht traten, entdeckte Wong einen Laden, in dessen Schaufenster sich Bücher türmten. Er bat Joyce und Brett, einen Moment zu warten: Er wolle sich nach einem großen, hässlichen Gebäude erkundigen.

Er trat ein und zeigte auf eine Ansichtskarte. »Wie heißt?«, fragte er eine Verkäuferin.

»Das da? Das ist doch das Opernhaus!«

»Oprahs Haus?«

»Yep.«

Er überlegte kurz. »Ich hab im TV gesehen. In Singapur. Ich bin aus Singapur. Auf Besuch.«

»Willkommen in Sydney! Suchen Sie nach einem bestimmten Buch?«

»Ich will Buch über Oprah.«

»Alles klar.« Die Frau legte ihm die Autobiografie der amerikanischen Talkshow-Moderatorin vor. Er blätterte den Band durch, fand aber zu seiner Enttäuschung keine Bilder des Hauses.

»Haben Sie Buch mit Foto von ihrem Haus? Oder nur Postkarte?«

»Ich fürchte nein. Außer es gibt in ihrem Buch irgendwelche Abbildungen.«

»Ich brauche Grundriss von Oprahs Haus. Ihr Haus in Sydney.«

Leicht beunruhigt wich die Verkäuferin in Richtung Chefbüro zurück.

Ein frustrierter Wong näherte sich bereits dem Ausgang, als er zu seiner Freude auf einem Tisch bei der Tür einen Bildband mit dem schrecklichen Gebäude auf dem Schutzumschlag liegen sah. Nach einigen Rückfragen bei einer anderen Verkäuferin führte ihn diese zu einem Regal, in dem diverse Bücher über das Bauwerk standen. Er kaufte einen Band, der nicht nur Fotos, sondern auch Grundriss- und Umgebungsskizzen und die ausführliche Geschichte des Hauses enthielt.

Draußen vor der Buchhandlung ließ er die beiden anderen wissen, was er von dem Opernhaus hielt. Als er von dessen miserablem Fengshui sprach, war Brett erst einmal beleidigt.

»Boh! Das ist ein Aussie-Heiligtum, Kumpel! Vielleicht das höchste in ganz Australien. Sagen Sie andern Leuten lieber nichts Schlechtes drüber. Nicht alle sind so relaxed wie ich, klar? Die Oper mies machen! Junge, dafür kann man Sie heutzutage vermutlich einlochen. Lassen Sie so was bloß nicht Officer Gallaher hören. Der reißt Sie in Stücke. Der dreht durch!«

Der Fengshui-Meister verstand wenig von Bretts Rede, nickte nur und bat, zum Wagen zu gehen. Der junge Mann fuhr zu einem Parkplatz an der Circular Quay East Street.

Nach kurzem Fußmarsch standen sie auf dem Gelände der Oper. Beim Näherkommen stockte Wongs Atem. »*Waaah!*«, stöhnte er. »So seltsam! So … fürchterlich.«

Er weigerte sich, auch nur einen Schritt weiter als bis zum Wärterhäuschen am Tor der zentralen Auffahrt zu gehen. »Ich warte. Sie gehen und suchen, bringen sie zu mir. Wenn sie hier vorbeikommen, versuche ich zu stoppen.«

Joyce und Brett umrundeten das Opernhaus, was über vierzig Minuten kostete. Sie prüften jeden Tisch in sämtlichen Cafés und Bistros – es gab mindestens fünf Lokale. Sie durchstreiften im Gebäude den öffentlich zugänglichen Bereich, spähten aber auch in Aufführungssäle, die zum Teil leer standen. Schließlich schlug Joyce vor, den ganzen Weg noch einmal abzugehen.

Ihr Vetter schüttelte den Kopf. »Wenn wir zusammenbleiben, dauert das zu lange. Besser, wir suchen getrennt und treffen uns in dreißig bis vierzig Minuten an dieser Stelle wieder. Ich hab ja mal hier gearbeitet. Die Oper hat über tausend Räume!«

»Ich bleib aber nicht allein«, quengelte Joyce. »Hinter mir sind bewaffnete Gangster her! Ich mag keine Revolverhelden. Wieso hast du deine Knarre nicht dabei?«

»Empfiehlt sich nicht in Australien.«

Nochmals durchsuchten sie die größeren Restaurants. Gegen halb fünf gab Joyce die Hoffnung mehr oder weniger auf – keine Spur von Maddy! Falls sie überhaupt hier war, hatte Ismail sie so gut versteckt, dass man sie irgendwo in den Büros, Proberäumen oder Garderoben aufstöbern musste, wozu man einen Durchsuchungsbefehl brauchte. Natürlich würde ihnen niemand ein solches Dokument ausstellen.

Sie kehrten zum Wärterhäuschen zurück. Wong stand davor und starrte noch immer furchtsam das winklige Opernhaus an.

Brett bat ihn: »Sie müssen uns helfen! Die Kleine will nicht von mir weg. Wir latschen bloß immer rum und lassen uns die Typen noch durch die Lappen gehen. Wenn wir in einer Richtung suchen und Sie in der andern, könnten wir sie abfangen.«

»Nein. Kann ich nicht. Dieses Gebäude ist ganz schlecht. Der Entwurf sieht aus wie zerbrochene Reisschalen. Das ist schlimmstes Symbol. Ganz ungünstige Vorbedeutung.« Er wich zurück. »Kann ich nicht«, wiederholte er, »kann nicht!«

Warum war der Malaie nicht hier? Hatte er, Wong, sich getäuscht? Vielleicht hatte Ismail ja doch nur das Wahrzeichen von Sydney angestarrt, ohne ausdrücklich zu planen, dass Madeleine dort umkommen sollte. Wieso war ihm selbst eigentlich dieser Gedanke gekommen? Weil das Opernhaus entschieden mehr Dramatik ausstrahlte als die Brücke! Man hatte das Gefühl, dass es sich drehte wie ein mobiles Objekt. Wirbelndes Chi in erstaunlich geballter Konzentration war die Folge. Die Uferposition des Bauwerks steigerte seine negativen Faktoren, wie die Karte im Buch deutlich zeigte. Es stand auf Bennelong Point an der Spitze einer Landzunge, die direkt ins Wasser vorstieß und so die natürliche Strömung im Hafen der Stadt – die Hauptquelle ihres Wohlstands – abrupt hemmte. Die nautische Fahrrinne zwischen Sydney Cove und Farm Cove wurde durch den Sockel, der das monströse Gebäude trug, unterbrochen.

Brett war noch nicht überzeugt. »Das Opernhaus wird vergöttert, Mann! Da kann es doch kein solcher Mist sein, wie Sie behaupten.«

Nun trat Wong ein wenig zurück. Er wollte die Konstruktion im Ganzen überblicken, um sich ein Urteil über die Absichten des Architekten zu bilden.

Joyce folgte ihm. »Ich geh mit, ich geh mit! Immer wenn ich 'nen jungen Chinesen seh, denk ich, das muss Jackie Sum sein. Ich hab ja keine Ahnung, wie der aussieht.«

Während Wong sich entfernte, veränderte sich plötzlich sein Gesichtsausdruck.

»Aha!«, sagte er und begann zu lächeln.

»Was denn?«, fragte Joyce.

»Da! Jetzt sehe ich.«

»Sie meinen, was der Architekt im Sinn gehabt hat?«

»Nein. Ich sehe Mr. Ismail.«

Während der nächsten zehn Minuten kam es zu einer kleinen Auseinandersetzung zwischen Wong und Brett.

Irgendwie war es Amran Ismail gelungen, Madeleine Tsai auf eins der parabolisch gekrümmten Dächer des Opernhauses zu locken. Wie er das geschafft hatte, war ihnen ein Rätsel. Man sah weder Geländer noch Stege oder Leitern, auf denen Leute von unten aus bis vor die Nischen unter den Überhängen klettern konnten. Keinerlei Türen führten aufs Dach. Der Zutritt zu den oberen Etagen und auf die Dachflächen war grundsätzlich tabu. Die wenigen Fenster, die auf einzelne Dachsegmente hinausgingen, lagen ohne Verbindung weit voneinander entfernt und waren eindeutig nicht als Zugang ins Freie gedacht.

»Es gibt da schon irgendwo so Stufen«, sagte Brett. »Ich weiß das noch. Ich hab da mal ein paar Fensterputzer gesehen. Aber es ist mir schleierhaft, wie man raufkommt. Er muss ein Fenster eingeschlagen haben und so aufs Dach gestiegen sein. Oder er ist an der Seite, wo die Bögen bis zum Erdboden reichen, raufgeklettert. Oder er hat doch 'ne Leiter gefunden. Weiß der Geier!«

Wong hatte den Malaien in dem Moment erspäht, als dieser gerade den First eines weniger steilen Dachsegments erklomm. Durch ein Fernglas, das Brett rasch aus seinem Wagen holte, beobachteten sie Ismail, der seine entsetzte Begleiterin hinter sich herzog. Falls sie um Hilfe rief, verlor sich ihre schwache Stimme im Wind. Sie sahen, wie er sie nötigte, sich hinzusetzen. Sie blickte ständig zurück in die Richtung, aus der sie gekommen waren, schien sich aber dennoch nicht von Ismail trennen zu wollen. Still kauerte sie neben ihm, hilflos und starr vor Angst.

Joyce und Brett waren um Rat verlegen, wie sie Maddy von ihrem Hochsitz herunterholen sollten. Das Naheliegende war natürlich, die Polizei zu alarmieren. Doch nach ihrer Erfahrung vom Vormittag schlossen sie diese Möglichkeit aus. Und mit dem *Bomo* über das schlechte Fengshui reden, ihn bewegen, von da oben herabzusteigen, das konnten sie ebenso wenig. Nein, dazu brauchten sie C. F. Wong! Er war der Einzige, der mit Amran Ismail in esoterischen Fachausdrücken über negative Energie und dergleichen diskutieren konnte – und ihm klar machen, dass heute keineswegs Madeleine Tsais letzter Lebenstag war.

Der Geomant blieb jedoch eisern beim Wärterhaus stehen und wollte sich von dort nicht wegrühren. Nach einigen weiteren fruchtlosen Debatten nahm Brett die Dinge in die Hand, und zwar buchstäblich. Er legte die Arme um den mageren Rücken des Geomanten, hob ihn an den Schultern etwa fünfzehn Zentimeter vom Boden und bahnte sich mit ihm einen Weg ins Opernhaus.

»Komm schon, Jo!«, rief er, während er drauflosmarschierte. »Anders kriegen wir ihn ja doch nicht rüber.«

»Halt!«, zeterte Wong. »Lassen Sie los! Stopp! Joyce, reden Sie mit ihm. Sagen ihm, er soll aufhören. Oder Sie verlieren Job bei mir. Sofort!«

Joyce unterdrückte ein Lachen, als sie neben Brett und seiner zappelnden Last herlief. Leicht fiel es ihr nicht.

»Sie sind entlassen!«, keifte Wong. *»Aijaaah!«*

Passanten sahen ihnen verwundert nach. Als ein Wachmann auf sie zuschlenderte, verkündete Joyce mit unschuldigem Lächeln: »Keine Sorge. Das ist bloß … also, ein Spiel. Wir machen Straßentheater, ja?«

In weniger als zwei Minuten hatte Brett den Geomanten die Treppe zum Haupteingang hinaufgehievt. Zum Glück spielten im Foyer gerade vier Chinesen auf traditionellen Instrumenten. Der klagende Diskant der *Erhu*-Fiedel schien Wong zu beruhigen. Er sträubte sich nicht länger, sodass Brett ihn sanft zu Boden gleiten ließ. »Tut mir echt Leid, Kumpel. Aber wir brauchen Sie hier und nicht meilenweit entfernt beim Tor.«

Wong maulte zwar und rieb sich die Jackettärmel an den Stellen, wo Brett ihn angepackt hatte. Doch er lief nicht fort.

Brett Kilington hatte einen weiteren Kampf zu bestehen – diesmal mit sich selbst. Er war Bergsteiger. Am »Felsen« war er Bergführer gewesen. Er besaß eine Auszeichnung im Freihandklettern. Im Kofferraum des Autos steckte seine Grundausrüstung, einschließlich Bolzenschussgerät. Außerdem war er der Einzige, der sich im Innern des Opernhauses einigermaßen zurechtfand. Wenn überhaupt einer aufs Dach kam, dann er.

Aber durfte er das? Verstieß es nicht gegen Vorschriften? Handelte es sich vielleicht sogar um eine Ordnungswidrigkeit, für die man ihn anzeigen konnte? Eigentlich müsste es als lobenswert und korrekt gelten, einen Kerl zu stellen, der eine junge Frau gegen ihren Willen an einem gefährlichen Ort festhielt. Auf der anderen Seite hatte er ja bereits einen Versuch unternommen, ihn der Gerechtigkeit zuzuführen, wofür die Polizei sich merkwürdig undankbar erwiesen hatte, ebenso das Hongkonger Mädchen. Überdies hatte ein wichtiger Beamter gedroht: Wenn Brett in den nächsten fünfzig Jahren auch nur einen Fingerbreit vom rechten Weg abwich, würde er ihn zur sprichwörtlichen Sau machen!

Und jetzt, noch am selben Nachmittag, plante er allen Ernstes ein Verhalten, das seiner gesamten Erziehung zuwiderlief. Damals nach der Schule, als er hier im Opernhaus als Bürokraft gearbeitet hatte, musste er täglich auf einem vorgeschriebenen Weg zur Postausgabestelle und zurück – und er hatte sich die ganzen sechs Monate lang Tag für Tag strikt daran gehalten. Doch nun, nur fünf Jahre später, war er drauf und dran, sich in den verbotenen Bereich zu schleichen, ein Fenster einzuschlagen und aufs Dach zu steigen. Oder seine Ausrüstung zu holen und von unten hinaufzuklettern. Einfach lachhaft! Das konnte er nicht machen. Er landete garantiert im Knast. Was würde Ma sagen? Gallahers Drohung hing wie eine Gewitterwolke über ihm.

»Verfluchter Scheiß! Tut mir Leid, aber ich bring das nicht«, sagte er zu Joyce. »Ich kann nun mal die Vorschriften nicht verletzen. Als ich klein war, wollte ich Polizist werden.«

Die junge Frau legte den Kopf schief und musterte ihn. »Jetzt kommts raus«, höhnte sie. »Da nützen alle Muskeln nix: Du bist 'n Weichei!«

»Bin ich nicht, verdammt noch mal! Ich spiel bloß nicht gern gegen die Regeln. Ich bin katholisch. So läuft das eben bei mir. So bin ich mal. Aber ich helf euch natürlich, wenn ihr weitermacht.«

»Als ob! Ich geh da nicht rauf.«

Der Fengshui-Meister war inzwischen anderer Meinung. Immerhin hielt er sich jetzt schon etliche Minuten im Schatten der umstürzenden Reisschalen auf, ohne tot umzufallen. Offenbar schützten ihn im Augenblick die Schicksalsmächte. Daher sollte er handeln. Der Moment war günstig!

»Ich ja«, sagte er. »Ich gehe hinauf. Ms. Tsai, sie ist in Gefahr. Keiner hilft ihr. Ich helfe! Hier, bitte dies zu machen.«

Er reichte Joyce einen kleinen gelben Kasten – eine Einwegkamera. »Wozu soll denn das gut sein?«, fragte sie.

»Machen Sie Bild von mir, bitte. Eins hier. Dann noch eins auf dem Dach, wenn ich sie rette. Oder wenn ich versuche zu retten.«

»Damit Sie die Fotos dem Alten schicken können, was? Für 'ne dicke Belohnung?«

»Ich brauche Beweis.«

»Sie sind ja so was von gewinnsüchtig!«

»Gewinn…?«

»Das bedeutet, also, aufs Geld versessen.«

»Jawohl. Danke.« Zu Brett sagte er: »Kommen Sie!«

Der junge Mann hatte den Kasten mit seiner Kletterausrüstung aus dem Wagen geholt und hielt ihn wie ein Baby in den Armen.

Wong stürmte davon, Brett ihm nach. Die Geräte klapperten im Kasten.

»Ach Mist!«, fluchte Joyce und lief mit der Kamera hinter ihnen her.

Amran Ismail fühlte sich total erschöpft und zugleich in nie gekannter Hochstimmung. Der wirre emotionale Ansturm ließ ihn schwanken und versetzte ihn fast in eine Art Fieberwahn.

Madeleine Tsai klammerte sich, zitternd vor Furcht, an ihn. »Ich will hier weg, ich will zurück!«, bettelte sie.

Träge wandte er sich ihr zu: »Später gehen wir. Später …«

»Ich mag aber *jetzt* weg. Ich kapier nicht, wozu wir hier sind. Es ist ja so gefährlich. Bitte, Amran, ich hab Angst! Führ mich doch zurück.«

»*Takboleh* – geht nicht. Bald ist alles vorbei, das versprech ich dir. Warte noch ein Weilchen.«

Sie blickte den steilen Hang zu ihren Füßen hinab und schluchzte auf.

»Schau halt nicht hin, wenn es dich so aufregt.«

Madeleine schloss die Augen und presste ihr tränenfeuchtes Gesicht an seine Schulter.

Sacht schob er ihren Kopf von sich. »Vorsicht! Drück mich nicht so. Es ist so schon schwer genug, das Gleichgewicht zu halten. Am besten sitzt du still und wartest einfach.«

Wortlos saßen sie nebeneinander. Der heftige Wind zerzauste Madeleines Haar und blies es ihr ins Gesicht. Ab und zu schlug eine plötzliche Bö ihnen die Kleider um den Leib.

»Wie spät ist es?«, fragte Madeleine.

»*Alamak,* schon wieder fragst du! Nur noch weniger als zwanzig Minuten. Die gehen schnell rum. Hätte ich doch bloß was mitgebracht, um dich abzulenken. Kannst du nicht ein Lied singen oder so? Erzähl mir was! Oder soll ich dir 'ne Geschichte erzählen? Ich kann über meine Kleinen reden, die Kinderchen in meinem Heim, ja? Ich hab alle möglichen tollen Pläne für sie. Für Zarah auch. Ach, all meine lieben Kleinen ...«

»Du redest immer nur von denen. Ich hab keine Lust, mir das noch mal anzuhören.«

»Dann schlaf doch.«

Sie legte den Kopf auf die Knie, doch ihre Arme blieben verkrampft. Sie begann laut zu weinen. »Du hättest mich nicht herbringen sollen. Ich hab solche Angst. Ich hasse dich!«

»Später wirst du mich verstehen. Alle Wahrsager haben dasselbe gesagt. Alle haben herausgefunden, dass dir Unheil droht. Das müssen wir jetzt durchstehen. Aber Allah ist so gütig. Er hat mich als deinen Beistand erwählt. Wärst du in Malaysia geblieben und Jackie hätte dich gefunden, dann wärst du bestimmt schon tot. Wir müssen jetzt bloß noch bis zur zehnten Tagesstunde hier bleiben. Dann – *inschallah!* – haben wirs überstanden. Fertig! Dann sehen wir weiter ...«

Wieder hockten sie schweigend da. Etwas später löste er ihre Finger von seinem Arm, nicht ohne ihren Widerstand.

»Was tust du? Ich will mich an dir festhalten!«

»Schon gut, alles okay«, sagte er in beruhigendem Tonfall. »Ich halt dich nur ein bisschen fester, ja?«

Sie saß links von ihm. Sein langer, muskulöser linker Arm lag fest um ihre Schultern. Mit der andern Hand fasste er ihren rechten Oberarm. Er hatte sie völlig in seiner Gewalt.

Der Wind blies stärker und erstickte jedes Gespräch. Sie warteten. Madeleine weinte still vor sich hin.

»Mr. Ismail! Mr. Amran Ismail!« Eine Stimme übertönte den Wind.

Der *Bomo* fuhr herum. Hatte da nicht jemand seinen Namen gerufen? Wer konnte das sein?

»Ismail-*saang!*«

Er beugte den Kopf noch weiter zurück. Zu seiner maßlosen Verblüffung sah er, wie über dem Abhang der Kopf des alten Chinesen auftauchte. Einer von Maddys Bekannten!

»Dass Sie der Satan –! Gehen Sie weg!«, fauchte der *Bomo.* »Was haben Sie hier zu suchen?«

Maddy schrie: »Das ist Jackie!«

Ismail hielt sie fest um die Schultern gepackt. »Nicht erschrecken. Das ist nicht Jackie, bloß einer von seinen Leuten.«

Vorsichtig erkletterte Wong die steile Anhöhe, bis er etwa sechs Meter von den beiden entfernt stand. »Sie sind in Gefahr!«, rief er. »Kommen herunter. Hier oben nicht erlaubt. Ganz gegen Gesetz!«

»Hau ab!«, schimpfte Ismail. »Keinen Schritt näher!«

»Will nur helfen. Junge Dame, sie hat Angst, glaube ich. Ich bring sie zurück zu Fenster – ich, Sie, wir beide zusammen. Da ist sie sicher. Alle sind sicher.«

»Geh scheißen!«

Wong tastete sich einen weiteren Meter auf die beiden zu.

»Kommen Sie mir nicht zu nah!«, kreischte Madeleine.

»Keine Angst«, knurrte der *Bomo* ihr zu und rief in Wongs Richtung: »Ich warne Sie … *Koyak-lah!* Machen Sie, dass Sie verschwinden!«

Wong, der jetzt ebenfalls auf dem First saß, rutschte Zentimeter um Zentimeter näher. »Ms. Tsai! Ich komme zu Hilfe. Mr. Ismail, er will Ihnen nicht wirklich helfen. Er will, dass Sie sterben! Hier ist ganz schlechter Platz. Sehr gefährlich. Ganz ungünstiges Fengshui. Für Sie persönlich auch sehr schlechte Zeit. Sie sollen jetzt besonders vorsichtig sein. Nicht bei extra gefährlicher Stelle wie hier aufhalten. Kommen Sie weg von Dach mit mir. Kommen Sie!«

»Das reicht! Er lügt«, tobte Ismail. »Halt endlich den Rand, Mann!«

»Bleiben Sie mir vom Leib!«, rief die verängstigte Frau, versuchte, von Wong wegzurücken und verlor sekundenlang die Balance. Sie schrie auf.

Ismail griff wieder nach ihr. »*Aijoh!* Ziehen Sie endlich ab, Alter. Sie machen sie ja ganz verrückt. *Sie* sind eine Gefahr, nicht ich!«

Wong hielt inne und schien Ismails Worte zu erwägen. Dann nickte er: »Ich glaube, Sie haben Recht. Ich will Mädchen nicht schaden, sie nicht erschrecken, sodass hinunterfällt. Das wäre ganz schlecht. Ich gehe.«

Er schob sich zurück, schwang sich auf Händen und Knien über den höchsten Punkt und kletterte sachte wie eine Spinne außer Sicht.

»Gott sei Dank, der ist weg«, sagte Madeleine. »Vielleicht wars das jetzt?«

»Was meinst du damit?«

»Na ja, die Gefahr, die mir angeblich in dieser Stunde droht? Wo er doch nun weg ist, hört das vielleicht auf. Können wir nicht endlich runter?«

»Warte. Nur noch kurze Zeit.«

In angespanntem Schweigen saßen sie da und warteten. Er sah auf die Uhr: »Nicht mehr lange. In ein paar Minuten ist alles vorbei.«

Fünf Minuten schlichen wie Stunden dahin. Ismail murmelte: »Fast geschafft! – Oh nein!« Wieder ragte ein Kopf über die Dachkrümmung. *»Alamok!«,* fluchte er.

»Weg!«, rief Madeleine. Dann zuckte sie zusammen, als sie Joyce erkannte. Der Teenie schlotterte am ganzen Leib. Wong versuchte von hinten, Joyce zurückzuziehen. Er hielt sie so fest, dass ihr Unterarm weiß wurde. »Kommen Sie herunter. Sie müssen zurück. Bitte!«, sagte der Geomant.

»Omeingott, omeingott, omeingott, omeingott!«, leierte Joyce wie ein Mantra. »Lieber Jesus! Lieber, lieber, *lieber* Jesus!«

»Joyce?«

»Maddy! Komm rein! Du kannst doch nicht hier draußen hocken. Das ist ja soooo was von gefährlich! Komm jetzt sofort. Bitte, bitte!«

»Amran sagt, ich muss …«

»Hör nicht auf sie«, schnauzte Ismail. »Halt die Klappe!«

»Zurück!«, befahl Wong seiner Praktikantin. »Verrücktes Mädchen. Gehen Sie herunter.«

»Lass doch die beiden beknackten Typen reden, Maddy«, rief Joyce. »Sei mal vernünftig! Ist es hier oben gefährlich oder nicht? Also echt!«

»Aber mir passiert genau jetzt was Schreckliches, wenn ich nicht aufpasse. So stehts in meinen Sternen. Klingt vielleicht bescheuert, aber ich glaub dran«, sagte Maddy.

»Ich auch«, sagte Joyce.

»Wirklich?«

»Absolut! Und ich kann dir auch genau sagen, was es ist, das Schreckliche – nämlich dass du hier auf diesem wahnsinnig gefährlichen Fleck gelandet bist mit einem irre gefährlichen Typen. Komm schon, Maddy, sei doch nicht blöd.«

»Hör nicht hin!«, wiederholte Ismail und umklammerte Madeleine nur noch fester.

»Er ist die Gefahr, nicht ich«, sagte Joyce. »Du weißt, dass ich Recht hab. Innerlich ist dir klar, dass es stimmt, oder? *Oder?* Sag doch was! Ich bleib hier draußen, bis du mitkommst.«

»Nein!«, sagte Ismail.

»Nein!«, stimmte Wong zu. »Sie gehen jetzt herein. Ich bin Ihr Chef, ich befehle Ihnen. Sie gehen zurück. Sonst sind Sie gekündigt.«

»Als ob!«, rief Joyce ihm zu. »Sie haben mich ja schon entlassen, wissen Sie das nicht mehr? Unten.«

»Ach so. Okay, ich gebe Ihnen Job zurück. Danach sind Sie entlassen.«

»Zu spät.«

»Bitte! Sie *müssen* herunter.«

Wong und McQuinnie starrten sich an. Beiden war undeutlich bewusst, dass das Kräfteverhältnis sich verschob.

»Na gut, ich komm schon. Aber nur, wenn ich befördert werde. Von jetzt ab bin ich Ihre persönliche Assistentin. Praktikantin stinkt mir.«

»Okay. Sie sind persönliche Assistentin-Praktikantinstinkt. Aber jetzt, herein!« Aufgebracht zischte Wong seine Worte durch die Zähne. »Ich bekomme großes Problem mit Mr. Pun, wenn Sie hinunterfallen.«

»Ich krieg meine eigene Visitenkarte.«

»Okay, okay, eigene Visitenkarte, alles was Sie wollen.«

»Ich will meinen Schreibtisch beim Fenster behalten.«

»Okay, lässt sich richten, kein Problem. Jetzt kommen Sie!«

»Ich brauch ein eigenes Handy.«

»*Aijaah!* Zu teuer. Nein!« Er schleuderte empört ihren Arm von sich. »Vielleicht doch besser, wenn Sie fallen.«

Froh, seinem Griff entkommen zu sein, rückte Joyce näher zu der Stelle, wo Ismail und Madeleine kauerten.

Alarmiert schoss Wong vor und langte wieder nach ihr.

»C. F.?«

»Ja?«

»Ich will echt, also echt hier draußen bleiben, bis Maddy reinkommt. Bitte, ja?«

Wong war entrüstet. »Sie kommt nicht. Ich habe bereits versucht.«

»Na gut, jetzt versuch *ich* es eben.«

»Sie vergeuden Ihre ...«

Madeleines Stimme unterbrach ihn. »Joyce? Du gehörst doch nicht zu Jackie, oder?«

»Natürlich nicht!«

»Habt ihr das entführte Mädchen gefunden?«

»Dani? Klar! Wir haben sie befreit. Am Donnerstag hats in der *Straits Times* gestanden. Ich wurde nicht erwähnt, denn ihre Mutter hat sich den ganzen Erfolg unter den Nagel gerissen, aber ...«

Diesmal war es an Ismail, die Geduld zu verlieren. »Hört endlich auf zu quatschen, ihr blöden Gänse!«, keifte er. »Ihr quasselt und quasselt. Dafür ist jetzt nicht die Zeit. – Macht euch dünn, Leute. Ihr seid hier unerwünscht. HAUT AB!« Die letzten Worte stieß er in rasender Wut hervor. Aus hervorquellenden Augen warf er Joyce einen furchtbaren Blick zu.

Die junge Frau faltete die Arme zusammen. »Egal. Ich bin schon still«, sagte sie gelassen. »Aber ich rühr mich nicht weg ohne meine Freundin. Wenn sie hierbleibt, bleib ich auch.«

Madeleine sah zu ihr hinüber – und in ihren Augen blitzte ein Lächeln auf. Stumm formten ihre Lippen ein Wort, das sie Joyce zuschickte: *Danke!*

C. F. Wong, der um Rat verlegen war, wartete ab. Alle vier saßen jetzt auf dem Dach des Opernhauses, ein seltsames Quartett, das sich nichts zu sagen hatte.

Allerdings war es anstrengend genug, auch nur die Stellung zu halten. Der Wind stieß wie mit Fäusten in kurzen, unvermuteten Stößen nach ihnen. Er trug mancherlei Geräusche zu ihnen herauf – die Stimmen von Leuten, die unten vor der Oper miteinander redeten, Polizeisirenen, das Tuckern vorbeifahrender Schiffe, die hellen Rufe spielender Kinder, Hundegebell.

»Aijaah!« Wong hatte versehentlich einen Blick in die Schwindel erregende Tiefe riskiert und fühlte ein Kribbeln im ganzen Körper. Seine Glieder erstarrten, doch zugleich spannte er alle Muskeln, bereit, sich jeden Moment durch einen Satz in Sicherheit zu bringen. Er spürte eine weiße Leere im Kopf. Seine Gedanken bewegten sich im Zeitlupentempo. Er atmete kurz und flach wie ein hechelnder Hund.

Als einige Minuten vergangen waren, merkte er jedoch, wie trotz aller Angst ein völlig anderes Gefühl in ihm aufkam – fast so etwas wie Triumph. Er schüttelte angesichts seiner derzeitigen Position ungläubig den Kopf: erstaunlich, was er geleistet hatte aus dem Wunsch heraus, dem alten Tsai einen Gefallen zu tun! Nicht nur hatte er das unheimliche Gebäude betreten, er war sogar aufs Dach einer der umstürzenden Reisschalen geklettert. Deutlicher ließ sich kaum illustrieren, wie ein Fengshui-Meister die Furcht vor seinem grässlichsten Albtraum besiegte.

Er wünschte, Dilip Sinha, Madam Xu und Superintendent Tan könnten ihn jetzt sehen. Sekundenlang dachte er daran, jemanden um ein Foto zu bitten – die Einwegkamera steckte ja noch immer in seiner Tasche. Nur hielt er mit einer Hand sich selbst am Dachfirst fest, mit der anderen Joyce' Unterarm. Er wagte keins von beiden loszulassen.

Er warf seiner Praktikantin einen verstohlenen Seitenblick zu. Sie beobachtete gebannt die Schiffe im Hafen. Auch ihr Verhalten verblüffte ihn. Er hatte sich die größte Mühe gegeben, Madeleine Tsai vom Dach herunterzulocken, war aber grob abgewiesen worden. Joyce dagegen, die in derselben Absicht – törichterweise und gegen seinen ausdrücklichen Befehl – ebenfalls herausgeklettert war, schien tatsächlich Erfolg zu haben. Zumindest hatte das chinesische Mädchen ihr ganz vertrauensvoll zugehört.

Für ihn stellte Joyce McQuinnie nach wie vor eine unbekannte Größe dar. Wie gelang es diesem ausländischen Kind, das nicht mal verständlich sprechen konnte, mit der jungen Kantonesin zu kommunizieren, während er, der doch derselben ethnischen Gruppe, ja sogar derselben Untergruppe angehörte, so elend versagt hatte? Nicht zu fassen! Der unerquickliche Gedanke schoss ihm durch den Kopf, dass ihm die Götter Joyce absichtlich als Assistentin zugedacht hatten. Gemeinsam mit ihr brachte er ja wirklich manches zu Stande, wozu er allein nicht fähig war. Lag vielleicht gerade in ihrer Verschiedenheit ein unmittelbarer Vorteil für seine Arbeit? Um sich von diesem Gedanken abzulenken, ließ er seinen Blick rasch über die weite Landschaft wandern, die vor ihm hingebreitet lag.

Heute früh hatte er keine Berge erkennen können, die sich doch gewöhnlich um eine florierende Großstadt gruppierten. Sie waren wichtig. Jahrhunderte bevor westliche Wissenschaftler die Dinosaurier zu erforschen begannen, hatten Chinas Philosophen Wirbelknochen dieser Tiere ausgegraben und sie Bergdrachen genannt. Von dieser hohen Warte aus entdeckte er nun endlich auch Sydneys fehlende Drachen: In der Ferne hinter leichten Dunstschleiern erstreckte sich eine wellige Bergkette.

Er konnte erkennen, wie die äußeren Stadtbezirke allmählich das Hügelland zersiedelt hatten. Hier unten im Zentrum allerdings kam das Chi eindeutig über die Wasserstraßen. In dem Werk *Der Wasserdrache,* verfasst in der Ming-Zeit von Jiang Bingjie, beschrieb der Autor, wie der Wasserdrache auf naturgegebenen Wegen Chi fließen lässt. Wong erkannte die zahlreichen Buchten, die tief in die Ufer der Flussmündung, an der Sydney lag, einschnitten. Zwei davon bildeten die Landzunge, auf der er sich jetzt befand.

Bretts Verteidigung der »zerbrochenen Reisschalen« verwirrte Wong. Vielleicht besaß das Opernhaus im Kontext der wuchernden City ja doch einen gewissen Charme, für den ihm das Gespür abging? Vorsichtig spähte er hinunter. Zu Fuß und in Touristenbussen strömten Besucherscharen herbei. Dutzende Touristen knipsten. Einige hatten sie hier auf dem Dach entdeckt und fotografierten sie. Ob er ein paar dieser Aufnahmen für den alten Tsai ergattern konnte? Kaum. Wie sollte er mit den Leuten da unten Kontakt aufnehmen? Ausgeschlossen!

Brett hatte Recht: Das Gebäude schien sich allgemeiner Bewunderung und Beliebtheit zu erfreuen. Gab es vielleicht irgendeinen Einfluss, der das negative Chi zerstreute? Hatte er etwas übersehen?

Bei diesem Gedanken ging der Fengshui-Meister demütig in sich. Nun war er schon sechsundfünfzig, aber wie viel hatte er noch zu lernen!

Madeleine Tsai richtete sich an Ismail: »Ich möchte mit ihr gehen.«

»Nein!«, sagte der *Bomo.* »Damit machst du alles kaputt. Du bleibst hier, bis es so weit ist!«

»Komm schon«, lockte Joyce, plötzlich ganz aufgeregt. »Ich zeig dir einen Markt in Sydney, wo man total coole Sachen kriegt. Und billig. Clarke Quay ist nichts dagegen. Komm mit. Ich kenn mich echt aus in Sydney. Ich geh mit dir zum Basar in Paddo Village, der ist morgen. Okay?«

»Ich geh mit«, sagte Madeleine und versuchte, Ismails Arm von den Schultern zu schütteln.

»Nein!«, brüllte er.

»Hände weg! Ich will zu meiner Freundin.«

Sie wand sich aus seiner Umklammerung, rutschte aus seiner Reichweite und kletterte vorsichtig auf Händen und Füßen zu Joyce hin.

»NEIN hab ich gesagt!« Ismail hechtete zur Seite und packte sie. Seine Arme umfingen ihren Oberkörper. Sie verlor das Gleichgewicht.

Wong und Joyce wollten zugleich nach ihr greifen, doch sie konnten sie nicht mehr erreichen.

Maddy schrie auf, als Ismail sie festhielt und von den andern fortzog. Langsam glitten die beiden abwärts.

»Lassen Sie los!«, rief Wong. »Sie fallen!«

Ismail spreizte die Beine. Es gelang ihm, den Sturz aufzuhalten. Er schob sich weiter fort, während er Maddy festhielt und seinen Unterarm gegen ihre Kehle presste. »Weg mit euch! Haut endlich ab!«

Im Krebsgang folgte ihnen der Geomant.

»Weg!«, schimpfte Ismail wieder.

Wong kroch näher.

»Halt!«, rief der *Bomo.* »Stopp, oder ich lass sie fallen. Das ist mein Ernst!«

»Amran!«, ächzte Maddy, die kaum noch Luft bekam. »Lass mich doch los.«

»Ich schmeiß sie runter«, wiederholte er wutschnaubend. »Das tu ich! Ich lass sie fallen. Einen Schritt weiter, und sie fliegt runter. Sie ist tot!«

»Amran!«, schrie Maddy.

Der Geomant hielt still. Dann machte er Anstalten weiterzukriechen.

»Stopp, hab ich gesagt! Ich lass sie jetzt los. Noch eine Bewegung, und sie ist hin.«

»Amran!«, sagte die junge Frau. Sie wehrte sich nicht mehr und sah ihn an. »Ich dachte du liebst mich?« Sie sprach wie im Traum und war auf einmal ein kleines Mädchen. »Joyce hat die Wahrheit gesagt, oder? Die echte Gefahr bist du!«

»Halt die Klappe!«

Langsam entfernte sich Ismail, der sein Opfer mit sich schleppte, weiter von Wong und McQuinnie. »Ich hab gewonnen! Tut mir Leid, aber so ist es nun mal. Sie kommt um, damit basta.«

»Wir zeigen Sie an. Wir sagen vor der Polizei aus!«, rief Joyce. Doch kaum hatte sie diese Schulbuchphrasen geäußert, als sie ihr auch schon völlig unangebracht vorkamen.

»Ha!«, spottete Ismail denn auch. »Die Bullen mögen euch nicht. Sie halten euch für übergeschnappt. Mir glauben sie, euch nicht. Ich sag denen, dass ihr an allem schuld seid. Dass ich versucht hab, Maddy zu retten. Officer Gallaher ist mein Freund.«

»Lass sie los, du Vieh!«, schnaubte Joyce.

Ismail drehte das Handgelenk und warf einen Blick auf die Uhr. »Es ist Zeit, Abschied zu nehmen.«

»Ich dachte, du liebst mich«, wiederholte Maddy mit dünner, heller Stimme. »Ich dachte, du wolltest mich schützen. Nicht umbringen.«

»Stimmt ja auch«, sagte Ismail. Er sah auf sie hinunter, und als er ihr ins Gesicht blickte, schmolz die harte Kälte in seinen Augen. »Ich hab dich wirklich sehr lieb. Aber nichts kann das Schicksal ändern. Niemand. Man kann nur das Beste draus machen. Ich hab alles für dich getan!«

»Du hast mich angelogen.«

»Wie ein Arzt, der seinem Patienten nicht sagt, dass er sterben muss. Ich wollte nur, dass du glücklich bist.«

»Ich hab die Papiere gefunden. In deinem Schreibtisch.«

»Was für Papiere?«

»Die Versicherungen. Du hast Versicherungen abgeschlossen. Du verdienst an meinem Tod. Du liebst das Geld, nicht mich!«

»Nein!«

»Ich hab aber doch die Versicherungspolicen mit eigenen Augen gesehen.«

»Du musst sterben. Niemand kann dein Schicksal abwenden. Niemand! Ich nicht, Joyce' Bekannter auch nicht. Keiner. Es tut mir ja so Leid. Die Versicherungen hab ich gemacht, damit wenigstens etwas Gutes bei deinem Tod rauskommt, zu deinem Andenken, verstehst du? Mit dem Geld gründe ich eine Stiftung. Zur Unterstützung junger Leute.«

»Zarah? Die Jungs in deinem Heim?«

»Genau. Zarah zuerst. Sie muss operiert werden. Das kostet. Unsere Eltern sind arm. Ich brauch Geld, damit ich sie nach Singapur in eine gute Klinik bringen kann. Aber auch für die andern Kinder. Alles kostet Geld. Sie werden für dich beten.«

»Geld ist dir wichtiger als ich.«

»Ich hab doch keine andere Wahl. Du musst sterben. Wärs denn besser, wenn du einfach umkommst? Statt dass durch deinen Tod Zarah leben kann? Auch die andern Kleinen?«

»Amran, ich will aber nicht sterben.«

»Du musst. Es geht nicht anders. Das sage nicht nur ich. Auch Joyce' Freund da hat dasselbe festgestellt.«

Ismail schaute unvermittelt zu Wong und seiner Assistentin hinauf, die sich in vier Meter Entfernung am Dach festhielten.

»Sagen Sies ihr!«, rief er. »Sagen Sie ihr, dass sie heute sterben soll. Sie behaupten doch, dass Sie ihr Schicksal kennen. Ich war selbst bei einem Fengshui-Mann in Singapur, Eric Kan. Er hat gesagt, dass ihr Element Holz ist und dass heute um 17 Uhr Metall und Feuer und Wasser extrem negativ auf ihr Zeichen einwirken. Also hier und jetzt. Ist das wahr oder nicht? Kommen Sie, geben Sies zu!«

Der Geomant sah ihn an und schwieg.

»Ist es etwa nicht so?«, wiederholte Ismail mit schriller Stimme.

»Es ist wahr«, sagte Wong. »Aber Fengshui kann genaue Todeszeit nicht vorhersagen. Nur negative Faktoren zu ungünstiger Zeit. Man kann auch etwas tun, gegen schlechte Schicksalseinflüsse kämpfen.«

»Siehst du?«, krächzte Ismail Madeleine zu. »Metall und Feuer und Wasser. Tod! Er kennt die Wahrheit. Es ist aus. Füg dich, geh hin in Frieden. Ich sorg dafür, dass du nicht vergessen wirst. Ich werde es ›Maddy-Tsai-Stiftung‹ nennen.«

Seine letzten Worte waren nur schwer zu verstehen. Der Wind erreichte plötzlich gewaltige Stärke. Das Dach begann zu beben. Es gab ein ratterndes Geräusch. Von unten hörte man Rufe und das Nebelhorn eines Schiffs. Die Luft war von brausendem Getöse erfüllt. Die Vibrationen machten es ihnen schwer, sich festzuhalten.

Ismails Blicke schossen hektisch hin und her. Als das Gebäude erzitterte, hielt er Madeleine noch fester.

Wong klammerte sich mit aller Kraft an das rüttelnde Dach. »Erdbeben!«, rief er Joyce zu.

»Das wärs wohl«, sagte der *Bomo.* »Das Ende ist da.«

Mit ohrenbetäubendem Krach erschien ein Hubschrauber über den Bögen der orangefarbenen Hügellandschaft, in der sie kauerten.

»Das muss die Polizei sein«, schrie Joyce Wong ins Ohr. »Brett hat sie bestimmt angerufen.« Plötzlich rief sie bestürzt und mit zuckendem Kinn: »Oh nein! Doch nicht etwa Officer Gallaher?«

Ismail erstarrte. Madeleine Tsai rückte von ihm weg und ergriff Joyce McQuinnies ausgestreckte Hand. Zu dritt eilten sie, so schnell es ging, vom Dach, stolperten über flachere Stellen und kletterten ein paar Sprossen hinab, die für die Fensterputzer gedacht waren. Der *Bomo* blieb unbeweglich sitzen. Er war unfähig, auf die Situation zu reagieren. »Komm zurück!«, schrie er nur. »Du kommst auf der Stelle zurück!«

Minuten später rasten Wong, Joyce und Madeleine in verzweifelter Hast treppab und dann die Promenade entlang. Ihr Ziel war der Parkplatz, wo Bretts Wagen stand. Joyce lief am schnellsten. Ihre Angst vor Gallaher verlieh ihren wirbelnden Beinen ungeahnte Kraft. Doch das flatternde Dröhnen des Hubschraubers schien ihnen zu folgen. Statt in der Ferne zu verklingen, wurde es lauter und lauter.

»Nicht gut«, keuchte Wong. »Kommt hinter uns her. Überholt uns. Können nicht entkommen.«

Bald rannten die drei nicht mehr, denn die Maschine brauste über ihre Köpfe hinweg, schwang herum und senkte sich sacht zu Boden – zwischen ihnen und dem einzigen Ausgang von der Landzunge Bennelong Point.

Als der Hubschrauber gelandet war, löste sich ein Schluchzen aus Joyce' Kehle. »Ich kann nicht … ich kann nicht! Ich will nicht noch mal verhaftet werden. Von diesem Kerl. Er hat gesagt, er sperrt mich ein.«

»Schon gut, Joyce. Ich rede mit denen«, rief Madeleine. »Sie helfen uns, das tun sie ganz bestimmt. Mit mir haben sie ja kein Problem.« Sie senkte den Kopf und näherte sich mit Mühe dem Cockpit der ratternden Maschine. Sie musste sich mit aller Kraft gegen den stürmischen Luftzug lehnen.

Als sie den Hubschrauber erreicht hatte, öffnete sich dessen Tür.

Lächelnd beugte sich Jackie Sum vor, griff nach ihr, erstickte mit behandschuhter Hand ihren Aufschrei, zog sie hinauf und befahl seinem Piloten, wieder abzuheben.

Der Fengshui-Meister preschte vor, um ihr beizustehen, doch es war zu spät.

Mit hämischem Grinsen hinter seiner Sonnenbrille rief der Triaden-Boss Wong aus der offenen Tür nur ein einziges Wort zu: »Danke!«

Wieder hörte man Madeleine schreien, ehe die Tür zugeschlagen wurde.

Joyce McQuinnie sah wie gelähmt mit an, wie der Hubschrauber der Gangster sich graziös in die Luft erhob. Wong stand hilflos und vom Luftzug zerzaust neben ihr.

In Sekundenschnelle trafen vier Wachleute und zwei Polizisten am Ort des Geschehens ein. Instinktiv duckte sich die junge Frau, erkannte aber bald, dass die Männer nur Augen für den sich entfernenden Hubschrauber hatten. Für sie gehörte Joyce zu den zahlreichen Passanten, die den Vorfall mit offenem Mund verfolgten.

Der Hubschrauber drehte sich mit leicht abwärts geneigter Nase in der Luft und ratterte dann in Richtung Oper davon.

Joyce trug das Herz auf der Zunge. »Was haben sie mit ihr vor?«, fragte sie Wong. »Die wollen sie doch nicht etwa …?«

»Ich weiß nicht.«

»Können wir nicht irgendwas …?«

»Ich fürchte nein. Polizei rufen. Aber Polizei weiß schon Bescheid.«

Die Maschine streifte fast das Dach des Opernhauses und flog dann in nordöstlicher Richtung übers Wasser davon. Oben auf dem Dachfirst sah man eine winzige Gestalt stehen und dem sich entfernenden Hubschrauber nachblicken.

Von Enttäuschung und Hilflosigkeit überwältigt, schluchzte Joyce: »Wir habens versucht, oder, C. F.? Wir habens echt versucht!«

Der Geomant legte ihr eine Hand auf die Schulter. »Jawohl. Wir haben versucht.«

Mit den Augen verfolgten sie den Hubschrauber und bemerkten, dass er leicht schlingerte. Er schwenkte nach rechts und dann scharf nach links.

Brett trat zu ihnen. Über geschwellter Brust trug er sein Muskelpaket wie einen Schild vor sich her. Da nun offensichtlich nichts Ungesetzliches mehr geschah, war er froh, sich wieder zu ihnen zu gesellen.

»Nicht zu fassen! Wie in 'nem verdammten Kinofilm. Sieht so aus, als ob deine Freundin sich ganz schön wehrt«, sagte er und zeigte an den Himmel. »Guck mal, wie der Vogel schaukelt.«

Der schlingernde Hubschrauber ruckte plötzlich zur Seite, um sich gleich darauf wieder aufzurichten. Sie beobachteten, wie seine Tür aufflog. Dann fiel ein Menschenkörper heraus.

»Diese Scheißganoven!«, rief Brett schockiert. »Die Schweine haben sie rausgeschmissen. Herrgott noch mal, was für 'ne miese Art zu sterben!«

Joyce presste die Hand vor den Mund.

Der Körper schien eine Ewigkeit zu fallen. Alle drei hielten die Luft an. Schließlich stürzte er in den Hafen. Das Wasser spritzte hoch auf, was sie sehen, aber nicht hören konnten.

»Ich glaubs nicht!«, empörte sich Brett. »Sie einfach so runterzustoßen!«

»Na«, sagte Joyce, »ich weiß nicht recht. Maddy war doch Champion im Schwimmteam ihrer Schule. Ich glaub, sie ist gesprungen.«

Joyce' erster Impuls war, ans Ufer zu rennen und Maddy rauszufischen, doch die andern machten ihr klar, dass sie viel zu weit draußen ins Wasser gefallen war.

»Die Polizei ist doch lange vor uns da!«, sagte Brett. »Die Frau ist irgendwo bei Circular Point runtergekommen. Bloß zu hoffen, dass sie nicht von 'ner Fähre überfahren wird. Das wär fatal.«

Der junge »Sydneysider« erzählte ihnen, dass er, als sie auf dem Dach waren, ein wenig in Wongs Buch über die Oper geblättert hatte. Zu seiner eigenen Überraschung fand er den Geomanten bestätigt. Der Ort besaß eindeutig enorm negative Energie. Die Geschichte des Opernhauses war eine einzige Kette von Missgunst und Streit. Der ursprüngliche Architekt hatte das Projekt im Zorn aufgegeben. Seine Nachfolger mussten erfahren, dass kein einziger Bauabschnitt sich innerhalb des vorgesehenen Zeit- und Kostenplans realisieren ließ. Selbst nach der Eröffnung zankte man sich um die Aufführungsräume, und einige davon erhielten ständig neue Namen und Bestimmungen. »Sie lagen absolut richtig!«, gab er zu.

Wong konzentrierte sich nach wie vor auf den Hafen, denn er erwartete in gespannter Sorge, Madeleines Kopf auftauchen zu sehen. Ohne den Blick abzuwenden, nahm er Bretts Komplimente entgegen und wies großmütig darauf hin, dass die Millionen Touristen, die das Opernhaus im Lauf der Jahre besuchten, einen beträchtlichen Beitrag zur Abschwächung der negativen Energie geleistet und den Ort mit positiven Schwingungen aufgeladen hätten.

Die gegenseitige Versöhnung wurde von Joyce unterbrochen. »'tschuldigt, Leute«, sagte sie unendlich traurig, »aber die Polizei ist hier. Ich glaub, jetzt kommen sie uns doch wieder holen. Oje!«

Die folgenden Vernehmungen bei der Stadtpolizei von Sydney dauerten etwas länger als fünf Stunden – von zehn vor halb sechs an jenem Abend bis fast 22.30 Uhr. Officer Denton Gallaher bezeichnete sie als »Debriefing«. Obwohl weder Wong noch McQuinnie etwas Konkretes mit diesem Ausdruck verbanden, wurde ihnen klar, dass man sie nicht länger für Unruhestifter hielt, sondern vielmehr für Zeugen eines außergewöhnlichen Zwischenfalls beim Opernhaus …

Gallahers Gesicht war bleich und verkrampft. Es fiel ihm schwer, die Tatsache hinzunehmen, dass dieselben Leute, die er erst mittags verhört und als lächerliche Spinner abgetan hatte, jetzt auf einmal Fernsehnachrichten machten.

Seine Kollegen hatten ihm bizarre Fakten übermittelt. Der Malaie, mit dem er früher am Tag so nett Tee getrunken hatte, weigerte sich stundenlang, das Dach der Oper zu verlassen, und schien den Verstand verloren zu haben. Ein paar Hongkonger hatten einen Hubschrauber gemietet und ihn auf dem Zufahrtsweg zur Oper gelandet, von wo aus sie die junge Chinesin entführten, der »in den Sternen stand«, dass sie heute ums Leben kommen sollte. Diese war anschließend aus besagtem Hubschrauber aus großer Höhe ins Wasser gesprungen oder gestoßen worden und galt als vermisst, vermutlich tot. Sie war weder aufgetaucht, noch hatte man ihre Leiche gefunden.

Der Hubschrauber war schließlich auf einem kleinen Flugplatz im Norden der Stadt gelandet. Seine Insassen wurden festgenommen. Keiner von ihnen erwies sich auch nur im Mindesten als kooperativ. Man hatte für ihr Verhör eigens einen Polizeiexperten für internationale Triaden-Tätigkeit, der Kantonesisch sprach, von einer Konferenz über organisiertes Verbrechen aus Melbourne zurückberufen.

Unterdessen ging aus den Angaben von Augenzeugen hervor, dass den Personen, die er, Gallaher, als die eigentlichen Unruhestifter identifiziert hatte, nämlich Wong, McQuinnie und Kilington, keinerlei Gesetzwidrigkeiten vorgeworfen werden konnten. Einige Aussagen legten sogar nahe, dass sie sich musterhaft verhielten. Zeugen hatten beobachtet, wie sie auf dem Dach der Oper den Malaien und seine Verlobte zum Aufgeben überredeten. Später hatten mehrere Beamte gesehen, wie Wong versuchte, die Leute im Hubschrauber an der Entführung der jungen Frau zu hindern.

Gallaher hatte seine liebe Not, das alles zu schlucken. Kaum ein Tag verging, an dem man es als Polizist nicht mit absurden Behauptungen irgendwelcher Narren zu tun bekam. Solche Dinge musste man ganz einfach ignorieren, anders kam man mit der regulären Arbeit nicht weiter. Aber normalerweise trafen derartig irrwitzige Vorhersagen nicht unmittelbar ein!

Er war endgültig über Kreuz mit Gott/der Vorsehung/dem Schicksal, da er/sie/es ihm diesen üblen Streich gespielt hatte. Dass sich Wongs und McQuinnies Anschuldigungen als korrekt erwiesen, hielt er für einen dieser enormen, grausigen Zufälle, die doch nur zeigten, dass, wer immer das Universum lenkte, einen Sinn für Ironie vom Ausmaß des Uluru-Felsens besaß.

Nachdem er sich die abstruse Geschichte wohl ein Dutzend Mal angehört hatte, kam Gallaher zu einem eigenen Schluss. Die Spinner aus Singapur waren fest davon überzeugt, dass Madeleine Tsai heute sterben sollte. Indem sie die Furcht vor diesem Ereignis übertrugen, bewirkten sie deren Realisation. Das Ganze ließ sich mit normalen, wissenschaftlichen Argumenten erklären. Es handelte sich um eine Vorhersage, die sich aufgrund von Gruppenhysterie erfüllte.

Doch obwohl die lästigen Besucher alles selbst herbeigeführt hatten, konnte man sie – zu seinem Missvergnügen – auf keine bestimmte Gesetzesübertretung festnageln, von ein paar Ordnungswidrigkeiten wie unerlaubtem Betreten des Opernhauses abgesehen.

Es war zum Verrücktwerden, aber anscheinend blieb ihm wirklich nichts anderes übrig, als den verrückten alten Chinesen und seine alberne junge Assistentin laufen zu lassen.

»So müde war ich im ganzen Leben noch nicht«, sagte Joyce, als ein Polizeifahrzeug sie um 22.41 Uhr vor ihrem Hotel absetzte. Sie gähnte so ausgiebig, dass ihr der Kiefer wehtat und sie die Augen schloss. »Du liebe Güte!«, sagte sie. »Wir Ärmsten. Ich Ärmste. Arme Maddy!« Sie schnüffelte, und ihre roten, geschwollenen Augen füllten sich erneut mit Tränen. »Sie war bloß ein Jahr älter als ich. Können wir nicht doch runter und nach ihr suchen helfen? Sie war ein echtes Ass im Schwimmen. Das hat sie mir selbst erzählt. Ich glaub wirklich, dass sie selbst gesprungen ist.«

»Ich meine, wir denken lieber, dass Madeleine Tsai tot ist. Der Leichenbeschauer von Sydney-Polizei wird wahrscheinlich Gutachten ›für tot erklärt‹ machen. Fast alle Leichen im Hafen werden gefunden. Manche nicht. Aber wenn sie offiziell tot erklärt ist, dann verfolgen Triaden sie nicht mehr. Jackie Sum sucht nicht länger. Das ist gut. Der alte Tsai sucht auch nicht nach ihr. Sie mochte ihren Vater nicht, haben Sie gesagt. Gut. Fremdenpolizei von Australien sucht nicht mehr. Auch gut. Keiner kann sie finden.«

»Aber wenn sie lebt …«

»Wenn noch am Leben, dann kann sie wieder anfangen. Neu. Unschuldig. In neuem Land. Sie ist jung, schlau. Sie kann um sich selbst kümmern!«

»Und kriegt das Ekelpaket die Moneten von den Versicherungen? Ihr so genannter Verlobter?«

»Weiß nicht. Möglich. Er sagt, er braucht Geld für bedürftige Kinder. Vielleicht sagt er Wahrheit. Geld für arme, kranke Kinder ausgeben ist gut.«

Als sie den Aufzug betraten, sagte Joyce: »Also, wenn sie offiziell tot ist, dann wärs für alle das Beste, ja?«

»Nicht für alle«, sagte Wong. »Meine Kosten, wer bezahlt?«

Montag
Mit menschlichen Händen

Pünktlich um 19 Uhr stöhnte der Geist.

»Da!«, flüsterte Joyce, die in der Tür stand.

»Ich geh nach Hause!«, sagte Lai-kuen, schnappte sich ihre Handtasche und stelzte auf hohen Absätzen steif aus dem Behandlungsraum.

Die beiden Zahnärzte standen im Wartezimmer. Lai-kuen blieb im Flur stehen. Sie alle waren heute Abend in die noch immer geschlossene Praxis gekommen, um zuzusehen, wie Wong mit dem Gespenst fertig wurde.

Die Züge des Geomanten wirkten starr, was freilich weniger an Furcht als an Erschöpfung lag. Statt mit Urlaub, nach dem er sich so gesehnt hatte, war sein Wochenende alles andere als erholsam verlaufen. Man konnte sich kaum etwas Anstrengenderes vorstellen als diese drei Tage, die – von zwei langen Flügen abgesehen – mit hektischer Tätigkeit und zudem mit überreichlichen Polizeivernehmungen vergangen waren.

Als er am Samstagabend in Singapur ankam, schlug ihm die feuchte Hitze wie das warme Frotteetuch eines Restaurants ins Gesicht. Er roch Auspuffgase und andere Luftverschmutzungen. Der ewige Verkehrslärm auf den Schnellstraßen klang lauter als sonst. Aus einem offenen Fenster wehte der Geruch von Gewürzen und gebratenem Fisch herüber. Doch irgendwie wirkten der Lärm und der Gestank wunderbar tröstlich. Okay, Singapur war nicht so sensationell wie Australien. Aber es war sein Zuhause!

Obwohl ihm noch eine Gnadenfrist blieb, bis er den Arbeitstrott wieder aufnehmen musste, gelang es ihm auch am Sonntag nicht, sich zu entspannen. Während der vergangenen Tage war er zu oft mit der Thematik von Tod und Verlust konfrontiert worden. Madeleine Tsai hatten sie sehr wahrscheinlich verloren und würden eventuell sogar zur Leichenschau noch einmal nach Sydney fliegen müssen. Seine Aussicht auf eine reiche Belohnung vom alten Tsai war definitiv dahin. Selbst hier in Singapur wurde er an den Tod erinnert: Amanda Luk war gestorben. Der Job in der Zahnarztpraxis musste lästigerweise auch noch erledigt werden. Kurz: Die vergangene Woche hatte zu viel Stress gebracht. Verzweifelt sehnte er sich danach, wieder in seine stille, heile Welt der Grundrisse und antiken Kalender heimzukehren.

Aber was halfs? Zunächst einmal hatte er mit dem unruhigen Geist in der Praxis fertig zu werden.

Schon beim Eintreten war Wong sofort aufgefallen, wie sehr sich die Zahnärzte seit den Ereignissen am Donnerstagmorgen verändert hatten. Beide wirkten um Jahre gealtert. Der hoch gewachsene, eckige Liew Yok-tse sah gebeugt und eingefallen aus und hatte offenbar abgenommen. Er und Cheung Lai-kuen standen nah beieinander und schienen sich gegenseitig Trost zu spenden. Sie hing an seinem Arm.

Gibson Leibler hatte seine stolze Haltung und den federnden Gang eingebüßt. Er ließ den Kopf hängen und schlurfte unrasiert und mit verquollenen Augen durch die Gegend. Wong bemerkte seinen verrutschten Kragen und einen Rest Zahnpasta an seiner linken Wange. Leibler machte den Eindruck eines allein lebenden Mannes. Hatte er Cady verlassen? Oder hatte sie ihn vor die Tür gesetzt?

Die beiden Kollegen beobachteten vom Wartezimmer aus, wie der Fengshui-Meister den Spukraum betrat. Er trug seine *Loban* und ein anderes, kleineres, mit seltsamen Zeichen bedecktes Gerät, das in einer schlichten Holzfassung steckte. Sorgfältig durchwanderte er mit der *Lo*-Tafel noch einmal den ganzen Raum und legte sie dann auf das Tablett neben dem Behandlungssessel.

»Da auf dem Stuhl«, flüsterte Joyce.

Wong griff nach dem andern Gerät.

»Was ist denn das?«, fragte die junge Frau.

»Fengshui-Metalldetektor.«

»Ganz was Neues, oder? Hab ich noch nie gesehen.«

»Es ist für Aufspüren von unsichtbarem Metall. Heutzutage bekommt man meistens Grundriss. Zeigt, wo Metallrohre liegen. Dies hier nützt, wenn man Metall sucht, das nicht in Grundriss verzeichnet ist.«

Behutsam schritt Wong an den Wänden entlang und blieb schließlich an einer Stelle stehen. Er senkte den Kompass langsam bis zum Boden, hob ihn danach, so hoch er reichen konnte, und führte ihn zurück, etwa auf Schulterhöhe.

»Hier«, sagte er. »Es gibt Metall, Ursache von Störung.«

»Ahhh!«, klagte der Geist. *»Auuuu-unnmmm!«*

Wong markierte mit einem Bleistift den Punkt an der Wand. Er bückte sich zu seiner Tasche, hob einen Elektrobohrer mit feinem Kopf heraus und schloss ihn in der Steckdose neben dem Waschbecken an.

»Was haben Sie vor?«, fragte Dr. Liew.

»Vertreibe den Geist.«

»Oh, nicht! Dieser genoppte Verputz hat ein Vermögen gekostet«, sagte Lai-kuen, die sich nach wie vor bei ihrem Chef unterhakte. »Amandas Freund hat ihn uns gemacht. Ich weiß nicht, ob wir das wieder hinkriegen. – Hey, das ist doch lächerlich! Können Sie ihm nicht sagen, dass er aufhört?« Die Bitte war an Dr. Leibler gerichtet, der aber nicht reagierte.

»Auuuh!«, machte der Geist.

Wortlos schaltete Wong den Bohrer ein, der dermaßen laut aufheulte, dass in dem kleinen Raum jedes Gespräch unmöglich wurde. Um die Maschine beim Eindringen in den Putz ruhig zu führen, hielt Wong sie mit beiden Händen. Er drückte fester. Zentimeter um Zentimeter schob sich der Bohrkopf vor. Das kreischende Sirren stieg um eine Note.

»Fast fertig.«

»Stopp!«, rief Lai-kuen.

Plötzlich änderte sich der Ton nochmals, als der Bohrer auf etwas traf. Man hörte ein metallisches Splittern.

Wong schaltete den Bohrer aus. Er surrte noch ein paar Sekunden und stand dann still. Es war ruhig im Zimmer. Vollkommen ruhig. Der Geist war verstummt.

Der Fengshui-Meister fragte seine Assistentin: »Haben Sie Rechnungsbuch mitgebracht? Jetzt ist Zeit für Abrechnung. Dann Abendessen.«

Vor mehr als zweitausend Jahren saß der große Weise Konfuzius mit vier jungen Schülern zusammen. Er fragte sie, worin für sie das Glück lag.

Der erste sagte, er wäre glücklich, wenn er den Rang eines Kriegsministers erlangen könnte.

Der zweite sagte, es wäre seine größte Freude, Finanzminister zu werden.

Der dritte sagte, ihm würde es das höchste Glück auf Erden bedeuten, als des Kaisers Zeremonienmeister zu dienen.

Den vierten Schüler langweilte das Gespräch. Er spielte seine Laute.

Konfuzius sprach zu ihm: »Zeng Dian, beantworte die Frage.«

Der junge Mann sagte: »Das Glück besteht darin, im Spätfrühling mit Freunden zusammen im Yi-Fluss zu baden, sich am Wind, der über die Regenaltare weht, zu kühlen und auf dem Heimweg aus voller Kehle zu singen.«

Konfuzius sprach, nur Dian habe verstanden, was Glück bedeutet.[20]

Kein Mensch hat je die Weisheit des Konfuzius übertroffen. Doch einer, Grashalm, reichte an ihn heran, das war Laozi. Vor zweieinhalbtausend Jahren sprach er: »Der Zufriedene ist reich.«

(Gesammelte Sprüche östlicher Weisheit, von C.F. Wong, Teil 350)

»Was ist es aber nun?« Unverwandt starrte Madam Xu die längliche Platte auf dem Tisch an.

»Ich zeigs Ihnen«, sagte Joyce. Sie zog ein Buch über Australien hervor, das Brett Kilington ihr geschenkt hatte, und schlug es an einer bestimmten Stelle auf. »Hier, das ist es!« Sie hielt das Buch hoch und zeigte Madam Xu die Abbildung. »Man nennt es Känguru.«

»Und was, bitte, ist ein Känguru?«

»Ein Ureinwohner Australiens.«

»Wirklich?« Madam Xu staunte. »Man stelle sich vor, dass mein Neffe so was geheiratet hat, um an einen australischen Pass zu kommen ...«

Joyce hatte als Souvenirs aus Sydney ein Paket Kängurufleisch und eine Schachtel Schokolade mit Makadamianüssen gekauft. Ah-Fat war bereit gewesen, das Fleisch à la *Rendang* im Wok zu schmoren – unter der Bedingung, dass er aus Neugier auch davon probieren durfte.

»Schmeckt wie Huhn«, erklärte Joyce.

»Ich weiß wirklich nicht recht, ob ich das esse«, sagte Madam Xu. »Auf dem Bild hat es so fette Schenkel. Ich fürchte, ich bekomme dicke Beine davon.«

»Wenn es Fett ansetzt, sollten wir C. F. zwingen, eine tüchtige Portion zu verdrücken«, schmunzelte Dilip Sinha. »Er sieht schmaler aus denn je. Was an dem Stress Ihres australischen Abenteuers liegen dürfte.«

»Australien, es ist sehr hübsch«, reflektierte Wong. »Nur, dort passieren schreckliche Sachen! Polizei, sie verhaftet Leute ständig. Alle fünf Minuten fast. Schlimmer sogar als in China. Obwohl Polizisten nicht so böse wie manche in China.«

»Dass ich nicht lache!«, protestierte Joyce. »Beim ersten Mal haben sie uns wegen Brett festgenommen. Und das zweite Mal hatten sie ja nun echt gute Gründe, uns vorzuladen und auszuquetschen. Die dachten doch, wir landen dauernd irgendwelche Hubschrauber bei ihrem berühmtesten nationalen Wahrzeichen.«

»Das wirkt mir alles viel zu melodramatisch und aufregend«, fand Sinha. »Dem Himmel sei Dank, dass ich nicht dabei war. Eine Kostprobe Kängurufleisch – das ist ohne Frage abenteuerlich genug für mich.«

»Außerdem wimmelt es dort von Krokodilen«, sagte Madam Xu, »und von Arboretums.«

Nach einigem Nachdenken berichtigte Joyce: »Aboriginals. So nennen wir die Eingeborenen, also die menschlichen Ureinwohner von Australien, ja? Es ist echt ein spitzenmäßiges Land! Falls Sie je hinwollen, geb ich Ihnen 'ne Liste von Sachen, wo Sie hinmüssen: Nachtclubs, Discos, Boutiquen und so. Coole CD-Läden! Da gibts einfach alles.«

»Warum planen wir nicht einen gemeinsamen Abstecher?«, schlug Sinha vor.

»Wir haben uns hier nicht wegen Ferienplänen zusammengesetzt«, rügte Madam Xu. »Dies ist ein Arbeitsessen! Und wir können auch sogleich mit der Arbeit beginnen, denn das letzte Mitglied ist endlich da.«

Superintendent Tan kam eilig über den Nachtmarkt gelaufen.

»Entschuldigen Sie … bitte vielmals um Verzeihung! Komm ich wieder viel zu spät? Schrecklich unhöflich von mir! Das Essen ist schon da? Na fein, dann kanns ja gleich losgehen.«

»Versuchen Sie einmal hiervon«, lud Madam Xu ihn ein. »Das ist etwas Besonderes. Joyce hat es aus Australien mitgebracht.«

»Was ist es?«, fragte der Polizeibeamte, zog seinen Hocker näher und schnupperte ausgiebig.

»Es sind Stückchen von australischen Ureinwohnern. Anscheinend werden sie dort von allen Leuten gegessen. Das ist erlaubt. Man nennt sie Arboretums.«

»Klingt lecker, aber ich nehme doch lieber was Vertrauteres«, sagte der Superintendent, schob die Platte fort und langte nach einer anderen mit einem malaiischen Gericht.

Dann hielt er mitten in der Bewegung inne und blickte zu Joyce hinüber. »Eh ichs vergesse: Ich möchte Ihnen sagen, wie Leid es mir um Ihre Freundin tut, Joyce! Das junge Mädchen, das in Australien umgekommen ist.«

»Arme liebe Clara«, seufzte Madam Xu.

»Madeleine«, sagte Wong.

»Es ist furchtbar, aber ich wusste, dass sie sterben muss, sobald ich das Bild von ihrer Hand gesehen hatte«, sagte die Hellseherin. »Tragisch, wenn auch unabwendbar.«

»Em, danke.« Joyce unterdrückte rasch ihr Lächeln. »Es war, äh … echt traurig. Aber ich glaub, dass sie, also, in 'ner besseren Welt ist?«

Madam Xu legte fromm die Hände zusammen: »Ein Paradies, wo es weder Lachen noch Weinen gibt.«

»Yeah. Egal.«

Während der folgenden Viertelstunde wurde wenig gesprochen, denn die Mitglieder des Beiratsausschusses der Singapurer Gesellschaft der Berufsmystiker würdigten die Kreationen Ah-Fats, des besten Kochs auf dem Nachtmarkt. Trotz seiner anfänglichen Weigerung verspeiste Tan den größten Teil des Kängurugerichts.

Erst als alle einigermaßen gesättigt waren, kam man wieder auf die Arbeit zurück.

»Also«, sagte Gilbert Tan und blickte von einem zum andern, »was liegt an?«

»Ich möchte Wongs Bericht über die Zahnarztpraxis hören«, sagte Madam Xu. »Wie ging das aus? Ich bin gespannt wie ein Flitzbogen. Haben Sie den Geist exorziert?«

»Hm?« Wong sah von seinem Notizbuch auf, in das er schon wieder geschrieben hatte. »War ganz einfach. Aber ich musste ein paar Sachen, äh, kombinieren.«

»Ich hab ihm geholfen«, warf Joyce stolz ein. »Eigentlich hätte er das Ding wohl kaum ausbaldowert ohne mich. Stimmts, C. F.?«

Der Geomant warf ihr einen schiefen Blick zu. »Das Problem, es war nicht so sehr schwierig. Einfache Rechenaufgabe. Bloß eins und zwei zusammenrechnen.«

»Eins und eins.«

»Was?«

»Eins und eins. Man sagt ›Eins und eins zusammenzählen‹, nicht eins und zwei.«

»Dasselbe!« Wong wandte sich Madam Xu zu. »Sie verstehen, war leicht für Person wie mich. Ich habe immer Stift und Papier bei mir. Schreibe immer. Ich habe Zeiten aufgeschrieben, wann Geist kommt. Samstag um 13 Uhr, Montag um neun am Morgen, Dienstag um 18 Uhr, Mittwoch 14 Uhr. Klar?«

Sinha notierte sich alles. »Nein, ich erkenne kein Muster. Oder halt, warten Sie … Ja. Nein. Nein, ich bringe es nicht heraus.«

»Ich kann nicht rechnen«, klagte Madam Xu. »Conception führt sämtliche Konten für mich. Ich weiß nicht, wie ich ohne sie zurechtkäme.«

»Aha!«, rief Sinha, der in seiner adretten kleinen Schrift unablässig gekritzelt hatte. »Ich verstehe! Der Geist hatte einen Zeitschalter. Er erschien alle elf Stunden. Also muss er dann auch … Moment … um elf Uhr am Sonntagvormittag, um 22 Uhr am Sonntagabend, um 20 Uhr am Montag, um sieben Uhr früh am Dienstag und fünf Uhr am Mittwoch aufgetaucht sein, und schließlich am Donnerstag um drei Uhr nachts, aber da hat ihn niemand gehört. Um die Zeit ist ja noch keine Sprechstunde.«

»Jawohl«, sagte Wong. »Regelmäßig und doch nicht regelmäßig.«

»Verdächtig pünktlich für einen Geist!«, fand der indische Astrologe. »Oder, um es anders auszudrücken, verdächtig unzuverlässig.

Denn die mir bekannten Gespenster haben die Gewohnheit, stets zur gleichen Zeit zu erscheinen. Auf gar keinen Fall im Elf-Stunden-Rhythmus.«

»Darf ich ihm jetzt nicht von meinem Beitrag erzählen? Bitte, C. F.?«, bat Joyce aufgeregt.

»Okay.«

»Also, das lief so, ja? Wir sind am Flughafen in Sydney, und er erzählt mir das alles, wie die Geisterstimme kommt, und dass das anscheinend alle elf Stunden passiert. Wir merken an seinen Notizen, dass es immer eine Stunde und vierzehn Minuten dauert, also vom ersten Gestöhn bis zum letzten. Na, und Sie wissen ja wohl, was genau eine Stunde und vierzehn Minuten dauert, oder? Da gibts doch bloß eins.«

Allgemeine Stille antwortete ihr.

»Der letzte Akt von *La Bohème?*«, versuchte Sinha.

»Der erste Teil von *The Sound of Music?*«, bot Madam Xu an.

»Nee. Geben Sie auf?«

Sinha legte die Fingerspitzen aneinander. »Auf keinen Fall! Lassen Sie mich überlegen. Die Eheversprechen auf einer indischen Hochzeit? Ein Geschäftsessen im Raffles-Hotel? Eine Taxifahrt von Tampines nach Sentosa während der Stoßzeit?«

»Nix! Passen Sie jetzt?«

»Ganz gewiss nicht!«, sagte Sinha. »Ich verweigere mich grundsätzlich keiner Herausforderung und gebe niemals auf. Denken wir also nach. Oh, ich weiß nicht! Also schön, ich strecke ebenfalls die Waffen. Erzählen Sie.«

»Eine Minidisc!«, sagte Joyce und klatschte vor Vergnügen in die Hände. »Klar? Vierundsiebzig Minuten?«

Wieder herrschte Schweigen.

»'ne Minidisc«, wiederholte Joyce. »Für diese Disc-Player aus Japan, mit denen man auch aufnehmen kann? Wie CDs, nur kleiner. So winzige Scheiben, ja?«

Der Astrologe blickte die Wahrsagerin an.

»Dies hier.« Sie kramte in ihrem Beutel und reichte ein quadratisches Metallkästchen herum.

»Früher nannte man so etwas Taschentransistoren«, meinte Sinha.

»Ja, aber heute heißt es nicht mehr Radio«, sagte Madam Xu. »Conceptions Tochter hat eins. Man sagt Walkie-Talkie-Man oder so ähnlich, nicht wahr?«

»Äh … ungefähr«, sagte Joyce. »Jedenfalls, die Scheiben, die man für diese Player kriegt, die dauern immer vierundsiebzig Minuten. Also haben wir uns ausgerechnet, dass der Geist eben in Wirklichkeit so ein Teil war. An 'nen Elf-Stunden-Zeitschalter angeschlossen. Unter Putz in die Wand eingebaut. Mit der Stromleitung verkabelt.«

Madam Xu war völlig durcheinander. »Aber wieso erklang die Stimme in der Zimmermitte, wenn es sich um eine Maschine in der Wand handelte? C.F. hat doch gesagt, das Stöhnen kam direkt von oberhalb des Stuhls!«

Wong erklärte: »Maschine war in der Wand versteckt. Zwei Lautsprecher ebenfalls in der Wand. Einer rechts, einer links. Spezialeffekt. Wenn man vorne steht, wirkt so, als ob Klang von der Mitte kommt. Neue Erfindung. Heißt Stereo.«

»So neu nun auch wieder nicht. Mein Paps hat schon ewig Stereo«, wandte Joyce ein. »Das gibts also mindestens seit zehn Jahren. Aber jetzt haben sie da was, das nennt sich *Stereo imaging.* Auch schon lange, aber inzwischen viel besser und mit kleineren Lautsprechern. Mein Pappi hat …«

»Ich fürchte, ich kann dir nicht folgen«, seufzte Madam Xu. »Ich bin wirklich zu alt für diese Dinge.«

»Hier«, sagte die junge Frau und holte eine Zeitschrift aus ihrem Beutel. »Das hab ich im Buchladen am Flughafen gekauft, damit ichs C.F. zeigen konnte. Da steht ein Artikel drin, der alles erklärt.«

Madam Xu betrachtete das Blatt: »*Rocksoff.* Ich glaube nicht, dass ich diese Publikation kenne.«

»Sollten Sie aber! Würde Ihnen bestimmt gefallen. Auf Seite zweiundsechzig gibts 'ne Kolumne namens ›High End Audiophile‹. Da gehts um Raumklang und all so was. Das sollten Sie lesen. Ist echt 'ne coole Zeitschrift. Mein Paps hält sie. Ich leih sie Ihnen, wenn Sie wollen.«

»Das ist wirklich sehr freundlich von dir, liebes Kind.«

Wong unterbrach und erläuterte: »Klang kommt von beiden Seiten, zwei Lautsprecher. Aber wenn man richtige Anlage hat, richtige

Lautstärke, klingt an manchen Stellen wie von mitten im Raum, zwischen Lautsprechern, nicht von jedem einzelnen. Ganz, äh … raffiniert. Spezialeffekt.«

»Verstehe«, sagte die Wahrsagerin.

»Aber wer steckt dahinter?«, fragte Sinha. »Der Amerikaner vermutlich. Wollte seinen Singapurer Partner vor Angst in die Flucht schlagen und die ganze Praxis übernehmen, nicht wahr?«

»Ich weiß nicht«, sagte Wong. »Ich bin nur Fengshui-Mann, nicht Polizist. Fall wird von Superintendent Tan bearbeitet. Er sagt uns alles, wenn Zeit gekommen ist. Aber Geist wurde nicht von Dr. Leibler eingebaut, glaube ich.«

Joyce hatte ihre eigene Theorie: »C. F. und ich haben auf dem Weg hierher drüber geredet. Wir meinen, der Zahnklempner kommt nicht infrage. Vermutlich wars diese Frau, Amanda Luk. Tut mir Leid, was Schlechtes über 'ne Tote zu sagen und so. Aber die hat doch für die Dekoration der Praxis gesorgt, wissen Sie noch? Bevor die da eingezogen sind. Da hat sie eben ihre Freunde angespitzt, die ganze Audioanlage einzubauen und danach erst die Wände zu verputzen. Vielleicht.«

»Welches Motiv soll sie denn gehabt haben?«, fragte Sinha.

»Ist uns auch nicht klar. Sie wollte Dr. Liew loswerden. Ihn rausekeln. Das vermuten wir jedenfalls.«

»Und haben Sie den geringsten Anhaltspunkt, warum sie das wollte?«

»Null Ahnung. Meine Theorie ist, dass sie was mit Dr. Leibler hatte, aber der wollte sich nicht scheiden lassen, weil er zu wenig Patienten hat. Nicht genug Kohle. Scheidung ist ja wohl das Teuerste, was man im Leben machen kann – sagt jedenfalls mein Paps. Drum glaub ich, dass die Luk sich diesen Trick ausgedacht hat, um Dr. Liew loszuwerden, damit Leibler alle Patienten der Praxis kriegt. Dann könnten sie ja heiraten, denkt sie, und glücklich leben bis an ihr seliges Ende, ja?«

»Was oder wer hat dann aber Amanda Luk getötet?«, fragte Madam Xu.

»Weiß ich auch nicht. Ich weiß nur, dass es kein Gespenst war. Vielleicht wars Dr. Liew? Oder die andere Frau da, die Zahnarzthelferin?«

Wong verzog das Gesicht. »Sie sollen solche Sachen nicht sagen. Ist Verleumdung und, äh … Ehrenkränkung. Ganz schlecht. Soll man nicht sagen ohne Beweis.«

Madam Xu nickte: »Er hat Recht, meine Pflaumenblüte. So etwas bedeutet Verleumdung und üble Nachrede. Das darfst du nicht einfach behaupten.«

»Lassen Sie mich einmal etwas Fachliches fragen, C. F.«, warf Sinha ein. »Konnten Sie tatsächlich einzig und allein mit Ihren Fengshui-Gerätschaften diesen, em … Kassettenrekorder so präzise hinter dem Putz orten?«

»Nein, nicht nur mit Fengshui-Kompass. Ich habe auch Zeitschrift von Joyce gelesen.«

Joyce strahlte.

»Rocksoff«, murmelte der Astrologe, nahm das Blatt auf und betrachtete mit heftigem Abscheu den verschwitzten Gitarristen auf dem Titelbild.

»Na ja, eins hat die ganze Geschichte bewiesen, für mich jedenfalls«, tönte Joyce. »Wega hat die Wahrheit gesagt: Gespenster gibts nicht. Alles Mumpitz! Ich fass es nicht, wie jemand ernstlich an solchen Schwachsinn glauben kann. Die Leute sind also so was von leichtgläubig. Ich werd Seth mal fragen, ob er mir Channeling beibringt.«

Der Geomant legte seine Essstäbchen nieder und fixierte den Polizeibeamten. »Ich möchte Hinweis machen. Nur ein Gedanke von mir. Nicht offiziell.«

»All unsere Diskussionen sind inoffiziell, wie Sie wissen.«

Wong zupfte an seinen schütteren Kinnhaaren. »Wir vermuten, Sekretärin hat Geist angebracht – Amanda Luk, die gestorben ist.«

»Und?«

»Erinnern Sie sich an Gerichtsfall von Dr. Leibler, Klage von einem Mann namens Joseph Oath? Aber Mr. Oath, er starb kurz nach Beginn von Verhandlung?«

»Allerdings.«

»Ich denke, vielleicht bitten Sie Kollegen bei Hongkonger Polizei, Akte von Mr. Oath nochmals zu öffnen. Verstehen Sie, das war kurze Zeit nach Cady Tsai-Leiblers Heirat mit Dr. Leibler. Sie hat gedacht, heiratet reichen Mann. Erfolgreichen Zahnarzt. Dann merkt sie, ihm droht Prozess, verliert vielleicht sein ganzes Geld. Zu dumm. Dann löst sich Problem von ganz allein. Kläger stirbt.« Wong beugte sich vor. »Das ist Geschichte, wie wir schon kennen. Aber jetzt wissen wir etwas, das haben wir bis jetzt nicht gewusst.«

»Und das wäre?«, lächelte Tan erwartungsvoll.

»Dass Mrs. Tsai-Leibler zu tun hat mit Triaden. Tod von Mr. Oath war vielleicht nur Zufall, günstig für sie. Oder vielleicht kein Zufall. Ich glaube, Sie öffnen noch einmal alte Akte. Stellen neue Fragen. Vielleicht interessant. Vielleicht nicht. Ich weiß nicht.«

»Verstehe.« Der Superintendent machte sich ein paar Notizen. »So wie Sie es darlegen, klingt es durchaus, als ob man den Fall nochmals aufrollen sollte.« Er beendete seine Schreibarbeit und blickte wieder in die Runde.

Wong fuhr fort: »Nächste Person, die Ärger macht für Mrs. Tsai-Leibler – Amanda Luk. Hat ihren Mann in Hotel kennen gelernt, als er zuerst allein herkommt. Sie befreunden sich. Er gibt ihr Job als Empfangsdame in seiner Praxis. Vielleicht will sie ein Verhältnis mit ihm. Vielleicht hat sie schon. Ich weiß nicht. Dann ist sie auch tot.«

»Faszinierend!«, fand Sinha, der sich mit einem Zahnstocher eine Faser Känguru-*Rendang* aus den Schneidezähnen entfernte. »Es sieht ganz danach aus, als ob alle, die mit Mrs. Tsai-Leibler aneinander geraten, umgehend aus dem Verkehr gezogen werden.«

»Ganz meine Meinung«, sagte der Polizeibeamte. »Vielen Dank, Mr. Wong! Ich gebe Ihre höchst beachtenswerten Schlussfolgerungen unverzüglich an die Herren in meinem Amt weiter, die diesen Fall bearbeiten. Wie gewöhnlich werde ich das gesamte Verdienst einheimsen. Sonst noch was?«

Sinha lehnte sich vor: »Wenn nun also Mrs. Tsai-Leibler sich als die Schurkin im Spiel erweist, welche die Fäden für den Tod des Mr. Oath und der Ms. Luk gezogen hat, dann bleibt aber doch immer noch ein anderes Verbrechen unaufgeklärt, nämlich: Wer hat versucht, die Wohnung niederzubrennen und Mrs. Tsai-Leibler umzubringen? War das wirklich der Geist des Mr. Oath, wie sie behauptet? Ms. Luk wird es wohl nicht getan haben. Ich vermag mir zwar vorzustellen, dass eine junge Frau mit einem verheirateten Mann ein Techtelmechtel an-fängt – aber von dort zu Brandstiftung, während sich die gesamte Familie in der Wohnung aufhält, ist es denn doch ein weiter Schritt!«

»Ich glaube, war nicht Ms. Luk«, sagte Wong. »Ich glaube, Jackie Sum schickt Kontaktmann nach Singapur, soll Madeleine Tsai töten. Wusste nicht, dass ganze Familie sich in der Wohnung aufhält. Feuerstiftung bleibt ohne gewünschten Erfolg. Da kommt Jackie selbst her, um Job zu erledigen.«

Joyce hob die Hand, eine Schülergewohnheit, die sie noch nicht abgelegt hatte.

»Nun, junge Dame?«

»Gestern Abend war ich mit Danita im ›The Hole‹, ja? Da hat sie mir was Interessantes erzählt. Über den fiesen Dickmops, der sie eingesperrt hatte? Also, Sie wissen schon, der sie ein paarmal in seinem Laden gesehen hat und sie echt, also echt toll fand und so, und der sie dann einfach gekidnappt hat?«

»Klar«, sagte Superintendent Tan.

»Er weiß offenbar, von wem die Rede ist, aber wir tappen im Dunkeln«, beklagte sich Madam Xu.

»Na, der Kidnapper doch! Wissen Sie nicht mehr, wie wir am Mittwoch dies Mädchen befreit haben? Also, der in diesem Fotostudio arbeitet und sie in seine Dunkelkammer gesperrt hat?«

»Wir erinnern uns, denke ich. Nicht wahr?«

»Ohne Frage«, bestätigte Sinha.

»Egal«, sagte Joyce. »Dani hat mir alles Mögliche erzählt. Und jetzt kommt der Clou. Am Dienstag latscht der Dicke in die Dunkelkammer rein und bringt ihr das Frühstück. Danita kann nicht anders, sie muss einfach damit angeben, wie schlau sie ihre Botschaft rausgeschmuggelt hat.«

»Sie hat ihm gesagt?«, horchte Wong auf.

»Yep! Sie zu ihm: ›Also, haben Sie gestern 'nen Brief am Boden gefunden und ihn abgeschickt?‹ Er dann so: ›Keine Ahnung.‹ Sie so: ›Na, liegt da 'n Brief unter der Drehtür oder davor?‹ Nein, sagt er. Und sie dann so: ›Ha, dann haben Sie oder Ihre Bürotante ihn aufgelesen und abgeschickt. Drum kriegen Sie demnächst auch massig

Ärger. Da steht nämlich jede Menge belastendes Zeug drin, weswegen 'ne Freundin von mir, die eng mit der Polente zusammenarbeitet, herkommt und mich hier rausholt.‹ So weit alles klar?«

Der Superintendent nickte.

»Na ja, blöderweise erzählt Dani ihm, dass der Brief an Mr. Wong in der Telok Ayer Street adressiert war. Da ist der Typ dann hingekommen, hat rumgeschnüffelt, wollte den Brief abfangen oder so. Er hat uns bestimmt gesehen.«

»Vermutlich ist er Ihnen gefolgt«, meinte Sinha.

»Genau. Drum ist er ja auch am Mittwoch, als ich mit Mr. Wong in seinen Laden kam, so erschrocken zur Hintertür raus. Jedenfalls wissen wir jetzt, wieso er uns kannte.«

Plötzlich setzte sich Wong aufrecht: *»Waah!«*, rief er. »Jetzt weiß ich auch andere Sache.«

»Was denn?«, fragte Joyce.

»Ich weiß, was mit unserer Klimaanlage passiert.«

»Und?«

»Dicker Mann, er geht hinauf, schleicht in unser Büro, früh am Morgen. Kommt herein, weil Winnie nicht abgeschlossen hat. Sie vergisst oft. Er sucht nach Brief. Sucht auf Ihrem Tisch, beugt sich herunter, sucht in Schublade. Dicker Hintern stößt an Klimaanlage. Er ist sehr schwer. Ganz dick und fett. Metallding, wie heißt es? Worauf Anlage steht?«

»Em … Halterung? Träger?«

»Träger sind sehr alt, sehr …«

»Rostig?«

»Sehr rotzig. Träger sind ganz rotzig. Sein breites Hinterteil, es drückt, Klimaanlage fällt aus Fenster. Macht großen Krach unten am Boden. Dicker Entführer, er wird nervös, läuft weg. Brief liegt ganze Zeit auf Winnies Tisch. Ich glaube, er hat auch Armbanduhr verloren. Etwas hat getippt im Büro.«

»Getickt«, half Joyce.

«Getickt, jawohl. Hoffentlich Rolex.«

»Dann soll *er* die neue Klimaanlage bezahlen!«

»Er soll. Aber ich glaube, er wird nicht. Vielleicht können wir Uhr verkaufen. Ist aber nicht mehr Problem, jedenfalls.«

»Wie können Sie das sagen? Im Büro kommt man um vor Hitze! Ohne neue Klimaanlage ist da an Arbeit nicht zu denken.«

»Heute Morgen habe ich Rechnung an Dr. Liew abgeschickt. Er zahlt bestimmt. Ich rufe an, zur Sicherheit, ob er bekommen hat. Bitte ihn um Barzahlung. Er ist reich. In nächster Zeit sind wir auch ein kleines bisschen reich«, sagte der Fengshui-Meister händereibend.

»Super!«, rief Joyce. »Gehn wir shoppen! Ich brauch ’nen neuen Stuhl. Und die Bürouhr funktioniert nicht. Ich muss Visitenkarten aussuchen und bestellen, wissen Sie noch? Persönliche Assistentin! Klingt doch gut, oder? Und Sie müssen zwei neue Handys besorgen, eins fürs Büro, eins für mich.«

»Dazu brauchen Sie aber nicht erst Kataloge zu wälzen«, schlug Gilbert Tan vor. Er zog ein kleines, rundliches Gerät aus der Tasche, das in einem Lederetui steckte. »Sie möchten sicher so was wie dies hier, stimmts? Mobiltelefon kombiniert mit PDA. Das Neueste. Ein Muss für jeden, der in Singapur in sein will. Kann sogar über Fernkontakt E-Mails empfangen und senden. Internet, alles da. Verdammt klein, aber so stark, Mann!«

Joyce setzte sich auf den Hocker neben dem Beamten und nahm neidisch das metallisch glänzende Handy in Augenschein. »Wow! Darf ich mal sehen? Wie geht das? Kann ich meine Hotmail abrufen?«

»Aber locker!« Tan kaute an seiner Unterlippe, während er mit seinen Wurstfingern konzentriert die winzigen Tasten drückte.

Sinha hatte sich unterdessen an Madam Xu gewandt. »Hätten Sie morgen Lust auf einen Spaziergang im Fort Canning Park? Falls das Wetter es erlaubt, könnten wir Enten füttern.«

»Gibt es dort Enten?«

»Genau kann ich mich nicht erinnern, wie ich gestehe. Aber falls ja, könnten wir doch.«

»Was fressen Enten denn gern? Ich hab im Kühlschrank noch etwas *Laksa* von voriger Woche ...«

»Enten lieben *Laksa*-Reste! Jedenfalls diejenigen, die wissen, was gut ist. Altbackenes Brot mögen sie auch.«

Sie runzelte die Brauen. »Das habe ich leider nicht. Wie macht man altbackenes Brot?«

»Gute Frage. Darüber habe ich nie ernstlich nachgedacht. Ich nehme an, man besorgt frisches Brot und wartet einfach eine Weile.«

»Wie lange?«

»Schwer zu sagen. Etliche Stunden, würde ich meinen.«

»Dann wird es höchste Zeit, dass wir Brot holen.«

Ein atemlos hervorgestoßener Ausruf von Joyce unterbrach ihr Geplauder. Sie starrte mit der Hand vor dem Mund auf den kleinen Bildschirm in Superintendent Tans Gerät.

»Schlechte Neuigkeiten?«, fragte Tan.

Im Augenblick unfähig zu sprechen, schüttelte Joyce den Kopf, atmete langsam aus, sah schließlich zu ihm hoch und stotterte: »Nichts weiter. Nur 'ne E-Mail von … von Freunden.« Zu Wong sagte sie: »Ich hab eben 'ne Nachricht aus Australien gekriegt. Aus 'nem Gästehaus am Uluru. Sie wissen schon, beim großen ›Felsen‹, ja?«

»Aha«, sagte Wong, »von Ihrem Vetter. Hat wieder Arbeit gefunden?«

»Nee, nicht von Brett«, strahlte Joyce. »Von wem anders, den wir drüben kennen.«

»Oh!«, nickte er. »Und wie geht es ihr?«

»Okay, glaub ich. *Okay!*« Einen Moment lang wirkte sie wie unter Bombenschock. Dann fragte sie Tan: »Was muss ich drücken für 'ne Antwort?«

Er nahm ihr das Handy ab und blinzelte auf den Bildschirm. »Mal sehn. Also, Sie drücken hier, und dann das da …«

Bald waren Tan und Joyce ebenso intensiv ins Gespräch vertieft wie Madam Xu und Sinha.

Wong genoss ein paar Minuten Ruhe, rückte zur Seite und öffnete sein Notizbuch. Es war eine denkwürdige Woche gewesen, doch zum Schreiben war er bei weitem nicht so oft gekommen, wie er gewollt hatte. Am Sonntag hatte er so gut wie nichts geschafft. Das lag jedoch nicht nur an der Erschöpfung nach den Aufregungen des Freitags und dem langen Flug am Samstag. Vielmehr plagte ihn ein seltsam schlechtes Gewissen. Die Klassikerzitate, die er in seinem Heft sammelte, handelten so oft von Selbstlosigkeit und erhabenen ethischen Grundsätzen. Doch er ließ sich ständig von Notwendigkeiten unter Druck setzen – Geld verdienen, Miete zahlen, Ausstände eintreiben, seinen Lebensunterhalt bestreiten. Und als besonders ironisch erkannte er die Tatsache, dass er in Wirklichkeit nur darauf hoffte, seine englischen Übertragungen altchinesischer Textstellen an einen westlichen Verleger zu verkaufen und einmal etwas harte Währung zu kassieren!

Aber womöglich ließ sich der moralische Konflikt gar nicht umgehen? Die Weisen und Götter hinterließen uns als Richtlinie für ein vom Himmel geschenktes Leben Erzählungen voll hoher Ethik. Wir aber leben auf der Erde und müssen nun einmal auch mit den niederen Bedürfnissen unserer leiblichen Existenz fertig werden. Bestand nicht vielleicht das wahre Menschenwerk während unseres kurzen Atemzugs auf Erden darin, Himmel und Erde zusammenzubringen?

Eine Erzählung über eine der wenigen weisen Frauen des Altertums ging ihm durch den Sinn. Er nahm seinen Füller und begann zu schreiben.

Eine Frau in der Präfektur Daye führte ein frommes Leben in einer Stadt des Lasters. Sie betete und brachte Opfer dar. Sie aß kein Fleisch. Ihr Name lautete Niangzi.

Für ihre Tugend wurde sie mit einer Vision belohnt. Ihr erschien ein Himmelsbote, der ihr verkündete, dass die Stadt an jenem Tag zerstört werden solle, an welchem die steinernen Löwen vor der Präfektur inmitten der Stadt blutige Tränen weinen würden.

Tagelang wanderte sie durch die Gassen. Sie erzählte allen Leuten von ihrer Erscheinung und bat sie, ihren Lebenswandel zu ändern, da ihnen sonst der Untergang drohte.

Die Leute lachten. Sie sagten, dass Steinskulpturen niemals blutige Tränen weinen könnten. Aber Niangzi bestand darauf, denn sie vertraute dem Himmelboten.

Eines Tages beschloss der Schweineschlächter des Ortes, sie zu necken. Er schmierte Tränen aus Schweineblut unter die Augen der Steinlöwen.

Niangzi erschrak. Sie floh aus der Stadt und lagerte auf einem einsamen Hügel in der Nähe.

Der Himmelsbote sah die blutigen Tränen der Steinlöwen. In der folgenden Nacht gab es ein starkes Erdbeben, und der Fluss trat über die

Ufer. Die Stadt wurde von der Flut zerstört. Nur der Hügel, auf dem Niangzi saß, blieb verschont.

Das Wasser spülte die Tränen vom Gesicht der Löwen.

Die Götter bewirken viele Dinge. Einige sind alltäglich, andere grenzen an Wunder. Aber eins sollte man immer bedenken, Grashalm: Was sie auch tun, sie wirken stets mit menschlichen Händen, niemals mit ihren eigenen.

(Gesammelte Sprüche östlicher Weisheit, von C.F. Wong, Teil 351)

1 »Yang«: Ziege, Schaf, Widder, eines der zwölf jährlich wechselnden Tierzeichen des chinesischen Zodiakus.

2 Chinesische Geomantie (die Lehre von »Wind und Wasser« – *Fengshui)* geht auf schamanistische Ursprünge im Hochaltertum zurück und betrifft die an Naturgegebenheiten angepasste Positionierung von Gebäuden, Gärten, Gräbern und so weiter. Sie geht unter anderem davon aus, dass unsichtbare Energie *Qi* – hier in der eingeführten Umschrift als »Chi« angegeben – auf bestimmte günstige oder unheilvolle Art strömt.

3 Der runde Kompass, auf dem Himmelsrichtungen, Elemente und weitere Koordinaten verzeichnet sind.

4 Beim Militär: *Absent without leave* – unerlaubte Entfernung von der Truppe.

5 Der Autor ironisiert die (auch im deutschsprachigen Raum übliche) falsche Aussprache von *Fengshui.* Im Hochchinesischen klingen die beiden einsilbigen Wörter wie »fung« (*feng* – Wind) und »schwej« (*shui* – Wasser), wobei »-wej« wie englisch *way* ausgesprochen wird.

6 Mo Di [Mozi], ca. 470–390 vor unserer Zeitrechnung. Der »Mohismus« propagierte spartanische Lebensführung mit sozialistischen Elementen, verwarf den Krieg und entwickelte Ansätze einer Logik und Dialektik.

7 »Ah-Beng«, ein fiktiver Chinese, der sich völlig westlich gibt.

8 Bo [Bai] Juyi, 772–846, populärer Dichter der Tang-Zeit.

9 *Gimme five* (Gib mir fünf) meint die fünf Finger der erhobenen Hand, in die sich junge Leute in der Hiphop-Szene zur Begrüßung klatschen.

10 *His Master's Voice* (Die Stimme seines Herrn), altes Plattenlabel, heute auch eine Musikladenkette. Hier scherzhaft: »Ich folge meinem Chef.«

11 *Dimsum* (hochchinesisch *dianxin* = Imbiss), typisch für die kantonesische Küche. Am bekanntesten sind die gedämpften, meist würzigen, seltener süß gefüllten Teigtaschen.

12 Feng Menglong, 1574–1646, Literat, Autor bzw. Herausgeber religiösmagischer Romane; populär auch durch zum Teil recht derbe Verse und Novellen.

13 Auf alten mechanischen Schreibmaschinen gab es das in der Kontokorrent-Buchhaltung häufig verwendete Zeichen »@« als Kürzel für »a conto«.

14 *Sha,* chinesisch wörtlich »töten«, in der Fengshui-Lehre meist mit der Bedeutung »zerstören« gebraucht.

15 Cao Cao, 155–220, einer der berühmtesten und grausamsten Kriegsherren in Chinas Geschichte, machte sich auch als Dichter einen Namen. Das von ihm eroberte Wei-Reich in Zentralchina darf nicht mit dem Staat Wei der Zhou-Zeit (siehe Anmerkung 16) verwechselt werden. Cao ist eine der Hauptfiguren im bis heute populären historischen Roman *Sanguo-zhi* aus dem 14. Jahrhundert.

16 Qi, ein mächtiger Lehensstaat der Zhou-Zeit, lag in der heutigen Provinz Shandong. Eine Begegnung des Herzogs Jing [Jing-gong] mit dem kritischen Staatsmann Yanzi, gestorben 493 v. u. Z., wird für das Jahr 522 v. u. Z. im klassischen Kommentar *Zuozhuan,* X, 20 belegt.

17 Die Lebensdaten des Laozi, der traditionell als Verfasser des *Daode Jing* [Tao-Te-King] gilt, sind historisch ungesichert. – Konfuzius [Kongzi] lebte von 551–479 v. u. Z.

18 Wei war ein wichtiger Lehensstaat der Zhou-Zeit, da sich dort die alte Hauptstadt der Zhou befand. Ximen Bao, 4.–3. Jh. v. u. Z., ging als Wasserbauingenieur in die Geschichte ein.

19 Der taoistische Klassiker *Zhuangzi* wurde der Überlieferung nach von dem Beamten Zhuang Zhou [Zhuangzi] verfasst, der im 4. Jh. v. u. Z. lebte. Heutige Gelehrte bezweifeln dessen Autorschaft großer Teile des Werks.

20 Die Legende findet sich in etwas anderem Sinn im konfuzianischen Klassiker *Lunyu,* XI, 25, 1–7. Der Sohn des Zeng Xi [Dian], Zeng Shen, war ebenfalls Schüler des Konfuzius und später ein bedeutender Philosoph.

Nury Vittachi

Nury Vittachi wurde 1958 in Ceylon geboren, dem heutigen Sri Lanka. Andere Quellen sagen 1959 – aber diese Widersprüchlichkeit ist nur ein weiterer Farbspritzer auf einem unwahrscheinlich bunten Lebensbild. Sein indischer Großvater stand angeblich neben Mahatma Gandhi, als dieser ermordet wurde; sein Vater, der ebenfalls Journalist war, musste als Regimekritiker unter Todesdrohungen aus Ceylon fliehen und strandete mit seiner Familie völlig mittellos in Singapur. Die Schulbildung erhielt Nury Vittachi schließlich in England, und sein journalistisches Handwerk lernte er bei den berühmt-berüchtigten *tabloids* in der Londoner Fleet Street.

1986 landete er auf der Hochzeitsreise mit seiner anglo-irischen Frau Mary in Hongkong, und die beiden beschlossen, dort zu bleiben.Vittachi fand einen Job bei der *South China Morning Post,* und schon bald war seine Kolumne über den Alltag in Hongkong, »Lai See«, die bei den Lesern beliebteste Kolumne. Inzwischen hat er auch eine Reihe satirischer Bücher und Kinderbücher veröffentlicht. *CNN* nennt ihn den »beat reporter of the offbeat«, für die *BBC* ist er »Hongkongs witzigster Kommentator«.

Nachdem die Kronkolonie 1997 an China übergegangen war, ging der *South China Morning Post* Nury Vittachis Spott über Tung Chee-hwa, den neuen Regierungschef Hongkongs, zu weit. Er erhielt Schreibverbot und wurde, wie er selbst sagt, »zum bestbezahlten Arbeitslosen Hongkongs«. Das war die Geburtsstunde der Abenteuer von Fengshui-Meister C.F. Wong und Joyce McQuinnie.

Die Frage, ob C.F. Wong sein Alter Ego sei, amüsiert Vittachi: »Ich war immer der Ansicht, er sei überhaupt nicht wie ich, bis eines Tages jemand mit einem Trickfilmprojekt zu mir kam. Er hatte einen kleinen, dicken Chinesen in westlichen Kleidern gezeichnet, der wie jemand aus Chinatown aussah. Ich sagte, nein, nein, nein, er ist klein und dürr, hat eine Glatze und trägt seltsame asiatische Kleider. Erst als ich dem Künstler all diese Details beschrieben hatte, merkte ich, das ich damit eigentlich mich selbst beschrieben hatte.« Auch Wongs Kommunikationsprobleme hat er selbst erfahren: »Mein ganzes Leben lang musste ich mich immer wieder an eine neue Kultur anpassen. Zur Schule bin ich in England gegangen, als Kind sprach ich Singalesisch und Tamil. Ich kann besser Chinesisch als viele Ausländer in Hongkong, aber Chinesisch ist sehr schwer zu lernen, und ich würde es nie wagen, in dieser Sprache zu schreiben.« Und was hält Nury Vittachi selbst von Fengshui? »Alles, was Wong in diesem Buch erwähnt, ist authentisch. Ich habe mich eingehend mit Fengshui beschäftigt und von einem berühmten Fengshui-Meister in Hongkong gelernt. Ich glaube nicht eigentlich daran, aber den Grundgedanken, nämlich dass die Umgebung einen beeinflusst, sollte man ruhig ernst nehmen.«

Mittlerweile hat Nury Vittachi, der mit seiner Frau und drei adopierten chinesischen Kindern in Hongkong lebt, als freier Kolumnist Kultstatus. Er schreibt die Kolumne *Travellers' Tales* für die *Far Eastern Economic Review* und moderiert Fernsehsendungen für *CNN, CNBC* und Hongkonger Lokalsender. Besonders am Herzen liegt ihm jedoch, Autorinnen und Autoren aus Asien eine Plattform zu bieten – zum Beispiel im Rahmen des alljährlich stattfindenden Hongkong-Literaturfestivals: »Sonst kann es passieren, dass ein asiatischer Shakespeare auftaucht, und keiner merkt es.«

Mehr Informationen über den Autor unter *www.unionsverlag.com.*

Bibliografie

Reliable Sauce (1991); *Only in Hong Kong* (1993); *Travellers' Tales* (1994); *Ludwig and the Chewy Chunks Café* (Kinderbuch, 1995); *The Hong Kong Joke Book* (1995); *Asian Values* (1996); *After Suzie Wong* (1997); *Goodbye Hong Kong, Hello Xianggang* (1997); *Guardians of the Treasure House* (1998); *Riding the Millennial Storm* (1998); *The Ultimate Only in Hong Kong Collection* (1999); *The Feng Shui Detective* (2000; dt. *Der Fengshui-Detektiv,* 2003); *North Wind* (2001); *The Feng Shui Detective Goes South* (2002; dt. *Der Fengshui-Detektiv und der Geistheiler,* 2004); *Robert Junior* (Kinderbuch, 2003); *Dead Eric Gets A Virus* (Kinderbuch, 2003; dt. in Vorbereitung); *The Feng Shui Detective's Casebook* (2003).

Der Fengshui-Detektiv von Nury Vittachi, der erste Band mit C. F. Wong und Joyce McQuinnie

»Eigentlich sind es ganz traditionelle Kriminalgeschichten, die Nury Vittachi da auftischt, aber er tut dies so erfrischend, dass man dafür auch die gute, alte Detektivgeschichte nur allzu gerne wieder liest. Mit dem Fengshui-Meister C. F. Wong und seiner vorlauten australischen Assistentin schickt Vittachi ein überaus vitales Detektivpaar ins Rennen, das gegensätzlicher nicht sein könnte. Mit dem größten Vergnügen lässt Vittachi zwei Kulturen mit Anlauf aufeinander krachen, dass es eine wahre Freude ist. Ihre Fälle lösen Wong und McQuinnie eher nebenbei und auch nicht mit Hilfe von Fengshui. Vielmehr benutzen sie ihren Verstand und überraschen mit ungewöhnlichen und durchaus gewitzten Lösungen. Auch das macht den Reiz und den liebenswürdigen Biss der neun Erzählungen aus.« *Frank Rumpel, titel-magazin.de*

»Natürlich besteht ein großer Teil des Witzes in diesem Buch in der Art und Weise, wie Nury Vittachi in seinen beiden Hauptfiguren die Gegensätze Ost und West aufeinander prallen lässt. Doch niemals werden sie gegeneinander ausgespielt – mit viel Sinn für Komik, feiner Ironie und einem sicheren Gespür für Tempo und Dramaturgie nimmt Vittachi beide seiner Figuren auf den Arm, um am Ende westliche Pragmatik und asiatische Feinsinnigkeit zu einem unschlagbaren Ermittlerduo zu vereinigen.

Nury Vittachi gelingt es in seinen Kurzgeschichten, die klassische Rätseltradition des frühen Kriminalromans wie ihn Conan Doyle mit seinem berühmten Sherlock Holmes geprägt hat, fortzuführen, und dabei virtuos mit eben dieser Erzähltradition zu spielen. Nach der Lektüre dieser Erzählungen, die ganz nebenbei augenzwinkernd absurde östliche Weisheiten aus Wongs gesammelten Sprüchen mitliefern, fließt die Lebensenergie Chi wieder – garantiert.«
Kathrin Fischer, Norddeutscher Rundfunk

»Krimis mit doppeltem Boden sind auch für Leser interessant, die der Gattung sonst skeptisch gegenüberstehen. Im ›Fengshui-Detektiv‹ stößt fernöstliche

Ernsthaftigkeit mit westlicher Spottlust zusammen. Eine Mischung, die auf den ersten Blick befremdlich wirkt, bei näherem Hinsehen aber gut zu den zerklüfteten Gesellschaften Asiens passt. Wo High-Tech und Esoterik friedlich koexistieren, kann ein Romanheld wie C.F. Wong ganz unironisch seinen komplizierten Berechnungen nachgehen und dennoch mit beiden Beinen im modernen Leben stehen. Wer solch eine Figur zu erfinden vermag, muss wohl selbst ein Kind verschiedener Kulturen sein, und so wundert es nicht, dass indische, asiatische und britische Einflüsse beim Schöpfer des Romans zusammenfließen. Der Autor heißt allerdings eher, als sei er der Erfinder jener finnischen Handys, die im Buch an mancher Stelle klingeln: Nury Vittachi – V-i-t-t-a-ch-i. Ein Name, den man sich nicht merken kann, aber unbedingt merken sollte.«
Florian Felix Weyh, DeutschlandRadio

»Nicht mehr wegzudenken sind seit Jahren Nury Vittachis berühmten ›Travellers' Tales‹ in der renommierten Zeitschrift ›Far Eastern Economic Review‹: Eigenwillige Reiserlebnisse, journalistisch aufbereitet, werden in jeder Ausgabe zum Besten gegeben – nicht nur der Fanclub wartet begierig darauf. Nun stellt sich der schon lange in Hongkong lebende ceylonesische Nury Vittachi erstmalig auch dem deutschsprachigen Publikum. Mit seinem unter dem Titel ›Der Fengshui-Detektiv‹ herausgegebenen Erzählungen fügt er der inzwischen recht umfangreichen ›Windwasser‹-Literatur ein weiteres Genre, Detektiv-Erzählungen, zu.« *Anna Gerstlacher, Das neue China, Berlin*

»Dass Wongs Bemühungen um die Wiederherstellung verlorener Harmonie in Firmen, Familien oder Tempeln zwischen Indien und Vietnam nicht nur kosmologischen, sondern auch kriminalistischen Spüürsinn erfordert, erfreut Esoteriker wie Krimifreunde. Letztlich ergänzen sich Yin und Yang, Ost und West, Alt und Jung bestens. Augenzwinkernd und mit viel Sinn für die unterschiedlichen Mentalitäten bringt Vittachi in neun Geschichten seine reiche Orts- und Menschenkenntnis unter. Eine heitere Liegestuhl-Lektüre mit ironischem Tiefgang, die nicht zuletzt sprachlich ein Vergnügen ist.«
Christiane Hammer, Neue Zürcher Zeitung

Die Übersetzerin

Ursula Ballin wurde 1939 in Hamburg geboren und wuchs in England und Finnland auf. Nach einem Grafik- und Kunstgeschichtestudium und Familienjahren studierte sie in München Sinologie, Anglistik und Neuere Geschichte und lebte nach der Promotion neunzehn Jahre in China und Taiwan, zuletzt als Professorin für Geschichte in Taipeh. Seit vielen Jahren übersetzt sie außerdem aus dem Englischen, Chinesischen und Französischen. Heute lebt sie als freie Übersetzerin und Publizistin in Wien.